Dies ist die vergessene Geschichte eines jungen Mannes aus Kopenhagen, der die Weltmeere durchstreifte und plötzlich König von Island wurde. Auf den Spuren von Jörgen Jörgensen nimmt Einar Már Gudmundsson den Leser mit in eine auffällig lustige Geschichte über Scheinheiligkeit, Ärger, Mängel und Schwächen. Über Menschen, die in den Umlaufbahnen um den Globus segeln. Menschen, die Gegenstand von Legenden wurden und die noch am Leben sind.

Einar Már Gudmundsson, 1954 in Reykjavík geboren, ist einer der renommiertesten und erfolgreichsten Schriftsteller Islands. Seine Bücher sind in viele Sprachen übersetzt und vielfach preisgekrönt, u.a. mit dem Literaturpreis des Nordischen Rates sowie dem Nordischen Preis der Schwedischen Akademie.

Einar Már Gudmundsson

Hundstagekönig

Roman

Aus dem Isländischen
von Karl-Ludwig Wetzig

btb

Die isländische Originalausgabe erschien 2015 unter dem Titel
»Hundadagar« bei Mál og menning, Reykjavík.

Zitatnachweise:
S. 7: T. S. Eliot: *Gerontion*. Abgerufen am 13.04.2021 von
www.poetryfoundation.org/poems/47254/gerontion
S. 23: Günter Grass: *Die Blechtrommel*. Frankfurt/Main: Fischer Verlag, 1971, S. 35.
S. 85: Halldór Laxness: *Am Gletscher*. Göttingen: Steidl, 1994, S. 61.

Penguin Random House Verlagsgruppe FSC® N001967

1. Auflage
Deutsche Erstveröffentlichung Dezember 2021
Copyright © der Originalausgabe 2015 by Einar Már Gudmundsson
Published by agreement with Forlagið, www.forlagid.is
Copyright © der deutschsprachigen Ausgabe 2021 by btb Verlag
in der Penguin Random House Verlagsgruppe GmbH,
Neumarkter Str. 28, 81673 München
Covergestaltung: semper smile, München
nach einem Entwurf von Alexandra Buhl / Forlagið
Covermotiv: Shutterstock; Painting of Jørgen Jørgensen: C.W. Eckersberg
Satz: GGP Media GmbH, Pößneck
Druck und Bindung: GGP Media GmbH, Pößneck
mb · Herstellung: sc
Printed in Germany
ISBN 978-3-442-77032-8

www.btb-verlag.de
www.facebook.com/btbverlag

Dem Andenken meiner Freunde,
Bernard Scudder (1954–2007)
und Joe Allard (1948–2011)

»History has many cunning passages ...«
T. S. Eliot, *Gerontion*

ERSTER
TEIL

I

1

»Ruft ein Unschuldiger zur Rache gegen mich auf? Habe ich je das Blut eines anderen Menschen vergossen? Habe ich mich auf Kosten der Allgemeinheit oder sonst zu jemandes Schaden bereichert? Ist jemand ins Gefängnis gesteckt worden, weil er gegen mich war?«

Das oder etwas in der Art sagte Jörgen Jörgensen, als er seine Handlungen vor denen zu verteidigen versuchte, die nicht länger zuhören wollten, und das waren viele, fast alle.

Wir nennen ihn Jörundur, den König der Hundstage, und er ist, auf seine Art, der einzige König, den wir je hatten. Dabei hieß er schlicht Jörgen Jörgensen, was das Gleiche ist, wie in Island Jón Jónsson zu heißen, und somit so viel wie gar nichts.

Jörgen wurde am 29. März 1780 in Kopenhagen geboren, zur Regierungszeit Christians VII., der mit Voltaire korrespondierte, aber geistig nicht ganz gesund war. Zu jener Zeit war Kopenhagen auch unsere Hauptstadt und Christian VII. unser König. Der englische König Georg III. war geistig ebenfalls nicht ganz auf der Höhe. Es standen uns keine anderen als geisteskranke Könige zu Gebote.

Wir Isländer, das ist ja nichts Neues, reden unter uns gern über Könige oder betrachten uns selbst als solche. Wir können unsere Abstammung auf zahlreiche Könige zurückführen, besonders auf solche, die nur in alten Büchern auftauchen und von denen außer uns niemand je gehört hat.

Die Geschichte berichtet, wir seien einmal vor einem König geflohen, weil er sich einbildete, mächtiger zu sein als wir. Sein Name war Harald Schönhaar, der sich sein Haar erst wieder schneiden ließ, nachdem er ganz Norwegen unterworfen hatte. Da haben wir uns aus dem Staub gemacht und sind hier gelandet.

So lautet die Kurzfassung, doch wir hatten tatsächlich Könige als Staatsoberhäupter, norwegische wie dänische. Obwohl sie ihren Platz in der Geschichte eingenommen haben und Bilder von ihnen in merkwürdigen Kostümen existieren, ist doch keiner von ihnen so berühmt wie Jörundur der Hundstagekönig.

Der beste Beweis dafür ist, dass wir uns kaum entsinnen können, wie die wirklichen Könige hießen, geschweige denn ihre Königinnen, die Allerfrechsten unter ihnen ausgenommen. Denn sobald sie ihre Ehemänner mit welchen von uns Isländern betrogen, sie vergifteten oder noch raffiniertere Dinge anstellten, dann konnte man Geschichten über sie erzählen.

Ansonsten haben wir uns wenig um diese Leute geschert. Die meisten unserer Könige verschwimmen irgendwie, lassen sich kaum auseinanderhalten und sind selten mehr als eine römische Ziffer hinter ihrem Namen. Kaum einer von ihnen hat jemals unser Land besucht.

Es ist vorgekommen, dass wir ihnen die eine oder andere Petition geschickt haben, und seltsam genug haben sie manchmal sogar darauf geantwortet; wenn solche Schreiben eintrafen, haben unsere Mächtigen und Amtsträger sie allerdings ignoriert, so ähnlich wie heute, wenn Klagen vor ausländischen Gerichtshöfen eingereicht werden.

Kurz gesagt, über diese Könige wissen wir nicht viel zu berichten. Einzig und allein Jörundur der Hundstagekönig hat seinen Namen an den Himmel geschrieben und ihn fast mit Diamanten bestreut, so wie Lucy in dem Beatles-Song *Lucy in the Sky with Diamonds* – wer auch immer diese Lucy gewesen sein mag.

Jörundurs Lebensweg war lang und gewunden, um noch ein anderes Lied der Beatles zu zitieren, doch seine erste Reise nach Island begann in deren Geburtsstadt Liverpool, am 29. Dezember 1808, lange bevor die Beatles geboren wurden. Das Schiff trug den Namen *Clarence*.

Tja, man kann es drehen und wenden, wie man will, aber er ist und bleibt einzigartig. Keiner schafft es, in Jörgen Jörgensens oder Jörundur Hundstagekönigs Fußstapfen zu treten.

Er inspirierte zu Komödien und Liedtexten, Kinder wurden auf seinen Namen getauft, Kneipen tragen seinen Namen und vieles mehr. Gerade als das hier geschrieben wurde, hat man im Zentrum von Reykjavík eine kleine Straße nach ihm benannt: Jörundarstræti. Jörgen Jörgensen ist anders als alle, die wir sonst noch kennen. Er ist schillernder als die meisten Romanfiguren, und damit will ich sagen: Ihm muss man rein gar nichts andichten.

Dabei wissen die meisten erstaunlich wenig über ihn. Kaum einer seiner Landsleute in Dänemark hat überhaupt jemals seinen Namen gehört, die Isländer sind über genau zwei Monate seines Lebens im Bilde, und die Engländer, die Australier und die Einwohner Tasmaniens wiederum haben ganz andere Geschichten über ihn zu berichten – sofern sie denn überhaupt welche kennen. Manche tappen ganz schön im Dunkeln und hängen ihm dennoch übelste Nachrede an, oder aber sie loben ihn über den grünen Klee. Er ist entweder ein Verrückter oder ein Held, manchmal auch ein verrückter Held.

Darüber will ich hier und jetzt kein Urteil fällen, ich frage nur: Wer war Jörgen Jörgensen, was ist geschehen und weshalb? Ich hoffe, bevor diese Geschichte zu Ende ist, erhalten wir eine Antwort auf diese Fragen, wenn nicht sogar mehrere.

2

Unser König, Jörgen Jörgensen, hatte mehrfach das Gefühl, vor einem Erschießungskommando zu stehen, und das nicht ohne Grund. Es gab innere und äußere Exekutionskommandos. Und einmal befand er sich tatsächlich auf dem Weg zum Galgen.

Sein Bruder Fritz hat gesagt, Jörgen habe nicht nur seinen eigenen Ruf ruiniert, sondern auch den der Familie, und das fand Fritz bedauerlich, besonders in Anbetracht dessen, dass es Jörgen eigentlich gegeben war, auf vielen verschiedenen Gebieten Hervorragendes zu leisten.

»Du hättest so viel erreichen können«, schrieb Fritz seinem Bruder in einem Brief, nachdem der auf Tasmanien gelandet war. Man hatte ihn dorthin zwangsdeportiert, ihm aber den Galgen erspart. Und da stellt sich die Frage: Hat Jörgen, wenn man es ganz genau betrachtet, nicht doch viel erreicht?

Das werden wir sehen, und ebenso, wie sein Leben Licht auf andere Menschen wirft. Er badet sie in einem Schein, der sonst längst erloschen wäre. Dasselbe kann man von Pfarrer Jón Steingrímsson behaupten, um den es hier ebenfalls gehen wird, obwohl Séra Jón auf seine Zeitgenossen eher Schatten wirft und über die allermeisten wenig Gutes zu sagen hat.

Séra Jón Steingrímsson ist der einzige Pastor der Welt, der mitten im Gottesdienst einen Vulkanausbruch zum Stillstand brachte, und damit ist er ein Geistlicher von Weltrang, was für ein Maßstab das nun auch immer sein mag. Es ist nicht leicht zu sagen, ob irgendein Geistlicher in unserer Zeit bei Vulkanausbrüchen ebenso gut wirken würde wie er.

Nein, ich darf nicht jetzt schon die ganze Geschichte verraten, bevor ich überhaupt anfange. Man möchte ja oft gern das Ende vorwegnehmen. Manche Bücher hätte ich gern von hinten gelesen, und es gibt Filme, bei denen es reicht, das Ende zu sehen, und noch mehr Filme, die man sich am besten überhaupt nicht ansieht. Doch da die Menschen, um die es geht, schon tot sind, darf man eigentlich überall anfangen.

Es spielt keine Rolle, wie wir ihn nennen, ob Jörgen Jörgensen oder Jörundur Hundstagekönig. In England hieß er Jorgen Jorgenson, und diesen Namen hat er selbst benutzt, als er auf dem Kontinent als Spion agierte. Alle sind sich darin einig, dass er ein charakterschwacher Mensch war.

Angriffsflächen bot er viele. Er häufte Spielschulden an. Er war da anzutreffen, wo er sich nicht aufhalten sollte, und er machte sich da aus dem Staub, wo er hätte sein sollen. Als er England nicht verlassen durfte, hat er sich heimlich abgesetzt, und als man ihm sagte, er solle verschwinden, blieb er wie festgenagelt an Ort und Stelle. So riskierte er Kopf und Kragen.

Dabei hielten es diejenigen, die sich über seine Angelegenheit das Maul zerrissen, nicht einmal für nötig, seine Meinung zu hören, um sie anschließend suspekt zu finden oder lächerlich. So konnten sie ihn guten Gewissens verleumden.

3

Zu all dem hat sich Jörgen selbst folgendermaßen geäußert: »Man hat mich angeklagt, zur selben Zeit Königsmacht usurpiert und in Island eine Republik gegründet zu haben. Darin liegt ein beträchtlicher Widerspruch, denn wenn ich mir königliche Macht aneigne, kann ich keine Republik gründen, und sollte ich eine Republik ins Leben rufen, kann ich keine Monarchie für mich errichten.«

So lautete also der seltsame Widerspruch im Prozess gegen Jörgen Jörgensen.

Darum hat man oft andere Anklagepunkte herangezogen, und zwar sowohl auf dänischer als auch auf englischer Seite.

Wenn es darauf ankam, hielt die Oberklasse länderübergreifend zusammen, auch wenn ihre Rivalität der Ursprung der Konflikte war, in deren Folge Jörgen in Island die Herrschaft antrat oder sie okkupierte.

Dänen wie Engländer waren sich darin einig, dass Jörgen Jörgensen ein Kapitalverbrechen begangen hatte.

4

Wir wollen ein wenig präziser werden: Nachdem der dänische Gouverneur, Graf Trampe, in Island seines Amtes enthoben worden war, verfasste er einen Bericht über die Revolution, in dem er ihre Folgen als »Desaster grenzenloser Tyrannei« bezeichnete.

Damit nicht genug, habe diese Tyrannei »schwer auf einem unschuldigen Volk gelastet, das seinem König stets gehorsam und treu gewesen sei«.

Graf Trampe hat vollkommen recht: Niemand stellte den König in Frage. Sämtliche Schreiben, in denen ihm das einfache Volk seine Klagen und Beschwerden vortrug, beweisen dies. Doch dass die desaströsen Zustände, wie Trampe behauptet, eine Folge von Jörundurs Okkupation gewesen seien, entspricht in keiner Weise der Realität.

Der Bericht wurde auch den englischen Behörden zugeleitet. Das Seltsame ist, dass die Engländer Graf Trampes Klagen aufgriffen. Sie glaubten lieber Trampe, den sie hatten stürzen wollen, als Jörgen Jörgensen, der Trampe gestürzt hatte.

Sir Joseph Banks, der Präsident der Royal Society, der gute Beziehungen zur britischen Regierung und ihren Ministern besaß, äußerte sich folgendermaßen: »Meiner Meinung nach ist Jorgenson ein schlechter Mensch, ebenso Phelps, Graf Trampe ist hingegen ein guter Mensch, jedenfalls so gut, wie Dänen es sein können, wenn sie gut sind, doch sind sie selbstverständlich nicht so gut wie ein guter Engländer.«

Samuel Phelps war ein englischer Kaufmann, der mit Jörgen Jörgensen nach Island kam. Sir Joseph Banks äußerte das Gesagte in einem Brief an Sir William Hooker, den Botaniker, der ebenfalls mit Jörgen Jörgensen nach Island kam und sein bester und treuster Freund war, wenn nicht sein einziger.

Mit seiner Äußerung hat Sir Joseph die Welt auf den Kopf gestellt. Es existiert nämlich ein anderer Brief, in dem er zur Verhaftung Graf Trampes auffordert, um eine Invasion Islands durch die Briten zu ermöglichen.

Trampe, ein Jahr älter als Jörgen Jörgensen, hieß mit vollem Namen Fredrik Christoffer und war ein juristisch ausgebildeter Aristokrat, geboren auf einem Adelssitz auf Jütland und sehr von sich überzeugt. Unterschiedlichere Vertreter der Dänen als Graf Trampe und den Hundstagekönig Jörundur kann man sich nicht vorstellen, Jörgen ein regelrechter Straßenflegel neben dem Aristokraten.

Sir Joseph war anfangs von Jörgen Jörgensen begeistert gewesen. In seinen Augen war Jörgen der Vertreter einer neuen Zeit, ein kühner Draufgänger, ein Abenteurer voller Visionen. Doch ganz plötzlich sollte er dann ein Mann von schlechtem Charakter sein, und seine Taten waren verrückt und vermessen, »*silly business*«, wie Sir Joseph es in seiner eigenen Sprache ausdrückte.

So eigenartig liegen die Dinge, und so groß sind die Widersprüche.

5

Seltsam und widersprüchlich, so ist die Geschichte nun mal. Ständig überrascht sie einen, ist sie ein unaufhörlicher Kampf zwischen Klassen, gesellschaftlichen Gruppen und Individuen. Die Geschichte ist quicklebendig, bunt und abwechslungsreich, doch manchmal stürzt sie auch in tiefe Depressionen und wiederholt sich jahre- oder gar jahrhundertelang nach denselben Mustern.

Es ist auch allbekannt, dass sich die Geschichte immer zweimal ereignet, erst als Tragödie, dann als lumpige Farce. Karl Marx hat das in seiner Schrift *Der achtzehnte Brumaire des Louis Bonaparte* erklärt. Die Sache mit der Wiederholung übernahm er von Hegel, den Rest fügte er selbst hinzu.

Brumaire war nach der Französischen Revolution der neue Name für den Monat November. Mit ihr begann eine neue Zeitrechnung. Tage und Monate erhielten neue Namen, denn es sollte alles verändert und revolutioniert werden. Wer nicht mitmachte, wurde auf den Richtblock gelegt und einen Kopf kürzer gemacht, und viele der Scharfrichter landeten später selbst auf dem Schafott.

Manche meinen, das liege in der Natur von Revolutionen und dem Gang der Geschichte, doch Jörundur Hundstagekönig wollte mit seiner Revolution auf Island im Sommer 1809 mit dieser Tradition brechen, einer Revolution, die tragisch und komisch zugleich war, wie ihr Urheber selbst auch.

»Ich glaube nicht, dass irgendein Historiker, wie umfassend belesen er auch sein mag, in der Geschichte auf eine Revolution verweisen kann, die so wundervoll verlaufen ist wie diese«, schrieb er in seiner Autobiografie, die er »Fragment einer Autobiografie« nannte, *A Shred of Autobiography*.

Jörgen Jörgensen hat sie lange nach seiner Revolution in Island auf Englisch geschrieben. Zuerst erschien sie in einer Zeitung am anderen Ende der Welt, im *Van Diemens Annual* auf Tasmanien. Zu der Zeit war Jörgen Jörgensen Sträfling und Polizist zu gleicher Zeit und mit einer Irin verheiratet. Sie hatten einander kennengelernt, als Jörgen sie verhaftete. Ihr Name war Norah Corbett. Sie soff sich zu Tode.

6

»Wer ist geeigneter, die Lebensgeschichte eines Menschen zu schreiben, ... als der betreffende Mensch selbst?«

Wer stellt diese Frage? Natürlich unser Mann, Jörgen Jörgensen, der König, der Mann mit den drei Namen, oder mehr, je nachdem, wo er sich gerade auf dem Globus befand oder wie er am besten gerade heißen sollte. Andere verliehen ihm noch weitere Namen, doch manchmal wollte er auch namenlos bleiben und trat anonym auf.

Ebenso gab es mehr als ein Eigenschaftswort für ihn. Genauso wie Vorurteile über ihn oder Gefängniszellen und Spielhöllen ...

Er war es, der auf den seltsamen Umstand aufmerksam machte, dass es einer von anderen ausgestellten Urkunde bedarf, um das größte Ereignis im Leben eines Menschen zu bestätigen: seine Geburt. Obwohl die Geburt die Voraussetzung für alles Nachfolgende ist, können wir uns nicht an sie erinnern; wenn wir also selbst das größte Ereignis unseres Lebens vergessen, dürfte es uns kaum schwerfallen, auch anderes zu vergessen.

Weiter meinte Jörgen, die wichtigsten Ereignisse im Leben jedes Menschen ereigneten sich blitzschnell, zum Beispiel »wenn uns eine Kanonenkugel unerwartet den Kopf wegreißt«. Er hatte überhaupt eine Menge auf dem Kasten. Sollten wir von Philosophie reden? Nun, er besaß keinen akademischen Grad, der das bestätigen würde.

Und er war kein starker Charakter. Lief immer wieder Gefahr zu zerbrechen. Oft begann er etwas brillant und legte dann eine Bruchlandung hin. Er steckte sich viel zu hohe Ziele, wollte Länder entdecken, reich werden, in den Grafenstand aufsteigen, König sein. Aber er zerbrach nicht. Oder? Sein Leben war eine Tragödie und eine lumpige Farce.

Wer entsinnt sich seiner eigenen Geburt? Gewiss, ich kenne welche, die erinnern sich sogar an ein früheres Leben, an andere Daseinszustände. Wir kennen auch die Überzeugung, dass Menschen, Tiere und Pflanzen immer wiedergeboren werden; ansonsten aber können sich lediglich Romanhelden wie der kleinwüchsige Oskar in Günter Grass' *Blechtrommel* an ihre Geburt erinnern.

Das Erste, was Oskar sieht, als er das Licht der Welt erblickt, sind zwei Sechzig-Watt-Glühbirnen, und er sagt dazu: »Noch heute kommt mir deshalb der Bibeltext ›Es werde Licht, und es ward Licht‹ wie der gelungenste Werbeslogan der Firma Osram vor.«

Doch wir sprechen hier nicht über Günter Grass und den Zwerg Oskar, sondern über Jörgen Jörgensen oder den Hundstagekönig Jörundur, den Mann, der in Island eine Revolution anzettelte oder die Macht an sich riss und hierzulande zwei Monate lang König war, den Mann nicht nur der vielen Namen, sondern auch vieler Titel und Bezeichnungen: Seefahrer und Entdecker, König, Spion und Geistlicher, Autor und Aufrührer, Revolutionär und Reporter, Polizist und Mediziner, Alkoholiker, Spielsüchtiger ... und so weiter und so fort.

Er selbst fragt also danach, wer geeigneter sei, die eigene Lebensgeschichte zu schreiben, als der betreffende Mensch selbst, und der jene Anmerkung zur Geburt macht: Jörgen

Jörgensen, der englische Däne, dänische Engländer, isländische König, der erste Däne, der die Erde umsegelt hat, geboren im Jahr 1780, drei Jahre bevor der Vulkanausbruch in den Lakagígar westlich des Vatnajökull begann und sich alles änderte, nicht nur in Island, sondern auch vieles in Europa und auf der ganzen Welt.

7

Aus diesem Grund wollen wir ein wenig von jenem Ausbruch, den *Skaftáreldar*, erzählen. Er begann in den Lakagígar, den Laki-Kratern, die Lava aber strömte dann durch das Flussbett der Skaftá, und deshalb nennen wir sie die *Skaftáreldar*, die Feuer an der Skaftá. Sie begannen sechsundzwanzig Jahre bevor Jörgen Jörgensen nach Island kam. Den Ausbrüchen waren mehrere Erdbeben vorausgegangen. Und dennoch überraschten sie jeden. Die Geschichte überrascht uns immer. Der Grund dafür ist einfach. Wir begreifen sie erst im Nachhinein.

»Die Wahrheit ist Gott«, sagte Séra Jón Steingrímsson, der niemals in seinem Glauben erschüttert wurde, egal was passierte. Das hört sich an wie in einem Nachruf, aber ich schreibe keinen Nachruf. Wahr ist es trotzdem, die Wahrheit fragt nicht danach, wie sie sich anhört.

Ich könnte auch sagen: Es ist Nacht. Es ist immer gut, Geschichten bei Nacht passieren zu lassen. Doch es stimmt nicht, denn es ist Tag. Ich sollte sagen: Es ist heller Tag, denn es ist Sommer und Gottesdienst in der kleinen Kirche, die auf einem Hügel bereitsteht, Gott zu empfangen.

Und dennoch ist Nacht, denn dieser Tag, dieser helle Tag ist stockfinster, und in der Welt sieht alles wie bei Nacht aus. Es ist dunkel und düster. Vielleicht nicht so dunkel wie am Anfang, bevor es das Wort gab und Gott Himmel und Erde erschuf, aber ungefähr so.

Sigurður, der Pächter oder Vogt des ehemaligen Klosterguts, hat alle beweglichen Gegenstände aus der Kirche entfernt und hält sich selbst nicht in der Kirche auf. Er ist auch die Person, die später den Opferstock mit den Almosen für die Armen aufbrechen wird. Und er ist es, der Pfarrer Jón bei der Obrigkeit anzeigen wird. Er ist schuld, dass Séra Jón die ganze Versammlung dafür um Verzeihung bitten musste, dass er die Gerechtigkeit über Recht und Gesetz gestellt hatte.

Nein, vielleicht nicht er allein, den so sollte es ja zweifellos sein, doch speziell an diesem stockfinsteren Tag predigt Séra Jón Steingrímsson mit Gott und der Wahrheit auf seiner Seite. Andere stehen ihm nicht bei.

Alles ist dunkel. Es ist pechfinster, bis auf die Blitze, die durch die Luft zucken. Sie zischen durch den Rauch hierhin und dorthin. Der Qualm verdeckt die Sonne und verwandelt Tag in Nacht. Die Sonne ist nur zu ahnen. Sie ist ein winziger, roter Feuerball.

»Sind jetzt wir an der Reihe?«, fragt die Gemeinde mit den Augen, mit dem Schweigen in den Augen. Keiner hat geschlafen. Das Feuer hat schon zwei andere Kirchen in der Gegend verzehrt und kommt nun rasend schnell näher, zu uns, denkt die Gemeinde und spürt, wie das Ende naht, hört Donnern und Krachen.

Séra Jón Steingrímsson ist der Hirte dieser verzagten Herde. Er ist der Pastor der Gemeinden von Kirkjubæjarklaustur. Die Herde schart sich im Schutz der Wahrheit und Gottes, der Kirche und Séra Jóns zusammen. Unterdessen lodert das Feuer aus den Eingeweiden der Erde, der Rauch steigt auf, Dunst legt sich über das Land und das Wasser und verteilt sich um die Welt.

Später sitzt Séra Jón am Tisch in der niedrigen Stube des alten Grassodenhauses auf dem Pfarrhof und schreibt jenen Bericht, seine eigene Geschichte und die des Ausbruchs, der gewaltigen Umwälzungen, die sich hier ereigneten und im Gedächtnis und in der Landschaft noch immer gegenwärtig sind und sich über die ganze Welt verbreiteten.

In Deutschland sprach man vom dunklen Sommer, denn es legten sich Schleier und Nebel auf das Land. Ein seltsamer Dunst hing in der Luft, Rauchschleier zogen über England und den europäischen Kontinent. Selbst zur Mittagsstunde war die Sonne nicht heller als der Mond hinter Wolken. Aus Licht wurde Dunkelheit, doch die Dunkelheit, die sich über die Erde breitete, brachte auch Licht mit sich, das Licht von Veränderungen und Revolutionen, das Licht der Hoffnung.

»Ich, Jón Steingrímsson, durch Gottes besondere Gunst und Gnade Propst der Skaftafellssýsla und Pfarrer der Gemeinden von Kirkjubæjarklaustur, wurde von gottesfürchtigen und frommen Eltern in diese Welt geboren auf Þverá in Blönduhlíð in der Hegranessýsla im 1728. Jahr nach der Geburt unseres Erlösers.«

So beginnt Séra Jón Steingrímssons Biografie, schlicht *Ævisagan*, *Die Lebensgeschichte*, genannt. Dann setzt er noch das Datum hinzu, den 10. September, sechs Wochen vor Winteranfang. So wurden Menschen vor mehr als zweihundert Jahren auf Papier geboren. Sie hatten es nicht eilig, auf diese Welt zu kommen.

Die Lebensgeschichte und *Die Feuerpredigten* sind die wichtigsten Schriften von Séra Jón. Auf sie stützen wir uns, lassen aber manches weg, das für unsere Geschichte nicht von Bedeutung ist. Dafür nehmen wir auf, was wir aus anderen Quellen erfahren, und fügen es unserer Geschichte hinzu.

Vielleicht ist es in Ordnung, wie heute eine Personenkennziffer zu haben und sich damit immer rasch ausweisen zu können. Wie lautete wohl die Kennziffer von Séra Jón? Sie würde mit den Ziffern 100928 anfangen. Allerdings ginge daraus nicht hervor, dass er 1728 geboren wurde, denn schließlich lebte er vor den Zeiten von Kennzahlen und damit auch vor der Mauschelei mit solchen Kennziffern, obwohl es Schwindel und Betrug zu seiner Zeit genau wie zu unserer überall gab.

Worauf es ankommt, ist, dass hier alles wahr ist und seine Richtigkeit hat. Oder? Nichts hier ist erlogen. Ich weiß nicht, warum ich Lügen in die Welt setzen sollte, nur muss man manchmal lügen, um die Wahrheit zu sagen.

Und obschon hier alles wahr und richtig ist, hat man über Séra Jón zu allen Zeiten Lügen verbreitet. Davon ist er jedenfalls überzeugt, und es stimmt schon, dass er in große Schwierigkeiten geriet, weil man ihn schweren Vorwürfen aussetzte.

In einer Angelegenheit war sein eigener Stiefsohn der Wortführer. In anderen waren es Nachbarn aus seiner Gegend und Bezirksvorsteher, ein oder mehrere Bischöfe und Beamte des Königs. Alle hatten sie etwas gegen Séra Jón vorzubringen, diesen seltsamen Kauz, der später zu einem Heiligen avancierte.

Viele aber waren ihm auch wohlgesonnen. Das sollten wir nicht vergessen und ebenso wenig, dass Séra Jón durch seine Reisen durchs Land mit vielen Menschen, ihrer Art und ihrem Charakter bekannt wurde.

Séra Jón Steingrímsson war in Island so weit gereist wie Jörgen Jörgensen in der Welt. Séra Jón erwähnt oft, dass er Neider hatte und Menschen, die ihn hassten. Jörgen war nur verhasst. Beneidet hat ihn niemand.

Schiffe fahren über die Meere. Sie transportieren Güter oder irren über die Ozeane und gehen unter. Städte werden erbaut, dann brennen sie ab. Kopenhagen war in jenen Jahren die Hauptstadt Islands, unsere Hauptstadt. Dort lebte unser König.

1807 nahmen die Engländer aus Angst, dass Napoleon ihnen zuvorkommen könnte, die gesamte dänische Flotte weg – immerhin die viertgrößte Flotte der Welt. Das beeindruckte die Engländer nicht, und sie setzten mit speziellen Geschossen, einer Art Raketen, die Stadt in Brand.

Dieser Angriff gilt als das weltgeschichtlich erste Bombardement einer Stadt mit Zivilisten als Zielscheiben. Damals brannte auch das Haus des Gouverneurs oder Statthalters Thodal ab. Mit dem Titel eines Stiftamtmanns bekleidete Lauritz Thodal das höchste Amt in Island, als dort 1783 die Skaftáreldar einsetzten. Als in Island die Flammen loderten und die Erde glühte, nahm er davon keine Notiz, aber vierundzwanzig Jahre später brannte sein Haus in Kopenhagen nieder. Ich vermute mal, das hat er bemerkt.

1783 verbrannte der Südosten Islands in einer der größten Naturkatastrophen der Weltgeschichte, und dann Thodals Haus im Krieg, jawohl, das Haus dieses erbärmlichen Mannes, der sein Leben ruinierte, weil er seiner Tochter nicht erlauben wollte, den Mann zu heiraten, den sie liebte.

Er war nicht fein genug, bloß ein dänischer Kaufmannsgehilfe in Hafnarfjörður. Viele in Island hätten das für eine gute Stellung gehalten, aber nicht Stiftamtmann Thodal. In der Folge legte sich die junge Frau ins Bett, welkte dahin und starb. Der reuige Vater erholte sich nie von diesem Schlag.

Vulkane brechen aus. Nein, hier braucht man nicht zu lügen. Es besteht keine Verpflichtung, in Romanen zu lügen. Hier bekommt die Wirklichkeit Flügel und fliegt durch die Welt. Gehöfte brennen und stürzen ein. Hier stellen sich Träume ein. Wir hören Orgelspiel in der Erde, Kirchenglocken in der Luft. Unglücksvögel flattern. Missgestaltete Lämmer werden geboren.

Wir bekommen unsere Portion Leid, unsere Portion Schmerzen und Trauer, doch gibt es auch Lachen und Freude, große Feste. Es war keine kleine Feier auf der Insel Viðey, als die Revolutionäre dorthin kamen, oder bei der Hochzeit von Séra Jón und seiner Þórunn im Norden, als schon das ganze Festmahl verputzt war und der Herr aus dem Fluss beim Hof sechzig Lachse zauberte.

Die Geschichte rennt immer wieder in Sackgassen, läuft den Kalender hinauf und hinab und wiederholt sich als Tragödie und als Farce. Sie ist der hellste Stern an unserem Himmel und erleuchtet den Geist, auch wenn es oben dunkel ist: Wolken, Donner, Treibeis und Kälte, Krieg und Verbrechen, Vulkanausbrüche und Revolutionen.

Und dann scheint die Sonne.

II

1

Die Erinnerung an die Skaftáreldar wurde in der *Lebens-geschichte* Séra Jón Steingrímssons bewahrt, der leider Jörgen Jörgensen nie begegnet ist, als der fast dreißig Jahre später nach Island kam und für zwei Monate König wurde. Da war Séra Jón bereits gestorben, auch wenn er in unserem Gedächt-nis hier in Island als heiliger Mann weiterlebt, wie Jörundur der König der Hundstage es auf seine Art ebenfalls tut.

Und die Liebe blüht – oder welkt. Es gibt kein Licht ohne Schatten, kein Glück ohne Unglück. Die Liebe wirkt überall mit. Mancherorts sieht man sie vor lauter Bäumen nicht, und sie badet sich in den schattenseligen Hainen von Träumen, oder sie schneidet in offenem Gelände durch Mark und Bein. Sie ist der Eispanzer und das Feuer darunter.

In Liebesangelegenheiten war das Leben Séra Jóns sehr be-wegt. Er kam gut bei Frauen an. Sie waren von ihm mehr als angetan. Er und zwei Kumpane zogen von Hof zu Hof und unterhielten die Leute mit Musik und Gesang. Sie waren so eine Art Trio Rio ihrer Zeit, drei Disziple vom Bischofssitz Hólar, die man in weitem Umkreis zu Feiern und zur Unter-haltung engagierte.

Séra Jón spielte Langspil und sang dazu. Er konnte auf einem Bein hüpfen und Vogelstimmen nachahmen. Manchmal konnte er Begierde und Verlangen nicht im Zaum halten und fühlte sich vom Teufel in Versuchung geführt. Dann war er nahe dran, Zauber und Magie auszuüben, doch dann fiel ihm Gott in die Zügel und sagte, er solle diesen Unsinn lassen. Sonst würden sich ihre Wege trennen.

Séra Jón begann sogar, im Gefolge von Geistlichen Wiedergänger zu sehen und den Teufel anzubetteln, er möge ihm junge Frauen zuführen, möglichst nackt und voller Gier. Der Teufel war dazu gern bereit, wenn Séra Jón sich im Gegenzug ihm anschließen würde. Nein, so weit ging es dann doch nicht. Der Teufel ist kein Heiratsvermittler, kein Vertreter in Sachen Liebe.

Wenn Séra Jón den Teufel als seinen Laufburschen in Liebesangelegenheiten aussenden wollte, war das seine Sache, da mischte Gott sich nicht ein. Die Sache war klar. Jón hatte die Wahl. Und er hatte einen freien Willen. So sah Gott das Ganze.

2

Dennoch verdächtigte man Séra Jón, den Mann seiner zukünftigen Frau ermordet zu haben. Dabei brauchte er ihn gar nicht umzubringen. Das besorgte der schon selbst. Vielleicht mit ein wenig Nachhilfe seiner Freunde.

Der Mann hieß Jón Vigfússon und war Pächter des Klosters auf Reynistaður im Skagafjörður. Man nannte solche Pächter Klostervögte, obwohl die Klöster längst aufgelöst waren, wenn die Vögte dort lebten, wo einmal ein Kloster gestanden hatte. Jón Vigfússon hatte sieben Jahre in der dänischen Armee gedient und fuchtelte mit Degen und Messern herum, wenn er betrunken war, er soff für drei und starb an Alkoholismus und einem unmäßigen Lebenswandel.

Nur wenig später war Séra Jón, damals Diakon dort, im Bett der Witwe gelandet, und zwar mit Wissen und Zustimmung seiner Liebsten, weil die Witwe so litt und das Mädchen sie so mochte. Die Witwe hieß Þórunn, die Freundin Sigríður.

Séra Jón traf Sigríður auf Akrar. Dort war Skúli Magnússon Bezirksvorsteher. Er war ebenfalls Statthalter auf Hólar und später Vogt in Reykjavík und wird manchmal der Vater von Reykjavík genannt.

Skúli, obgleich sturzbetrunken, erteilte Jón jede Menge Ratschläge, von denen etliche trotz Skúlis Volltrunkenheit hilfreich waren. Ich habe all das direkt von Séra Jón, aus seinem Buch, aber ich komme später ausführlicher auf diese

Ratschläge zurück, und auf die Affären ebenfalls. Jetzt gehe ich die Geschichte erst einmal zügig durch.

Nein, Libertinage ist nicht erst gestern erfunden worden. Die Gegenwart bildet sich das bloß ein. Weil das Gedächtnis so kurz ist. Die Gegenwart glaubt, alles fange erst mit ihr an. Das ist nur dummes Gerede. Wir stehen in dieser Affäre natürlich auf Séra Jòns Seite. Er hat Klostervogt Jón Vigfússon nicht umgebracht. Dessen sprechen wir ihn frei.

Es ist lediglich üble Nachrede von Leuten in der Gegend und später von seinem Stiefsohn, weil er Geld brauchte. Klostervogt Jón war absolut in der Lage, sich selbst aus dem Leben zu schaffen, und seine versoffenen Freunde waren ihm dabei mit Ausschweifungen und Prügeleien ebenso behilflich wie seine unter der Bezeichnung Magd laufende Geliebte namens Halla.

Séra Jón aber verlor seine Stelle als Diakon, und eine Zeitlang waren alle in heller Aufregung, nicht unbedingt, weil er zur Witwe ins Bett gestiegen war, um ihre Depressionen zu heilen, sondern weil sie in diesem Bett schwanger wurde, jedenfalls kam das am Ende dabei heraus, oder zumindest bevor die beiden heirateten.

Wir gucken nicht zu genau unter die Bettdecken, allerdings schien es danach mit einer Beförderung Séra Jóns zum Pfarrer vorbei zu sein. Nun ist es Männern geistlichen Standes zu allen Zeiten passiert, dass sie vorzeitig mit irgendwelchen Mädchen, Freundinnen oder Frauen ins Bett gingen und deswegen nicht zu Pfarrern geweiht wurden.

Dann verging eine Weile, und dann erhielten sie die Weihe doch, weil es immer an Pfarrern mangelte. Sie kratzten ab oder gaben das Amt auf, weil sie entweder halbe Schwachköpfe oder Säufer waren oder beides, aber das ist eine andere Geschichte.

3

Kommen wir kurz auf die Nacht zu sprechen, in der Klostervogt Jón Vigfússon starb. Seine Schwester Guðrún Vigfúsdóttir war zu Besuch gewesen, und er hatte sich einige Tage, nach Aussage einiger Leute sogar eine ganze Woche, trocken gehalten. Als er seine Schwester wieder losgeworden war, gab er sich dann allerdings heftig die Kante.

Wenn der Klostervogt gesoffen hatte, war niemand vor ihm sicher. Die Leute trauten sich kaum, zu essen oder zu schlafen. Am schlimmsten sprang er jedoch mit seiner Frau Þórunn um. Er würgte sie, er schlug und verprügelte sie. Viele glaubten, er würde sie umbringen, nicht zuletzt, weil sie schwanger war.

Wenn ein anderer Mann sie in Schutz nahm, hieß das, derjenige hatte mit ihr gevögelt. Das bekam Séra Jón oft zu hören, in seiner Schrift bestreitet er solche Unterstellungen jedoch und beließ es dabei, denn Gott wusste, dass es nicht stimmte.

Zwischen seinen Sauftouren war Klostervogt Jón der höflichste Mensch. Er galt als sparsam bis geizig und umsichtig in seinem Tun, wurde aber ein völlig anderer Mann, wenn er trank. Wenn es wieder einmal so weit war, trank er tagelang, und dann gab es keinen Frieden im Haus, sondern es herrschte geradezu Kriegszustand, als wenn er noch immer bei der Armee wäre und sich mit eingedrungenen Feinden aus anderen Ländern schlagen müsse. Wenn er sich dermaßen abfüllte, sahen die Leute böse Geister in seiner Begleitung.

Séra Jón Steingrímsson brachte Guðrún, die Schwester des Klostervogts, über die Flussläufe nach Osten bis zum Bischofssitz Hólar. Bei seiner Rückkehr rannte der Vogt mit gezücktem Säbel herum, fuchtelte mit Messern und verkündete, seine Frau sei schwanger, aber nicht von ihm, sondern von Séra Jón.

Dann zog er sich mit seiner Geliebten Halla und einem Mann namens Björn, einem habgierigen und schlecht gelittenen verurteilten Verbrecher, in seine Kammer zurück. An jenem Tag hatten die Pachtbauern des Klostervogts ihre Pacht bezahlt, und es war genug Geld und überhaupt genug von allem im Haus.

Diesem Björn Árnason hatte wegen verschiedener Diebstähle und anderer Schurkereien schon der Henker gedroht. Doch Klostervogt Jón und seine Genossen hatten ihn davor bewahrt, weil er aus einem angesehenen Elternhaus kam. Aus diesem Grund befasste sich Bezirksrichter Skúli nicht mit ihm und übergab ihn nicht dem Arm des Gesetzes.

In der Nacht ging es ordentlich laut her. Séra Jón erwachte davon, wagte es aber nicht, sich einzumischen, sondern ging ins Bett zurück und schlief wieder ein. Da waren alle bis auf Björn und Halla schlafen gegangen. Sie brachte den Klostervogt zu Bett.

Séra Jón schlief ein und wachte noch einmal auf, als jemand laut und gellend schrie: »Wach auf, Jón, und nimm dich in Acht, Guðbrandur auf Brimnes ist im Fúlutjörn ertrunken.« Dieser Guðbrandur war ein Verwandter Séra Jóns, der sehr dem Alkohol zuneigte. Versoffenes Schwein nannte Séra Jón ihn. Er konnte nicht wieder einschlafen.

Es war schon Tag, als Halla mit der Nachricht zu ihm kam, dass der Klostervogt tot in seinem Bett liege. Alle erschraken.

Séra Jón ritt noch einmal nach Hólar und holte die Schwester des Vogts. Sie kam für die Beerdigung auf.

So sah Séra Jón, was geschah, und er änderte seinen Blick auf die Dinge erst, nachdem Björn Árnason nach Kopenhagen übergesiedelt war und dort arbeitete und nachdem Jón Scheving, der Sohn des Klostervogts, eines Tages in Erscheinung trat.

4

Später erzählte Þórunn Séra Jón, sie habe Jón Vigfússon den Klostervogt nie gewollt, man habe sie aber aus Standesdenken und wegen seiner Position zur Ehe mit ihm gedrängt. Sie trug den Namen eines vornehmen Geschlechts, war eine Scheving, er hatte Geld. Seine Mutter war steinreich, sie besaß mehrere Höfe und ein Vermögen. All das würde Jón einmal erben oder in Verwaltung übernehmen.

In seiner Autobiografie behauptet Séra Jón Steingrímsson, solcher Reichtum werde üblicherweise im dritten Glied zu einem Fluch, und tatsächlich sollten die Kinder des Klostervogts geradezu gegen Þórunn und Séra Jón zu Felde ziehen, ganz besonders der älteste Sohn, der seine Mutter und seinen Stiefvater beinahe lebenslänglich hinter königliche Gitter gebracht hätte.

Die Zwietracht zwischen Jón Vigfússon und Þórunn entwickelte sich aus ihren verschiedenen Charakteren. Er nahm ihr sämtliche Befugnisse und teilte ihr Geld so knapp zu, als wäre ihr ganzer Reichtum bloß ein Scherz. Immerhin bekam sie manchmal noch etwas von ihm dazu, wenn er am Anfang einer Sauftour und guter Laune war, aber dafür musste sie im späteren Stadium seines Besäufnisses mit umso mehr Prügel büßen.

Séra Jón spart nicht an Lobesworten über seine Frau Þórunn, zählt aber auch alles auf, was sie von ihrem früheren Ehemann hat erleiden müssen. Er nennt sie eine gottesfürchtige Frau, vornehm im Auftreten wie in ihren Ausgaben, aufrichtig und gastfrei. Zudem war sie barmherzig gegenüber Armen und Leidenden und hatte noch weitere gute Seiten.

Séra Jón meint, Gott würde all das bestätigen, wenn er ihn darum bäte, denn Þórunn sei ein lebender Beweis dafür, wie groß und mächtig Gott sei, der all diese Vorzüge in einem einzigen Menschen hervorzaubere.

5

Man darf oft fragen: Welche Variante möchtest du, die tragische oder die komische? Denn Tragödie und Komödie sind nicht unbedingt Gegensätze, sondern eher zwei Seiten ein und derselben Medaille. Ein Trauerspiel kann auch komisch sein und im Komischen viel Trauer stecken.

Das wissen wir aus der alten und der neueren Geschichte, durch das Leben selbst und aus Büchern darüber, aus dem, was wir Literatur nennen.

Doch obgleich die Geschichte so wichtig ist, wurden viele Versuche unternommen, um sie aus der Wirklichkeit und aus unserem Denken zu tilgen.

Ja, das Gedächtnis ist kurz, doch die Geschichte lang.

Mitunter ist es geradezu in Mode, Dinge zu vergessen, und Demenz wird dann zum Normalzustand. Die Regierenden sind auch nicht unbedingt dafür, dass wir die Geschichte kennen, und daher wird sie oft verdreht oder verfälscht, oder es heißt sogar, sie sei unwichtig.

Doch was ist wichtig?

Jörgen Jörgensen. Nur so und nichts weiter hieß er in seinem Heimatland Dänemark, in dem er geboren wurde. Allerdings änderte sein Vater, der ebenfalls Jörgen hieß, seinen Nachnamen in Jürgensen; vielleicht wollte er sich deutsch anhören, denn er hatte sein Handwerk in der Schweiz gelernt.

Er war Uhrmacher, ein sehr tüchtiger, und dieses zauberische Handwerk, das Geduld und Sorgfalt erfordert, wurde in der Familie von Generation zu Generation weitergegeben. Unter seiner Leitung wuchs und gedieh das Unternehmen. Er verkaufte nicht nur größere und kleinere Uhren, sondern stellte selbst welche her und beschäftigte bald zweiundzwanzig Angestellte.

Er führte ein angesehenes Haus, und es ging auch zu der Zeit noch weiter aufwärts, als Jörgen Jörgensen unter solchen Schmerzen und schwierigen Umständen in diese Welt drängte, dass man den Hofarzt aus dem königlichen Schloss kommen lassen musste.

Jörgens Vater hatte dort Zutritt, er war königlicher Uhrmacher und führte die Aufsicht darüber, dass sämtliche Uhren im Schloss richtig tickten. Einmal nahm er den kleinen Jörgen mit, und er begegnete dem König, Christian VII. Der sprach Jörgen auf Französisch an und hatte sicher keine Ahnung, dass er vor einem anderen König stand, vor Jörundur dem König der Hundstage.

Jörgen Jörgensen hieß er in Dänemark, unter einem anderen Namen wurde er in England bekannt, auf den Straßen seiner Städte, auf dessen Schiffen und in dessen Kneipen und Gefängnissen hielt er sich, lesend und schreibend, am längsten auf.

In England hieß er Jorgen Jorgenson. Einmal, im Frühjahr 1813, hielt er sich im Haus von Sir William Hooker auf, nachdem er aus dem Gefängnis entlassen worden war, nach einem Krankenhausaufenthalt und vielen Strapazen. Jörgen besaß bis auf abgetragene Seemannskleidung nichts mehr zum Anziehen, aber er saß an einem Tisch und schrieb. Sonst schrieb er meist, wenn er im Gefängnis saß. Er vertrieb sich so die Zeit, oder der Geist kam da über ihn. Wenn er im Dunkeln hockte, war ihm, als sehe er Licht, doch draußen in der Helle zog ihn das Dunkel an. Ein Besucher fragte Hooker, wer der seltsame Kauz sei. »Das ist der König von Island«, antwortete Hooker.

Seinen dritten Namen erhielt er in Island, als er für zwei Monate sein Königreich errichtete. Da hieß er Jörundur Jörundarson, meist Jörundur Hundadagakonungur genannt. Er bandelte mit einer Guðrún Einarsdóttir an, die den Namen Johnsen annahm, aber wegen ihres Verhältnisses mit Jörgen sogleich den Spitznamen Hundstagekönigin erhielt.

Guðrún war eine schöne, weltgewandte Frau, die Femme fatale von Reykjavík heißt es in einer Quelle. Sie zog Reisende, Kaufleute und Konsuln aus Großbritannien in ihren Bann. Sie schlugen sich um sie und forderten sich ihretwegen beinahe zum Duell heraus. Es war ausgeschlossen, einen Hundstagekönig zu haben und keine Hundstagekönigin. Manche behaupten, sie habe ihm den Namen Jörundur gegeben. In Afrika hieß er Jon Jonsson, in Australien John Johnson. Irgendwo kommt auch der Name Jan Jansen vor.

Nennen Sie ihn, wie Sie wollen, auf diesen Seiten hier nennen wir ihn jedenfalls auf Dänisch Jörgen, so wie er in der Nikolauskirche getauft wurde, oder Jörundur, wie wir Isländer in nannten und noch heute nennen. Der englische Name Jorgen kommt ebenfalls vor. Wir brauchen aber nicht damit hinter dem Berg zu halten, dass die isländische Namensgebung die poetischste ist, denn schließlich ist es bei uns ein Volkssport, allen Leuten irgendwelche Spottnamen zu verpassen, nicht zuletzt uns selbst.

6

Der Feuerpriester Séra Jón Steingrímsson hätte Jörgen Jörgensens oder Jörundur Hundstagekönigs Großvater sein können. Séra Jón hatte bloß einen Namen, seinen eigenen, oder
eigentlich doch zwei, denn man nannte ihn den Feuerpriester.
Das ist ja kein echter Name, sondern ein Beiname, aber der
blieb nach dem Wunder an ihm hängen.

Séra Jón wurde, wie gesagt, 1728 geboren. Sein Vater hieß
Steingrímur Jónsson, seine Mutter Sigríður Hjálmsdóttir. Als
Jörgen Jörgensen zur Welt kam, war Séra Jón zweiundfünfzig
Jahre alt. Da hatte sich in seinem Leben schon einiges ereignet, doch das Wichtigste stand ihm noch bevor, der Vulkanausbruch, der mit seinem Leben und mit seinem Namen verbunden ist.

Als Séra Jón vier Jahre alt war, sah er eine Sonnenfinsternis.
Es wurde am hellen Tag dunkel, als wäre die Nacht hereingebrochen. Später deutete Séra Jón dieses Erlebnis als Vorzeichen dessen, was noch kommen sollte.

Als seine Mutter mit ihm schwanger war, träumte sie, sie
würde einen Widder austragen. Der Widder trug ein weißes
Horn, war ein Weißgehörnter, wie man sagt, und er zog von
einer Gegend in die andere und verwüstete sie.

Der Traum gefiel Sigríður nicht. Sie bekam es mit der Angst
und wagte es nicht, ihn jemandem zu erzählen. Nein, das ist
nicht ganz richtig. Sie träumte nicht den Widder, sondern
dass man ihr im Traum gesagt habe, sie sei mit einem Widder

schwanger, mit einem Weißgehörnten, der mehrere Gegenden verwüsten würde.

Schlussendlich läuft es auf dasselbe hinaus. Sie hatte nach wie vor Angst und erzählte niemandem von ihrem Traum. Erst als sie ihn einem Mann namens Páll Skúlason anvertraute. Er war Séra Jóns Taufpate, und seine Frau Guðný stand Patin. Bevor Sigríður Páll den Traum erzählte, mischte sich der Teufel ein, deutete den Traum und flößte Sigríður Zweifel und schlimme Gedanken ein. Das ist sein Job, auf dem Gebiet ist er Fachmann.

Sigríður vertraute Páll. Er war früher ein tüchtiger Bauer gewesen, fromm und verschwiegen. Séra Jón nennt ihn einen Umherziehenden, eine vornehme Umschreibung für das Los, das Páll durch Armut getroffen hatte. Um die Zeit, als er den Traum deutete, war er mehr oder weniger ein Landstreicher. Páll hatte sich nie sehr für weltliche Dinge interessiert, aber er war gottesfürchtig und kannte sich mit vielem aus. Laut Séra Jón.

Es heißt, Páll habe zu dem Traum eine ganz andere Meinung gehabt als die werdende Mutter.

»Ein Widder«, sagte er. »Das bedeutet nichts anderes, als dass du einen Jungen bekommen wirst, und ein Widder ist der Anführer der Herde, der Leithammel.«

Páll Skúlason deutete den Traum so, dass Séra Jón einmal rohe Sitten ausmerzen würde. Er hatte natürlich keine Ahnung, um welche Sitten es sich dabei handelte oder was genau da im Anzug war, aber ihm war die Geschichte einer anderen Frau bekannt, die geträumt hatte, sie sei mit einem bellenden und blutigen Hund schwanger, und aus diesem Kind war ein mächtiger Mann geworden. Sigríður fragte Páll, von welchem Mächtigen er spreche, und da kam heraus, dass er an den heiligen Ignatius, Bischof von Antiochia, dachte, der im frühen zweiten Jahrhundert in Rom den Löwen vorgeworfen wurde.

Warum sollte Séra Jón da nicht auch ein großer Mann werden? Wenn der Bischof von Antiochia einer geworden war, obwohl seine Mutter einen so schrecklichen Traum gehabt hatte, konnte dasselbe doch auch für Séra Jón eintreffen. Doch so wurde Séra Jón nicht.

Wenn jemand an sich selbst zweifelte, dann war er es, und manche hielten ihn für einen ausgemachten Narren, den komischen Kauz der Gegend. Doch Gott belohnt alles, was aufrichtigen Herzens und in seinem Namen getan wird. Darüber brauchen wir nicht zu diskutieren, jedenfalls nicht mit Séra Jón.

Einmal wollte er herausfinden, was es mit übernatürlichen Wesen in einem Felsen auf sich hatte. Er war noch ein Kind und hatte gehört, in dem Felsen lebten Elfen und sonstige Geister. Bei seiner Suche trat er fehl und fiel in den Fluss. Hilflos trieb er im Wasser bis zu der Stelle, wo seine Mutter gerade Wolle wusch. Und warum trieb er dorthin? Nun, weil Gott es so gelenkt hatte. Seine Mutter fischte ihn heraus, lief mit ihm ins Haus, wickelte ihn aus den nassen Sachen und rieb und rubbelte ihn, bis die Wärme in seine Glieder zurückkehrte.

Séra Jón steckt voll derartiger erbaulicher Geschichten, voll demütiger Weisheit. Doch macht er auch deutlich, wenn Gott irgendjemandes Hand hielt, dann war es die seine. Gott führte ihn durch alle Schwierigkeiten. Ja, wie sehr auch versucht wurde, ihm ein Bein zu stellen und ihn zu Fall zu bringen, so war Gott mit ihm, der unbegreifliche, gütige Gott, wie er ihn in seiner Schrift vorstellt. Was immer auch geschieht, so hat Gott doch immer etwas Gutes im Sinn oder will die Menschen etwas lehren, das sie nicht wissen, sie an etwas erinnern, das sie vergessen haben. Er wagt, wenn andere schweigen.

Gott ist also so etwas wie ein Historiker und möchte nicht, dass wir vergessen, was geschehen ist, ganz im Gegensatz zu den Kräften, die uns andauernd einreden, die Vergangenheit sei unwichtig. Wir Erzähler von Geschichten, die wir auffrischen, um an das Vergessene zu erinnern, stehen daher im Bund mit Gott. Würde man ihn fragen, sähe Séra Jón die Sache gewiss genauso.

Feuer ist das nützlichste, aber auch das verheerendste Element, sobald man nicht sorgfältig mit ihm umgeht oder der Herrscher über die Natur ihm gestattet, dass es über die Stränge schlägt.

Annalen und andere schriftliche Quellen zeigen, wie oft der gerechte Gott dieses Land mit Erdfeuern und Verwüstungen heimgesucht hat, wenn es an Gottesfurcht und Gerechtigkeit mangelte und er beiden nur durch sein Eingreifen wieder auf die Sprünge helfen konnte.

Wenn die Menschen Gottes Zorn aufstacheln, straft er sie mit Feuer und Verwüstung, manchmal mit Blitz und Donnerschlag, manchmal mit verheerenden Feuersbrünsten, die Stadt und Land in Schutt und Asche legen.

Ich gebe natürlich bloß die Gedanken Séra Jóns wieder. Ich weiß nicht, ob er mit meinen Formulierungen zufrieden wäre, aber ich konzentriere mich auf den Sinn, nicht auf die Wortwahl.

Laut Séra Jóns *Feuerpredigten* ist das alles eine Art göttlicher Prüfung, nur ist nicht leicht zu erkennen, ob Gott auf der Seite Napoleons stand, der unseren König auf seine Seite lockte, oder auf der der Engländer, die zeitweilig versuchten, uns dem König wegzunehmen, nicht zuletzt, nachdem sie selbst mit Feuer und Schwert angerückt waren und sogar Kopenhagen in Schutt und Asche gelegt und dem König alle Schiffe geraubt hatten, auch die unsrigen.

Genau wie in der Geschichte von Séra Jón lodert auch in der von Jörgen Jörgensen Feuer. Unser König sieht sein Schloss brennen und Schiffe in hellen Flammen stehen. Er beschreibt die Feuersbrunst wie ein ästhetisches Schauspiel, als stünde er in einer Gemäldeausstellung, und Séra Jón wird Zeuge von Feuern, die aus dem Innern der Erde hervorbrechen, er sieht Berge bersten, Aschewolken aufsteigen und sich ausbreiten.

Séra Jón lässt sich vergleichsweise wenig über seine Vorfahren auf väterlicher Seite aus, er erwähnt einige Bischöfe, hält sich aber nicht lange mit Genealogie auf und quält uns nicht mit unwichtigen Namen. Derartiges macht keinen Spaß. Zu viel Genealogisches schadet einer Geschichte, macht sie langweilig, es sei denn, die Genealogie steht im Zentrum des Interesses oder bildet einen unverzichtbaren Leitfaden.

Séra Jón versteht das und beschließt, ein eigenes Buch zur Geschichte seiner Vorfahren zu verfassen, schreibt aber über die mütterliche Linie in seiner *Lebensgeschichte* lediglich: »Über meine Großeltern mütterlicherseits kann ich weniger sagen, weil sie entfernter lebten, doch waren sie gute Bauersleute, die in ehrwürdigem Alter starben.«

Séra Jón wuchs bei seinen Eltern auf, bis Gott seinen Vater abberief. Da war Jón zehn Jahre alt. Ein Knecht auf dem Hof weckte ihn mit den Worten: »Wach auf, Jón! Dein Vater ist tot.«

Der Vater hatte in gutem Frühlingswetter hundertfünfzig Schafe ins Hochland getrieben. Dann war ein Unwetter hereingebrochen, ein Sturm mit dichtem Schneetreiben, oder es bildeten sich Schneeverwehungen. Die allermeisten Tiere verendeten, hundert Schafe. Der Vater wurde krank und starb mit siebenunddreißig Jahren.

In diesem Schneesturm verirrten sich viele Menschen und kamen darin um. Die Seevögel kamen vom Meer an Land geflogen. Sie flohen von der Insel Drangey, die vom ganzen Skagafjörður zu sehen ist und auf der einmal Grettir der Geächtete hauste. Doch wenn Seevögel zu weit ins Land hineinfliegen, verlieren sie ihre Flugfähigkeit. Das Land war daher voller nicht mehr flugfähiger Vögel, die nicht vor und zurück wussten.

Der Knecht, der Séra Jón weckte und ihm den Tod seines Vaters mitteilte, setzte noch hinzu: »Jetzt kann ich tun, was ich will«, und Séra Jón war von Leere und Trauer überwältigt worden.

Steingrímur hinterließ vier Kinder, und ein fünftes war unterwegs. Séra Jón war der Älteste, zehn Jahre alt, Þorsteinn war sechs, Pálmi drei und Helga zwei Jahre alt. Steingrímurs Tod trat am Pfingstsonntag ein, genau wie der Vulkanausbruch viele Jahre später.

Séra Jóns Vater hatte die ganze Nacht über laut gebetet, auch viele Verse aus den Passionspsalmen. Der Junge schlief darüber ein. Als er erwachte, saß seine Mutter weinend bei dem Leichnam, und seine Brüder lagen im Bett gegenüber. Seine Schwester schlief noch, doch Séra Jón stand auf, ging aus dem Haus und suchte sich ein Versteck, wo er weinte, bis er umfiel.

»Doch dann wuchs mir neue Kraft zu«, sagt er.

III

1

Séra Jón schöpfte immer wieder neue Kraft, denn Gott schickte ihm stets neue Eingebungen und führte ihm vor Augen, was er sagen oder tun und wie er sich verhalten sollte. Das ist die Art, wie Gott wirkt. Er bedient sich keineswegs immer eines Geistlichen als Mittler. Manchmal braucht er sie nicht und kommt bei dir oder wem auch immer direkt zur Sache.

Séra Jón hat das oft erlebt, auch nachdem er selbst Pfarrer geworden war. Die geistliche Laufbahn einzuschlagen war nicht so leicht, wie man glauben mochte. Sie verhieß nicht bloß leichte Arbeit in geschlossenen Räumen und ein gutes Gehalt vom König. Aber die Geistlichen bekamen längst nicht immer ihr Geld, und diesen Umstand sollte Jörgen sich in der Revolution zunutze machen. Er erhöhte die Bezüge der Geistlichen und trug ihnen dafür auf, ihn auf der Kanzel zu loben.

Für Séra Jón bedeutete das Priesteramt Schwerstarbeit. Er lief nicht davon, wenn er gebraucht wurde, wie manche seiner Amtsbrüder, sondern blieb bei den Menschen, und er fungierte sowohl als Arzt als auch als eine Art Sozialarbeiter. Manchmal kamen Menschen zu ihm, die ihn vorher abgelehnt hatten, und denen las er erst einmal die Leviten, half ihnen dann aber doch. Er war nachtragend, und so mussten die Leute sich selbst in die Augen schauen. Und dann gab es auch andere, die sich ihm anschlossen, aber selbst hilfsbedürftig waren.

Es gibt immer jemanden, der Hilfe braucht. Immer ist jemand in Not und sucht nach einer helfenden Hand.

Ich überspringe jetzt einige Jahre und viele Seiten in Séra Jóns Geschichte ab dem Zeitpunkt, an dem er seinen Vater verlor, bis zu seiner Priesterweihe.

In der Zeit dazwischen hat sich viel zugetragen, das kann ich Ihnen sagen. Ich erzähle diese Geschichte nicht unbedingt in der richtigen zeitlichen Reihenfolge, denn in Wahrheit gibt es gar keine richtige Reihenfolge, weil dies nicht die Geschichte über Männer ist, die immer alles in der richtigen Reihenfolge getan hätten, weder Séra Jón Steingrímsson noch Jörgen Jörgensen. Im Lauf der Zeit finden nicht die braven Kinder mehr Beachtung, sondern die schwierigen.

Doch davon erst einmal genug. Nachdem Séra Jón die Priesterweihe erhalten hatte, lief es keineswegs gut für ihn, jedenfalls nicht zu Anfang. Im Nachhinein sah alles gut aus, nachdem man seine Geschichte zu einem Heiligenbild stilisiert hatte.

Es war Séra Daði, der ihm eine Stelle verschaffte und aus Jón Pastor Jón machte. Séra Daði war alt und schwach geworden, und obwohl er ein guter Sänger war, klug und munter und obendrein ein ganz ordentlicher Dichter, so war er doch auch ein fürchterlicher Fettsack, gut hundertzwanzig Kilo schwer, und dabei ein sehr mäßiger Bauer.

Es war kein Zuckerschlecken und konnte sehr kräftezehrend sein, zu Pferd reißende Flüsse zu durchqueren oder in Dunkelheit und Kälte zu Fuß von einem abgelegenen Hof zum nächsten zu wandern, allesamt Strapazen, für die ein so dicker und schwerfälliger Mann wie Séra Daði nicht geeignet war. Er schaffte es nicht, seinen ganzen Sprengel zu bereisen, und hatte nicht die Kraft und die Ausdauer dazu.

All die Strapazen bekam auch Séra Jón zu spüren. Einmal schlief er nach Abendandacht und Predigt ein. Als er aufwachte, schmerzten seine Beine. Sie waren dick geschwollen, und er hatte Fieber. Er hatte sich eine Grippe zugezogen. Mit Mühe rappelte er sich auf und ging zur Kirche. Einige Besucher waren gekommen. Séra Jón kniete nieder zum Gebet, erhob sich und sagte dabei: »Jesus, hilf mir!«

»Bester Mann, Ihr sollt hier für mehrere Fürbitte leisten als nur für Euch allein«, sagte einer der Gottesdienstbesucher und hätte nur noch ergänzen müssen, dass er schließlich dafür bezahlt würde.

Ja, vielleicht kam Séra Jón seinen Gemeindemitgliedern ein wenig egozentrisch vor, zu sehr mit sich selbst beschäftigt, aber das ist eine altbekannte und immer wieder aktuelle Geschichte. Er bemitleidete sich selbst wie ein Dichter. Manchmal beschwerte er sich über alles und jeden und fand, alle täten ihm unrecht.

Nachdem Séra Jón Pfarrer geworden war, vergab man ihm, dass er seine Frau schon vor der Hochzeit geschwängert hatte und dass er mit der Witwe ins Bett oder richtiger zur Witwe ins Bett gestiegen war, denn sie war bettlägerig und dermaßen depressiv und traurig, dass ihr nichts half, außer wenn sich Séra Jón, damals noch Diakon, zu ihr legte.

Séra Jón Steingrímsson und Þórunn Hannesdóttir Scheving heirateten am 29. September des Jahres 1753. Die Hochzeitsfeier dauerte einen halben Monat, und es kamen mehr als neunzig Gäste. Auf dem Höhepunkt des Festes ging auf einmal alles Essen zur Neige. Eine mittlere Katastrophe bahnte sich an, doch, wie ich schon erwähnt habe, wurden genau da im Fluss nahe dem Hof nicht weniger als sechzig Lachse gefangen. Da konnte das Fest mit Tanz, klingenden Gläsern und weiteren Bewirtungen fortgesetzt werden.

Die Witwe war steinreich, genauer gesagt, ihr Mann war es, das versoffene Loch, aber Jón der Klostervogt war natürlich schon gestorben, als die Witwe Séra Jón heiratete. Sie erbte sein Geld und seine Ländereien. Manche vertraten die Ansicht, Séra Jón habe sich da einen fetten Bissen geangelt, und es fiel so manches gemeine Wort, doch sieben Jahre nach der Hochzeit erhielt Séra Jón sein erstes Pastorat.

Seine erste Pfarrstelle lag in Mýrdalur. Er lässt kein gutes Haar an den Menschen dort, und auch sie waren von seiner Ankunft wenig erbaut. Wahrscheinlich hielten sie überhaupt wenig von Geistlichen.

Vor seinem ersten Gottesdienst bat Séra Jón, man möge ihm den Schlüssel zur Kirche aushändigen, doch vom Verbleib eines Schlüssels schien keiner eine Ahnung zu haben. Alle schauten sich nur erstaunt an. Wo der Schlüssel ist? Welcher Schlüssel? Hier gibt es keinen Schlüssel. Hat jemand was von einem Schlüssel gehört?

Das ging so lange, bis sich Séra Daði einschaltete, der dabei war, um Séra Jón in sein Amt einzuführen, und die Gemeinde wegen ihrer Aufnahme des neuen Pfarrers zurechtwies, »den Gott euch geschickt hat, um für sich und für euch zu beten«.

»Ihr solltet euch schämen!«, rief er. Und da tauchte der Schlüssel auf, materialisierte sich vor ihnen wie ein Zauberstab. Die Kirche aber lag voller Schnee, er reichte bis zur Kanzel hinauf. Erst musste die Kirchentür ausgehängt werden, um den Schnee herausschaufeln zu können. So sah der Empfang des neuen Pfarrers aus, wobei das erst ein Vorgeschmack war.

2

Wir verstehen nicht mehr von der Geschichte als jeder andere, sogar weniger. »Hier hat sich die Erde aufgetan und aus ihren Eingeweiden Feuer entspringen lassen, um Menschen, Tiere und Orte zu vernichten«, schreibt Séra Jón Steingrímsson.

Bevor es weitergeht, kommen wir noch einmal auf den Ausbruch von 1783 zurück. Er begann nach vielem Getöse und Erdstößen am Pfingstsonntag. Es ist nicht bekannt, dass jemals bei einem einzigen Ausbruch auf der Erde mehr Lava gefördert worden wäre. Wir haben es mit einer der gewaltigsten Naturkatastrophen der Geschichte zu tun.

Wir dürfen uns ausmalen, wie ausländische Reporter wohl das Wort »Skaftáreldar« ausgesprochen hätten, wenn es sie schon gegeben hätte, die Journalisten und damit auch die Massenmedien, und man kann auch nicht wissen, was damals gegen Ende des achtzehnten Jahrhunderts mit Flugzeugen passiert wäre. Mit Sicherheit wären eine Unmenge Wirtschaftswissenschaftler aufgetreten und hätten die Schäden beziffert.

Damals wurden Neuigkeiten erst weit im Nachhinein und lange nach einem Ereignis bekannt, aber irgendetwas muss sich doch angekündigt haben, denn es wurde öfter ein verdächtiger Dunst gesichtet. Manche hörten Glockenläuten in der Luft, andere wiederum Instrumentalmusik in der Erde. Manche hörten beides, andere gar nichts. Es traten in beträchtlichem Umfang Fabelwesen auf, es wurden missgebildete

Lämmer geboren, Wasserungeheuer hoben ihre Köpfe aus schwarzgrauen Gletscherflüssen.

»Ein Lamm hier auf Hunkubakkar hatte Raubvogelkrallen anstelle von Klauen«, berichtet Séra Jón Steingrímsson in seiner Lebensgeschichte. Auch in besiedelten Landstrichen stieg von den Gletschern Schwefelgestank auf. Es gab viele Anzeichen für bevorstehende Seuchen und Landplagen.

Die wenigsten achteten darauf.

Winter und Frühjahr fielen ausgesprochen mild aus. Das Gras wuchs reichlich. Auch die vorangegangenen Sommer hatten mit schönem Wetter aufgewartet. Das Vieh bleib sommers wie winters auf den Weiden. Es gab sogar Leute, die ihre Schafställe abrissen oder erst gar keine mehr bauten. Der Fischfang brachte reichen Ertrag. Englische Fangboote waren bis nah an die Küste herangekommen. Frauen strickten Fäustlinge und Strümpfe und verkauften sie den englischen Fischern.

Das war selbstverständlich illegal, bis ein Vierteljahrhundert später Jörgen Jörgensen auftauchte, damals der frechste Bursche in ganz Dänemark, von seinem Vater durchgebläut, von Lehrern und Schulaufsichtsbehörden gezüchtigt, denn jeglicher Handel mit anderen als dänischen Kaufleuten war strikt untersagt.

Es wurde viel gegessen und noch mehr getrunken. Pfarrer weigerten sich, Gottesdienst zu halten, ehe sie reichlich getankt hatten, und zwar sehr reichlich. Zwei homosexuelle Bauern waren hinauf ins Hochland geflohen. Dort bauten sie sich einen Hof und hielten dort Vieh. Sie hießen beide Sigurður.

Wurde Gott deswegen zornig? Hatte er was gegen Schwule? Etliche glaubten das, unter ihnen Séra Jón. Er nennt ihr Zusammenleben als eine der Ursachen für Gottes Zorn und damit für den Ausbruch, schließlich gab es noch keinen *Gay Pride*, und es sollten noch mehr als zweihundert Jahre ins Land gehen, bevor Homosexuelle in unserem Land ihre Rechte erhielten.

Heute dürfen sie heiraten, und man befragt sie in Talkshows im Fernsehen, wie es denn sei, als schwule Bauern so weit abgelegen im Osten auf dem Land zu leben.

Von sich selbst sagt Séra Jón, er habe viele wunderliche Träume gehabt. In einem erschien ihm ein Mann, der behauptete, er habe vor sechshunderteinundsiebzig Jahren gelebt, als Vulkanausbrüche und Seuchen grassierten.

Im selben Traum stand ein großes Haus am Fuß des Klausturfjalls, an dem später die Lava zum Stehen kam. Darin hatte sich eine große Zahl von Bauern versammelt, die sangen und tranken und miteinander anstießen.

Da war ein Unbekannter eingetreten, mit grauem Haar und von Kopf bis Fuß in Grau gekleidet. Man habe ihn hereingeführt und ihm zu trinken gegeben und für ihn gesungen. Den Becher habe er entgegengenommen, dann aber laut ausgerufen: »Sonne! Sonne! Sonne! Der Tag des Gerichts ist nah!«

Séra Jón meint sich zu erinnern, dass der Mann daraufhin beschimpft worden sei, er mache sich mit seinen absurden Äußerungen lächerlich. Doch Séra Jón sagte: »Verspottet den Fremden nicht. Er macht sich seine eigenen Gedanken. Ich werde mit ihm reden.«

Als Erstes fragt er den Mann nach seinem Namen. Der antwortet, er heiße Eldriðagrímur, was ein ziemlich furchterregender Name ist, denn es bedeutet etwa so viel wie Feuerreiter-Grímur, und er komme von Nordosten über die Berge.

»Kennst du dich hier in der Gegend aus?«, erkundigt sich Séra Jón.

»Ja«, antwortet der Mann. »Ich bin denselben Weg schon einmal gekommen, in der Zeit von Sæmundur dem Gelehrten.«

»Weißt du, in welchem Jahr das war?«, fragt Séra Jón.

»Das war im Jahr elfhundertzwölf«, sagt der Mann.

Nach dem Aufwachen schlug Séra Jón nach und suchte in Annalen und Berichten. Es stimmte: Im Jahr 1112 hatte es einen mächtigen Ausbruch gegeben, der unbesiedeltes wie bewohntes Land zerstört hatte.

Séra Jón sah, wie gelbe Wolken ihre Färbung änderten. Sie wurden rot wie gefärbte Gewänder oder wie Sinnestäuschungen oder Erscheinungen. Nie war der Himmel ganz klar. Erdbeben und unterseeische Vulkanausbrüche hat man als denkbare Erklärungen angeführt.

Selbst um die Mittagszeit war die Sonne nicht heller als ein von Wolken verdeckter Mond und warf einen rötlichen Schein auf die Erde und die Fußböden in den Häusern, doch bei Sonnenauf- und -untergang war dieser Schein düster und blutrot.

Wie Sie hören, ist die *Lebensgeschichte Séra Jón Steingríms-sons* etwas ganz Besonderes. Zugegeben, sie ist streckenweise langatmig, weist Wiederholungen auf, ihre Sprache ist seltsam, von dänischen Einsprengseln durchsetzt und schwerfällig.

Doch Séra Jón brennt für seine Sache, anders als heutige Geistliche, die lieber über Baumaßnahmen reden als über Gott und die sich über ihre Arbeitszeiten und Stress beschweren, obwohl Gott nie Feierabend hat.

Seine Lebensgeschichte ist eine unglaubliche Quelle und auch große Literatur. Dabei war sie nicht als Kunstwerk gedacht. Séra Jón wollte lediglich seinen Kindern die Sachlage schildern. Er wollte, dass sie seine Sicht der Dinge kennen.

Es gibt natürlich jede Menge lustiger Pfaffengeschichten, Geschichten über gute und über schlechte Pfarrer, aufgeblähte Geschichten und alle Arten von Geschichten über dumme Pfaffen und schlaue Pfaffen und seltsame Pfaffen und versoffene Pfaffen.

Neuerdings erscheinen Bücher über die Seitensprünge von Geistlichen. Es gibt lange Gespräche mit ihnen, geführt da, wo sie sich gerade aufhalten, im Sommerland des Herrn. Außerdem gibt es alte Geschichten über Leiden und Visionen von Geistlichen, zum Beispiel die *Leidensgeschichte Séra Jón Magnússons*, der in jeder Ecke Hexer gesehen hat und sie auf dem Scheiterhaufen verbrennen ließ.

Die *Lebensgeschichte Séra Jón Steingrímssons* ist voller

Verzweiflung geschrieben. Sie ist die Verteidigungsschrift eines Mannes, der traurigere Tage erlebt hat als manche der anderen Personen, die einem in seiner Schrift begegnen, obwohl auch ihre Lebenswege nur äußerst selten Anlass zu Freude boten.

Einmal hat man Séra Jón die Knöpfe von seinem Talar abgeschnitten und seinem Pferd den Schweif, und Séra Jón musste zu Pferd Flüsse mit reißender Strömung durchqueren und etliche Gefahren auf sich nehmen, um ein Kind zu taufen oder einen Verstorbenen zu beerdigen.

»Ist das etwa der Priester und Gottes Werkzeug, der jetzt uns arme Menschen aufsucht?«, sagte etwa ein Bauer namens Gunnar.

Als Séra Jón den Rückweg antreten wollte, fehlte ihm ein Stab, mit dem er sich abstützen konnte. Da erklärte Gunnar, keinen zu haben, so etwas gäbe es bei ihnen nicht.

»Dann gehe ich eben so«, sagte Séra Jón.

»Ja, tu das«, meinte der Bauer Gunnar. »Vielleicht leiht dir der Teufel einen Stab. Und sonst kannst du von mir aus in den Fluss fallen und ersaufen.«

Der Tod war in Island immer ein Zeitvertreib. Das zeigt schon die Lektüre der Nachrufe in den Zeitungen; doch Sigríður, ein kleines Mädchen auf dem Hof, hatte das Gespräch mit angehört, holte eine Schaufel und gab sie Séra Jón.

Diese Sigríður wurde später Magd bei Séra Jón, und er gab dem Bauern Gunnar noch so einiges zu hören, als er dessen Tochter heiratete. Da hockte Bauer Gunnar unter der Gardinenpredigt wie ein geprügelter Hund und erlebte seine Hundstage, obwohl er kein Hundstagekönig wie Jörgen Jörgensen wurde, der nun mit Geschrei und Getöse seinen Auftritt hat.

Hört!

4

»Es heißt, ich war gleich von Geburt an ein solcher Schreihals, dass niemand in meiner Nähe Ruhe fand, und man sagt, ich hätte tagelang geschrien«, schreibt Jörgen Jörgensen selbst in seinen Memoiren.

Er kam am 29. März 1780 zur Welt und wurde eine Woche später, am 7. April, getauft. Jörgen hatte einen älteren Bruder, Urban, doch der Kleine, der geboren wurde, ohne sich dessen zu erinnern, wurde auf den Namen Jörgen Jörgensen getauft, nach seinem Vater, der nicht mehr damit rechnete, dass er und seine Frau noch weitere Kinder bekämen, weil Jörgens Geburt so schwierig verlaufen war.

Der Uhrmacher Jörgen hatte sich eigentlich ein Mädchen gewünscht, erklärte dann aber: »Da es nun einmal ein Junge geworden ist, soll er am besten nach mir heißen.« Diesen Entschluss sollte er später bereuen. Er bescherte ihm viele Schwierigkeiten, nachdem sein Sohn als im Dienst der Feinde stehend berühmt und berüchtigt geworden war, weil er ihnen nicht nur ein dänisches Schiff in die Hände gespielt hatte, ausgerechnet den Engländern, die die ganze dänische Flotte gekapert und Kopenhagen fast vollständig niedergebrannt hatten. Nein, darüber hinaus war er auch noch nach Island gesegelt und hatte dem König die eiskalte Königin des Nordens geraubt, sie ihm unter der Hand weggeklaut.

Wir können uns ausmalen, welche Schande das über den Uhrmacher und seine Familie brachte, wie man sein Geschäft mied und seinen Namen, der zu den angesehenen in der Stadt gehört hatte, in den Schmutz trat. Uhrmacher Jörgen hatte vornehme Klubs besucht, eine Schule gestiftet und alles getan, was sich für einen ehrbaren Bürger ziemte. Finanziell stand er gut da, und es ging weiter aufwärts.

Vielleicht waren die Taten des Sohnes ein Grund für den Uhrmacher, seinen Familiennamen von Jörgensen zu Jürgensen zu ändern. Nein, das ist eher unwahrscheinlich, denn Jörgen Jörgensen benutzte in einigen Bekanntmachungen, die er hier in Island herausgab, selbst die Schreibung Jürgensen, also existierte sie schon vorher.

Uhrmacher Jörgen hätte sich gar nicht so beeilen müssen, seinen Namen weiterzugeben, denn er und seine Frau Anna bekamen doch noch drei weitere Kinder, darunter zwei Söhne, Fritz und Marcus. Fritz übernahm später das Geschäft und bekam einen Sohn, der ein bekannter Karikaturist wurde, viele, viele Briefe und ein ganzes Buch schrieb, in dem er sich positiv über seinen Onkel, den König von Island, äußerte.

Urban wurde Uhrmacher in der Schweiz, wo sein Vater das Handwerk gelernt hatte. Jörgen senior konnte den seinen Namen tragenden Sprössling nicht für die Zeit erwärmen, ihn nicht in die Zauberwelt der Uhren einführen und ihn nicht einmal nach irgendwelchen Leitfäden erziehen.

Obwohl sich Uhrmacher Jörgens Frau, Anna Leth Bruun, erholte und sie bald außer Lebensgefahr war, konnte sie den Kleinen nicht stillen, und man besorgte eine Amme für ihn. Jörgen war kräftiger als sein älterer Bruder. Ihre Mutter las viel, besonders französische Literatur. Jeden Tag las sie Corneille und Racine, behauptet Hans Christian Andersen, der in späterer Zeit als häufiger Gast in ihrem Haus weilte.

Da hatte sich unser König längst in die Welt hinaus begeben. Jörgen Jörgensen war fünfundzwanzig Jahre alt, als Andersen geboren wurde. H. C. Andersen erwähnt Anna Leth Bruun in seiner Autobiografie *Levnedsbog*. Darin äußert er sich positiv über die Familie, sagt, Anna sei einer der wenigen Menschen, die ihn verstanden hätten, doch mit keinem Wort erwähnt er ihren Sohn Jörgen, der zur gleichen Zeit als Sträfling in Tasmanien saß. Jörgen war der rosa Elefant im Raum, der, der immer anwesend ist, über den aber niemand spricht.

Das tat Andersen hingegen in *Mit livs eventyr*, seiner ausführlicheren Autobiografie in zwei dicken Bänden. Darin figuriert Anna Leth Bruun als würdige ältere Dame und Vertreterin der alten Zeit, die zu seinen Kindheitserinnerungen gehörte und ihm Anekdoten erzählte, wie etwa Holberg ihren Vater aufsuchte und, als ihre Mutter auch einmal ein Wort einwarf, unverschämt bemerkte: »Mir scheint, ich höre den Spinnrocken krächzen.«

Das konnte Anna Leths Mutter Holberg nie vergeben. So zitiert Andersen sie. Doch noch schlimmer war ihr verlorener Sohn, der in Island auftauchte, »als König dieser Insel«, wie der Märchendichter eher betrübt anmerkt.

Nähere Ausführungen dazu bekommen wir leider nicht, denn unmittelbar im Anschluss spricht Andersen schon wieder von sich und darüber, dass ihm Jörgens Mutter das Talent zu einem guten Schriftsteller zugetraut habe.

Doch genug davon, denn es war die Amme, die den kleinen Jörgen aufzog. Nur wird sie nirgends namentlich erwähnt. Auf der gesellschaftlichen Stufenleiter stand sie den Matrosen im Hafen näher als dem Uhrmacher Jörgen und seiner Familie. Lange kannte man ihren Namen nicht, aber ich war wild entschlossen, ihn auf Papier festzuhalten, sobald ich ihn in Erfahrung bringen konnte.

Das gelang mir später, als zufällig ein Buch aus dem Jahr 1916 bei mir landete. Es trägt den Titel *Kongen paa Island*, »Der König auf Island«, und stammt von dem dänischen Jugendbuchautor Marius Dahlsgaard. Bei ihm heißt das Kindermädchen Stine, und so wollen wir sie nennen. Sie war für Jörgen Jörgensen wie eine Mutter, und es heißt, sie sei genauso ungestüm und wild gewesen wie er.

Sie war es, die mit Jörgen zum Hafen ging und ihm eine neuartige Welt zeigte. Sie kannte die Matrosen und andere Menschen im Hafen. Es waren ihre Leute, und da war ihre Welt, und Jörgen war da ein Straßenjunge unter vielen.

Dort fühlte er sich wohl. Da fühlte er sich zuhause. Da prügelte er sich herum, lachte und weinte. Im Hafen roch es nach dem Duft der großen, weiten Welt, nach warmen und nach kalten Ländern. Gewürzdüfte lagen in der Luft und mischten sich mit dem salzigen Geruch von Fisch, es ging geschäftig zu wie in einem Bienenstock, und man hörte viele Sprachen auf einmal. Einige von ihnen sollte Jörgen Jörgensen noch erlernen.

5

»Als ich vier Jahre alt war, nahm ich es mit jedem Sechsjähri-
gen auf, und ich war so wild und jähzornig, dass ich auf jeden
losging, der sich meinem Willen widersetzte.«

Aus Schilderungen von Jörgen Jörgensens Kindheit geht
deutlich hervor, dass man ihn heutzutage hyperaktiv nennen
würde. Er gab sich keine Mühe zu lernen, obwohl er begabt
war, sehr begabt sogar. Heute würde man ihm Ritalin oder
andere Beruhigungsmittel verabreichen, wie einigen meiner
Romanhelden und vielen anderen, die von sich reden gemacht haben.

Ritalin und andere Medikamente haben elterliche Zurecht-
weisungen und Ermahnungen von Seiten der Schulbehörden
abgelöst – sogar die Prügelstrafe, die sich im Übrigen recht
lange gehalten hat. Manche hielten eine Tracht Prügel für ein
probates Erziehungsmittel, andere verabscheuten sie. Im Sa-
gazeitalter drohten noch ganz andere Dinge, wenn Jugend-
liche über die Stränge schlugen und sich etwas zuschulden
kommen ließen. Dann schickte man sie nach Norwegen, wie
etwa den starken Grettir, der auf seinem elterlichen Hof sämtliche Hühner totschlug und beinahe auch einen anderen Jungen und seinen eigenen Vater.

Es war die strengste Strafe, die zu Gebote stand: nach Norwegen geschickt zu werden. Norwegen war so etwas wie eine
Jugendstrafanstalt des Sagazeitalters, obwohl es einen König
und was sonst noch alles besaß. Dorthin verschickte man also

Grettir, und in seiner Saga heißt es, viele hätten ihm eine gute Reise gewünscht, aber keiner eine gute Heimkehr. Jörgen Jörgensen befand sich später in England in einer ähnlichen Lage, aber er verließ das Land nicht und wurde schließlich auf dem Sträflingsschiff *Woodman* nach Tasmanien deportiert.

»Auf einmal wurde von mir verlangt, still zu sitzen und den Mund zu halten. Ich lernte, Krallen und mein Mundwerk einzusetzen, aber nicht sonderlich viel in Lesen und Schreiben«, kommentiert Jörgen seine Schulzeit in seinen Memoiren.

Ganz stimmt das sicher nicht, denn als Jörgen Jörgensen noch ein kleiner Junge in Kopenhagen war, begeisterte er sich für die Geschichten von Entdeckern und las sie entweder selbst, oder sie wurden ihm vorgelesen. Späterhin las er noch viele Bücher dieser Art und eine Menge Literatur.

Während seiner Zeit in London befand sich der Roman in rasanter Entwicklung, und es tat sich viel im Bereich der Literatur. Der englische Roman entstand, The English Novel. Jörgen saugte das alles mit großem Eifer auf. Er war durch und durch ein Mann auf der Höhe seiner Zeit, mit dem Finger am Puls des Zeitgeists.

Zehn Jahre vor Jörgen Jörgensens Geburt, am 19. April 1770, entdeckte Captain James Cook Australien. Er stand zu der Zeit im Rang eines Kapitäns der Royal Navy und war der große Entdecker, der als erster Mensch die Erde umsegelte und mehr Land für die Britische Krone annektierte als irgendjemand vor ihm.

Nur kurze Zeit später landeten die ersten Kolonisten, Strafgefangene aus England und Irland, die man dort, wo sich heute Sydney befindet, an der Ostküste Australiens absetzte.

James Cook hatte die Südsee befahren, Länder und Märcheninseln besucht, von deren Existenz in Europa kein Mensch eine Ahnung hatte. Die Berichte darüber saugte Jörgen Jörgensen auf, und sie weckten Träume in ihm, von denen einige später Wirklichkeit werden sollten. Jörgen Jörgensen sollte einen ähnlichen Weg einschlagen. Auch er sollte noch Land in Besitz nehmen und zu den Gruppen früher Siedler gehören, die sich einen Pfad durch den Busch schlugen und sich in dem Städtchen Hobart auf Tasmanien niederließen, das damals noch Van-Diemens-Land hieß.

Damals glaubte man noch, Tasmanien sei eine mit Australien verbundene Halbinsel, und Jörgen Jörgensen gehörte zu den Ersten, die durch die Meeresenge dazwischen fuhren und so herausfanden, dass Tasmanien eine Insel ist. Für die Schifffahrt war diese Entdeckung von Bedeutung.

Natürlich ließ sich Jörgen nicht dauerhaft in Tasmanien nieder. Sonst hätten wir weiter nichts über ihn zu berichten. Er zog weiter, fuhr auf einem Walfangschiff mit Zwischenlandung auf Tahiti nach London, von dort nach Kopenhagen und zurück nach London und von dort weiter nach Island. Das alles, noch bevor er dreißig Jahre alt wurde und sein Leben noch kaum zur Hälfte gelebt hatte.

James Cooks Schiff trug den Namen *Endeavour*. Es hatte auch den jungen Botaniker Sir Joseph Banks an Bord. Ich weiß nicht, ob er damals schon *Sir* war, jedenfalls schrieb er an dem Tag, an dem sie Australien sichteten, in sein Tagebuch: »Gegen Sonnenuntergang tauchte ein Hügel mit einer eigentümlichen Kuppe auf. Er lag etwa fünfzehn bis zwanzig Meilen landeinwärts, von schönem Wald umgeben.«

Zwei Jahre später, 1772, kam Sir Joseph Banks nach Island, und von da an schloss er die Insel für immer in sein Herz und nährte heimlich den Traum, Island den Dänen zu nehmen und es unter die Herrschaft Großbritanniens zu stellen.

In Dänemark wurde im gleichen Jahr Struensee enthauptet, nachdem er tiefgreifende politische Reformen durchgeführt hatte, von denen die meisten schon zurückgenommen wurden, als sein Kopf noch vom Richtblock rollte. Er hatte auch die Königin geschwängert, in Abwesenheit des geisteskranken Königs Christian VII., desselben, der Jörgen Jörgensen auf Französisch angeredet hatte, als sein Vater ihn mit ins Schloss nahm, um ihm die Uhren zu zeigen.

Wie schon gesagt, korrespondierte Christian VII. mit Voltaire und unterschrieb sämtliche Dokumente, die ihm vorgelegt wurden, ganz gleich, ob sie Gutes oder Schlechtes bezweckten. Er trieb sich eine Zeitlang viel herum und fuchtelte mit Degen und Messern wie Jón der Klostervogt, der dieses Handwerk in der dänischen Armee gelernt hatte.

6

Als Schuljunge war Jörgen Jörgensen wegen seines Schaber-
nacks und seiner schlimmen Streiche gefürchtet. Er spielte
seinen Schulkameraden übel mit und wurde oft zum Rektor
zitiert. Dabei galt seine Schule als liberal, im Zeichen einer
neuen Zeit und neuer Ideen stehend.

Uhrmacher Jörgen war einer ihrer Mitbegründer. Mit einigen anderen wohlangesehenen Bürgern gründete er eine »Gesellschaft der Nachkommen«, die Bildung und Erziehung im
einfachen Volk fördern und die junge Generation zu anstän-
digem Betragen und Verantwortungsbewusstsein erziehen
sollte.

Als Rektor berief man den norwegischen Dichter Edward
Storm aus Gudbrandsdalen. Apropos Dichter, Adam Oehlenschläger, der Vorreiter der Romantik in Dänemark, war einer
von Jörgens Klassenkameraden. Wahrscheinlich trug Edward
Storm sein Teil dazu bei, in Oehlenschläger Vorstellungen
und Gedanken über die alte heidnische Kultur zu säen.

Storm begeisterte sich für nordische Mythologie und die
Kultur der Vorzeit, und genau daraus zog die Romantik ihre
Kraft und ihren Geist. Die Schule stand an der Østergade, da,
wo sich heute das Kaufhaus Illum befindet.

Adam Oehlenschläger erwähnt Jörgen Jörgensen in seinen
Memoiren. Er erzählt von seinen Faxen und faulen Tricks und
meint, das Islandabenteuer sei nur eine folgerichtige Fort-
setzung von Jörgens Streichen auf ernsthafterem Niveau ge-

wesen, denn danach hätte ihm das Todesurteil gedroht, wenn er noch einmal nach Dänemark zurückgekommen wäre.

Er vergleicht Jörgen mit Till Eulenspiegel, dem deutschen Schelm aus der ersten Hälfte des vierzehnten Jahrhunderts. Über ihn und seine Schelmenstreiche wurde ein ganzes Buch geschrieben, und Schelmenromane waren die Vorboten großer Neuerungen in der Literatur.

In der Schule folgte ein Vorkommnis auf das andere: Ein Junge, der Jörgen geärgert hatte, floh in den Runden Turm, den Christian IV. ursprünglich für Astronomen hatte bauen lassen. Die beiden Jungen rannten den Turm hinauf, und oben ging Jörgen auf den anderen los, der sich wehrte und Jörgen zu Boden rang.

Nun hielten sich aber ausgerechnet zur selben Zeit der König und einer seiner Ratgeber oder Minister ebenfalls dort auf und wurden Zeugen der Rauferei. Jörgen behauptet, deswegen seien ihm Zeugnisse und Anerkennungen in der Schule verwehrt worden, denn der Begleiter des Königs, der Ratgeber oder Minister, habe darüber zu entscheiden gehabt.

Damit nicht genug, kannte der Mann auch noch seinen Vater, den Uhrmacher und ehrenwerten Bürger Jörgen, und am Abend habe er ihn aufgesucht und sich über Jörgen beschwert. Der Junge wurde hart bestraft. So wird berichtet, und Marius Dahlsgaard läuft zu großer Form auf, wenn er Jörgens Bestrafung ausmalt. Er bekam nichts zu essen, erhielt eine Tracht Prügel und anschließend Stubenarrest in seinem Zimmer, ohne eine andere greifbare Lektüre als Holberg. Den lernte er auswendig, und später schrieb er ein Theaterstück ganz im Stil Holbergs über einen kultivierten Stadtbürger, der aufs Land zurückkehrt. Vielleicht wollte Jörgen damit bloß seine Großmutter rächen, jedenfalls war die Strafe so etwas wie ein

Vorgeschmack auf die Gefängniszellen, in denen er später sitzen und lesen, bereuen und sich quälen sollte.

Jörgen machte sich über die Lehrer lustig und wurde zur Strafe geprügelt. Eines Tages kam ein neuer Lehrer an die Schule. Er hieß Milthers, Herr Milthers. Adam Oehlenschläger teilt die Anekdote in seinen Memoiren mit. Herr Milthers verhöhnte Jörgen und setzte ihn vor der Klasse herab. Er meinte, Jörgen würde im Leben nirgends hinkommen, doch er selbst sei ein weit gereister Mann.

»Wohin sind Sie denn gereist, Herr Milthers?«, fragte Jörgen.

Herr Milthers war gern dazu bereit, darüber Auskunft zu geben. Jörgen solle dazu aus dem Lehrerzimmer eine Landkarte holen, dann würde er den Schülern zeigen, wo er schon überall herumgekommen sei. Jörgen ging ins Lehrerzimmer und musterte eingehend die Landkarten, dann wählte er eine der Insel Seeland, brachte sie in die Klasse und hängte sie auf. Jetzt konnte Herr Milther zeigen, was für ein großer Reisender er war. Die Klasse wieherte vor Lachen, und Herr Milthers steckte in peinlicher Verlegenheit. Es war kein guter Anfang. Er überlegte, Jörgen mit dem Zeigestab eins überzuziehen, doch da ging die Tür auf, und Schulleiter Edward Storm trat ein.

Er nahm Jörgen mit in sein Büro und hielt ihm eine Gardinenpredigt, doch als er bei nächster Gelegenheit Jörgens Vater in *Dreyers Klub* traf, in dem die Intellektuellen und die Elite der Stadt zusammenkamen, gab er die Episode mit solchen Worten wieder, dass keiner der Zuhörenden bestreiten konnte, dass die Frechheit des Knaben eine gehörige Portion Schläue und Pfiffigkeit bewies. So sah Edward Storm den Vorfall, und die gleiche Sicht lässt sich aus Adam Oehlenschlägers Worten herauslesen, der später den Text zur dänischen Nationalhymne verfasste.

Nachdem Séra Jóns Mutter von einem weiß gehörnten Widder geträumt hatte, wäre es interessant zu wissen, was Jörgen Jörgensens Mutter Anna Leth Bruun träumte, als sie mit ihm schwanger war, doch war er eine so schwere Geburt, dass sie daran fast gestorben wäre.

Anna war eine sehr bemerkenswerte Frau, und sie liebte Jörgen trotz aller Streiche und Ungezogenheiten genauso wie die Ásdís der *Grettis saga* ihren Sohn Grettir liebt, obwohl er sämtliche Hühner auf dem Hof schlachtet, die Lieblingsstute seines Vaters schindet und ihr mit einem Wollkamm den Rücken blutig kratzt.

In Anna Leth Bruuns Familie gab es Mädchen, die von zu Hause weggelaufen waren, Abenteurer und Schelme vom Schlag ihres Sohnes Jörgen, aber doch keinen seines Formats.

Jörgen berichtet von einem seiner Verwandten, der bei einem Diner beim König daran starb, dass ihm die Blase platzte, nachdem er sieben Stunden lang eingehalten hatte, und von einem anderen, der zum Einsiedler wurde, nachdem ein gesellschaftlich hochstehender Mann ihm die Freundin ausgespannt hatte.

In seiner fiktionalen Autobiografie lässt sich Jörgen von diesem Eremiten in die Geheimnisse des Meeres und der Seefahrt einweihen. Jörgen schrieb nämlich zwei Autobiografien, eine erdichtete und eine wahre; auf die Letztere gibt man nicht viel, die erdichtete aber soll sehr nah an der Wirklichkeit sein.

In der Schule landete Jörgen so oft in Streit mit anderen Schülern, dass er begann, die Schule zu schwänzen, und sich stattdessen in der Stadt herumtrieb, besonders in der Hafengegend, die ihm seine Amme gezeigt hatte.

Da stand Jörgen Jörgensen, unser zukünftiger König, stundenlang und betrachtete die salzwassergelaugten Schiffe, die von weit her aus aller Herren Länder und von allen Kontinenten gekommen waren, voll beladen mit Gewürzen, Tabak und Rum, Wal- und Robbentran, Salz- und Trockenfisch.

Die Steuerleute standen auf dem Achterdeck und erteilten mit heiseren Stimmen Anweisungen. Ihre Messingknöpfe glänzten. Wettergegerbte Matrosen mit groben Gesichtern eilten an Deck hin und her. Die Schiffe warfen die Leinen los und segelten mit Kohlen und Holz in die Ostsee, nach Westindien, um von dort Zucker und Tabak zu holen, oder nach Afrika, um Sklaven an Bord zu nehmen. Das Meer war eine offene Weite, die Stadt von Mauern umstellt.

In jenen Zeiten befuhren Dänen sämtliche Weltmeere, warme und kalte. Ihre Schiffe kamen von Indien und China, aus der Karibik, von Island und Grönland, von Russland und von England. Zwischen Dänemark und Island verkehrten vierzig Schiffe.

An dieser ganzen weiten Welt wollte Jörgen schnuppern, und sie sollte ihm ins Blut übergehen mit ihren Verlockungen, Freuden und Schlitzohrigkeiten. Er verlor sich in Seefahrer- und Entdeckergeschichten und hatte große Träume von der Welt hinter dem Horizont, von unentdeckten Ländern, die außer dem Schöpfer niemand kannte.

Sein Denken rief: »Weg! Weg! Ich will auf Reisen gehen!«

»Als ich ein kleiner Junge in Kopenhagen war, sah ich eine solche Unmenge von Schiffen aus fremden Ländern, dass mein Hirn ganz von dem brennenden Verlangen erfüllt wurde, zur See zu fahren und andere Länder zu besuchen. Wenn ich einen dänischen Indienfahrer die Segel setzen sah, brannte mein Herz vor Neid. Ich bildete mir ein, es gäbe kein größeres Vergnügen, als auf einem großen Segler über einen stillen Ozean zu kreuzen, von neuen Menschen und unbekannten Wundern umgeben.« So schrieb Jörgen später in seinen Erinnerungen.

Er war vierzehn Jahre alt, als er Schloss Christiansborg abbrennen sah. Da hatte man ihn bereits der Schule verwiesen. In den beiden vorangegangenen Jahren hatte er sich dort erfolgreich entwickelt. Nachdem er die Abschlussprüfung abgelegt hatte, beschloss sein Vater, ihn noch ein Jahr länger auf der Schule zu lassen, damit er weiterhin gutes Betragen lernte und zur Ruhe käme. Jörgen aber langweilte sich bloß, stellte am laufenden Band Unfug an und wurde schließlich der Schule verwiesen.

Dann brannte das Schloss. Von überall her strömten Schaulustige zusammen. Jörgen befand sich unter ihnen und bestaunte die lodernden Flammen, die aus dem riesigen Gebäude schlugen und ihn mit Bewunderung erfüllten. Das Feuer faszinierte ihn dermaßen, dass er mit keinem Gedanken an die Zerstörungen dachte, die der Brand anrichtete.

Im Dunkel der Nacht war die Feuersbrunst nichts anderes als ein großartiges Schauspiel, und genauso sah es Jörgen später, als er vor der Küste Islands die *Margaret and Anne* in hellen Flammen stehen sah.

Das hinderte ihn allerdings nicht an der heldenhaften Tat, alle Menschenleben an Bord zu retten. Unter den Geretteten befand sich Graf Trampe, der mit dem Schiff nach England fahren wollte, um Jörgen dort anzuklagen und ihn an Dänemark ausliefern zu lassen, damit man ihm dort wegen Hochverrats den Prozess machen und ihn hängen konnte.

Das war viel später, doch den Schlossbrand schildert Jörgen Jörgensen folgendermaßen: »Die Dachgeschosse über den prächtigen Sälen stürzten einer nach dem anderen ein, ohne dass Zeit geblieben wäre, etwas von der wertvollen Einrichtung zu retten. Ich hatte einen guten Platz und konnte daher sehen, wie der große Rittersaal ausbrannte, an dessen Wänden die lebensgroßen Porträts der dänischen Könige hingen. Wenn eine Leinwand Feuer fing, sah es so aus, als würde das Gemälde zum Leben erwachen und käme aus seinem langen Eingekerkertsein an der Wand frei. Die Weiher und Teiche rund ums Schloss spiegelten die tanzenden Flammen wider und vergrößerten noch die köstliche Schönheit der Feuersbrunst. Der Brand dauerte drei volle Tage, und aus den Ruinen stieg noch einen Monat danach Rauch auf.«

Im selben Jahr 1794 ging Jörgen Jörgensen zur See.

ZWEITER
TEIL

ZWEITER
TEIL

IV

1

Elf Jahre bevor Jörgen Jörgensen sein Heimatland verließ und zur See fuhr, begann auf Island westlich des Vatnajökull ein Vulkanausbruch. Es war am Pfingstsonntag, dem 8. Juni 1783.

Bei heiterem Himmel stieg nördlich der Berge schwarzer Ascherauch auf, der sich innerhalb kürzester Zeit über die bewohnte Gegend legte. In den Häusern wurde es bald dunkel.

Die feine Asche war wie ein Puder, das alles überzog. Der nachfolgende Niederschlag fiel wie Tinte, Material für viel Geschichtsschreibung, so viel, dass es ungewiss war, ob sie jemals geschrieben oder gelesen würde.

In der Nacht setzten Erdstöße ein. Die Erde bebte. Zwei Tage darauf brannten Regentropfen Löcher in die Blätter des Sauerampfers, und die Vliese der Schafe wiesen Brandlöcher auf. Die Brutvögel zogen ab. Verendete Forellen trieben auf Gewässern.

Eine Woche später war die Rauch- und Aschewolke im ganzen Land zu sehen. Die Sonne war nur noch eine matte Feuerkugel, der Mond rot wie Blut.

So beschreiben es die Quellen.

Erst schlugen Blitze ein. Sie spalteten Schafställe und erschlugen Lämmer. Feurige Schlackebomben lagen auf den

Hauswiesen, und in den Flüssen tummelten sich Monster. Das waren noch Vorzeichen, wie die Instrumentalmusik in der Erde und das Glockenläuten in der Luft. Es gab viele solcher Vorzeichen. Pestfliegen etwa, schwarz-gelb gestreift und groß wie ein Männerdaumen, sie brummten und summten umher.

Die Menschen aber blieben unsicher, sie wussten die Vorzeichen nicht zu deuten. Handelte es sich um Wahnvorstellungen oder um Realität? Sollte sich das jemand ausgedacht haben, waren es groteske Übertreibungen.

Ein Bauer äußerte Séra Jón gegenüber: »Meine selige Mutter hätte das als Vorzeichen schlimmer Ereignisse gedeutet, wenn nicht einer Plage von landesweiten Ausmaßen.«

Séra Jón antwortete ihm: »Wir wollen nicht vorschnell etwas in die Welt setzen. Es wird uns Hilfe kommen von Gott, dem Schöpfer des Himmels und der Erde.«

Feuer brannten in der Erde, und Lava wurde ausgespuckt bis weit ins nächste Jahr hinein. »Nach Weihnachten und im weiteren Verlauf des Winters begannen die Menschen, an Hunger und Pest zu sterben. In diesem Jahr starben in meinem Sprengel sechsundsiebzig Menschen an Hunger und den Folgen des Ausbruchs, an Ruhr und Ähnlichem«, schreibt Séra Jón in seiner Lebensgeschichte.

Menschen und Tiere brachen zusammen. Vögel fielen tot zur Erde. Manchmal regnete es Hagelkörner, groß wie Vogeleier.

Die Vulkanasche stieg bis in eine Höhe von vierzig Kilometern auf und wurde vom Wind in andere Länder geweht, wo sie Felder verdarb und Ernteausfälle nach sich zog. Der begleitende Dunst war so dicht, dass er die Sonne verdunkelte.

Die Asche erreichte Schottland. In seinen nördlichen Regionen sprach man vom Großen Sandsommer. Aschewolken stiegen auf und verteilten sich nach und nach in weitem Umkreis. In ganz Europa wurde es zu ungewöhnlichsten Zeiten dunkel. Viele Deutsche machten sich in diesen Jahren auf und wanderten nach Amerika aus, vor allem nach Nordamerika.

In der Neujahrspredigt des norwegischen Bischofs Johan Nordahl Brun, die gedruckt und auch zu uns nach Island geschickt wurde, ist von verpesteter Luft und verdorrtem Gras in Norwegen die Rede. Sowohl in Grönland als auch in Dänemark gab es seltsame Erscheinungen in der Luft.

Die Bevölkerung Islands ging von fünfzigtausend um zwanzig Prozent auf vierzigtausend zurück, ein Fünftel aller Menschen starb. In den vom Ausbruch direkt betroffenen Gegenden starben vier von zehn Einwohnern, und eine große Anzahl von Bauernhöfen wurde unter Lava begraben. Das Vieh ging ein. Es war ein totaler Kollaps, wie es später bei anderer Gelegenheit noch einmal verkündet wurde.

Etwa siebzig Prozent des gesamten Viehbestands verendeten, in den Gegenden nahe der Ausbruchsstelle lag der Anteil noch höher.

Die Aschewolke war so groß, dass sie von anderen Ländern aus zu sehen war. Heute würde sie den Flugverkehr und die Telekommunikation auf der gesamten Nordhalbkugel für Monate lahmlegen. In Frankreich gab es Missernten, in Beirut starben Menschen.

Rund um den Erdball roch die Luft trügerisch und verpestet. Ausgehungerte Bauern ließen ihre Höfe im Stich und strömten nach Paris, um Brot zu verlangen. In der Stadt war sämtliches Holz zum Heizen aufgebraucht. Die Obdachlosen schlotterten vor Kälte.

Wenige Jahre später kam es zu einer Revolution, der Französischen Revolution, die den meisten als die bedeutendste von allen gilt. Europa sonnt sich noch heute im Glanz dieser Revolution und ihrer Forderungen nach Freiheit, Gleichheit, Brüderlichkeit.

Die drei Schlagworte gingen ebenso um die Welt wie die Revolution, erhielten aber unterschiedliche Bedeutungen, ebenso in Island, wo die Leute die drei nach eigenem Gutdünken auslegten, und das nicht immer in edler Absicht. Wen sollte man stürzen?

Vielen wies man die Tür, wenn sie hungrig und zerlumpt irgendwo anklopften, und manche von denen kehrten als Wiedergänger zurück und folgten den Nachkommen derer, die sie vertrieben hatten, manchmal über mehrere Generationen hinweg.

Überall auf der Welt brach eine Zeit von Plünderungen und Verbrechen aus, nicht nur in Europa, nicht nur in Island, auch in Australien und auf Tasmanien. Dort streiften Verbrecherbanden umher, nicht unbedingt im Namen von Gleichheit und Brüderlichkeit. Oft waren es Verbrecher, die ihre Freiheit suchten. Jörgen Jörgensen erhielt später den Auftrag, einige solcher Banden aufzulösen.

Man sprach von einem verdorbenen Geist der Zeit.

2

»Der Unterschied zwischen einem Dichter und einem Historiker besteht darin, daß der Dichter wissentlich zu seinem
Vergnügen lügt, der Historiker lügt in seiner Einfalt und bildet sich ein, daß er die Wahrheit sagt«, äußert Pastor Jón Pri-
mus in dem Roman *Am Gletscher* von Halldór Laxness.

Nein, hier braucht nicht gelogen zu werden, weder über
den Vulkanausbruch an der Skaftá noch über die Französische Revolution, noch über Jörgen Jörgensen und all seine
Abenteuer. Doch was ist wahr, und wer lügt wem etwas vor?

Hat nicht Macbeth gesagt, das Leben sei nur ein wandelnd
Schattenbild, erzählt von einem Komödianten, voll Schall und
Bombast, doch ohne Sinn? Recht hat er. Das Leben ist eine
Saga, eine Geschichte. Manchmal bedeutet sie nichts, und
manchmal steckt sie voller Weisheit. Der wichtigste Kampf in
dieser Welt ist der um die Geschichte.

Das isländische Wort Saga bedeutet sowohl die Geschichte
von Ländern und Völkern als auch Roman und alle möglichen
Arten von Erzählungen. Früher einmal war das alles dasselbe
und wurde in Versen vorgetragen und sogar gesungen.

»Sage mir, Muse …«

Das wissen Sie alles, verehrte Leser, die Sie sich in der Geschichte der Menschheit ebenso auskennen wie in den Büchern und Worten dieser Welt, und darum lassen wir uns nur
ein wenig mehr über *Don Quijote* aus, auch ein Meisterwerk

der Literatur, wenn nicht überhaupt das größte, wie manche meinen. Jörgen Jörgensen, unser Jörundur, König der Hundstage, ist nämlich diesem Don Quijote gar nicht so unähnlich, wie auch die Geschichte von Séra Jón Steingrímsson an die Legenden von Heiligen und ihre Bekenntnisse erinnert.

Viele haben seine Autobiografie mit den *Confessiones* des heiligen Augustinus verglichen, obwohl Séra Jón seine *Lebensgeschichte* lediglich verfasste, um sich seinen Kindern zu erklären, und niemals wollte, dass sie auch von anderen gelesen werde. Sie wurde erst hundert Jahre nach seinem Tod veröffentlicht und wäre wahrscheinlich auf dem Scheiterhaufen verbrannt worden, wenn nicht ein Neffe Séra Jóns das Manuskript gerettet hätte.

Sein Name war Steingrímur, und er war Bischof. Eine Tochter Séra Jóns übergab ihm das Manuskript mit der Auflage, es gleich nach der Lektüre zu verbrennen.

Wäre Bischof Steingrímur nicht ungehorsam gewesen, dann wäre die Geschichte von Séra Jón heute vergessen. So stellen wir wieder und wieder fest, was für positive Auswirkungen Ungehorsam in der Geschichte haben kann. Seiner Tante nicht zu gehorchen war das Beste, was er tun konnte, genauso wie Séra Jón der Obrigkeit nicht gehorchte und wie Jörgen Jörgensen überhaupt niemandem gehorchte.

Bischof Steingrímur war in der gleichen Lage wie Max Brod mit den Manuskripten Kafkas. Er sollte sie vor seinem Ableben verbrennen, tat es aber nicht. Sicher sind Séra Jón Steingrímsson und Franz Kafka unterschiedliche Autoren, die zu verschiedenen Zeiten und an verschiedenen Orten gelebt haben, und doch steckt dieselbe Antriebskraft hinter ihrem Schreiben, der Zweifel an der Existenz.

3

Es heißt, Cervantes habe anfangs nur eine Kurzgeschichte über den stolzen Ritter von der traurigen Gestalt schreiben wollen; doch sobald er sich mit ihm auf jene seltsame Reise begeben hatte, fand er selbst so viel Spaß daran, dass sie sich zu einem dicken Roman auswuchs, acht Bände umfassend, alles in allem tausend Seiten.

Jörgens Arbeitgeber, der Seifenhändler Samuel Phelps, war der Erste, der Jörgen mit Don Quijote verglich, als er ihn dabei beobachtete, wie er einen Bock nach dem andern schoss und dabei in Tagträumen von Ruhm und Erfolg schwelgte. Es waren die Hoffnungen ebenjenes Samuel Phelps auf Talg aus Island für die Seifenproduktion in England, damit sich die Briten ordentlich die Hände waschen konnten, die im Sommer 1809 zur Revolution in Island führten. Unter diesem Aspekt sollte sie eigentlich die Seifenrevolution heißen, denn in jenem Sommer wurde Jörgen Jörgensen zu »unserem Protector und Oberbefehlshaber zu Wasser und zu Lande«, wie er es in seinen eigenen Worten formulierte.

Samuel Phelps nannte Jörundur auch den kleinen Napoleon, doch wir nannten ihn König der Hundstage, zuerst im Spott, später allerdings wurde aus dem Hohn Heldenverehrung, Romantik, und man verfasste Trinklieder und Komödien über ihn und sogar ein langes, umfangreiches Heldenlied.

Die Hundstage sind die wärmsten Tage des Jahres, vom dreizehnten Juli bis zum dreiundzwanzigsten August, ungefähr sechs Wochen also, und so lange dauerte etwa Jörundurs Herrschaft über Island.

In der Antike brachte man die sommerliche Hitze mit dem Sirius in Verbindung, den man auch den Hundsstern nennt, weil er der hellste Stern im Sternbild Großer Hund ist.

Doch Menschen verbanden diesen Hund unter den Himmelskörpern nicht nur mit Sommerhitze und Helligkeit, sondern auch mit Tollwut, Missernten, Plagen und auftretenden Seuchen.

Als Jörundur in Kopenhagen heranwuchs, gab es dort ebenfalls Hundstage, doch bezogen sie sich auf das Fangen der in der Stadt überhandnehmenden und allzu zahlreichen Straßenhunde. Sie streunten überall herum, und es wurde genau zur Zeit der Hundstage eine eigene Truppe zusammengestellt, die die herrenlosen Hunde ausrotten sollte.

In Jörgen Jörgensen oder Jörundur Hundstagekönig kommt vieles zusammen, Einfallsreichtum, Waghalsigkeit und Freude, geradezu königliche Freude, ein ganz eigener Sinn für Humor, den man meist in der Literatur findet oder eben darin, wie ein die Weltmeere befahrender junger Bursche aus Kopenhagen urplötzlich zum König von Island aufsteigt und wie Stammtischgerede über den Handel mit Talg und Seife in einem Pub in London, wo isländische und dänische Kaufleute durch Napoleons Träume von der Weltherrschaft und dieselben Träume der Briten festsaßen, darin münden, dass in Reykjavík alle Strafgefangenen freigelassen und Anordnungen zu den unerhörtesten Veränderungen erlassen wurden, deren Tragweite nur wenige erst viel später begriffen. Diese Kaufleute in London waren zunächst Gefangene der Engländer, doch wegen der losen Bekanntschaft höhergestellter Isländer mit Sir Joseph Banks und dessen Verbindungen zur Regierung waren sie freigelassen worden.

Den Hintergrund bildete der Kampf um die Vorherrschaft auf den Weltmeeren.

Man hat Jörundur auch mit anderen historischen Persönlichkeiten verglichen, und er war selbst auch ein Autor, nicht einmal unähnlich einem Laurence Sterne oder Henry Fielding und stark von Jonathan Swift beeinflusst. Sterne schrieb den Roman *Leben und Ansichten von Tristram Shandy, Gentleman*, der voller Abschweifungen und spaßiger Einfälle und Ereignisse steckt. Genau wie die Geschichten Jörgens. Er fügte derartige Exkurse ein, dass die Verleger seine Manuskripte um Hunderte Seiten kürzten, ohne dass es etwas brachte, und überhaupt wurden nur die wenigsten veröffentlicht.

Jörgen Jörgensen war ein Schelm, der Schelmenromane schrieb, oder ein Abenteurer, der Abenteuergeschichten verfasste, aber alle waren sie der Wirklichkeit entnommen. Ein unveröffentlichter Roman von ihm trägt den Titel *The Adventures of Thomas Walter*. Den Kern des Buchs bilden Ereignisse um die Revolution in Island. Es könnte durchaus an der Zeit sein, Jörgen Jörgensen wiederzuentdecken, und zwar nicht nur als Persönlichkeit der Geschichte, sondern auch als Autor.

Es heißt, obwohl Jörgen Jörgensen Englisch geschrieben und gesprochen habe wie ein Muttersprachler, habe er dennoch nie einen leichtläufigen Stil erreicht, was vielleicht daher rührt, dass Englisch eben doch nicht seine Muttersprache war. Eine Begabung für Sprachen brachte er aber auf jeden Fall mit. Er sprach keineswegs nur Englisch.

Selbstverständlich konnte er seine Muttersprache Dänisch, auch wenn es mit der Zeit ein wenig Rost bei ihm ansetzte, und er sprach sowohl Französisch als auch Deutsch, ein paar Brocken Russisch und Polnisch sowie etwas Spanisch und Portugiesisch, und so setzten ihn die Briten nach seinem isländischen Abenteuer und seiner Haftzeit in England, die er sich, je nachdem, wie man die Sache sieht, wegen Ungehorsams oder wegen einiger Spielschulden eingebrockt hatte, als Agenten ein.

Ja, nach seiner kurzen Karriere als König von Island und diversen Knastaufenthalten wurde Jörgen Jörgensen für einige Zeit eine Art James Bond im Dienst Ihrer Majestät und war, ebenso wie der Topagent, ein häufiger Gast in Spielkasinos. Sein Einsatzgebiet als Spion waren Frankreich, Russland und Polen, obwohl man etlichen Berichten, die Jörgen Jörgensen darüber verfasste und an die britische Regierung schickte, nicht zu viel Bedeutung beimessen darf, denn er schrieb sie mit zittrigen Fingern in Schenken unter den Nachwirkungen der Trostlosigkeit nach einer Nacht, in der man sein letztes Hemd verspielt hat und völlig blank in den anbrechenden Morgen wankt. Bei wenigstens einer Gelegenheit war er in der Verkleidung eines Mönchs aufgetreten.

4

»Du hast das Zeug dazu, dass aus dir etwas werden kann, und das hätte ich vorher nicht gedacht«, sagte Skúli Magnússon, damals Bezirksrichter im Skagafjörður, zu Séra Jón, als sich herausstellte, dass Jón keineswegs der Einfaltspinsel war, für den ihn viele hielten.

Es war damals seine Angewohnheit, in seine eigene Welt versunken zu leben, über die Wiesen zu spazieren und mit den Vögeln zu reden. Es kursierte allerlei Unsinn über ihn, wie über viele Menschen, die anders sind als andere oder gar über die anderen hinausragen.

Es stellte sich heraus, dass mit Séra Jón durchaus alles in Ordnung war. Er war ein guter Schüler und stellte sich bei allem geschickt an. Die Vogeljagd, das Fischen auf See, Arbeiten in der Landwirtschaft, alles ging ihm leicht von der Hand. Darüber hinaus erlernte er die Heilkunst und brachte sich selbst Deutsch bei.

Séra Jón stand mit einem Bein noch in der alten Zeit, mit dem anderen in der neuen. Das Altüberkommene und die Aufklärung lagen im Widerstreit miteinander. Das machte im Übrigen das Wesen seines Zeitalters aus. Das Alte wollte nicht absterben, doch das Neue drängte schon auf die Welt, und die Wehen verliefen nicht problemlos.

Doch wäre das alles längst vergessen, wenn nicht Séra Jón der Pfarrer geworden wäre, der aus ihm wurde, ebenso wie wir nichts über Jörundur wüssten, wenn er sich auf Tahiti abgesetzt hätte, wie er es vorhatte. In dem Fall wäre er niemals nach Island gekommen, und sein Leben hätte sich nicht zu der Geschichte entwickelt, die sie geworden ist.

Die Äußerung zu Séra Jóns guten Anlagen ließ Skúli bei sich zu Hause auf Akrar fallen, als Séra Jón zu Besuch bei ihm weilte. Damals war er mitnichten Pfarrer, sondern schloss gerade erst die Schule ab.

Als Skúli sich so positiv über Séra Jón äußerte, setzte er noch hinzu: »Und ich habe nichts dazu beigetragen.«

Skúli hatte da mächtig einen sitzen und schwadronierte vor sich hin. Dennoch stimmte, was er sagte. Er hatte sich tatsächlich eher gegen die Aufnahme Séra Jóns in die Schule ausgesprochen als umgekehrt. Das war zu der Zeit, als der von König Christian VI. ausgesandte Bischof Ludvig Harboe nach Island kam. Er wurde von Jón Þorkelsson, dem Schulmeister der Schule am Bischofssitz Skálholt, begleitet, der für den Dänen auf seiner Visitationsreise durch Island dolmetschen sollte. Sie reisten um die Insel, um die geistige Verfassung der Menschen, den Bildungsstand, die Gesinnung und das Auftreten der Geistlichen zu kontrollieren, insbesondere was das Trinken, das Unterrichten der Kinder und anderes betraf, das zu wünschen übrig ließ.

Die Ankunft Harboes bezeichnete den Beginn von Reformbestrebungen, die man in Dänemark manchmal mit der Gründung der Königlich Dänischen Akademie der Wissenschaften in Verbindung bringt. Die wurde im Jahr 1741 ins Leben gerufen, und Bischof Harboe kam im Jahr darauf nach Island. Obwohl es seine Aufgabe war, den Kenntnisstand der Pfarrer zu überprüfen und insbesondere etwas gegen ihren Alkoholkonsum zu unternehmen, ging er nicht streng vor und ergriff keine Maßnahmen gegen ungebildete oder trunksüchtige Pfarrer, sondern beließ sie im Amt, wenn ihre Gemeinde sich für sie aussprach.

Skúli hatte einen Verwandten in der Schule unterbringen wollen und war überdies der Ansicht, Séra Jón solle etwas Praktisches lernen, damit er seine Mutter unterstützen konnte, die als Witwe mit fünf Kindern alleinstand, und Séra Jón war der Älteste. Jón aber absolvierte die Aufnahmeprüfung mit Glanz und Gloria, denn er hatte ein großes Talent, auswendig zu lernen, und konnte die ihm vorgelegten Texte aufsagen, ohne sich zu verhaspeln, während die anderen Kinder sich einen abstotterten. Dadurch weckte er das besondere Interesse Bischof Harboes und Jón Þorkelssons.

Dann aber stellte sich die Frage des Schulgelds. Séra Jóns erst unlängst verwitwete Mutter konnte das Geld nicht aufbringen, zumal die Mittel ihres Hofs weitgehend aufgebraucht waren. Es sah nicht gut aus, und Séra Jón entwickelte Wahnvorstellungen, die seine Tante noch kräftig mit Geschichten vom Überfall algerischer Piraten und anderen Ereignissen anheizte, an die sie sich noch zu erinnern vorgab.

Séra Jón bekam Alpträume, in denen er mit den »Türken« kämpfte und fürchtete, zusammen mit anderen von ihnen geraubt zu werden. Auf diese Weise stiftete der Teufel Unruhe in seiner Seele, doch weil sich die Kämpfe auf Friedhöfen abspielten, auf die er nie im Leben gekommen war, glaubte der Pfarrer, der sich Jóns Geschichten anhörte, sie würden bedeuten, der Junge werde in seinem Leben in Auseinandersetzungen mit vielen bösen Menschen landen, und es lässt sich sagen, dass es in der Tat so gekommen ist.

Skúli beaufsichtigte die Finanzen der Schule am nördlichen Bischofssitz Hólar. Bischof Harboe berief ihn zu sich, und Séra Jón wurde in die Schule aufgenommen. Als das in seinem Heimattrakt bekannt wurde, lachten sich die Leute darüber kaputt, dass ausgerechnet der größte Trottel der Gegend in die Schule kommen sollte. Ein Junge, der sich ebenfalls um seine Aufnahme in die Schule beworben hatte, aber nicht genommen worden war, suchte Jón auf und malte ihm die Schule als das übelste Gefängnis aus und schilderte ihm die Leiden der Schüler derart drastisch, dass Séra Jón Angst bekam und zu zweifeln begann.

»Auf solches Gerede darfst du nichts geben, Jón«, sagte seine Mutter. »Das ist nichts anderes als Neid.« Und so war es auch. Der Bischof wies Skúli an, Jón in die Schule aufzunehmen, obwohl er arm und auf Unterstützung angewiesen war. Bischof Harboe und sein Dolmetscher Jón legten sogar aus eigener Tasche etwas dazu, um für eine gewisse Zeit für Séra Jóns Unterhalt aufzukommen. Später übernahm das ein anderer Wohltäter. Ludvig Harboe wurde später Bischof von Trondheim und von Seeland, und Jón Þorkelsson ging nach Kopenhagen. Er hatte keine Kinder und stiftete sein ganzes Vermögen zur Verbesserung der Lesefähigkeit isländischer Kinder.

Jón Þorkelsson schenkte dem kleinen Jón etliche Bücher und lud ihn ein, ihn zu besuchen, um ein wenig Konversation mit ihm zu treiben und einen Schluck Milch zu trinken. Er und Ludvig Harboe hielten sich jenen Winter über in Hólar auf. Harboe amtierte dort einen Winter lang als Bischof.

Seine Mitschüler glaubten, Jón würde sie bespitzeln und beim Schulmeister anschwärzen. Darum musste Jón es aufgeben, seinen Namensvetter zu besuchen und mit ihm Milch zu trinken. Nachdem Jón Þorkelsson nach Kopenhagen abgereist war, schickte er dem kleinen Jón lateinische Bücher und versprach, ihm behilflich zu sein, sollte er ebenfalls nach Kopenhagen kommen. Das hätte Jón auch gern getan, aber es kam anders.

Ach, jetzt habe ich vergessen, die Ratschläge zu erwähnen, die Skúli Séra Jón erteilte; doch handelte es sich im Großen und Ganzen um allgemeine Verhaltensregeln wie etwa die, andere nicht als Erster zu triezen, seinen Jähzorn zu zügeln, auch jenen gegenüber, die ihn ungerecht behandelten oder ärgerten, außerdem solle er sich Bildung und Erfahrung aneignen, ins Ausland reisen, Freunde und Bekannte in Kopenhagen anschreiben, um ihre Meinung einzuholen, und weder Tabak noch Branntwein kaufen, um sie auf dem Schwarzmarkt zu verhökern. Genau dazu aber ließ sich Séra Jón später verleiten, machte aber keinen Gewinn damit, weil es Gott nicht wohlgefällig war.

Ansonsten solle Séra Jón sich vorsehen, nicht andauernd hinzufallen. Es ist bemerkenswert, dass sich Skúli in Anbetracht seines damaligen Zustands – er war ja sternhagelvoll – sehr viel später noch daran erinnerte. Da begegnete ihm nämlich Séra Jón in Reykjavík auf der Straße und ging mit einem Stock, und Skúli sagte zu ihm: »Erinnerst du dich nicht an das, was ich dir einmal gesagt habe?« Séra Jón war nämlich anfällig für Knochenbrüche, speziell für Beinbrüche, nachdem er einmal den Gottesdienst geschwänzt und sich dabei das Bein gebrochen hatte. Er hatte billige Vergnügungen Gottes Wort vorgezogen, also griff Gott ein und zeigte Séra Jón, was solche Missachtung nach sich zog, und brach ihm ein Bein.

Skúli versprach Jón, ihm bei seiner Ausreise behilflich zu sein, doch dann zog er 1750 selbst in den Süden und ließ sich auf der Insel Viðey bei Reykjavík nieder, wo viel später Jörundur und seine Kumpane schlemmen und saufen sollten.

Habe ich 1750 gesagt? Da ist Jón Steingrímsson zweiundzwanzig Jahre alt, hat die Schule in Hólar absolviert und wälzt Pläne, nach Kopenhagen zu gehen, aus denen allerdings nie etwas wurde. Diejenigen, die versucht hatten, ihn von seinem Besuch der Schule in Hólar abzuschrecken, damit er ebenso ungebildet bliebe wie sie, hatten zum Teil recht behalten: In der Hólarschule ging es so streng zu wie in einem Gefängnis, und die Schüler dilettierten in irgendwelchen obskuren Nebenbeschäftigungen und trieben sogar Hokuspokus und Magie.

Habe ich erwähnt, dass sich Séra Jón ein Zauberbuch zulegte? Wer mit Hilfe solcher Bücher praktizierte, konnte sich alle gottesfürchtigen christlichen Ambitionen aus dem Kopf schlagen.

Es war ja auch eine schreckliche Zeit. Obwohl das eigentlich für alle Zeiten zutrifft. Jón war kaum in die Schule eingetreten, als ein großer Skandal aufflog. Zwei Schüler wurden in Eisen geschlagen und abgeführt. Jón stand dabei und sah das mit an. Er sollte diesen Anblick nie vergessen.

Die beiden Mitschüler hatten Geld gestohlen, achtzig Reichstaler, und zwar einem Rosstäuscher namens Fúsi, der im Ruf stand, der geizigste Beutelschneider in ganz Nordisland zu sein, und es gab viele Geizhälse dort, wie überhaupt im ganzen Land. Jede Gemeinde besaß ihren knauserigen Pfennigfuchser.

Zu der Zeit war Skúli noch Bezirksrichter, und er verurteilte die beiden Delinquenten zu einem halben Monat bei

Wasser und Brot. Damit waren sie noch glimpflich davongekommen. Man hätte sie auch auspeitschen und brandmarken lassen oder sogar ins königliche Zuchthaus nach Kopenhagen schaffen lassen können. Nicht viele kehrten von dort zurück.

Die beiden Burschen wurden später Pfarrer, »denn Gott schafft aus Bösem Gutes«, sagt Séra Jón. Als der geizige Fúsi sein Geld wiederbekommen wollte, gab ihm der Richter zur Antwort: »Du vermaledeiter Halunke hast dir dieses Geld auf übelste Art und Weise angeeignet und es vor allen geheim gehalten. Von diesem Geld sollst du nicht eine Öre wiedersehen. Die ganze Summe fällt der Krone zu.«

Daraufhin fiel der geizige Fúsi in Elend und Armut, und er starb schließlich elend und verachtet.

Doch ein Unglück kommt selten allein.

Gemeine, Boshafte unter seinen Mitschülern machten Jón das Leben schwer. Der Schlimmste unter ihnen, ein Erlendur, kam aus derselben Gegend wie Jón und war im gleichen Alter. Als in der Schule einmal Schreibgerät und ein Schal verschwanden, hängte er Jón die Sache an und behauptete, er habe die Sachen gestohlen. Tatsächlich fanden sich die Stifte in Jóns Kiste und der Schal in seinem Bett, weil Erlendur sie dort versteckt hatte.

Séra Jón wurde ein ums andere Mal verhört. Er stritt alles ab. In Anbetracht der Sachlage und weil es kein Geständnis gab, »wurde ich mit der Rute gezüchtigt und mit Fäusten geprügelt und geschlagen, um zu gestehen. Doch obwohl ich zu einem Geständnis gezwungen werden sollte, widersetzte ich mich so standhaft, bis ihnen nichts mehr einfiel, denn mein Gewissen war lauter und rein, was für Martern ich auch ausstehen musste«, berichtet Séra Jón in seiner Lebensgeschichte.

Doch da erschien Bjarni Pálsson auf der Bildfläche, der Arzt und spätere Leiter des Gesundheitswesens in Island, meist Landphysicus genannt, und sagte: »Ich sehe, dass dieser Junge vollkommen unschuldig ist. Es gibt hier einen anderen Teufel, der ihm übel mitspielen will. Lasst uns probieren, ob nicht auch ein anderer Schlüssel auf seine Kiste passt.« Landphysikus Bjarni sollte Séra Jón später Medizin lehren und ihm einiges an medizinischem Gerät überlassen, womit Séra Jón später neben seiner eigenen Landwirtschaft und seinem Amt als Pastor auch als Arzt praktizierte.

Man öffnete seine Kiste und fand tatsächlich einen weiteren Schlüssel, mit dem sie sich öffnen ließ. Der gehörte Erlendur, und so fiel der Verdacht auf ihn, wie später wiederholt auch bei anderen Vorfällen. »Doch Gott erlaubte ihm nie, mir Schaden zuzufügen, wie sehr er es auch versuchte«, schloss Séra Jón.

Erlendur fuhr später nach Kopenhagen und wollte dort Pastor werden, brach sein Vorhaben jedoch ab »und warf da die Geistlichkeit von sich«, wie es Séra Jón ausdrückt. Stattdessen studierte er Jura, doch mehr dem äußeren Anschein nach als ernsthaft. »Mit geringem Ansehen kehrte er nach Island zurück und heiratete eine Dirne, die genauso ein Galgenvogel ist wie er«, und sie prügeln einander, endet Séra Jón seine Mitteilungen über diesen Erlendur, der mit aller Macht versuchte, Séra Jón das Leben schwer zu machen, aber dann selbst erntete, was er gesät hatte.

V

1

Als ich von Jörgens Sprachkenntnissen berichtete, hätte ich natürlich hinzufügen sollen, dass er das erste und einzige Wörterbuch der Sprache der Ureinwohner Tasmaniens erstellte und dafür unter den dortigen Wissenschaftlern und darüber hinaus große Anerkennung genießt. Wörterbuch ist vielleicht nicht ganz die richtige Bezeichnung. Es handelt sich vielmehr um ein Glossar, doch dieses Glossar lieferte die Grundlage zu einem Wörterbuch und zu hoch wissenschaftlichen Abhandlungen über Sprache und Linguistik.

Von besonderer Bedeutung für die Sprache der Ureinwohner ist diese Quelle, weil man die Menschen fast ausgerottet hat. Nein, sagen wir präzise, wie es ist: Sie wurden vollständig ausgerottet, und ihre Sprache wurde nirgendwo sonst aufgezeichnet außer in den Wortlisten Jörgen Jörgensens, der zu jener Zeit schon vieles probiert und hinter sich hatte: Er war König von Island gewesen, von seinen Landsleuten in Dänemark ausgestoßen und als Verräter verurteilt worden. Er hatte in den Gefängnissen Londons gesessen, sowohl in Newgate als auch in Totthill, und auf dem berüchtigten Gefängnisschiff *Bahama*. Und er hatte einer Frau die Ehe versprochen, war dann aber nicht zur Hochzeit erschienen.

Es ist eher unwahrscheinlich, dass Jörgen in Dänemark eine Geliebte hatte, denn als er das Land verließ, war er erst vierzehn. Er kehrte erst zwölf Jahre später zurück, hielt sich nur ein Jahr dort auf und kam danach nie wieder. Als schwieriger Teenager war er weggegangen, als weit gereister, kultivierter und belesener Mann von Welt zurückgekommen, und anfangs hatten ihm alle Türen offen gestanden.

Es heißt, seine erste nähere Bekanntschaft mit dem anderen Geschlecht habe Jörgen durch eine Hure in Kapstadt oder Sydney geschlossen. Manche Quellen besagen, er sei Frauen abgeneigt gewesen, und seine Mutter habe sich ernsthaft Sorgen über die Unfreundlichkeit, ja, Verachtung gemacht, mit der er Mädchen behandelte. Umgekehrt hatten Mädchen in Kopenhagen auch ein auffälliges Vergnügen daran gezeigt, ihn zu hänseln, zu necken und zu ärgern. Erst lockten sie ihn, taten so, als wollten sie ihn küssen und liebkosen, doch dann rastete etwas in Jörgen aus, und sie gingen aufeinander los, mit dem dazugehörigen Geschrei und selbst Schlägen im Gefolge.

Diese Aussetzer waren aber nicht geschlechtsgebunden, Jörgen soll sich genauso mit Jungen geprügelt haben, sogar hauptsächlich mit Jungen, er fiel über sie her, wann immer sich ein Anlass bot. Oft kam er grün und blau nach Hause und wurde dann von seinem Vater mit harter Hand bestraft; er bekam eine Tracht Prügel und wurde eingesperrt. Nirgendwo wird erwähnt, dass er in seinen frühen Jahren in Kopenhagen Freunde besessen hätte, Feinde hatte er allerdings viele. Doch, er hatte ein paar Freunde, aber viel mehr Feinde. Der von mir schon erwähnte Marius Dahlsgaard lässt in seinem Buch von 1916 Jörgen gut mit Adam Oehlenschläger befreundet sein.

Es heißt, Jörgen habe seine Abneigung gegen das andere Geschlecht erst überwunden, als er die Frauen auf Tahiti kennenlernte und all die Freuden, die sie ihm erwiesen. Er überlegte sogar, auf der Insel zu bleiben und sich dort niederzulassen, doch dann hätten wir keinen König und Tasmanien kein Wörterbuch, und vieles andere hätte sich nicht zugetragen.

Jörgen war immer ein Einzelgänger. Er lebte mehr in Ereignissen als mit Menschen, handelte lieber, als zu denken, oder beließ es nicht nur beim Denken. Er hätte wie die Existenzialisten sagen können: Sein ist Handeln. In dieser Hinsicht erinnert er an Gestalten aus isländischen Vorzeitsagas oder auch an Personen, die in Romanen zur selben Zeit zur Welt kamen, in der er die Welt eroberte.

Van-Diemens-Land heißt heute Tasmanien. Abel Tasman war ein holländischer Entdecker des siebzehnten Jahrhunderts, der das Land entdeckte und es wieder verlor. Er taufte es nach dem holländischen Gouverneur in Indonesien, doch das änderte man später und nannte das Land nach ihm selbst. Dort beschloss Jörgen Jörgensen seine Tage. Da endete er als Saufbold und Abschaum in der Gosse. Die Menschen sahen den mageren, rotäugigen Sonderling durch die Straßen torkeln. Man zeigte ihn den Kindern und sagte: Dieser Kerl da stammt aus Dänemark, aber er war einmal König von Island.

Das bestätigt Sir Joseph Hooker, der Sohn des Botanikers Sir William Hooker. Sir William versuchte Jörgen so gut er konnte zu helfen, doch am Ende kapitulierte er vor dessen nicht endenden Zudringlichkeiten aus dem Gefängnis heraus, die immer mit einem Betteln um Geld endeten.

Doch wieso auch nicht? Hatte Jörgen ihn nicht aus einem brennenden Schiff gerettet? Ebenso rettete er bei gleicher Gelegenheit dem Grafen Trampe das Leben, doch nur, damit der die nächsten Monate darauf verwendete, ihn von England ausliefern zu lassen, damit ihn seine Landsleute in Dänemark hängen könnten.

William Hookers Sohn hieß mit vollem Namen Joseph Dalton Hooker und war ebenfalls Botaniker, ein Mitarbeiter Charles Darwins. Er gehört zu den Letzten, die Jörgen Jörgensen im Leben sahen, und er beschrieb seinen Zustand, vielleicht nicht gerade mit viel Verständnis, denn Sir Joseph Hooker betrachtete Jörgen mit seinen britischen Oberklassenaugen als ein gebrechliches Wrack in der Gosse. Er war ein so arroganter Snob, dass er sich darüber beklagte, dass die Zeitungen auf Tasmanien nicht das Niveau von denen in Großbritannien besäßen, und fand überhaupt alles dort unbedeutend, ähnlich wie sich sein Vater über Island ausgelassen hatte.

Das Eigentümliche an allen Reiseberichten von Engländern, so unterhaltsam sie auch sein mögen, besteht darin, dass sie immer bei sich zu Hause sind, ganz gleich, wohin sie auch reisen. Stets wird der Vergleich mit England gezogen. England liefert meist das Vorbild, und die Engländer sind die überlegenen Wesen, die verschiedene Arten von Barbaren inspizieren. Als Joseph Hooker Jörgen Jörgensen in Hobart, der Hauptstadt Tasmaniens, traf, hatte Jörgen soeben seine Frau zu Grabe getragen, jene Norah, die sich zu Tode getrunken hatte.

Norah Corbett starb 1840, Jörgen Jörgensen nur ein Jahr darauf 1841.

2

Die Østergade, in der Jörgen Jörgensen zur Welt kam, ist heute ein Teil des Strøget, der berühmten Einkaufs- und Fußgängerzone, die in den Augen vieler den Inbegriff Kopenhagens bildet.

Nicht viele denken an Jörgen Jörgensen, wenn sie dort von einem Geschäft ins nächste laufen, und in den Hauseingängen stehen keine nach Schlägereien zerlumpten und abgerissenen jungen Burschen mehr, die den Passanten Schmähworte nachrufen, wie Jörgen es oft tat.

Jetzt rufen Straßenverkäufer und einige obdachlose Säufer, manchmal Missionare oder politische Aktivisten. Andere halten Reklametafeln von Gaststätten oder Frisiersalons in die Höhe, manche verkleiden sich mit bizarren Kostümen, manche sogar als Wikinger.

Im Sommer sind dort eine Unmenge Sprachen zu hören, nicht zuletzt Isländisch und Norwegisch, Schwedisch und Finnisch, Färingisch und Russisch, Chinesisch und Japanisch und noch mehr, überall wimmelt es von Menschen. Abends jedoch ist die Straße oft eigentümlich leer und still, besonders im Winter, wenn außer hallenden Schritten vielleicht nur ein einsamer Geigenspieler zu hören ist, der seinen Geigenkasten vor sich aufgeklappt hat, in dem noch ein paar Öre vom Vortag liegen, und irgendetwas Klassisches spielt.

Das Haus in der Østergade steht nicht mehr. Manchen Quellen zufolge war es die Nummer 77, nach anderen die

Nummer 59. Lange glaubte ich, das stimme, aber dann fand ich heraus, dass man die Nummerierung in der Straße später geändert hat. Das Haus muss da gestanden haben, wo heute die Hausnummer 6 ist, schätze ich. Das Haus der Familie Jörgensen ist in einem der Brände Kopenhagens zerstört worden, allerdings nicht in dem großen von 1807, in dem fünfzehnhundert Häuser abbrannten.

Gleichviel, Jörgen Jörgensen war ohnehin kein Mann, der sich in Häusern aufhielt, und diese Geschichte spielt sich mehr im Freien als im Innern von Gebäuden ab. Es gibt Menschen, die Literatur einteilen in Bücher, die drinnen spielen, und solche, die im Freien stattfinden.

Bücher, die in Innenräumen spielen, scheinen von einer gewissen Ereignislosigkeit im Leben geprägt zu sein, ihr Autor scheint von wenig anderem zu erzählen zu haben als von Bettgeschichten und Eheproblemen, während Bücher, deren Handlung sich im Freien zuträgt, noch den echten Funken in sich haben, der den uralten Geschichten von Seefahrern entsprang.

Das ist natürlich eine grobe Vereinfachung, denn die Seeleute hatten keinen glühenderen Wunsch, als zu den Frauen ins Bett zu kommen, damit sich die zukünftigen Eheprobleme anbahnen konnten.

Das alles ist nicht sonderlich wichtig. Im Leben Jörgen Jörgensens war die Welt ein einziger riesengroßer Raum ohne Decke und Wände, außer wenn er im Knast saß, oder dann vielleicht erst recht. Wenn er sich aus der Nacht erhob, reichte er an den Himmel, die Ewigkeit und die Zeit, doch bei Tageslicht schlich er manchmal umher wie ein trüber, abgestumpfter Schatten.

Er ist wie ein Held aus einer alten Geschichte, geheimnisvoll, zugleich aber auch so alltäglich und simpel, wie man sich nur denken kann, immer abgebrannt und um Geld bettelnd, jammernd, nörgelnd, manchmal zu Recht, manchmal völlig unberechtigt.

Getauft wurde Jörgen Jörgensen in der Nikolaikirche, und er wohnte in der Nähe von Kongens Nytorv, nicht weit von Hviids Weinstube, wo schon viele Isländer eingekehrt sind und sich sein Schicksal in Erinnerung gerufen haben. Vier von ihnen zieren ein Bild an einer Wand, doch so gut miteinander bekannt, dass sie zusammen einen gehoben hätten, waren sie nicht.

Jónas Hallgrímsson ist auf dem Bild zu sehen, unser Nationaldichter, der in der St. Pedersstræde, wo er ganz in der Nähe wohnte, eine Treppe hinabfiel und mit nur siebenunddreißig Jahren starb. Daneben Jóhann Sigurjónsson, der als Dramatiker auf den Bühnen Europas Erfolge feierte, aber sein Leben in bitterer Armut beendete. Und doch sind die beiden unsere bedeutendsten Autoren.

Außerdem ist auf dem Bild noch Sverrir Kristjánsson zu sehen, ein Historiker, der über den Untergang Roms schrieb und neben anderen Büchern auch das Kommunistische Manifest ins Isländische übertrug. Er schrieb auch Erzählungen und kürzere Texte, darunter einen über Jörgen Jörgensen. Er trägt den Titel »Der Seefahrer«.

Darin heißt es etwa: »Der junge Jörgen war kein schlechter Schüler, wenn ihn der Stoff interessierte. Sehr viel schwerer war es jedoch, ihn der Disziplin der bürgerlichen Tugenden zu unterwerfen.«

Ja, wenn man Jörgen Jörgensen etwas vorschreiben wollte,

brach seine ganze Energie, seine ganze Wut aus ihm heraus. Er ließ sich nie etwas sagen. Es war unmöglich, ihn zu zähmen. Für die Psychologen unserer Tage wäre Jörgen ein gefundenes Fressen, wenn sie ihn in die Hände bekämen.

Am Ende sah sein Vater keine andere Möglichkeit mehr, als ihn von der Schule zu nehmen und zur See zu schicken. Jörgen war glücklich darüber. Er hatte seinem Vater lange mit diesem Wunsch in den Ohren gelegen. Sein Drang, in die Welt hinauszukommen, beherrschte sein Denken.

»Womöglich hat mich mein Vater zur Lehre auf einem englischen Kohlenfrachter untergebracht, weil er hoffte, das würde mein Verlangen nach Seereisen abkühlen«, schreibt Jörgen in seiner Lebensgeschichte. Doch nirgends fühlte er sich wohler als am Hafen, und was sein Vater für eine vorübergehende fixe Idee hielt, wurde zu einem langlebigen Dauerzustand.

Es ist eigentlich sehr verwunderlich, dass Jörgen senior seinem Sohn eine Heuer auf einem englischen Kohlenschiff besorgte, denn er war ebenso entschieden gegen die Engländer eingestellt, wie der Sohn für sie war.

Später sollte der Vater mit einigen Kompagnons ein Kriegsschiff chartern und Jörgen zu dessen Kapitän ernennen, damit er beweisen konnte, dass er nicht mit den Engländern unter einer Decke steckte; doch die Sache verlief ganz anders als gedacht. Gerade als Jörgen beweisen sollte, kein Verräter zu sein, wurde er zum Verräter.

Vielleicht hatte der Vater einfach Vertrauen zum Kapitän des Kohlenschiffs, Henry Marwood. Der nahm Jörgen unter seine Fittiche und erlaubte ihm, in London in seinem Haus zu wohnen. Zu der Zeit waren die Animositäten zwischen England und Dänemark noch nicht so heftig wie später.

Noch galt die dänische Neutralität, der Handel blühte. Man nannte die Zeit die *florissante periode*. Auch die Uhrmacherwerkstatt florierte, sie wuchs und expandierte ebenso wie die Handelsfahrten über die Meere.

Das dänische Reich ist weder vorher noch danach je größer gewesen als zu jener Zeit. Zu Dänemark gehörten Norwegen, Island, Grönland und die Färöer sowie Schleswig und Holstein im Süden, zudem hatte das Land Kolonien in Indien und in der Karibik gegründet.

Jörgen sollte sich für Henry Marwoods Hilfsbereitschaft erkenntlich zeigen, denn zu den Schiffen, die er später während seiner Zeit als Kapitän im Krieg aufbringen und kapern konnte, gehörte auch Captain Marwoods Schiff, doch Jörgen ließ ihn frei und unbehelligt davonsegeln.

Immerhin schlug Jörgen sich nicht aus Opposition gegen seinen Vater auf die Seite der Engländer. Er rebellierte nicht gegen ihn, er wollte bloß in die Welt hinaus, wollte weg. So begann seine Reise.

4

Das Kohlenschiff, auf dem Jörgen Jörgensen anheuerte, war auf den Namen *Jane* getauft. Es beförderte seine Ladung zwischen Newcastle und London. Jörgen war erst vierzehn Jahre alt und hatte Glück, dass es weder die Gewerbeaufsicht noch die EU gab. Wenn er Heimweh verspürt haben sollte, legte es sich rasch und machte sich nur noch vereinzelt bemerkbar, bis es völlig verschwand. Dann verging viel Zeit, und Jahre später wäre Jörgen gern nach Hause heimgekehrt.

Er war aufgebrochen in eine Welt der Abenteuer, und diese ließen in der Tat nicht lange auf sich warten. Für die nächsten zwölf Jahre wurden Schiffe und das Meer Jörgens zweite Heimat. Auf der *Jane* fuhr er vier Jahre.

»Kein anderer Glücksritter, auch wenn er gespielt und getrunken hat, das Küssen liebte, sich duellierte und das Vorbild für einen Roman in drei Bänden abgab, hat erlebt, was er durchmachte«, schreibt der australische Schriftsteller Marcus Clarke, der Jörgens Lebensgeschichte auf verstaubten Seiten des Magazins *Van Diemens Land-Annual* fand. Verwunderlich, dass sie keinen Platz in der Literatur erhielt.

Doch in welche Literatur hätte man sie aufnehmen sollen? Wie ich bereits sagte: Die Dänen bezeichneten ihn als einen Engländer, die Engländer nannten ihn einen Dänen. Nur in Island war er ein König, und eigentlich kein geringerer, lange nachdem er aufgehört hatte, König zu sein, denn während seiner Regierungszeit konnte man ihn kaum einen König nennen.

Manchmal wird angedeutet, Jörgen habe sich die Syphilis eingefangen, wie es unter Seeleuten und solchen, die auf unbekannten Routen reisten, häufiger vorkam. Die Grundlage für diese Unterstellung liefert ein Brief Jörgens an Sir William Hooker, in dem er schreibt, er habe Hooker ein großes Geheimnis anzuvertrauen. Leider ist nicht bekannt, worum es sich handelte. Es sieht so aus, als gebe es den betreffenden Teil des Briefs nicht. Es ging um etwas sehr Persönliches, das nur Sir William erfahren durfte und sonst niemand. Vielleicht ging es auch um etwas Persönliches zwischen ihnen.

In einem anderen Brief, den er Hooker aus dem Gefängnis in London schrieb, verweist Jörgen auf ein Gastmahl auf der Insel Viðey. Ich komme später darauf zurück. Im Gefängnis saß er zusammen mit James Savignac, einem Angestellten von Samuel Phelps, dem Kaufmann, der Jörgen Jörgensens Islandreise in der Hoffnung sponserte, auf der Insel Seife produzieren zu können. Samuel Phelps war ein vermögender Mann, der jedoch am Ende alles verlor und daraufhin ein zweibändiges Werk über die Natur des Menschen verfasste. Er wurde mit anderen Worten zu einem Philosophen, doch wird sein Name in diesem Zusammenhang nicht oft erwähnt.

Dasselbe lässt sich über Jörgen Jörgensen sagen. Sein Name kommt in der Literaturgeschichte nicht oft vor, obwohl er seine Autobiografie mit der bemerkenswerten Aussage beginnt: »Heutzutage sind Autobiografien sehr gefragt, denn wer ist nicht dazu bereit, sich selbst in ein günstiges Licht zu setzen und die eigenen Taten zu preisen? Es braucht nicht länger einen Homer, um Agamemnon unsterblich zu machen, lediglich einen Mann wie mich.«

Lassen wir uns das einmal auf der Zunge zergehen! Wer spürt nicht das Eingebildete, Aufgeblasene, die Kaltblütigkeit in diesen Worten? Das war die neue Zeit. Da wurde das Individuum geboren, frei mit allen seinen tollen Einfällen, rücksichts- und verantwortungslos und immer mit einem Bein außerhalb der Gesellschaft.

Du konntest alles. Man brauchte auf keinen Homer zu warten, um die Helden zu besingen. Das übernahmst du einfach selbst, du machtest dein Ding und wurdest zum Helden, oder glaubtest es zumindest, und wenn kein Held aus dir wurde, lag das Heroische genau darin, kein Held zu sein.

Jörgen Jörgensen hatte nicht nur Daniel Defoes *Robinson Crusoe* gelesen, sondern auch die anderen bereits erwähnten Autoren, Henry Fielding, Laurence Sterne und Jonathan Swift. Der Einfluss englischer Romanautoren auf Jörgen Jörgensen ist offensichtlich. Bei Kapitän Marwood machte er ihre Bekanntschaft. Ihre Geschichten verschmolzen mit den Berichten echter Abenteuerreisender vom Schlag eines James Cook oder Joseph Banks.

Henry Marwood, der Kapitän der *Jane*, nahm Jörgen in sein Haus auf und wurde ihm ein zweiter Vater. »Oft hatte ich in seinem Heim sein Brot gegessen und seine Milch getrunken«, heißt es später bei Jörgen.

Es war eine bedeutende Epoche in der englischen Literatur. Der englische Roman entstand. Seine Autoren schrieben über Schlitzohren, die nicht in die Welt passten. So einer war Jörgen Jörgensen, und so schrieb er, wenn ihm der Sinn danach stand. Er war wie eine Romangestalt, die er selbst erfand.

5

Im Sommer befuhr die *Jane* die Ostsee, in den Wintermonaten segelte sie nach London. Die Arbeit war schwer, Kohle schaufeln wie in einem Bergwerk, das Gegenteil der pedantischen Präzisionsarbeit in der Uhrmacherwerkstatt. Doch Jörgen Jörgensen wollte weg von stillen Wassern, Disziplin und Engstirnigkeit.

Er zog den offenen Ozean den Kanälen in Kopenhagen vor. Er eignete sich die Kunst des Segelns an und studierte das Meer, lernte Englisch, las viele Bücher und hielt sich in London auf, das damals als Hauptstadt der Welt galt.

London war ein Ort nach Jörgens Geschmack. Da wollte er sein. Er eignete sich englische Umgangsformen an, wollte aber kein britischer Staatsbürger werden. Seinen dänischen Pass behielt er. Das war damals von Vorteil, denn Dänemark verhielt sich in den Kriegen, in die England mit anderen Ländern verstrickt war, neutral.

England und Frankreich kämpften um Länder und Meere. Falls sein Schiff von den Franzosen aufgebracht werden sollte, war es gut, Staatsbürger eines neutralen Landes zu sein. Dänemark nutzte seine Stellung als neutraler Staat nach Kräften aus und schloss Allianzen mit anderen unbeteiligten Staaten, bis es nicht länger möglich war.

Als Jörgen auf der *Jane* abmusterte, sagte er der Nordsee Adieu. Seine Familie erwartete ihn zu Hause in Kopenhagen, doch Jörgen kam nicht. Er hatte andere Pläne, seine Gedanken schweiften südwärts. Nie hatte er die Geschichten über Captain Cooks Reisen in der Südsee vergessen.

Jörgen wollte die Palmenhaine, die Korallenriffe und die glücklichen Inseln des Pazifiks und der Südsee sehen. Dort wurden Träume wahr. James Cook hatte die Inseln des Südpazifiks erforscht, Neuseeland, Tonga und Tahiti, begleitet von dem jungen Pflanzenkundler Sir Joseph Banks. Und Sir Joseph hatte die Rechnung bezahlt. Als sie nach England heimkehrten, erntete Sir Joseph nicht weniger Aufmerksamkeit als James Cook.

Jörgen Jörgensen würde noch seinen Spaß auf Tahiti haben, und was er darüber zu Papier brachte, sollte den Engländern die Haare zu Berge stehen lassen; zunächst aber war es sein Ziel, im Kielwasser jener großen Männer zu segeln, die den Kurs abgesteckt hatten, wie es die Engländer so oft getan haben.

Jörgen dachte also gar nicht daran, nach Hause zurückzukehren und sich im Geschäft oder im Handel zu versuchen, worauf sein Vater hoffte. Die Familie war der Meinung, Jörgen brauche lediglich Auslauf für seinen jugendlichen Übermut und werde wohl nur ein paar Monate auf See bleiben, doch aus Monaten wurden zwölf Jahre.

Den Kohleneimer *Jane* verließ Jörgen in Southampton. Er war ein achtzehnjähriger Prachtbursche. Ein Däne, kräftig, blond und braun gebrannt. Aber dieser junge Kerl war ganz auf sich allein gestellt und konnte außer sich selbst niemandem trauen. In den Straßen wimmelte es von Matrosen von Kriegs- und Handelsschiffen.

Freudenmädchen versuchten ihn anzulocken, doch zu dem Zeitpunkt hatte er wenig Interesse an ihnen. In einer Kaschemme nahe dem Hafen mietete er ein Zimmer. Er suchte ein Schiff, auf dem er für eine Reise in die Südsee anheuern konnte.

Er machte die Bekanntschaft des Kapitäns eines Walfängers namens *Fanny*. Sie sollte zu einer Fangreise in den Südpazifik auslaufen, doch auf einem abendlichen Spaziergang sah sich Jörgen umringt von einer Pressgang der Navy, die ihn an Bord eines Kriegsschiffs schleppte. Die Marine brauchte Männer. Der Kampf gegen Napoleon war in vollem Gang. Bonaparte fegte wie eine Brandfackel durch Europa, doch Großbritannien beherrschte die Meere.

Als Jörgen den Männern von der Pressgang entgegenhielt, er sei Däne, lachten sie ihn bloß aus, zerrten ihn in ein Boot und setzten damit zu einem Schiff über. Jörgen wehrte sich aus Leibeskräften und wurde in Eisen gelegt. Als der Kapitän von der Sache erfuhr, entschuldigte man sich in aller Form bei Jörgen, aber es war zu spät, um noch einmal umzukehren und ihn an Land zu setzen.

Da, so Jörgen, habe er die Denkungsart der Engländer kennengelernt. Er verliebte sich in England und alles Englische. Es gab ihm Auftrieb, sollte ihn aber, wie sich später zeigte, auch teuer zu stehen kommen.

Er war wie die Schönheitsköniginnen in den alten Geschichten, liebte die, die ihm am schlimmsten mitspielten, und verließ die, die ihm Gutes wollten.

Das traf aber nicht in allem zu. Es heißt, Jörgen habe an zwei Gefechten gegen Franzosen teilgenommen. Unwahrscheinlich ist das nicht, doch dann entließ man ihn an Land, und er kam an Bord der *Fanny* mit Kurs auf die Südsee.

6

Im März 1799 ging die *Fanny* im südafrikanischen Kapstadt vor Anker. Mit einem Zwischenaufenthalt in Rio de Janeiro war sie den ganzen Winter unterwegs gewesen. Die Reise hatte drei Monate gedauert. Kurz vor dem Jahreswechsel hatte sie in Southampton die Anker gelichtet.

Das Schiff war eine Art schwimmendes Gemeinwesen. Es hatte Schweine und Federvieh an Bord, eine Unmenge Wasser, und jedes Besatzungsmitglied erhielt seine Ration Rum zugemessen. Die Segel knatterten im Wind, die Besatzung wurde zu Arbeiten eingeteilt. Es war ganz etwas anderes als die Törns auf der Ostsee. Verglichen mit dieser langen Reise waren sie Spazierfahrten.

Im Verlauf der Fahrt wurde es ruhiger. Jörgen nutzte seine freie Zeit, um zu lesen und zu schreiben. Weiterhin las er Geschichten von Entdeckern und bedeutenden Männern. Das genau war es, was er werden wollte: ein Entdecker und ein bedeutender Mann.

Als die *Fanny* in Kapstadt ankerte, stahl er sich von Bord.

Die folgenden achtzehn Monate in Jörgens Leben sind mysteriös. Es ist die Rede davon, dass er auf verschiedenen Schiffen gefahren und in gefährliche Seegefechte verwickelt gewesen sei, vermutlich mit Piraten, doch er selbst schweigt sich aus verständlichen Gründen darüber aus. Er schreibt von Kaperungen und Meutereien, doch bleibt das alles sehr nebulös und stammt vermutlich von anderen als ihm selbst. In den südlichen Ozeanen überfielen Piraten Küstenstädte, gaben vor, Handel treiben zu wollen, und rafften dann alles an sich, was sie erbeuten konnten.

In privaten Briefen bekannte Jörgen, an Bord eines Piratenschiffs gefahren zu sein, das vor den goldreichen Städten Perus und Mexikos kreuzte. Das war brandgefährlich, denn wenn man sie geschnappt hätte, hätte es keine Gnade gegeben. Gefangene wurden in die tödlichen Silberminen gesteckt, in denen sie elendiglich vor die Hunde gingen.

Jörgen behauptet, einmal fast erwischt worden zu sein, doch habe er sich bei einem Sonderling verstecken können, indem er sich als Arzt ausgab und dessen Frau von einem Durchfall kurierte. Zu dieser Zeit wurden noch zwei weitere Namen in seine Sammlung aufgenommen, Jan Jansen und John Johnson.

Er verlor seine Papiere, ließ sich einen Bart wachsen und gab sich als älter aus, vierunddreißig, dabei war er gerade mal zwanzig, und nach eigener Aussage streifte er durch die Wildnis und trieb Handel mit den Eingeborenen. So trat er in den Dienst Englands. Aus Jan Jansen wurde John Johnson.

Er erwarb sich einen guten Ruf in der Royal Navy, zeigte sich anstellig bei den meisten Verwendungen, doch sein Sinnen und Trachten richtete sich auf anderes. Jörgen Jörgensens Traum war es, noch weiter nach Süden und Osten vorzustoßen, auf den Spuren von James Cook und Joseph Banks, des Mannes, den er verehrte und der in seinem Leben eine entscheidende Rolle spielen sollte.

VI

1

»Frostastaður im August 1755

Sehr verehrter Herr Vogt Skúli Magnússon,
hier aus dem Skagafjörður sind recht erträgliche Nachrichten zu vermelden. Wie dir bekannt ist, haben sich meine Verhältnisse sehr verändert, seit ich als Diakon nach Reynistaður berufen wurde. Þórunn und ich sind nun seit zwei Jahren miteinander verheiratet und leben die meiste Zeit hier auf Frostastaður. Die kleine Sigríður entwickelt sich gut, und jüngst hat sich herausgestellt, dass Gott uns im neuen Jahr mit einem weiteren Kind segnen wird.

Die Lästerzungen, die Gerüchte und Anschuldigungen über Þórunn und mich verbreiteten, wir hätten beim Tod des Klostervogts unsere Hände im Spiel gehabt, sind meistenteils verstummt, vor allem nachdem ich auf dem Allthing erwirkte, dass zwölf Vertreter dieses Packs ausgepeitscht wurden.

Im vergangenen Jahr hatten wir grausames Wetter. Es fiel so viel Schnee, dass große Viehbestände eingingen, in der Folge hungerten und starben auch Menschen. Es ist nicht lange her, seit wir fast all unsere Schafe und Pferde verloren haben, nur die Kühe konnten wir durchbringen.

Die tödlich harten Bedingungen halten hier im Norden noch immer an, und ich habe mich daher entschlossen, das Land weiter östlich bis Reynir und Dyrhólar, das meinen Stiefkindern gehört, nicht zu bestellen. Stattdessen werde ich in diesem Herbst zusammen mit meinem Bruder Þorsteinn und dem Knecht Jón über das Hochland in den Süden gehen. Þórunn wird uns im nächsten Sommer nach der Geburt des Kindes ins Südland folgen.«

Als Jörgen Jörgensen zwanzig Jahre alt war, hatte er schon drei Kontinente gesehen, Europa, Amerika und Afrika, und war unterwegs zum vierten: Australien. Séra Jón aber kam nicht einmal bis Kopenhagen, wie er es eigentlich vorhatte.

Ich kann seinem Buch nicht entnehmen, dass er Island jemals verlassen hat. Allerdings wurde in Kopenhagen über ihn geredet, besonders nachdem die Mordvorwürfe laut wurden und die Angelegenheit wieder hochkochte.

Unter den Isländern in Kopenhagen verbreitete sich die Geschichte wie ein Lauffeuer, nicht zuletzt bei den Studenten, die die Vorgeschichte kannten, den Klatsch über eine Affäre zwischen Séra Jón und Þórunn und wie sie sich angebahnt hatte.

Während seiner Zeit als Diakon fuhr Séra Jón oftmals aufs Meer und reiste weit durch Island, um Fisch zu kaufen, Fleisch und Wolle zu verkaufen. Vor den Küsten Islands gingen die Wellen nicht weniger hoch als bei Jörgen auf dem offenen Ozean.

Was ich damit sagen will: Obwohl Séra Jón nach Maßstäben der Weltumsegler und Entdecker nicht als weit gereist gelten konnte, so zog er doch durch die unbesiedelten Einöden Islands. Er zog über das Hochland und hauste dort wie ein Geächteter. Das war auch eine Art Weltreise. Er kämpfte mit schlechtestem Wetter, Naturkatastrophen und Träumen.

Der Grund, weshalb Séra Jón nie nach Kopenhagen kam, um dort mit Büchern wohlversorgt und unter fürsorglicher Behandlung bei jenem Jón Þorkelsson zu wohnen, der für Bischof Harboe gedolmetscht hatte, lag darin, dass Diakon Helgi auf Reynistaður eine Pfarrstelle erhielt und man Séra Jón seine Nachfolge als Diakon anbot.

Ein solches Angebot konnte er nicht ausschlagen; hätte er es getan, wäre seine Geschichte völlig anders verlaufen. Hätte Séra Jón »Nein, danke« gesagt, dann hätte er nicht vor der brennenden Lava gestanden und das Wunder vollbracht, für das er berühmt geworden ist. Vielleicht wäre er wegen etwas anderem in Erinnerung geblieben.

Helgi war Diakon auf Reynistaður bei Klostervogt Jón Vigfússon und seiner Frau Þórunn Hannesdóttir Scheving. Es war allen bekannt, dass Þórunn schlimmste Gewalttätigkeiten von Seiten des Vogts erlitt, der mit Säbeln und Messern herumfuchtelte, wenn er betrunken war, und das war er oft mehrere Tage am Stück.

Viele hatten großes Mitgefühl mit Þórunn, darunter auch der Bischof von Hólar. Nach Diakon Helgis Versetzung rief der Bischof Þórunn zu sich und bot ihr an, sie solle sich unter den Studenten den aussuchen, der sie am ehesten unterstützen könne.

Die Wahl fiel bald auf Séra Jón, und Þórunn schrieb ihm einen Brief:

»Als ich mich beim Bischof nach einem Nachfolger erkundigte, bot er mir an, mir unter den Studenten in Hólar selbst einen auszusuchen. Da ich noch in guter Erinnerung habe, wie du Weihnachten mit deinen Schulfreunden zu uns kamst und so wunderschön auf dem Langspil spieltest und dazu so angenehm sangst, kam mir in den Sinn, dich zu fragen, ob du zu uns nach Reynistaður kommen und das Amt des Diakons übernehmen möchtest.

Reynistaður im Skagafjörður, Þórunn Hannesdóttir Scheving.«

Der Bischof wollte Séra Jón umgehend in sein Amt einsetzen, er aber erbat sich Bedenkzeit. Er hatte Zweifel. Er fragte wieder Skúli Magnússon um Rat, der in der Zwischenzeit nach Reykjavík gezogen und Landvogt geworden war.

Er schreibt Skúli und fragt, was er tun solle. Skúli antwortet: »Da dir die Stelle so leicht zufällt und du dahin gerufen bist, da sollte die Sache auch gut gehen, und du solltest die Stelle annehmen.«

2

Séra Jón war drei Jahre als Diakon in Reynistaður. Es war eine große Chance, die er nicht ablehnen konnte. Als Diakon durfte Séra Jón sowohl seine Nase in Bücher stecken und Studien treiben als auch gutes Geld verdienen.

Auf dem Hof waren genügend Bücher vorhanden, und bei der Heuarbeit im Sommer verdiente Séra Jón so viel, dass er die Ratschläge von Landvogt Skúli in den Wind schlug, Tabak und Branntwein kaufte und mit dem üblichen Aufschlag weiterverhökerte. Der Gewinn rann ihm jedoch zwischen den Fingern durch, und er stellte diesen Nebenverdienst wieder ein, zumal er Gott nicht wohlgefällig war.

Wie schon erwähnt, war keiner vor dem Klostervogt sicher, wenn er getrunken hatte. Dann packte ihn im Rausch derart die Wut, dass die Leute sich kaum trauten, zu essen oder zu schlafen. Seine Frau packte er an der Kehle und schlug und prügelte sie, »und es war nichts anderes zu sehen, als dass er ihr ans Leben wollte, besonders dann, wenn sie nicht allein war«.

Jeder Mann, der sie verteidigte und ihr beisprang, musste ihr Liebhaber gewesen sein, »und hing er mir wie mehreren anderen diesen Schimpf an, den ich jedoch auf die leichte Schulter nehmen konnte, da ich mich vor Gott und meinem Gewissen davon frei wusste«. In den Zeiten dazwischen war er umgänglich und ausgesprochen vernünftig, schreibt Séra Jón über den gleichnamigen Klostervogt.

Weiter sagt er: »Durch diese Vorfälle kam es so weit, dass ich und andere den Wunsch hegten, er wäre tot, viele seien für geringere Vergehen getötet worden und so weiter. Doch diese unbedachten Worte bereiteten mir später große Sorge. Obwohl der Klostervogt schwere Anschuldigungen und den Verdacht unerlaubten Umgangs mit seiner Frau gegen mich erhob, traute er doch, und zwar mit Recht, keinem so wie mir, wenn sie in den Handelsort oder anderswohin ritt, und er selbst betraute mich mit vielen Besorgungen, denn er konnte keinen Falsch an mir finden.«

In Jón Vigfússons letztem Sommer begleitete Séra Jón ihn zum Handelsposten in Hofsós. Der Kaufmann dort hieß Thomas Windkilde. Als er sich weigerte, die Produkte, die der Klostervogt mitgebracht hatte, in Zahlung zu nehmen, zog der ein Messer und ging damit auf den Kaufmann los. Séra Jón ging dazwischen und konnte dem Vogt das Messer aus der Hand winden, doch Kaufmann Thomas bekam einen solchen Schreck, dass er ohnmächtig wurde und eine Weile wie tot am Boden lag.

Wenn die Anschuldigung des Klostervogts, Séra Jón stelle seiner Frau nach, berechtigt gewesen wäre, dann hätte Jón sich in dieser Situation nicht eingemischt. Denn wenn der Vogt den Kaufmann erstochen hätte, dann wäre er ihn auf diese Weise losgeworden, indem man ihn in Ketten nach Kopenhagen in die königlichen Verliese geschickt hätte, um dort lebenslänglich zu schmachten, wenn man ihn nicht gleich einen Kopf kürzer gemacht hätte.

Durch sein Eingreifen aber rettete Séra Jón nicht nur das Leben des Klostervogts und des Kaufmanns, sondern auch sein eigenes und das seiner Frau; Letzteres allerdings erst später, denn als Jón Scheving, Séra Jóns Stiefsohn und der

leibliche Sohn Þórunns und des Klostervogts, wegen des Todes seines Vaters Anklage erhob, da saß der Kaufmann Thomas Windkilde aus Hofsós in der dänischen Regierung oder
war Mitarbeiter der Minister, wie es in den Quellen heißt,
und gut mit ihnen befreundet.

Man ließ Thomas Windkilde eine gesonderte schriftliche
Zeugenaussage für das Allthing aufsetzen, und in Erinnerung
an diesen Vorfall erklärte er es für abwegig, dass Séra Jón dem
Jón Vigfússon hätte Schaden zufügen wollen, wie es der Stiefsohn behauptete, wovon noch zu berichten sein wird.

Sir Joseph Banks war *inspired by Iceland*, obwohl *inspired by Iceland* erst viel später als Slogan in der Tourismusindustrie aufkam. Seht doch, wie schön die Berge sind, wie großartig die Natur und wie stark und reich die Tradition, Geschichten zu erzählen!

Prima Reklame fürs Land, sagen die Leute und fangen an, von Deviseneinkünften zu reden. Heute wird ja alles an Einkünften gemessen, nicht zuletzt an Deviseneinkünften. Als ob alles der Devisenabteilung der Notenbank unterstehe: die Kultur, die Natur, das Land.

Und irgendwo in diesem Bild sind auch wir zu finden mit unserem possierlichen Wesen und drolligem Verhalten, und wir geben uns Mühe, die diesbezüglichen Erwartungen zu erfüllen, als edle Wilde, als globalisierte Urmenschen oder auch als *Hobbits*.

Im 19. Jahrhundert sprach man von der romantischen Vorliebe des Stubenhockers für das Primitive. Das alles wiederholt sich, und Tragik und Komik tauschen immer wieder die Plätze.

Heutzutage wird das alles in flotten Bildern, Flyern, Broschüren und Videos präsentiert: neckische Mädchen in Islandpullovern, Geige spielend in einem Lavafeld, und junge Männer wie Bauernsöhne, die gerade aus einer Torfbehausung getreten sein könnten; Island wie ein Schauspieler vor dem Sprung nach Hollywood.

Sir Joseph Banks kam im Jahr 1772 hierher, nachdem er sich anlässlich einer zweiten Südsee-Expedition mit James Cook überworfen hatte. Sie hatten die südlichen Weltmeere befahren und dem britischen Empire Länder zugeschlagen, die der liebe Gott nicht gerade für die Briten erschaffen hatte.

Es lebten auch schon Menschen dort, Ureinwohner, doch die wurden eben ausgerottet, mal mehr, mal weniger schnell. Jörgen Jörgensen wurde später in diesen Strudel hineingezogen. Da war er wieder in Tasmanien gelandet. Als Sträfling. Er hatte zu tun, was man ihm befahl.

Die Ureinwohner waren vierzigtausend Jahre vor den englischen Kolonisten gekommen. Zum Zeitpunkt von Cooks und Banks' Ankunft im Jahr 1770 lebten etwa zwei- bis siebentausend von ihnen auf der Insel. Manchmal wird ihre Zahl auch mit achttausend angegeben.

Einige Jahrzehnte später waren nur noch zweihundert von ihnen übrig, nicht als eigenständiges Volk, sondern nur noch in Gestalt von Nachfahren, die sich mit den Eroberern vermischt hatten.

Dann aber trennten sich die Wege von Cook und Banks. Sir Joseph wünschte mehr Ausstattung und Luxus an Bord zu nehmen, als Cook akzeptieren konnte. Als sie sich nicht einigen konnten, brach Captain Cook allein in den Süden auf, wo er später von Maoris auf Hawaii umgebracht wurde, und Sir Joseph schlug die entgegengesetzte Richtung ein, nach Norden, und Island wurde eins der Ziele, die er ansteuerte.

Der Aristokrat Banks wollte nicht nur Naturforscher mit an Bord haben, sondern auch Maler und Musiker, guten Wein und gutes, reichliches Essen. Die Frächträume des Schiffs enthielten einen halben Bauernhof, das exotischste Mitbringsel waren jedoch die Waldhörner, auf denen vor den dänischen Würdenträgern und ihren Gehilfen musiziert wurde. Das hielt Sir Joseph in den Tagebuchfragmenten von seiner Islandreise fest.

Séra Jón hat die Expeditionsteilnehmer getroffen und berichtet in seinen Memoiren von der Ankunft des Schiffs aus England mit einer Besatzung von hochgelehrten Naturforschern, die unbeholfen durch Lavafelder stolperten und Vulkane und andere seltene Naturphänomene besichtigten. Séra Jón traf sie im Hafenörtchen Hafnarfjörður. Möglicherweise Joseph Banks persönlich, vielleicht auch nicht. Es waren nicht alle Teilnehmer der Expedition am Ort, als er dort ankam.

»Ich wurde in ihren Salon gebeten«, erzählt Séra Jón Steingrímsson. »Darin stand an einer Seite eine lange Tafel, und ich bekam Wein vorgesetzt und alles, was ich mir sonst wünschte, denn sie traten nach Herrenart großzügig auf.«

Auf dem Tisch lag ein aufgeschlagenes Heft, und Séra Jón sah hinein. Es enthielt Noten. Der Dolmetscher, ein Isländer, der aber Dänisch sprach, fragte ihn, ob er etwas hören wolle. Das wollte Séra Jón gern, und da nahm einer aus der Gruppe, den Séra Jón den Meister nennt, am Ende des Tisches Platz und begann, auf einem Instrument zu spielen.

Acht Engländer setzten sich auf die Bank Jón gegenüber, hakten sich unter, begannen zu singen und stampften mit den Füßen auf den Boden. Séra Jón hatte das Gefühl, das ganze Haus würde in den Gesang und das Stampfen einstimmen, und auf einmal schauten ihn alle an und lachten. Séra Jón blickt um sich und stellt fest, dass ihn die Musik dazu gebracht hat, sich im Takt zu ihr zu bewegen. Er hatte ganz unwillkürlich zu tanzen begonnen.

Da brechen die Männer ab und erklären ihm, sie hätten ausprobieren wollen, wie Musik auf die Menschen wirke, sie seien Wissenschaftler, und er sei nun ein Teil ihres Experiments.

4

Es lässt sich heute kaum mehr sagen, ein wie ernsthafter Mensch Séra Jón Steingrímsson gewesen ist, oder andere, deren Bekanntschaft die Engländer machten. Jedenfalls hat Joseph Banks behauptet, er habe niemals einen Isländer lächeln gesehen. Er hat die Insel trotzdem nie vergessen.

Wir taten ihm leid, wir armselige Kreaturen, die wir seiner Ansicht nach halbwegs außerhalb der Geschichte lebten. Not und Armut sprangen einem überall ins Auge, aber auch noch etwas anderes, etwas Fremdes und Rätselhaftes. Diese ärmlichen Gestalten überraschten ihn immer wieder mit Gelehrsamkeit und Kenntnissen, nicht zuletzt von vielen Gedichten, die sie auswendig kannten, und dazu die unterschiedlichsten Erzählungen und Geschichten.

Seine Reise blieb ihm unauslöschlich im Gedächtnis, und seither hegte er stets den heimlichen Wunsch, Island den Dänen wegzunehmen und es unter die Krone Großbritanniens zu bringen. Joseph Banks war überzeugt, die Isländer könnten gute Engländer werden, als Seeleute und Soldaten. Ein geheimes Dossier aus dem Jahr 1785, das im britischen Außenministerium entdeckt wurde, bestätigt das.

Sir Joseph hielt es für ein humanes Werk, uns aus der Knechtschaft der Dänen zu befreien, denn er war der Meinung, dass sie uns unterdrückten. Hierzulande herrschten Hunger und Armut, weil wir mit keiner anderen Nation als den Dänen Handel treiben durften. Banks' Vorstellungen von den Isländern entsprachen denen von edlen Wilden oder durchaus begabten armen Schluckern. Immer wieder tauchte der Gedanke auf, uns dem Empire einzuverleiben.

Wenn man Island mit den Kolonien des Südens verglich, die von Früchten, Gewürzen und Sklaven überflossen, war hier vielleicht nicht so viel zu erwarten, und die Dänen stellten sogar hin und wieder Überlegungen an, wie sie uns am besten loswerden könnten, vor allem nachdem sie sich selbst den Zugang zu Früchten, Gewürzen und Sklaven eröffnet hatten.

Eventuell ließe sich Island ja gegen irgendeine süße, kleine Karibikinsel eintauschen oder gegen eine Kolonie an den Küsten Indiens. Ein König hatte sogar mit der Idee gespielt, Island als Hochzeitsgeschenk wegzugeben.

Etwas aber hielt den König und die Könige letztlich davon ab, als würden sie es anderen nicht zutrauen, sich um diesen unglücklichen Zögling zu kümmern. Außerdem war der Islandhandel nicht das schlechteste Geschäft, in das man investieren konnte. Stockfisch, Wolle und Tran waren erstklassige Handelsgüter, und die Islandkaufleute gehörten nicht zu den Ärmsten ihres Standes im Staate Dänemark.

Vielleicht bewahrte uns der Vulkanausbruch an der Skaftá vor den Briten, beziehungsweise hielt uns bei den Dänen, je nachdem, wie man die Sache sieht.

5

Sir Joseph Banks war nicht der Einzige, der die Ansicht vertrat, Island solle zu England gehören. In dem Zusammenhang wäre noch ein anderer Mann zu nennen. Sein Name war John Hyndford Cochrane. Er träumte davon, einmal den Titel Earl of Iceland oder Baron von Hekla zu tragen. Er liebäugelte damit, weil seine Brüder geadelt worden waren, er aber nicht.

Cochrane versuchte alles, um die englische Regierung dazu zu bewegen, Island zu annektieren, und konnte dabei auf die Unterstützung von Sir Joseph Banks zählen. Sein Interesse richtete sich auf den Schwefelabbau zur Schießpulverherstellung sowie auf anderweitige Möglichkeiten, die das Land bot, und auf die Fischgründe.

Nach Cochranes Einschätzung hätte der Besitz Islands viele Vorteile geboten. Für die Briten sei es viel kostengünstiger, vor dem relativ nah gelegenen Island zu fischen als vor den weit entfernten Fischbänken bei Neufundland, außerdem sei der isländische Fisch von besserer Qualität. Er hatte sogar die Idee, in Eis gepackten Lachs nach England zu verschiffen.

Nicht zuletzt schlug Cochrane vor, Island wie Australien als Sträflingskolonie zu nutzen. Er hielt es für vorteilhaft, dass Island eine Insel, aber kein ganzer Erdteil ist. Von einer Insel wie Island gäbe es für die Sträflinge kein Entkommen. Sie könnten in Island zu Fischern und Seeleuten ausgebildet werden und hätten dann, wenn sie ihre Strafe abgesessen hätten, einen richtigen Beruf.

Genau da tauchen Fragen zu einer möglichen britischen Herrschaft über Island auf. Hätten sie das Land in einem großen Bissen geschluckt, samt Kultur und Sprache? Die Dänen wollten am liebsten gemütlich bei sich zu Hause sitzen. Sie schauderten davor zurück, sich hier niederlassen zu sollen, und allein schon bei dem Gedanken lief es ihnen kalt den Rücken hinunter. Die wenigsten Islandkaufleute lebten auf der Insel, sie beauftragten Vertreter, für sie die Geschäfte hier zu führen.

Zwar schlugen einige wenige von ihnen hier Wurzeln, die allermeisten aber zogen irgendwann wieder nach Dänemark zurück; wenn jedoch die Briten Cochranes Vorstellungen gefolgt und mit Island genauso verfahren wären wie mit Australien, dann wäre es höchst ungewiss, wo wir heute wohl stünden oder ob es uns überhaupt noch gäbe.

VII

1

Jetzt setzen wir unsere Reise fort. Wir begleiten Jörgen Jörgensen, damit er in unserem Land König werden kann, um dann entthront zu werden, damit er dieselbe Route wieder zurücksegeln kann. Er hielt sich in Kapstadt auf, als die *Lady Nelson* aus England im Juli des Jahres 1800 dort eintraf.

Ihre Endbestimmung war Australien. Jörgen wurde ganz zappelig, als ihm das zu Ohren kam. Er suchte den Kapitän des Schiffs auf. Aber jede Koje war besetzt, es war kein Posten frei. Jörgen sah der *Lady Nelson* nach, wie sie mit Kurs Australien davonsegelte.

Dann erschien ein Kaufmann auf der Bildfläche. Sein Name war Michael Hogan, und er hatte sich entschlossen, eines seiner Schiffe, die *Harbinger*, ebenfalls nach Australien zu schicken. Jörgen suchte ihn umgehend auf und erkundigte sich nach einer Möglichkeit anzuheuern. Dem Kapitän gefiel der junge dänische Seemann, und er bot ihm den Posten des zweiten Steuermanns auf der *Harbinger* an.

Einen Monat nach der Abfahrt der *Lady Nelson* steuerte Jörgen Jörgensen, jetzt unter dem Namen John Johnson, die *Harbinger* aus dem Hafen in der Tafelbucht und ging auf Ostkurs, dem neuen Kontinent entgegen.

Lady Nelson war bekanntlich die Frau von Admiral Nelson, und darum wurde ein ganzes Schiff nach ihr getauft. Sie war nicht gerade klein gebaut, die *Lady Nelson*. Ich meine jetzt das Schiff und nicht die Frau.

Horatio Nelson hatte im Jahr 1801 eine Seeschlacht gegen die Dänen geschlagen und im Kampf gegen das neutrale Dänemark mehr als zweitausend Mann verloren.

Die bewaffnete neutrale Allianz von Russland, Preußen, Schweden und Dänemark richtete sich gegen die Seemacht Großbritannien. Sie war im Dezember des Vorjahrs geschlossen worden, und die Briten reagierten umgehend: Sie okkupierten die dänischen Kolonien in Westindien und Indien.

Da nahm John Hyndford Cochrane seine Umtriebe wieder auf, mit denen er das Interesse der britischen Regierung an einer Annexion Islands wecken wollte. Unter den gegebenen Umständen brauchte man mit den Dänen nicht mehr zu verhandeln. Man konnte gleich Fakten schaffen, und Cochrane forderte den Kriegsminister Henry Dundas auf, umgehend zur Tat zu schreiten. Ein paar Kriegsschiffe und einige wenige Einheiten, vielleicht tausend Mann, sollten die gestellte Aufgabe leicht bewältigen können. Vorzüglich, wenn man dazu Schotten nehme, die seien an Kälte gewöhnt.

Der Kriegsminister und der Premierminister hatten offene Ohren für Cochranes Vorschläge. Der amtierende Premier war William Pitt der Jüngere. Sir Joseph Banks wurde nach seiner Einschätzung gefragt, und ihm sprach Cochrane ganz aus dem Herzen. Zehn Tage später reichte er sein Memorandum schriftlich ein, aber es war zu spät. Die Regierung war gestürzt, und die Bedrohung durch die Allianz der Neutralen war vorerst vom Tisch.

Dafür hatte Admiral Nelson gesorgt. Sein Angriff auf Kopenhagen im April 1801, die Gründonnerstagsschlacht, erzielte die beabsichtigte Wirkung. Die neue Regierung hatte genügend anderes zu tun, als den Dänen Island abzunehmen. Die Dänen waren für eine Weile außer Gefecht gesetzt, sollten aber die militärische Schlagkraft der Briten sechs Jahre später noch heftiger zu fühlen bekommen.

Vier Jahre nach der Schlacht am Gründonnerstag fiel Admiral Nelson. Er hatte nach all seinen Schlachten nur noch ein Auge und einen Arm. 1805 verstarb er an seinen Verwundungen. Da hatte er bei Trafalgar vor der Südküste Spaniens die französische Flotte geschlagen.

Der Trafalgar Square in London ist nach diesem Sieg benannt. Er war einer der Gründe, weshalb die Engländer zwei Jahre später die dänische Flotte wegnahmen. Sie fürchteten, sonst würden die Franzosen auf dieselbe Idee kommen. Nach der Schlacht von Trafalgar hatte Napoleon Kriegsschiffe dringend nötig.

2

Als Jörgen Jörgensen der *Lady Nelson* nachsah, wie sie aus dem Hafen von Kapstadt segelte, kam sie von London und befand sich auf dem Weg nach Australien mit dem speziellen Auftrag, die Küsten des neuen Landes zu erkunden, das James Cook gut dreißig Jahre zuvor entdeckt hatte und das zu sehen und zu betreten Jörgens Traum war, aber da jeder Platz an Bord besetzt war, hatte sie ihn nicht mitgenommen.

Manche behaupten, er sei sehr wohl an Bord gewesen. Zumindest befand sich ein Däne in der Besatzung, den der Kapitän gerne los gewesen wäre, wie aus dem Logbuch hervorgeht.

Wir glauben aber nicht, dass es sich dabei um Jörgen handelte. Die Beschreibung passt nicht auf ihn. Er hat die Passage auf der *Harbinger* zurückgelegt. Erst dann konnte er auf der *Lady Nelson* anheuern und fuhr drei Jahre lang auf ihr. Mit Mut und Tüchtigkeit diente er sich hoch und wurde am Ende Erster Steuermann.

Das Schiff absolvierte viele Erkundungsreisen, seine Aufträge galten aber besonders Tasmanien. Es setzte die ersten Siedler dort an Land. Die meisten waren Sträflinge. Sie gründeten Hobart, das ein irischer Missionar als eine Hochschule für Diebe und ein Nest von Mördern bezeichnete, doch wurden auch kreativere Kriminelle wie Falschmünzer dorthin deportiert oder Könige wie Jörgen. Das kam später. Beim ersten Mal wollte er aus eigenem Willen nach Tasmanien kommen, beim zweiten Mal wurde er dorthin verbannt.

Zunächst landeten Jörgen und seine Schiffskameraden an der Südküste Australiens, um einen Colonel Collins aufzunehmen, der es aufgegeben hatte, dort eine Kolonie anzulegen, weil das Land zu unfruchtbar war. Es gab einfach kein Wasser. Dem Colonel unterstanden drei- bis vierhundert Sträflinge.

An Stelle des ungeeigneten Landstrichs wurde ihnen nun der Ort zugewiesen, an dem Hobart, die Hauptstadt von Van-Diemens-Land entstehen sollte.

Man teilte Hacken, Äxte, Sägen und Schaufeln an die Männer aus, und es wurde, so schnell es ging, ein Areal gerodet. Ausgedehnte Gebiete waren unzugänglich. Dann folgten weitere Erschließungen, Vermessungen von Seen und Flüssen.

Auf King Island fanden sie große Robben, südliche See-Elefanten, die zusammen mit einigen Straußen, die auf der Insel lebten, die Strände bevölkerten. »Weil ihnen Robbenjäger fortwährend nachstellen, ist diese prächtige Tierart auf King Island leider fast ausgerottet«, schreibt Jörgen in seiner Lebensgeschichte.

In jenen vier Jahren war Jörgen Jörgensen pausenlos unterwegs, um in unbesiedelten Gebieten Kolonisten abzusetzen. Er war dabei, als sich die ersten Siedler in Hobart niederließen, und er kam ein Vierteljahrhundert später mit dem Gefangenenschiff *Woodman* ein zweites Mal dorthin.

Vieles hat sich in der Zwischenzeit zugetragen, und etliche Momente hätten zu jenen Augenblicken werden können, von denen Jörgen in seiner Autobiografie sagt, sie hätten ihn den Kopf kosten können.

Im April 1804 heuerte Jörgen Jörgensen auf der *Lady Nelson*
ab und quittierte den Dienst für die englische Krone. Allerdings nur für eine begrenzte Zeit, denn die Engländer sollten
ihn wieder zwischen ihre Krallen nehmen, mal sanft, mal hart.

Jörgen zeigte sich äußerst demütig, aber es war oft ein un-
gleiches Spiel, und er fühlte sich, als würde er vor einem Erschießungskommando stehen, das außer ihm niemand sah.
Es kam so weit, dass er aus England ausgewiesen wurde, aber
nicht nach Hause zurückkehren konnte.

Als er 1804 die *Lady Nelson* verließ, war seine Lage noch
eine völlig andere. Die Welt stand ihm offen, aber die Heuer
war niedrig, und Jörgen war ohnehin nicht der Typ, Erspar-
nisse anzulegen.

Darin war er ganz anders als seine Familie in Kopenhagen,
die mit jedem Tag ein wenig reicher wurde. Er dachte an sie;
wie mochte es ihnen daheim in der Østergade gehen? Die
Mehrheit seiner Landsleute war arm, doch wer etwas beiseite-
legen konnte, tat das, und in einer Welt wachsenden Handels
wurde diese Gruppe größer.

Hans Christian Andersen kam erst im Jahr darauf zur Welt,
am 2. April 1805. Er hatte also *Das hässliche Entlein* noch
nicht geschrieben. Doch in Jörgen schlummerte immer der
Drang zu zeigen, was in ihm steckte. Er wollte von einem Entlein zum Schwan werden, als Sieger nach Hause zurückkehren und die Prinzessin und das Reich erhalten.

Da stand also Jörgen Jörgensen, unser zukünftiger König, und wollte nun reich werden und als gemachter Mann nach Europa zurückkommen. So wollte er in Dänemark auftreten, als respektabler Bürger, die Taschen voller Geld, wie ein Wikinger, der von einer strapazenreichen Fahrt heimkehrt.

Er hatte sich erkundigt und wusste, was Wal- und Robbenjagd einbrachten. Seinen ersten Wal hatte er im Mündungsgebiet des Derwent River auf Tasmanien erlegt. Er behauptete, er habe die Wale gewarnt, aber sie hätten sich nichts sagen lassen.

In seiner Autobiografie schreibt er: »Wäre sein grausamer Tod seinen Brüdern und Schwestern eine Warnung gewesen, dann hätten sie diesen Schicksalsort vielleicht fürderhin gemieden, und ich hätte mir eine leise Hoffnung machen dürfen, einmal in der Geschichte des Walfangs erwähnt zu werden. Doch das Gegenteil geschah, denn nachdem ich meinen Wal erlegt hatte, strömten hundert andere herbei, um dasselbe Schicksal zu erleiden. Das aufblühende Hobart profitierte von Jahr zu Jahr mehr von ihren Leibern.«

Jörgen Jörgensen hatte sich auch Kenntnisse über Wirtschaft und Handel angeeignet. Unter dem Namen »Mr Johnson« war er ein bekannter Mann in den Siedlungen des Kontinents. Doch nun war die Zeit gekommen, sich zu verabschieden und seine Kenntnisse nach Dänemark zu vermitteln, mit Kisten voller Gold und den Kopf voller Erfahrungen und Wissen heimzufahren.

Seine Hochschulen waren also: die Schule der Erfahrung, die Schule der Seefahrt, die Schule des Handels und der Geschäfte. Jörgen Jörgensen wollte sein Heimatland in neue Bahnen lenken. Sein Tagebuch, sein Logbuch, war sein Kapital, so etwas wie sein Sparbuch oder ein Wechsel auf die

Zukunft und sein Vermögen. Er hatte alles notiert und Gebäude, Schiffe und ihre Besatzungen gezeichnet. Aus seinem Logbuch wollte er schöpfen, um Bücher zu schreiben und ein berühmter, großer Schriftsteller zu werden.

Er war auf dem Weg nach Hause. Zuerst ließ er sich als Robbenjäger anheuern und lieferte in Sydney dreitausend Pelze ab. Gerade zu der Zeit, als er von Aufstieg und Ruhm und Luxus träumte, begegnete er einem Mann namens Robert Rhodes. Rhodes war Kapitän des Walfängers *Alexander*. Es war, als hätte der Teufel seine Großmutter getroffen, denn Robert Rhodes steckte genau wie Jörgen voll hochfliegender Träume und großer Pläne.

Jörgen wusste, wo es Wale gab, und Kapitän Robert war fest entschlossen, durch Walfang reich zu werden. Seine Schiffseigner hatten mit Aussicht auf viel Profit viel Geld in das Unternehmen investiert und sich dafür stark verschuldet; Kapitän Robert selbst ebenso. Jörgen konnte nun zwei Fliegen mit einer Klappe schlagen: sich einen guten Anteil am Ertrag sichern und nach Europa zurückkommen.

Doch es kam vieles anders.

4

Im Juli 1804 verließ das Walfangschiff *Alexander* Sydney. Das Ziel hieß Tasmanien, die weite Mündung des River Derwent. Jörgen wusste, wo Wale zu finden waren. Waltran war am wertvollsten, und in kurzer Zeit füllten sie damit die Laderäume.

Und noch etwas ereignete sich. Jörgen begegnete auf dieser Reise dem britischen Botaniker Robert Brown. Er hatte im Auftrag von Joseph Banks einige Monate lang im Tal des Derwent Pflanzen gesammelt.

Jörgen eröffnete ihm, wie sehr er Sir Joseph bewunderte. Robert Brown lud ihn zu einem Besuch ein, wenn Jörgen das nächste Mal nach Großbritannien käme, und versprach, ihn mit Sir Joseph Banks bekannt zu machen. Für den Fall, dass er selbst nicht nach England zurückkommen sollte, werde er Sir Joseph einen Empfehlungsbrief für Jörgen schreiben.

Jörgen hegte seit Langem den Traum, einmal diesen weit gereisten Mann kennenzulernen, der mit Cook gefahren war und Australien entdeckt hatte. Alle seine Wünsche schienen in Erfüllung zu gehen.

Der Walfang ging weiter, und um die Weihnachtszeit war das Schiff voll beladen, und die Rückreise nach Europa stand bevor. Ende Februar verließ die *Alexander* Sydney und segelte auf Ostkurs hinaus in den Stillen Ozean.

Das Schiff lief als Nächstes Neuseeland an, um Wasser und Lebensmittel zu bunkern. Die Matrosen gingen an Land, sahen sich auf einmal von Maori umringt, und das Schiff draußen in der Bucht war von Kanus eingekreist. Es kam zu Zwischenfällen.

Als die *Alexander* die Anker lichtete, befanden sich zwei Mann mehr an Bord, die beiden Maori Marquis und Teinah, auch Maaki und Te Ina genannt. Sie hatten den Matrosen in den Auseinandersetzungen beigestanden und durften deshalb mit nach London fahren. Ihre Eltern versuchten sie umzustimmen, riefen, die Engländer würden sie fressen, erreichten aber nichts. Die beiden blieben an Bord und fuhren mit.

Kapitän Rhodes hätte sie am liebsten wieder an Land gesetzt, doch das stand nicht zur Debatte. Dafür sorgte Jörgen Jörgensen.

»Ich werde mich um sie kümmern«, sagte er und versprach, in allem für sie zu sorgen. Kapitän Rhodes fragte erstaunt, was zum Teufel Jörgen mit diesen Wilden anfangen wolle.

Robert Rhodes ging der Ruf voraus, barsch und geldgierig zu sein. Jörgen erklärte, er wolle sie in England als seine Diener beschäftigen und ihnen beibringen, wie Engländer zu denken.

»Das schaffst du nie«, sagte Rhodes und sollte später recht behalten.

Als Jörgen begriff, dass seine Argumente dem Kapitän nicht reichten, erklärte er, er wolle sie Sir Joseph Banks als Exemplare dieser Südseerasse mitbringen. Die beiden Maori blieben an Bord.

5

Dann stachen sie in See, auf einer der längsten und gefährlichsten Routen weltweit. Die Entfernung von Neuseeland zur Südspitze Amerikas beträgt etwa fünftausend Seemeilen, und es gibt unterwegs kein Land. Von dort ging es noch einmal zweitausend Seemeilen über den Atlantik nach Norden, bis sie in Brasilien einen Hafen erreichten.

Vor Kap Hoorn gerieten sie in einen fürchterlichen Sturm. Er brachte das Schiff fast dreitausend Seemeilen vom Kurs ab. Infolge der Verzögerung gingen die Vorräte zur Neige.

Sie mussten auf die nächstgelegene Insel Kurs nehmen, Tahiti, das damals noch Otaheiti genannt wurde. Es war in der Frühzeit der europäischen Entdeckungsreisen im 16. Jahrhundert gefunden worden. Die Briten brachten es in der zweiten Hälfte des 18. Jahrhunderts unter ihre Kontrolle.

Vom Besuch der *Alexander* existieren zwei Versionen. Jörgen Jörgensen behauptet, sie seien vom Sturm dorthin verschlagen worden, doch laut Kapitän Rhodes liefen sie es an, um sich neu zu verproviantieren. Er berichtet, auf der Insel hätten Missionare gelebt, doch die befanden sich wegen der Napoleonischen Kriege selbst in Versorgungsengpässen und Bedrängnis.

Tahiti war durch die Berichte von Reisenden berühmt, für die gebeutelten Seeleute des Pazifiks war es eine Paradiesinsel. Das Paradies ihrer Träume. Sir Joseph hatte seine Einwohner mit den Bewohnern des Gartens Eden verglichen. Männer wie Frauen spazierten nackt herum. Es herrschte noch die Zeit vor dem Sündenfall.

Sämtliche Entdecker und Reisende waren sich einig, dass auf Tahiti die schönsten Frauen der Welt lebten, und nicht nur die schönsten, sondern auch die lebens- und liebeslustigsten. Es war dort gang und gäbe, dass die Frauen Männern ihre Gunst schenkten, sobald sie als Besucher die Insel betraten. Das galt für unverheiratete Frauen ebenso wie für verheiratete.

Die Männer kannten keinerlei Eifersucht, wenn ihre Frauen mit Fremden schliefen, und es galt als unhöflich, Gästen die Zärtlichkeiten ihrer Frauen zu verweigern.

»Die Frauen konzentrierten sich darauf, ihr Äußeres zu verschönern. Sie verwendeten ebenso viel Zeit darauf und waren ebenso darauf versessen, sich zu schmücken und ihr Haar mit Öl einzureiben wie die vornehmsten Damen in London und Paris«, schreibt Jörgen in seiner Autobiografie.

Die Besatzung der *Alexander* ließ die Anker in der Matavai Bay fallen und wurde von den Einheimischen begrüßt. Frauen umkreisten sie, die wie Meerjungfrauen im Wasser schwammen, doch bald erschienen die griesgrämigen, verbiesterten Missionare.

Die Kunde von den lockeren Frauen Tahitis hatte sich verbreitet; die sittsamen Briten entrüsteten sich und hielten es für ihre Pflicht einzugreifen, sie entsandten eine Menge Soldaten und dreißig Missionare auf die Insel, die noch immer dort wirkten, als Jörgen Jörgensen nach Tahiti kam.

Jörgen starrte sie ungläubig an, diese Botschafter des Christentums und englischer Zivilisation. In seinem Tagebuch kamen sie nicht gut weg, und später schrieb er ein ganzes Buch über sie.

Die Missionare lernten nicht die Sprache der Eingeborenen, nur wenige schlossen sich ihnen an, und so mancher von ihnen wurde verrückt. Einige waren schlichtweg Heuchler, vertrocknete komische Käuze, sagte Jörgen, andere Fanatiker durch und durch.

Im Vergleich mit dem freizügigen Umgang der Geschlechter auf Tahiti kommen einem die FKK-Kolonien unserer Tage oberflächlich und verklemmt vor. Dennoch folgte dieser Umgang gewissen Regeln, die darzulegen ich mir nicht zutraue.

Schiffsbesatzungen, die dort an Land gingen, weigerten sich, auf ihr Schiff zurückzukehren, und brachten ihren Kapitän eher um oder setzten ihn auf einem Floß aus, mit dem sie steuerlos Tausende Meilen auf hoher See trieben. *Die Meuterei auf der Bounty* ist das berühmteste Beispiel. Sie fand im Jahr 1789 statt, im selben Jahr, in dem die Französische Revolution ausbrach.

6

Das Walfangschiff lag zwei Monate in Tahiti vor Anker, und dort lernte Jörgen Jörgensen zum ersten Mal die Liebe kennen. Bis dahin kannte er sie nur durch den Umgang mit Freudenmädchen in Sydney oder Kapstadt, wird berichtet, doch auf Tahiti wurde sie ihm in einem so reichen Ausmaß zuteil, dass er überlegte, auf der Insel der Liebesgöttin zu bleiben; doch daraus wurde nichts, und im Juli 1805 segelte die *Alexander* aus der Bucht hinaus in die endlose Weite des Stillen Ozeans.

Es heißt, die Tahitianerinnen hätten am Strand gestanden und geweint. Wenn unser großer Hundstagekönig geblieben wäre, säßen wir jetzt wahrscheinlich nicht hier und läsen diese Geschichte. Jörgen Jörgensen hatte sich wegen des abenteuerlichen Glanzes, der über dem Pazifik lag, so für diese Weltgegend begeistert, aber die Verheißungen von Aufstieg und Reichtum gehörten ebenfalls dazu, und das waren mächtige Träume.

»Nachdem wir endlich eine einigermaßen ausreichende Menge Proviant an Bord genommen hatten, setzten wir Segel. Außer den Neuseeländern fuhren noch ein Häuptling von Tahiti und sein junger Kundschafter mit uns«, schreibt Jörgen in seiner Autobiografie.

In manchen Quellen heißt es, er habe sie alle mit nach London gebracht, die beiden Maori und zwei Tahitianer. Doch das ist falsch, denn andere Quellen bekräftigen, es seien nur drei Eingeborene gewesen, der Maori Teinah sei auf Tahiti geblieben. Wiederum andere erwähnen lediglich die beiden Tahitianer. Einer von ihnen war ein Sohn des Königs.

Wie auch immer, jedenfalls überlebte nur ein Einziger von ihnen das erste Jahr nach der Ankunft in London. Jörgens Absicht bestand darin, ihnen das Leben in der Stadt und in der Zivilisation zu zeigen und sie außerdem Joseph Banks vorzuführen.

Die *Alexander* passierte Kap Hoorn unbeschadet. Damit ging der lange Aufenthalt auf dem Pazifik zu Ende, doch nun war der Vorrat an Schiffszwieback aufgebraucht, und die Mannschaft musste stattdessen den Mais essen, den sie als Futter für die Hühner und Schweine mitgenommen hatte.

Nach der Umrundung der Südspitze Amerikas kam es zu weiteren Verzögerungen, und erst im Dezember ankerten sie in dem portugiesischen Hafen Santa Catharina in Brasilien. Dort lebten sie in Saus und Braus. Unterwegs hatten sie nämlich ein spanisches Schiff gekapert und versteigerten die Prise für zweitausend Pfund.

Drei Monate dauerte es, bis das Schiff überholt und neu ausgerüstet war. Ihr letzter Zwischenstopp auf dem Weg nach London war die Insel St. Helena. Zehn Jahre später wurde Napoleon dorthin verbannt, und der große Visionär, der einen größeren Trümmerhaufen hinterlassen hatte als irgendwer sonst je zuvor, starb dort im Jahr 1821.

Gleichwohl trauerte man ihm so sehr nach, dass überspannte Typen überall auf der Welt, die man in ein Spital einlieferte, sich für Napoleon hielten.

In Island gab es Frauen, die lange nach seinem Tod weiterhin Handschuhe und Socken für Napoleon strickten, damit er keine kalten Hände und Füße bekäme, wenn er das nächste Mal in Russland oder ein anderes kaltes Land einmarschiere.

Im Nachhinein sagten Menschen: Das waren unruhige Zeiten, sehr unruhige Zeiten. Auf die Französische Revolution folgten Napoleon und seine Kriege. Überall fanden Schlachten statt, denn Bonaparte wollte Europa vereinen und die ganze Welt erobern.

Napoleon nutzte die Ideale der Französischen Revolution für sich, Freiheit, Gleichheit, Brüderlichkeit, und fand damit weithin Anklang. Viele hießen ihn bei seiner Ankunft begeistert willkommen, doch ihre Freude verflog rasch, wenn Napoleon ihre Besitztümer beschlagnahmen und nach Frankreich schaffen ließ. Sein Gegner war das mächtige britische Empire. Die Briten beherrschten die Meere, Napoleon durchzog die Länder.

DRITTER
TEIL

VIII

1

Ich weiß, dass es eine Vereinfachung ist, den Vulkanen Islands für die Französische Revolution zu danken. Ich schätze, die Franzosen werden damit kaum einverstanden sein. Das brauchen sie auch nicht.

Sie sind natürlich davon überzeugt, sie hätten ihre Revolution selbst gemacht, und wollen keine anderen daran beteiligt sehen, am allerwenigsten irgendwelche Vulkane im Eismeer, von denen noch nie jemand gehört hat, zumindest damals noch nicht. Heute sind sie weltberühmt. Heute kann jeder weltberühmt werden, sogar ein Vulkan.

Heute finden sämtliche Vulkanausbrüche live im Fernsehen statt, und die Polizei muss die Reporter zurückhalten, so versessen sind sie auf Nachrichten und Bilder.

Ehrende Auszeichnungen und Schmarotzertum gingen Hand in Hand, heißt es etwa in einem Buch des Historikers Albert Mathiez über die Französische Revolution. Es ist erhellend, die französische Aristokratie vor der Revolution mit der Oberklasse von heute zu vergleichen, diesem einen Prozent, das sich allen Reichtum aneignet.

Ich habe nicht vor, die historischen Erklärungen abzuändern und die Französische Revolution den isländischen Vulkanen zuzuschreiben. Ich weiß sehr wohl, dass die Menschen die Geschichte schaffen, doch tun sie das nicht unabhängig von Ort und Zeit.

Nirgends wird erwähnt, dass der Adel Frankreichs oder eine französische Regierung von den Isländern Schadenersatz für die Naturkatastrophen gefordert hätten, denn weder damals noch heute gibt es eine Haftpflichtversicherung bei Vulkanausbrüchen. Es gab auch noch kein europäisches System, das besagte, gewiss dürfe sich die Aschewolke über die ganze Welt verbreiten, die Verantwortung liege jedoch beim Vulkan selbst. So argumentiert die Finanzwelt, zu dem Zeitpunkt, da dieses Buch geschrieben wird. Wären Island und die isländischen Vulkane für die Ernteausfälle und sonstigen Folgewirkungen der Ausbrüche schadenersatzpflichtig gewesen, dann wäre die Rechnung Dänemark und der dänischen Krone präsentiert worden, denn wir waren damals ihre Untertanen.

Zum Glück für sie und für uns hatte die Wissenschaft diese Zusammenhänge damals noch nicht erkannt.

Das Volk hungerte einfach, und das Volk war aufgebracht. Es ging vor allem darum, das Knurren der Eingeweide zu übertönen, wie auch heute noch. Die Menschen waren arm und verhungerten. Die Hungernden zogen von Ort zu Ort. Irgendetwas musste weichen. Dann flackerten überall Krawalle und Rebellionen auf.

Die Regierung Frankreichs hatte keine Ahnung, was auf Island los war, aber für sie war es inakzeptabel, als die Menschen auf Haiti die Französische Revolution beim Wort nahmen und sich die Sklaven erhoben und den Adeligen die Köpfe abschlugen. Statt ihre Erhebung zu begrüßen, wurden die Haitianer in Schuldfesseln gelegt. Daraus entwickelte sich ein dreizehn Jahre dauernder Krieg.

2

Wenn ich so weitermache, lande ich noch in Schwierigkeiten und werde vielleicht sogar mit Schadenersatzforderungen konfrontiert, aber wenn ich behaupte, dass alles hier wahr ist, dann ist die Lüge natürlich auch ein Teil davon. Über Séra Jón hat man immer Lügen verbreitet, so hat er es jedenfalls empfunden.

Manches davon war vielleicht doch wahr. Nun will ich Séra Jón nichts vorwerfen oder etwas bestreiten, was er behauptet. Ganz im Gegenteil. Wenn Séra Jón die Wahrheit sagt, lügen die anderen.

Wenn es Séra Jón nicht gelungen wäre, besonders eine unwahre Behauptung abzuwehren, dann hätte man ihn, in Ketten, in die königlichen Kerker gebracht. Seiner Frau Þórunn wäre es genauso gegangen, und sie hätten beide, in Eisen gelegt, schmachten müssen oder sogar ihren Kopf verloren.

Wie schlimm muss das gewesen sein, unter solchen Anschuldigungen zu leben. Was für ein Elend! Was für ein Desaster! Man erschreckt über so viel Hass und erkennt zugleich, dass Neid nicht erst gestern in die Welt gekommen ist.

Heutzutage eignen sich die Banken das Geld der Menschen durch Schulden an, und die, die die Vermögen einsacken, sind dieselben, die die Banken verschuldet haben. Ehrende Auszeichnungen und Schmarotzertum gehen Hand in Hand, doch damals, gegen Ende des achtzehnten Jahrhunderts, drehte sich alles um nutzbares Land, jeder wollte es in seine Krallen kriegen.

Die Sache war die, dass Jóns Frau Þórunn zwei Kinder aus ihrer ersten Ehe mit Klostervogt Jón Vigfússon hatte, der während eines Besäufnisses mit seiner Geliebten gestorben war. Wir wissen alles über die Verhältnisse. Und alle wussten, was für ein aufbrausender, gewalttätiger Kerl der Vogt sein konnte. Doch wie so oft bei solchen Männern war er zwischen seinen Entgleisungen fromm wie ein Lamm.

Gewiss hat Séra Jón ihm den Tod gewünscht, aber er hat ihn nicht umgebracht. Ersteres taten auch andere. Die Leute baten zu Gott, er möge ihn sterben lassen. Séra Jón hat das bereut. Es wäre nicht gut, wenn Gott sein Flehen erhörte. Hat Gott den Klostervogt ums Leben gebracht, oder hat der das ganz allein geschafft? Wahrscheinlich kamen mehrere Faktoren zusammen, die zu dem Endergebnis führten. Séra Jón hätte das gern mit Gott eingehender besprochen.

3

Die Söhne von Jón Klostervogt und Þórunn trugen wie sie den Familiennamen Scheving: Jón Scheving und Vigfús Scheving. Es gab auch eine Tochter, aber die hat mit dieser Geschichte nichts zu tun. In Séra Jóns Lebensgeschichte wird sie nicht erwähnt, und wir wollen hoffen, dass das etwas Gutes bedeutet.

Séra Jón beschreibt die Söhne als Jungen mit guten Anlagen, sie waren äußerlich wohlgeraten und gescheit. In der Schule bekamen beide gute Noten, und es gab keine nachteiligen Bemerkungen über sie. Allerdings waren sie sehr verschieden.

Jón, der Ältere, war ein haltloser, unbeständiger Mensch. Er prahlte überall herum, machte leere Versprechungen, ließ aber alles treiben. Solche Menschen landen in Schwindel und Betrug. Sie fälschen Unterschriften und lügen, um sich über Wasser zu halten. Jede Wahrheit, die sie sich zurechtlegen, enthält auch Lüge. Werden sie verwöhnt wie Jón Scheving, dann gehen sie über Leichen.

»Bedenkenlos griff er nach allem, was sich bot. Manchmal lieferte er nicht ab, was man ihm anvertraut hatte, und in vielem zeigten sich sein großes Unglück und seine Unzuverlässigkeit«, sagt sein Stiefvater und lässt durchscheinen, dass es auch gar nicht anders hätte sein können. Es sei sein Schicksal gewesen.

Vigfús war hingegen »beständig in allem, was er sich vornahm, gütig gegen alle, in rechtem Maße freigebig, treu, wo er

Zutrauen fasste, versprach nicht mehr, als er halten konnte, war jedoch überaus stur und nahezu unbeweglich, wenn er etwas nicht wollte, es sei denn, man wusste ihn zu nehmen.«

1769 besuchte Vigfús die Schule in Skálholt und galt als aussichtsreicher Kandidat für ein Pfarramt, doch dann betrog er seine Frau, die ihn dafür anzeigte, und er wurde ein ziemlich einzelgängerischer Bauer, über den im Gegensatz zu seinem Bruder kaum Geschichten kursieren.

Jón trieb sich wie sein Vater als Soldat im dänischen Reich herum, geriet in irgendwelche nicht näher bezeichnete kriminelle Machenschaften, wurde dafür aus dem gesamten dänischen Staatsgebiet verbannt und bekam vierundzwanzig Stunden, um zu verschwinden, was er auch lieber tat, als lebenslang in den königlichen Kerkern zu verschimmeln.

4

Es ist nicht ganz leicht auszumachen, in welcher Reihenfolge sich die Ereignisse zutrugen, doch hier betritt in jedem Fall Jón Scheving den Schauplatz. Er war unzuverlässig bis unberechenbar und immer in Geldnöten. Anders als sein Vater, Jón der Klostervogt. Der besaß genug Geld und hielt stets die Hand auf dem Geldbeutel.

Nachdem Séra Jón Jón Schevings Stiefvater geworden war, beriet er sich mit Magnús Gíslason, dem Amtmann oder Gouverneur Islands, der eine Art Vormundschaft für Jón übernahm. Magnús galt als kluge Führungspersönlichkeit und weiser Ratgeber. Er kam mit Séra Jón darin überein, Jón Scheving nach Kopenhagen zu schicken.

Sie waren der Meinung, dort könne er zu sich selbst finden und mit sich ins Reine kommen. Möglicherweise würde er Freunde finden oder Männer kennenlernen, die ihm ein Vorbild sein konnten. Eine in mehrfacher Hinsicht erstaunliche Einschätzung, denn wenn der Junge so ungefestigt war, wie es heißt, dann war es doch viel wahrscheinlicher, dass die Stadt diesen Zug noch verstärken würde.

Viele kamen dort unter die Räder, vielleicht noch mehr zogen sich an den Haaren wieder aus dem Sumpf, doch über sie gibt es weniger Geschichten. Unglück und schlimme Schicksale stimulieren das Gedächtnis mehr als Geschichten, die gut ausgehen. Da gibt es nichts Großartiges zu erzählen.

Immerhin bedeutete der Entschluss, dass Jón Scheving sein Erbteil ausgezahlt erhielt, und zwar einen sehr ansehnlichen Betrag, etwa der Gegenwert eines ganzen Bauernhofs oder so ähnlich. »Ich ließ ihn also ziehen und zahlte ihm fast sein gesamtes väterliches Erbe in Höhe von 166 Reichstalern und noch einiges darüber hinaus, das ich nicht eigens aufzähle«, schreibt Séra Jón.

Wie er es auch angestellt haben mag, jedenfalls verjubelte Jón Scheving das Geld mühelos binnen kurzer Zeit. Er trumpfte groß auf, wie Isländer es gern tun, wenn sie in entsprechender Stimmung sind. Das lässt sich leicht anhand einer Mischung aus Hochmut und Arroganz erklären, manche würden auch von Größenwahn und Minderwertigkeitskomplex sprechen, was ja im Grunde dasselbe ist.

Jón Scheving wurde in eine Hochschule aufgenommen, »er putzte sich mächtig heraus, wurde rasch eine bekannte Gestalt und suchte sich Kumpane, die ähnlich aufgelegt waren wie er, lud sie ein und hielt sie aus, prasste, weil er Geld hatte, und wo es ihm fehlte, borgte er.«

Nun ja, nachdem Jón sein Geld durchgebracht hatte, brauchte er mehr davon und verlegte sich darauf, Land zu verkaufen, das gar nicht ihm gehörte, sondern Séra Jón und seiner Frau Þórunn und am Ende auch seinem Bruder Vigfús. Das interessierte Jón nicht im Geringsten, und er hätte zu seinem Stiefvater sicher gesagt: »Fuck you!«, wenn es den Ausdruck damals schon gegeben hätte.

Aber Séra Jón ließ sich von dem Jungen nicht auf der Nase herumtanzen oder sich frech und arrogant von ihm abkanzeln, und irgendwann musste Jón sich und anderen eingestehen, dass er pleite war.

Und was lässt sich der Knabe da einfallen? Nun, er sucht

einen ehemals auf dem väterlichen Hof beschäftigten Arbeiter namens Björn Árnason auf, der sich mittlerweile in Kopenhagen niedergelassen hat, und bringt ihn dazu, gegen seinen Stiefvater und seine Mutter Anzeige zu erstatten, sie hätten ihn dazu gedungen, den Klostervogt, Þórunns Ehemann, Séra Jóns Arbeitgeber und Jón Schevings Vater, umzubringen. Jón Scheving hatte finanzielle Probleme, aber noch so viel Geld, dass er Björn für diese Anklage bezahlen konnte. Björn Árnason war umgehend bereit, sich selbst des Mordes zu bezichtigen, der Hauptzweck aber war, dass Séra Jón und Þórunn verhaftet wurden, damit Jón Scheving sein feuchtfröhliches Leben weiterführen konnte.

5

»Hatte ich Sehnsucht nach Hause? Ja, ich hatte Sehnsucht nach Hause. Aber wo war ich zu Hause?« So dachte Jörgen Jörgensen, nachdem er in London gelandet war, lange nach der Französischen Revolution und dem Skaftá-Ausbruch, und obwohl er mit seinem Vater noch ein Hühnchen zu rupfen hatte, wäre ihm niemals in den Sinn gekommen, sich so zu verhalten wie Jón Scheving.

Jörgens Vergehen waren anderer Natur, er selbst hielt sie keineswegs für Verbrechen und hätte sich auch fragen können: »Wollte ich mich selbst kennen? Ja, das wollte ich. Aber wer bin ich?«

Zu dem Zeitpunkt war Jörgen fünfundzwanzig Jahre alt, bald sechsundzwanzig. Wir schrieben das Jahr 1806. Jörgen wunderte sich nicht über die ganze Lebensfreude, die er ausstrahlte, und er machte sich nicht die leiseste Vorstellung davon, dass einmal andere seine Lebensgeschichte aufzeichnen könnten.

Er war lediglich ein junger Mann, den es wieder nach England verschlagen hatte. Zwölf Jahre war er inzwischen von zu Hause fort, meist auf See gewesen und weit herumgekommen, hatte Häfen und Städte besucht.

Es war Zeit, nach Kopenhagen zurückzugehen und seine Eltern und Geschwister wiederzusehen. *It's now or never.* Wie im Elvis-Presley-Song. Nur wusste er nicht, ob man ihn umarmen und küssen würde.

Sein Kopf steckte voller guter Ideen, Handel und Geschäfte betreffend. Es wäre auch interessant zu sehen, was aus seinen Schulkameraden geworden war. Und wie mochte es dem König gehen?

Adam Oehlenschläger! Er war inzwischen der tonangebende Dichter. Jörgen hatte seine Gedichte nicht gelesen; seine Interessen lagen ganz woanders, beim englischen Roman. Adam Oehlenschläger und Jörgen Jörgensen, Klassenkameraden, Dichter der eine, zukünftiger König und Sträfling und ebenfalls Schriftsteller der andere.

Jörgen hatte Dänemark weitgehend vergessen. Selbst in der Sprache verhedderte er sich. Er dachte auf Englisch. Viele Jahre hatte er kein Dänisch mehr gesprochen. Zwölf Jahre lang hatte er kein anderes Zuhause gekannt als eine Schiffskoje, eine Handvoll Seemannspensionen in irgendwelchen Häfen oder die primitive Hütte des Neusiedlers.

Er hatte eine Menge Abenteuer in vielen Ländern erlebt, doch fast vergessen, wie es sich anfühlt, in einer Stadt zu leben, nicht zuletzt in einer Großstadt wie London, dem Zentrum des Welthandels, der Hauptstadt der Welt.

Ein Problem war, dass er drei orientierungslose Männer im Schlepptau hatte, einen Maori, den er Marquis nannte, und zwei Tahitianer, die er Jack und Dick rief, einer von ihnen Sohn eines Königs.

Was sollte er mit ihnen anfangen? Diesen jungen Männern blieb London fremd. Es war eine andere Welt. In ihren Heimatländern waren sie anerkannte Männer. In London waren sie etwas ganz anderes.

Und da war noch etwas: Die Reise mit dem Walfangschiff *Alexander* war nicht der goldene Fischzug zu Reichtum geworden, wie Jörgen es sich vorgestellt hatte. Zum einen hatte die Tranladung Schaden genommen, und zum anderen war der Preis für Tran gefallen, und zwar nicht nur geringfügig, sondern um siebzig Prozent. Durch den Krieg gegen Napoleon lag der gesamte Handel am Boden.

Davon abgesehen ist es geradezu unwahrscheinlich, dass die *Alexander* auf ihrer langen Reise nie in Kämpfe mit Piraten verwickelt wurde. Dabei hatte die Besatzung selbst einen Piratenakt auf dem Kerbholz. Schiffe fuhren unter dem Geleitschutz von Kriegsschiffen in Konvois. Nicht so die *Alexander*.

Ihr Kapitän Robert Rhodes landete im Schuldturm und saß dort viele Jahre. Das Geld, mit dem Jörgen Jörgensen sich und seine Schutzbefohlenen über Wasser hielt, hatte er, bevor er auf der *Alexander* anheuerte, mit der Robbenjagd verdient, als er dreitausend Pelze nach Sydney brachte.

Wäre er nicht besser in Australien oder auf Tahiti geblieben?

Er hatte daran gedacht, aber das war nun bedeutungslos. Er befand sich in London. Tahiti hatte seine Schattenseiten, war auf dem Weg, ein beklagenswerter Ort zu werden. Dafür sorgten die Missionare. Die Europäer kannten keinen Respekt vor den Eingeborenen, und die Stämme lagen sich in den Haaren. Sir Joseph Banks machte sich Sorgen.

Das alles machte ihnen einen Strich durch die Rechnung. Aber Jörgen war schon mit anderem beschäftigt. Es gab genug zu tun. Große Pläne.

Er schrieb an Robert Brown, den Botaniker, dem er auf Tasmanien begegnet war. Hatte der ihm nicht versprochen, ihn Joseph Banks vorzustellen? Robert Brown hatte gesehen, wie wissbegierig und strebsam Jörgen war.

Die jungen Männer aus der Südsee waren ja auch für Sir Joseph bestimmt. Als Ansichtsexemplare fremder Völker aus fernen Ländern. Jörgen konnte in London nicht länger für sie aufkommen. Sie wohnten im Spread Eagle Inn, einem Gasthaus, in dem Jörgen sich immer einquartierte, wenn er konnte. Seine Schutzbefohlenen verfielen alle dem Alkohol.

Die Großstadt war eine fremde Welt für sie und so grundverschieden von ihren glücklichen Inseln. Die Stadt war grau und voller Nebel, Armut und Angst. Jeglicher Verkehr unter den Menschen war steif, gänzlich anders als der ungezwungene Umgang der Geschlechter auf Tahiti, der Jörgen wie andere Seeleute vor ihm in Versuchung geführt hatte, für immer dort zu bleiben.

Das Leben in London war vollkommen anders. Es gab Regeln, und alles kostete Geld. Frauen nahmen vor ihnen Reißaus, wenn sie versuchten, sich ihnen zu nähern. Dabei wollten sie doch bloß nett zu ihnen sein und ein wenig Spaß haben. Doch man missverstand sich gegenseitig. Was war das für eine seltsame Reaktion, laut schreiend um Hilfe zu rufen?

Ebenso merkwürdig verhielt es sich mit diesem Geld. Alles drehte sich hier ums Geld, und alles kostete Geld. Das Essen, das Bier, der Branntwein, selbst die Betten, in denen sie schliefen, und Geld wuchs nicht auf Bäumen wie die Früchte zu Hause.

Jörgen musste sie davon abhalten, an vornehmen Damen herumzuzupfen, und ihnen einschärfen, dass man so etwas nicht tat, und er musste mit ihnen zu Huren gehen und ihnen Geld für das geben, was zu Hause nur ein Lächeln kostete. So sahen sie die Sache.

Einmal ging Jörgen mit ihnen in den Tierpark. Eine stattliche Kutsche kam des Wegs. Darin saß eine hübsche junge Frau. Jack starrte sie entzückt an, ging auf sie zu und bot ihr zwei Shillinge, wenn sie nett zu ihm sein wolle.

Die Frau reagierte wütend, doch Jack zeigte auf die Münzen, dann auf eine andere Frau und erklärte, für die würde er nichts zahlen.

Es gab einen riesigen Auflauf, und wenn Jörgen nicht vermittelnd dazwischengegangen wäre, »hätte der Mob Jack sicher in Stücke gerissen«, behauptete er. Er konnte der Frau erklären, dass Jack ihr lediglich seine Bewunderung habe ausdrücken wollen, und die Menge lachte.

Doch da regte sich Jack auf und rief: »Ihr kommt zu uns, und wir bieten euch unsere Frauen, Mütter, Schwestern und Großmütter an, aber wir werden hier angeschrien und verprügelt.«

Jörgen musste zusehen, dass er sie loswurde. Er konnte sie nicht beaufsichtigen und erziehen. Sie kamen aus einer anderen Welt.

6

Dann traf eine Nachricht von Robert Brown ein. Sir Joseph geruhe, sie zu empfangen. Sie warfen sich in Schale und fuhren in einer Kutsche zu Joseph Banks' Haus am Soho Square. Es war kein kleines Bauwerk. Später war es groß genug, um die Europaniederlassung des Medienkonzerns Twentieth Century Fox zu beherbergen.

Jörgen brachte seine Insulaner mit. Sir Joseph empfing ihn in seiner Bibliothek. Er war inzwischen über sechzig, Präsident der Royal Society und hatte noch immer großes Interesse an allem, was die südlichen Ozeane betraf. Er litt an Gicht und saß im Rollstuhl.

Das hielt ihn nicht davon ab, sehr aktiv zu sein. Er hatte die Initiative zur Einrichtung einer Sträflingskolonie in Australien ergriffen, und seine Vorschläge in Kolonialangelegenheiten wurden von der Regierung sehr geschätzt.

Jörgen war dem berühmten Forscher gegenüber zunächst befangen, doch Sir Joseph gab sich sehr offen und geradeheraus, und bald fühlte sich der junge Seemann ungezwungener.

Jörgen wollte Sir Joseph seine Ideen zu Verkehr und Handel im Pazifischen Raum vorstellen, aber er wollte auch seine Jungen unterbringen. Oder richtiger, er musste sie loswerden. Sie erörterten die Angelegenheit. Sir Joseph kannte noch ein paar Wörter in der Sprache der Eingeborenen. Er zeigte ihnen Köpfe von tasmanischen Ureinwohnern.

Sie stammten von dem Zwischenfall in Risdon Cove im Jahr 1804, der als Auftakt zur Ausrottung der Aborigines auf Tasmanien gilt. Eine große Menge Eingeborener auf der Kängurujagd erschien überraschend in der Bucht und erschrak heftig, als sie diese seltsamen Menschenwesen, die Kolonisten, erblickten. Diese erschraken nicht weniger, als sie sich auf einmal einer großen Menge Eingeborener gegenübersahen, die mit Jagdspeeren bewaffnet waren.

Die Aborigines waren völlig entgeistert. Sie schüttelten ihre Speere, doch die Eindringlinge eröffneten das Feuer und erschossen fünfzig Eingeborene. Einige der Weißen rühmten sich noch lange danach des Massakers. Es erwies sich als Vorankündigung des nachfolgenden Umgangs mit den Aborigines, ebenso wie die Erdbeben, die zwanzig Jahre vorher den Vulkanausbruch westlich des Vatnajökull angekündigt hatten.

Die Köpfe sind – im Namen der Wissenschaft – ganz speziell für Sir Joseph präpariert worden. Jörgens Zöglinge waren schockiert und flehten ihn an, sie nicht diesem bösen Mann auszuliefern, doch Sir Joseph wollte sie bei Missionaren unterbringen.

Er hörte Jörgen Jörgensen aufmerksam zu, brachte das Gespräch jedoch bald auf Dänemark.

»Robert Brown behauptet, Ihr seid Däne«, stellte er fest und erzählte Jörgen dann, dass er bei seinem Aufenthalt in Island im Jahr 1772 dort viele Dänen getroffen habe und dass nun Wissenschaftler in Dänemark mit der Erforschung der isländischen Sprache und der Herausgabe alter Schriften beschäftigt seien.

Obwohl dieser eigenartige Stamm dort oben auf Island bettelarm sei und kaum etwas zu essen habe, so Sir Joseph, besitze er doch eine Unmenge an Büchern.

Ein Großteil dieser Bücher sei zwar beim Großen Brand Kopenhagens im Jahr 1728 zerstört worden, aber vorher seien sie dorthin gebracht worden, damit die Isländer sie nicht aus Not und Hunger aufäßen. Es seien aber noch genug Bücher vorhanden, und sie würden den Menschen bald die Augen öffnen.

Er blickte Jörgen an und fragte: »Seid Ihr je nach Island gekommen?«

»Nein.«

Obwohl Jörgen schon weit gereist war, war er nie nach Island gekommen.

De facto wusste er nicht mehr über Island, als dass es existierte, wie Grönland oder die Färöer, und dass all diese Länder Teile des dänischen Königreichs waren. Immerhin erinnerte er sich, dass sein Lehrer an der Realschule, Edward Storm, von diesen Büchern und all ihren Helden erzählt hatte, von Snorri Sturluson und den Eddas, der Mythologie und all dem, das die Grundlagen für Adam Oehlenschlägers Romantik bildete, seines Klassenkameraden, der mittlerweile berühmt war, ohne dass Jörgen davon etwas wusste.

Jörgen hatte kein sonderliches Interesse an dieser alten Welt entwickelt, die Edward Storm verehrte und von der er in der Schule immer wieder erzählte. Jörgens Epoche war die Gegenwart. Er las ganz andere Bücher. Lieber hätte er sich mit Sir Joseph über Jonathan Swift und dessen *Gullivers Reisen* unterhalten oder über Thomas Morus' *Utopia*, von dem er später einmal eine Parodie anfertigen sollte.

Jörgen sprach vom Stillen Ozean und den Möglichkeiten für Handel und Wandel dort, doch Sir Joseph Banks wies ihn auf den Norden hin, darauf, dass sich gerade in Island Möglichkeiten böten, Betätigungs- und Geschäftsfelder für einen so tüchtigen Mann wie ihn, mit seinen Erfahrungen aus den südlichen Meeren, wenn die Dänen doch nur England endlich erlauben würden, in Island Handel zu treiben. Dann könne er den Menschen dort Tabak und Rum verkaufen und im Gegenzug Talg und Fleisch und Daunen einkaufen oder sogar Reeder eines Fischereifahrzeugs werden.

Die Engländer durften auf Island keinen Handel treiben? Etwas derart Dummes hatte Jörgen Jörgensen noch nie gehört. Was dachten sich seine Landsleute denn? Und dabei starben auf der Insel Menschen an Hunger? Beliebte Sir Joseph zu scherzen? Nein, solchen Unfug möchten wir gar nicht hören.

Aber noch etwas: Da Jörgen sich nach all diesen Jahren nun wieder auf den Weg nach Dänemark machen wolle, könne er ihm da nicht vielleicht ein paar isländische Bücher besorgen? Er würde eine Liste der Titel erstellen. Und könne Jörgen für ihn nicht auch ein paar andere Dinge in Erfahrung bringen?

Aber selbstverständlich.

Jörgen müsse nur erst einen Platz für die jungen Eingeborenen finden. Sir Joseph erbot sich, sie bei der Londoner Missionsgesellschaft unterzubringen. Da könne man sie zu Missionaren ausbilden und zu ihren Völkern zurückschicken.

Kurz darauf endete das Gespräch.

Es vergingen keine drei Jahre, bis Jörgen Jörgensen sich zur höchsten Autorität in Island aufschwingen sollte, zu Jörundur dem König der Hundstage, unserem Protector und Oberbefehlshaber zu Wasser und zu Lande, der eine Verordnung nach der anderen erließ.

IX

1

Zwei Monate lang hielt sich Jörgen Jörgensen in London auf, von Juni bis Ende August. Bis dahin hatte er sich aller Verantwortlichkeiten entledigt. Dann ging es heimwärts nach Dänemark. Dort traf er im September 1806 ein.

Sein Schiff legte in Helsingör an, der Anlaufstelle für die Schiffe europäischer Nationen. Die Festung Kronborg überragte die anderen Gebäude im Ort. Die Postkutsche beförderte den jungen Mann rasch durchs Land. Bald sah er die Türme von Kopenhagen.

Jörgen roch wieder den Hafen und sah die Kanäle vor sich. Seine letzte Erinnerung war die an den großen Brand im Schloss. Die Stadt hatte sich während seiner Abwesenheit verändert. Viele neue Häuser waren gebaut worden, und man hatte die Straßen der Stadt erneuert. Es gab jetzt Straßenbeleuchtung und Geschäfte mit Schaufenstern wie in London. Manches war wie früher. Hunde streunten umher, Klatschweiber riefen mit Fischverkäufern um die Wette, und überall lungerten bettelarme Fremdenführer.

Städte waren damals unvorstellbar schmutzig. Überall lag Dreck und huschten die Ratten. Die Zahl der Ratten übertraf die der Einwohner um ein Vielfaches. Ein Prozent der Bevölkerung war steinreich, zehn Prozent kamen ganz gut zurecht. Dieser Anteil war gewachsen, doch die restlichen neunundachtzig Prozent schlugen sich mit Ach und Krach durch oder lebten in tiefstem Elend.

Doch Jörgen Jörgensen ist nun auf den Spuren seiner Kindheit. Er geht von Kongens Nytorv die Østergade entlang und bleibt dort stehen, wo sich heute die Hausnummer 6 befindet. Er sieht seinen Vater wieder, der in diesem kräftigen, sonnenverbrannten jungen Mann mit dem Seesack auf der Schulter den eigenen Sohn nicht erkennt, doch als ihm dämmert, wer da vor ihm steht, wird Jörgen begrüßt wie der verlorene Sohn in der Bibel.

2

Jörgen Jörgensen wurde mit offenen Armen aufgenommen. Mit offenen Mündern hörten sich die Leute seine Geschichten an, und er nutzte die Gelegenheit, seine Ideen bekannt zu machen. Anfangs erzählte er zu Hause, bei Feiern und bei Zusammenkünften. Bald stellten sich immer mehr Zuhörer ein, und alle wollten die Geschichten von seinen Reisen hören.

Jörgen erhielt Einladungen zu reichen Kaufleuten und Ministern. Das ehemalige schwarze Schaf avancierte zum Stolz der Familie. Man fertigte ein Porträt von ihm an, dasselbe das viele Bücher und Artikel über Jürgen ziert, das Bild eines jungen Mannes mit blitzenden Augen, markanter Nase, sanftem Mund, Koteletten und dunklen Haaren mit einem Stich ins Rötliche.

Seine Familie und Freunde feierten ihn ebenso wie viele andere. Man präsentierte ihn als Helden des Vaterlands, den ersten dänischen Forscher, der die Erde umsegelt hatte, und das gleich zwei Mal.

Zweifellos sind viele seiner Taten in seiner Darstellung noch größer geworden, doch auch seine Ideen zum Handel erregten Aufmerksamkeit und wurden ebenfalls mit abenteuerlichem Glanz überzogen.

Der junge Seebär aus der Südsee war »bei allen Ständen gleichermaßen angesehen«, wie er es selbst ausdrückte, und erhielt reichliche Gratifikationen für seine Ratschläge in Aussicht gestellt. Sogar der dänische Premierminister zeigte sich interessiert und wollte Jörgen dafür gewinnen, mit den Engländern über Handelslizenzen im Südpazifik zu verhandeln, aber daraus wurde nichts.

Zu jener Zeit stand Jörgen Jörgensen auf dem Gipfel seiner Laufbahn in Dänemark. Er wusste sich in Wort und Schrift gut auszudrücken, konnte aber in Rede und Auftreten auch barsch und vulgär sein. Doch er besaß Kenntnisse, viele Kenntnisse. Das bestritt niemand. Kinder liebten sein Seemannsgarn, in dem sich die Wellen so hoch auftürmten wie der Runde Turm und Schiffe über eine Welt voll geheimnisvoller Wesen gewirbelt wurden. Alles in allem war Jörgen Jörgensen ein bemerkenswerter junger Mann.

Alle hörten aufmerksam seinen Berichten und Vorstellungen zu, laut denen Dänemark unbedingt Handel und Güterverkehr mit der Südsee aufnehmen sollte. Es müssten Schiffe zu den Handelszentren auf Tahiti und in Australien ausgesandt werden. Dort lägen große Möglichkeiten. Doch obwohl das niemand bestritt oder widersprach, fand Jörgen, dass den meisten der Mut und der Unternehmungsgeist fehlte, den es brauchte, um solche Pläne in die Tat umzusetzen.

Manchmal verzweifelte er und schrieb: »Mit Bedauern sehe ich, dass Dänemark, obwohl es auf jegliche Weise die Voraussetzungen für einen gedeihlichen Handel erfüllt, der unternehmerische Geist mangelt, der allein eine Nation zu nennenswertem Wohlstand emporhebt.«

Vor allem war er der Meinung, sein Land solle in die Fußstapfen der Seefahrernation auf der anderen Seite der Nordsee treten und ein ausgedehntes überseeisches Handelsimperium anstreben, wie es einem Volk von Seefahrern viel mehr entsprach, als sich in die Konflikte Napoleons auf dem Kontinent hineinziehen zu lassen.

Die Engländer und ihre Unternehmungen waren Jörgens Vorbilder, doch die allgemeine Stimmung gegenüber den Engländern war nicht so positiv, wie er gehofft hatte. Die Spannungen zwischen Dänemark und Großbritannien nahmen sogar zu. Daraufhin zog sich Jörgen aus der Öffentlichkeit zurück und schrieb ein Buch.

Das Ergebnis erschien 1807 in Kopenhagen unter dem Titel *Mitteilungen über Fahrten und Handel der Engländer und Nordamerikaner in südlichen Meeren*. Jörgen Jörgensen war Spezialist für lange und umständliche Titel.

Er verfasste auch eine englische Version für Sir Joseph Banks, damit der ihm größere Öffentlichkeit verschaffen könne. Er fand einen Engländer in Kopenhagen, der sich bereit erklärte, das Buch mit nach England zu nehmen, doch er verbockte die Sache. Er tauchte nämlich in Göteborg unter, und das Buch gelangte nie nach England. Später erklärte Jörgen Sir Joseph, die isländischen Bücher hätten dasselbe Schicksal erlitten, doch ist nicht klar, ob er sich überhaupt jemals darum bemühte, für Sir Joseph isländische Werke aufzutreiben.

3

Jörgen Jörgensen wetterte heftig gegen Napoleon, obwohl er in Wahrheit vieles an dessen Aufstieg bewunderte, nicht zuletzt seine Zielbewusstheit und seinen frechen Mut. Viel mehr Pulver verwendete er jedoch auf die Verteidigung der Briten und ihrer Vorherrschaft. Was die Franzosen mit Waffen ausrichteten, erreichten die Briten mit Handel, fand Jörgen.

Er hielt es für ausgemachte Dummheit, Napoleon in den Himmel zu loben, einen Mann, der in seinen Augen nichts als ein brutaler Usurpator war. Er verspottete Zusammenkünfte und Vorträge in Kopenhagen, in denen verkündet wurde, Napoleon sei eher ein Gott als ein Mensch.

Die Redner auf solchen Veranstaltungen ließen sich vom Geist der Zeit mitreißen. Einer verglich Napoleon mit Hannibal, ein anderer mit dem alten Cato, ein dritter mit Sokrates. Jörgen erinnerte dergleichen an religiöse Zusammenkünfte. Die Dänen sollten sich besser an England anlehnen, und vieles wäre sicher anders gekommen, hätten sie das getan.

Jörgens Stellung war schwierig, aber sein Eifer war groß. »Manchmal ließ ich mich auf langwierige Diskussionen und unergiebiges Geschwätz ein, das keinerlei Nutzen brachte«, klagte er.

Jörgen wurde in der Stadt auf Spaziergängen mit einflussreichen Engländern gesehen, etwa mit Arthur Wellesley, dem zukünftigen Herzog von Wellington, der durch die Schlacht von Waterloo berühmt wurde. Jörgen sprach sich mit solchem

Eifer für die Briten aus, dass man ihm den Beinamen »Jörgen der Engländer« zulegte. Es kamen Gerüchte auf, er sei ein Spion in ihren Diensten.

Niemandem gefiel das alles weniger als seinem Vater, der die Engländer nie hatte leiden mögen und nun Partei für die Franzosen ergriff. Doch Jörgens rebellischer Geist wurde durch das Missfallen des Vaters nur noch mehr aufgestachelt, und beim Essen legte er sich immer wieder mit ihm und anderen an.

Einmal ließ Jörgen beim Essen fallen, Napoleon sei nichts als ein eitler Geck, der die Welt an der Nase herumführe.

»Machst du dich etwa über unsere Verbündeten lustig?«, fragte sein Vater.

»Nein, aber mir gefällt Napoleon nicht«, antwortete Jörgen. »Wenn er zur Macht kommen sollte, ist es mit jeglicher Freiheit vorbei.«

»Nein«, rief sein Vater, »Napoleon ist ein Genie!«

»Nein«, erwiderte Jörgen, »er will alle Nationen unter sein Joch beugen.«

Im August 1807 machten die Briten den Dänen das Angebot, oder stellten ihnen vielmehr ein Ultimatum, ein Bündnis mit ihnen einzugehen, was darauf hinauslief, ihnen entweder ihre Flotte zu unterstellen oder sie ihnen als Pfand für ihre Neutralität auszuliefern.

Den Dänen, nicht zuletzt Friedrich VI., der Christian VII. auf dem Thron gefolgt war, erschien das, als ließen ihnen die Engländer die Wahl, gehängt oder erschossen zu werden, und sie lehnten ab. Das Ultimatum war unter dem Vorwand ergangen, die Neutralität Dänemarks sei lediglich ein Bluff und es existiere ein geheimes Abkommen mit Napoleon, ihm die Flotte auszuliefern, die viertgrößte der Welt.

Damit waren die Würfel gefallen. Die Briten wähnten, zwischen zwei Übeln wählen zu müssen. Die Feindschaft Dänemarks stuften sie als geringer ein als die Gefahr durch Napoleon. Die Briten bombardierten Kopenhagen, kaperten die gesamte dänische Flotte und überführten sie komplett in englische Häfen.

Die Handelsschiffe, die im Sommer 1807 von Island aufgebrochen waren, wähnten nichts Böses. Die meisten segelten mit der Bestimmung Kopenhagen, einige hatten auch andere europäische Häfen zum Ziel. Aber sie kamen nicht weit. Einige wenige erreichten Kopenhagen, andere Norwegen, den Rest beschlagnahmten die Briten. Von einundvierzig Schiffen, die von Island ausgelaufen waren, kaperten die Briten achtzehn. Sie wurden alle in britische Häfen gebracht, und im folgenden Jahr fuhr nicht ein einziges Schiff nach Island.

4

Unter den Passagieren auf einem der gekaperten Schiffe mit Namen *De to søstre* befand sich der Erste Richter am Obersten Landesgericht in Reykjavík, Magnús Stephensen. Das Schiff musste den schottischen Hafen Leith anlaufen, doch Magnús erhielt Erlaubnis, seine Reise nach Kopenhagen fortzusetzen.

Eigner des Schiffs war Bjarni Sivertsen, Ritter Bjarni genannt, ein Kaufmann in Hafnarfjörður. Er sollte Jörgen Jörgensen später in London begegnen, obwohl zu dem Zeitpunkt, als *De to søstre* aufgebracht wurden, noch keiner vom anderen wusste. Und Magnús Stephensen und Jörgen sollten sich gegenseitig noch viel intensiver kennenlernen.

Nachdem Magnús Stephensen Kopenhagen erreicht hatte, wandte er sich in einem Schreiben an Sir Joseph Banks und bat ihn um Hilfe für die in Großbritannien internierten isländischen Kaufleute. Die Verbindung zwischen den beiden beruhte auf der Erinnerung an Sir Josephs Islandreise 1772, auf der sich der Engländer mit Magnús' Vater Ólafur Stephensen anfreundete; die freundschaftliche Verbundenheit der beiden währte ein Leben lang. Sie korrespondierten auf Latein miteinander. Als er Joseph Banks in Island sah, war Magnús ein Junge von zehn Jahren.

Sir Joseph reagierte wohlwollend und leitete Magnús' Schreiben an den Innenminister weiter. Noch immer favorisierte er den Gedanken, Island dem Empire einzuverleiben.

Als die isländischen Kaufleute nach London kamen, unterhielt er sich mit ihnen und stellte fest, dass sie weder Waren in nennenswertem Umfang noch von besonderer Qualität mit sich führten, und er versuchte noch einmal, die britische Regierung zu einer Besetzung Islands zu bewegen.

Zu seinem Plan gehörte es, die isländischen Kaufleute als Geiseln festzuhalten. Gleichzeitig sollten die Isländer ermuntert werden, den Grafen Trampe gefangen zu nehmen und ihn gefesselt nach England auszuliefern, an seiner Statt einen englischen Gouverneur zu akzeptieren und einen Treueid auf den englischen König abzulegen. Das lasse sich »entweder mit Hilfe einer Revolution oder einer Okkupation« bewerkstelligen, wie Sir Joseph es in seinem Memorandum an die Regierung formulierte.

Drüben in Dänemark war es zu diesem Zeitpunkt nicht länger angenehm, Jörgen Jörgensen zu sein. Er musste nun erfahren, was es heißt, im Verdacht zu stehen, ein Verräter zu sein. Viele hielten ihn für einen Spion. Der Lack des Helden blätterte.

Jörgen war verständlicherweise verwirrt. Das Land, das sich seiner angenommen hatte, das er liebte und verehrte, war über sein Vaterland und seine Geburtsstadt hergefallen. Es war, als verlöre man beide Elternteile auf einen Schlag. Seine Ratschläge schienen bei niemandem mehr gefragt zu sein.

»Du, der du zu England hältst«, sagte sein Vater erregt, »schau dir an, was sie uns angetan haben, diese Engländer! Diese brutalen Verbrecher.« König Friedrich VI. und die Mehrheit der Dänen waren der gleichen Ansicht.

Jörgen hätte gern argumentiert, dass die Briten die Lage anders einschätzten und glaubten, sich verteidigen zu müssen, aber das traute er sich nicht laut zu sagen. Die Zerstörungen, die sie angerichtet hatten, waren derart verheerend, die Schäden so ungeheuer groß. Dennoch agitierte er weiterhin gegen Napoleon und hielt Kontakt zu den Engländern.

5

Verräter? War Jörgen Jörgensen ein Verräter? Wen hätte er in diesem Fall verraten? Wer verriet wen? Als er nach Island kam, war er eine Marionette der Engländer, doch seine Revolution führte in eine Richtung, die die Engländer keineswegs wollten. Daraufhin ließen sie ihn fallen, und es stand niemand mehr auf seiner Seite.

Wir können jedenfalls festhalten, dass Jörgen Jörgensen nicht der Tagträumer und Fantast war, für den ihn die allermeisten halten, und Sir Joseph Banks war keineswegs so unbeteiligt, wie er vorgab.

Doch darüber möchte ich nicht sprechen. Nicht jetzt. Ich wollte vielmehr Weiteres von Séra Jón Steingrímsson berichten, der sich ganz und gar betrogen fühlte und sagte, in der dritten Generation werde aus einem großen Vermögen ein ganz kleines. Dann schlage Glück oft in sein Gegenteil um, und aus Freude werde Trauer.

Das war auf seinen Stiefsohn Jón Scheving gemünzt, der vielleicht mit seinen Fähigkeiten zu agieren verstand, aber sein Glück verspielte.

Er verprasste alles, was er besaß, verlor dabei auch sich selbst und seine Ehre, er stahl sich aus dem Land und kam nie wieder zurück.

Das war, nachdem er gegen seinen Stiefvater, Séra Jón, und seine eigene Mutter, Þórunn, die allerschlimmsten Anschuldigungen erhoben hatte. Dazu bediente er sich, wie schon gesagt, der Unterstützung Björn Árnasons, eines verurteilten Verbrechers.

Das Traurigste an der ganzen Sache ist, wie viele bereit waren, derart abwegigen Vorwürfen Glauben zu schenken. Es ist kein Vergnügen, unschuldig herumzulaufen, und aller Augen sind auf dich als Schuldigen gerichtet, und obwohl die Menschen nicht recht glauben, was gesagt wird, glauben sie es irgendwie doch.

Sicher hat H. C. Andersen dazu ein Märchen verfasst, und wenn nicht, sollte es jemand anders tun. *Das Feuerzeug* kommt der Sache wohl am nächsten, nur bestanden Jón Schevings Hunde lediglich aus einem einzigen Mann, Björn Árnason, der noch dazu nicht viel taugte, nicht auf Kisten voller Gold saß und nicht einmal ein Feuerzeug hatte.

Ganz im Gegenteil bekam Björn Geld dafür, Jón und Þórunn fälschlich zu beschuldigen, sie hätten ihn beauftragt, Þórunns Mann, den Klostervogt Jón, umzubringen. Wenn man sie dessen für schuldig befunden hätte, wären sie dafür möglicherweise zum Tode verurteilt worden.

Glücklicherweise ging die Sache anders aus, und Séra Jón wurde später vom König mit einer Medaille ausgezeichnet für seine Verbesserungen im Landbau, seine Leistungen als Arzt und Seelsorger.

Nein, der Vergleich mit dem Märchen geht nicht auf. Jón Scheving war nur insoweit mit dem Soldaten im Märchen zu vergleichen, wie er völlig mittellos geworden war und ihn niemand mehr kennen wollte. Aber Jón besaß kein anderes Feuerzeug als die Lüge.

Die Verleumdung sprach sich in Kopenhagen herum. Séra Jón schreibt darüber in seiner Lebensgeschichte: »Ich kannte kaum einen Studenten oder liederlichen Gesellen, der darüber nicht nach Island geschrieben hätte, doch mich ließ keiner meiner Freunde oder Bekannten, die ich dort hatte, auch nur das Geringste davon wissen.

Und doch erfuhr ich von diesen üblen Neuigkeiten durch Getuschel von überall her, und es war dermaßen übertrieben und auf schlimmste Weise ausgemalt, wie es bei derartigem Unsinn, der von Mund zu Mund weitergegeben wird, gang und gäbe ist.«

Genau davon handelt das Andersen-Märchen *Das ist wirklich wahr*, und man darf es sich gern in Erinnerung rufen. Es ist nämlich recht bemerkenswert, dass, wenn ich behaupte, in dieser Geschichte sei alles wahr und es brauche nichts hinzugelogen zu werden, es einmal mehr die Lüge ist, um die sich die Wahrheit dreht, ihr Gegenstand und Thema, denn Wahrheit und Lüge liegen sehr nah beieinander, wie ihr bestimmt bei dieser Geschichte schon ebenso festgestellt habt wie im wahren Leben.

Nicht nur Jörgen Jörgensen steckte in der Klemme. Lange vor ihm befand sich Séra Jón Steingrímsson in der unerfreulichen Lage, sich unschuldig zu wissen, aber für schuldig gehalten zu werden.

6

Doch halten wir uns an die Tatsachen. Sie stellen sich eine nach der anderen ein. So entstehen Erzählungen. Gibt es Geschichten ohne Tatsachen? Vielleicht Mythen, aber die beruhen auf anderen Geschichten, die ihrerseits auf Tatsachen beruhen.

Oder wie William Hooker über Jörgen Jörgensen sagte: »Die Lebensgeschichte dieses Mannes wäre ein Abenteuerroman, wenn er unter genauer Beachtung der Wahrheit geschrieben würde.« Das ist in etwa das, was wir vorhaben.

Vorab muss ich noch einschieben, dass mit dieser ganzen Sache Séra Jóns ein langwieriges und, wie es Prozesse oft so an sich haben, auch ziemlich unangenehmes Gerichtsverfahren verbunden ist, in dem die Gier eines Bezirksvorstehers namens Brynjólfur Sigurðsson eine wichtige Rolle spielt. Brynjólfur hieß der Mann, und er war habgierig. Er war darauf aus, sich Land anzueignen, und saß dabei, wie man heute sagt, oft auf beiden Seiten des Verhandlungstisches, das heißt, er diktierte die Bedingungen.

Der Prozess war nicht einmal das Schlimmste. In ihm ging es nur um weltliche Dinge, Land und Geld. Schlimmer war, was sich daran noch anschloss, die subjektive Seite, wenn man so sagen kann, wie die Leute allmählich dem Klatsch Glauben schenkten. Séra Jón war schuldig. Ganz gleich, wie auch das Urteil ausfallen mochte. Es hatten alle bereits ihr Urteil gefällt.

Brynjólfur Sigurðsson war einer der reichsten Männer des Landes, und Séra Jón meint, er sei im Lauf der Jahre immer noch habgieriger geworden. Es sah so aus, als wolle er die ganze Welt mitnehmen, wenn er einmal ins Jenseits abberufen würde, zumindest so viel Grundbesitz auf Island, wie er nur konnte.

Ob er vorhatte, ihn bei Gott oder beim Teufel abzuladen, ist nicht so leicht zu sagen, jedenfalls kannten sein Hochmut und seine Dreistigkeit keine Grenzen, wovon der folgende Wortwechsel eine Vorstellung geben mag.

Brynjólfur: »Der gesamte Hof Reynir in Mýrdal gehört mir. Die Nachweise habe ich in der Tasche.«

Das war der Hof, um den es ging. Jón Scheving hatte ihn an Brynjólfur Sigurðsson verkauft, aber er besaß nicht das Recht dazu. Der Hof gehörte Séra Jón, Þórunn und ihren Kindern mit Ausnahme von Jón Scheving. Der hatte nämlich seinen Anteil ausgezahlt bekommen.

Diejenigen, die mit Brynjólfur über die Angelegenheit sprachen, fragten: »Wird der Verlust nicht hart für Séra Jón Steingrímsson?«

Brynjólfur gab zurück: »Was kann er schon ausrichten gegen mich?«

Brynjólfur Sigurðsson hatte den Hof Jón Scheving abgekauft und auch die entsprechenden Dokumente in der Hand. Sie brauchten nur noch anerkannt und genehmigt zu werden. Doch diesmal ging die Sache nicht nach seinen Wünschen aus, denn auf dem Allthing wurde Jón Scheving der Besitz aberkannt und der Vertrag zwischen ihm und Brynjólfur Sigurðsson für nichtig erklärt.

Jetzt können wir wieder am schon erreichten Punkt unserer Geschichte fortfahren. In seiner Wut suchte Jón Scheving

Björn Árnason auf, um mit ihm sein Komplott gegen seine Mutter und seinen Stiefvater ins Werk zu setzen.

Björn arbeitete damals als Schmied in Kopenhagen. Jón Scheving bot ihm Geld, wenn er gestehen würde, Jóns Vater, den Klostervogt, auf Anstiften von Séra Jón und Þórunn umgebracht zu haben. Ihm war bekannt, dass Björn auf Geld aus war und stets welches nötig hatte.

Björn Árnason wurde zunächst in Kopenhagen vernommen. In der Zwischenzeit schwirrten die Gerüchte durch die Stadt. In der isländischen Gemeinde dort gab es kein anderes Thema. Dann brachte man Björn in Ketten zu Schiff nach Island vor das Allthing. Séra Jón und Þórunn wurden ebenfalls vorgeladen. Sie hatten sich seine Aussage anzuhören und ihre sie widerlegende Verteidigung abzugeben, sofern sie das konnten. Falls nicht, würden sie zu lebenslänglicher Haft verurteilt werden.

Das war kein Spaziergang. Séra Jón stand vollkommen allein und hatte von niemandem Unterstützung zu erwarten. Keiner zog Björns Aussage in Zweifel. Während der Prozess in Kopenhagen fortgesetzt wurde, drehte sich die Gerüchteküche. Séra Jón erhielt von überall her Briefe, in denen Menschen versprachen, für ihn zu beten. Die Leute sprachen ihn nicht mehr frei, sondern bemitleideten ihn in seiner Schuld.

Þórunn wurde bettlägerig krank und ließ niemanden zu sich. Sie war vor Angst von Sinnen und fiel wieder in eine Depression wie damals, als Séra Jón zum ersten Mal zu ihr gekommen war und sie tröstete. Die Lästermäuler zischelten, das sei nur vorgetäuscht, sie sei überhaupt nicht krank. Sie würde ihre Erkrankung nur spielen, um sich der Gerechtigkeit zu entziehen.

Was konnte Séra Jón in dieser Lage tun? Er floh zu Gott. Nicht in dem buchstäblichen Sinn, dass er umgezogen wäre, sondern er bat Gott darum, ihm zu helfen, diese Prüfung zu bestehen.

Seltsame Dinge gingen ihm durch den Kopf. Er begann sogar selbst an seiner Unschuld zu zweifeln und bat Gott, die Wahrheit ans Licht zu bringen. Wenn Gott der Meinung war, er habe Schuld auf sich geladen, dann wolle er das Urteil annehmen.

Séra Jón lag schweißgebadet in seinem Bett. Er fühlte jede seiner Rippen und sein Brustbein knacken. Seine Glieder schienen sich voneinander zu lösen. Er betete weiter, lag allein in seinem Bett und betete.

Þórunn lag krank im anderen Bett. Darum konnte Séra Jón sein Bett mit Tränen nässen. Er wollte nicht weinen, wenn sie es sehen konnte. Er wollte weinen, wenn er allein war.

Dann wurde es Nacht. Séra Jón hatte lange kein Auge zugetan, doch in dieser Nacht fiel er in einen leichten Schlaf, eine Art Dämmern zwischen Wachen und Schlaf. Séra Jón schwebte in diesem Halbdämmer in einem eigenartigen Zwielicht, bis plötzlich die Sonne durchbrach und so intensiv schien, wie Jón es in seinem ganzen Leben noch nie gesehen hatte.

Ihr strahlender Glanz und ihre Wärme umfingen ihn. Duft erfüllte die Luft, und er, der seit Längerem nichts mehr gegessen hatte, fühlte sich von einer Kraft durchströmt, die sich in seinem ganzen Körper ausbreitete. Er wurde von einer inneren Leichtigkeit erfüllt, die auch auf seinem Gesicht leuchtete. Er wusste nicht, ob er schlief oder wachte, aber ihm war, als ob eine Stimme zu ihm sagte: »Fürchte nichts, denn ich bin bei dir.« Und da wusste Séra Jón, dass Gott sein Urteil gefällt hatte.

Er holte sich etwas zu essen.

X

1

»Gegen Ende jenes ereignisreichen Jahres 1807 wurde mir die Führung eines dänischen Schiffes mit 28 Kanonen anvertraut. Mein Vater und sieben andere Kopenhagener Geschäftsleute hatten in dem brennenden Verlangen, an den Engländern Vergeltung zu üben, das Schiff gekauft und es der Regierung zu Verfügung gestellt.

Die rüstete es umgehend aus und bemannte es, und gleich nachdem es das Eis zerteilen konnte, einen ganzen Monat bevor jemand damit gerechnet hatte, ein Schiff könne den Hafen verlassen, saßen wir den englischen Kauffahrteischiffen schon im Nacken und kaperten acht oder neun Schiffe.«

So beschreibt Jörgen Jörgensen, wie er zum Kapitän in der dänischen Marine wurde. Sein Schiff wurde auf den Namen *Admiral Juul* getauft. Er wählte diesen Namen, um den Verdacht zu zerstreuen, er sei ein Vaterlandsverräter. Doch eins ist merkwürdig: Warum vertraute man ihm überhaupt dieses Schiff an, wenn man ihn für einen Verräter hielt?

Jörgen wusste, dass das Unternehmen von vorn bis hinten unsinnig war, ein Selbstmordkommando, aber er konnte nicht ablehnen, denn das wäre einem Schuldeingeständnis gleichgekommen. Er hätte damit praktisch zugegeben, dass die Vorwürfe gegen ihn wahr und berechtigt waren.

Es lässt sich nicht mit Gewissheit sagen, ob Jörgen Jörgensen so überlegte oder ob er einfach mit von der Partie sein wollte. Schiffe zu entern und zu kämpfen, das war eine Herausforderung, und eine vergnügliche dazu, wenn es gut ausging, sonst nicht.

Jörgen bekam den Auftrag, die Versorgungsrouten der Engländer auf Nord- und Ostsee zu attackieren. In den ersten beiden Monaten des Jahres 1808 tat er das mit großem Erfolg. Er kaperte einige Schiffe, und später erklärte er, der dänische Staat schulde ihm beträchtliche Prisengelder für all die Schiffe, die er erobert hatte. Da saß er völlig mittellos in London oder auf Tasmanien und hatte sämtliche Brücken hinter sich abgebrochen. Aber versuchen konnte man es ja.

Seinem Rang als Kapitän entsprechend stand Jörgen ein Drittel aller erbeuteten Ladung zu, und zu Beginn war da einiges zusammengekommen.

»Mein Anfängerglück erfüllte mich mit Mut und Zuversicht, so dass ich Kurs auf England nahm und mich auf meine Kenntnis seiner Küsten verließ. Wir sichteten Flamborough Head, als wir plötzlich selbst zur Zielscheibe des britischen Kriegsschiffs *Sappho* unter Kapitän Langford wurden.

In einiger Entfernung befand sich ein weiteres Schiff, das sich als die ebenfalls britische *Clio* herausstellte. Ich hatte keine Wahl und keine Zeit zu überlegen, was auch gar nicht erforderlich war. Meine Hoffnungen, Gefangene zu machen, hatten sich blitzschnell in den dringenden Wunsch verkehrt, selbst nicht zum Gefangenen zu werden.«

Ich zitiere hier Jörgens eigenen Bericht. Seine frühen Siege hatten ihn also so kühn werden lassen, dass er, vermutlich auf der Suche nach einem wehrlosen Handelsschiff, geradewegs zur englischen Küste segelte. Stattdessen traf er auf die *Sappho*, dieses imposante Kriegsschiff.

Dazu kam es, wie er selbst angibt, am 2. März 1808 vor Flamborough Head an der Küste von Yorkshire, ein gutes Jahr vor dem Auftritt als König. Die *Sappho* hatte eine Besatzung von 120 Mann, während sich auf der *Admiral Juul* 83 befanden. Eine hoffnungslose Unterlegenheit. Die *Sappho* ging sofort zum Angriff über. Einigen schlug ihr letztes Stündlein.

»Der Kampf währte drei Viertelstunden, und ich zerschoss 17 Planken, doch dann hatten wir unser Pulver verschossen, die Masten, das Rigg, die Segel, alles war beschädigt, und ich musste tun, was viele mutige und kräftige Männer vor mir ebenfalls hatten tun müssen, ich strich die Flagge und kapitulierte.«

An Bord waren etliche verwundet, und es gab Tote. Jörgen Jörgensen wurde gefangen genommen und in Yarmouth an Land gebracht. Kurze Zeit später ließ man ihn auf Ehrenwort frei, wie es damals bei Kriegsgefangenen mit höherem Rang üblich war. Er durfte sich ungehindert nach London begeben, nur nicht das Land verlassen.

Etwas fiel daran auf: Der Kriegsgefangene Jörgen Jörgensen schien eine Vorzugsbehandlung zu bekommen. Unter den übrigen dänischen Soldaten und Matrosen, die nach dem Kapern ihrer Schiffe in England interniert waren, sprach sich das herum. Jörgen Jörgensen hatte ja vorher in der Royal Navy gedient. Er hatte Verbindungen. Damit konnte er für sich sorgen und sich selbst aus der Patsche helfen. Bald war er damit beschäftigt, seine Expedition nach Island vorzubereiten.

2

Seien wir genauer: Der Mann, der Jörgen nach London schickte, war der Sekretär des *Transport Boards* der Navy, Alexander MacLeay. Er kümmerte sich um die Kriegsgefangenen und gehörte zu einer Art Empfangskomitee für dieselbigen, wenn man so sagen darf. Er sorgte dafür, dass sie verhört wurden, natürlich nicht alle, und war mit für die Entscheidungen verantwortlich, wer wohin, in welches Gefängnis, verlegt wurde oder was sonst mit dem Betreffenden geschehen solle. Das Schicksal der Gefangenen lag in seinen Händen.

Auch Jörgen Jörgensen war nun ein Kriegsgefangener, aber es passierte Alexander MacLeay nicht oft, dass er es mit einem Gefangenen zu tun bekam, der kaum mit jemand anderem reden wollte als mit den höchsten Autoritäten des Landes. Es heißt, MacLeay sei die Geschichte, die Jörgen erzählte, dermaßen unwahrscheinlich vorgekommen, dass, falls er sie erfunden haben sollte, der Mann geisteskrank sein müsse, dann aber tatsächlich in einem so speziellen Verhältnis zu seiner Krankheit stehe, dass sie wie das schönste Gesundheitsattest wirkte.

Jörgen Jörgensen war ein dänischer Kriegsgefangener, sprach aber nicht nur Englisch wie ein Einheimischer, sondern war schon im Südpazifik gewesen und schien einige der einflussreichsten Männer Großbritanniens zu kennen. Er sprach von Sir Joseph Banks wie von einem persönlichen Freund und Beschützer und führte namhafte Kapitäne aus der

Südsee ins Feld, beschrieb Schifffahrtsrouten und neu erworbene Länder. Was hatte dieser Mann auf einem dänischen Kriegsschiff verloren? Alexander MacLeay kratzte sich am Kopf.

Nicht auszuschließen ist, ob sich nicht schließlich Arthur Wellesley, der zukünftige Herzog von Wellington, dem die Ehre zufiel, Napoleon in Waterloo endgültig zu besiegen, in die Angelegenheit eingemischt hat. Es ist sogar sehr wahrscheinlich, denn Alexander MacLeay, der für den Sträflingstransport zuständige Sekretär, sollte sich für Jörgen verwenden, als dem der Strick drohte, sein Todesurteil aber in Deportation abgeändert wurde.

Als Jörgen nach Tasmanien kam, trug er jedenfalls ein Empfehlungsschreiben MacLeays in der Tasche, und das brachte wiederum den dortigen Gouverneur dazu, sich seinerseits am Kopf zu kratzen, aber nicht lange. Er scherte sich nicht um Empfehlungsschreiben, schon gar nicht, wenn sie sich für solche Aufwiegler aussprachen, wie Jörgen Jörgensen einer war.

Doch so weit war es noch nicht. Bis dahin blieben noch viele Seiten im Leben des Jörgen Jörgensen zu füllen. Zunächst quartierte sich der kommende König von Island an seinem gewohnten Ort ein, im Spread Eagle Inn in der Gracechurch Street. Es war ein bekanntes Lokal, gut besucht, Leute kamen und gingen, doch Jörgen erwählte sich das Gasthaus zu seinem Standquartier.

Dort hatte er mit seinen drei Schutzbefohlenen aus der Südsee logiert, mit Jack, Dick und Marquis, bevor Sir Joseph sie bei den Missionaren unterbrachte, und dort sollte er nach seiner Rückkehr aus Island wieder wohnen, bis es eines Abends an seine Tür klopfte, als er gerade beim Essen saß und an einem Trauerspiel über Napoleon schrieb.

Anders konnte man es nicht sehen: Jörgen Jörgensen ging es gut, soweit es einem als Kriegsgefangenem gut gehen kann, und was die einen für gute Umstände halten, sind für die anderen schlechte. Jedenfalls hatte Jörgen genug Geld, seinen eigenen Angaben nach gewann er ganze tausend Pfund in einer Lotterie. Manche behaupten, die tausend Pfund seien keineswegs ein Lottogewinn gewesen, sondern sein Lohn für Spionagedienste. Genau weiß es niemand. Es bleibt jedoch verwunderlich, wie oft Jörgen nennenswerte Beträge in der Lotterie gewonnen haben will.

Wie dem auch sei, und woher das viele Geld auch stammen mochte, Jörgen Jörgensen ging jedenfalls unter die Investoren. Er machte sich auf die Suche nach lohnenden Geschäften. Er steckte Geld in eine Warenladung, die auf den Kontinent geschmuggelt werden sollte. Um noch mehr Profit herauszuholen, lieh er sich weitere tausend Pfund, um das Karussell richtig in Schwung zu bringen und noch mehr Reichtum anzuhäufen. Es war ja die Blütezeit der bürgerlichen Gesellschaft, die Epoche, in der sich glänzende Aussichten für Geschäfte boten, wenn man die Gelegenheiten beim Schopf ergriff.

Der Schmuggel flog jedoch auf, oder die Schmuggler legten Jörgen herein, jedenfalls verlor er sein ganzes Vermögen. Er, der mindestens tausend Pfund besessen hatte, schuldete nun tausend Pfund, und die Schuldeneintreiber waren keine Chorknaben.

Jörgen ersuchte seine Wohltäter um Hilfe, und es dauerte nicht lange, bis er mit isländischen Kaufleuten wie Bjarni Sivertsen und anderen in Kontakt kam, die in London festsaßen. Zur gleichen Zeit tauchten James Savignac und Samuel Phelps in seinem Bekanntenkreis auf. Phelps war Mitinhaber der Seifenfabrik Phelps, Troward & Bracebridge, und Savignac, der einmal Gärten in Island populär machen sollte, war einer seiner Angestellten. Er war Engländer, doch französischer Abstammung, von Hugenotten heißt es an einer Stelle.

Jörgen traf Savignac in einer Kneipe in der Nähe des Spread Eagle Inn. Er erzählte ihm, was ihm Bjarni Sivertsen von seinen Talgbeständen anvertraut hatte, dass er Unmengen davon lagere, einhundertfünfzig Tonnen, und dass seine Lagerschuppen in Hafnarfjörður unter dieser fetten Last bald platzten.

James Savignac sperrte die Ohren auf. Hier ging es um genau das, was seinem Arbeitgeber fehlte, Talg für die Seifenherstellung, und dieser Umstand gilt gemeinhin als der Ursprung des Islandabenteuers.

Irgendwo in den Kulissen hinter und über allem schwebte der Geist von Joseph Banks, während Island im Nordmeer wie ein unentdecktes Armenasyl seinen Dornröschenschlaf schlief, aber ab und zu daraus erwachte, um Feuer zu speien und Funkenflug und Asche über die Welt zu verbreiten, ein wahrer Wiesenhöcker, ein saftig grüner Grashöcker, der eine Last von sich wälzt, eine allzu schwere Last, von der niemand wusste oder die keiner verstand, weil die Geschichte noch nicht die Distanz hatte, die oben in den Wolken sitzt, manchmal mit Diamanten bestreut, manchmal auch nicht.

3

»Anfang Januar, als die Schifffahrt nach Island noch nahezu unmöglich schien, kam ein Schiff unbekannter Herkunft übers Meer«, heißt es in Séra Pétur Guðmundssons *Annalen des neunzehnten Jahrhunderts*. Séra Pétur war Pfarrer auf der Insel Grímsey, und das Schiff war die *Clarence*, die am 29. Dezember 1808 in Liverpool die Leinen losgeworfen und den Anker gelichtet hatte und dann durch die Irische See nach Norden auf den dunklen und blauen Atlantik gesegelt war.

Während der Überfahrt hatte Jörgen Jörgensen noch die Stimmen der isländischen Kaufleute im Ohr, die er im Auftrag von Sir Joseph Banks hatte aushorchen sollen, in den Kneipen über einem Krug Bier, beim Stammtischgerede, wie man so sagt.

Sir Joseph hatte sich für die Isländer eingesetzt, und er redete selbstverständlich auch selbst mit ihnen. Durch seine Fürsprache war ihnen zugestanden worden, nach London zu kommen und der Regierung ihr Anliegen vorzutragen.

Sie wollten erreichen, ihre festgesetzten Schiffe wieder freizubekommen, was ihnen auch gelang, allerdings unter der Bedingung, dass sie britische Freibriefe erwarben, die die Schifffahrt nach bestimmten Regeln erlaubten.

Dennoch hielt man es für besser, wenn Jörgen Jörgensen weiterhin die Stimmung unter ihnen auskundschaftete, er war schließlich Däne und konnte sich mit ihnen in ihrer eigenen

Sprache unterhalten. Für die Reise war Jörgen auch als Dolmetscher eingestellt worden.

Was er von Bjarni Sivertsen über den in Hafnarfjörður lagernden Talg zu berichten wusste, lieferte den Zündfunken für das gesamte Unternehmen, doch sobald die Engländer Feuer gefangen hatten, flammten auch wilde Vorstellungen und Fantasien auf.

Samuel Phelps charterte die *Clarence* und war Feuer und Flamme, voller Hoffnungen und Erwartungen. Darum schickte er James Savignac als seinen Handelsbeauftragten mit auf die Reise.

Savignac war der tüchtigste Mitarbeiter der Firma, eine kräftige, dunkle Erscheinung mit einem Schnauzbart. Samuel Phelps hatte im Übrigen auch Jörgen Jörgensens Schulden bei den Geldverleihern, seine Rechnung im Spread Eagle Inn und noch mehr bezahlt.

Zudem stand Jörgen eine Beteiligung an den Verkaufserlösen der mitgenommenen Waren in Aussicht: Lebensmittel, Rum, Tabak und anderes, was in Island schon seit Langem nicht mehr zu bekommen war. Der Kapitän hieß George Jackson.

Die *Clarence* segelte nordwärts übers Meer in die Dunkelheit hinein.

»Seht!«, sagte Jörgen. »Nachts ist es heller als am Tage.«

Und er zeigte auf die wild tanzenden Nordlichter. Was für Erscheinungen am Himmel! Was für eine Welt! Leuchtete dieses Licht ihm zu Ehren? Sollte es ihm den Weg in die Paläste dieser Welt erleuchten, wo er in Reichtum und Bewunderung baden würde? Jörgen hatte Eingebungen und Visionen.

Kamen sie denn nicht mit gebenden Händen? Sollte man ihnen nicht einen freudigen Empfang bereiten?

Doch so einfach lagen die Dinge nicht. Wenn alles gut aussieht, sind die Dinge selten so einfach. Wie gut ihre Absichten auch sein mochten, wie sehr sich die Engländer auch für willkommene Besucher halten mochten – ein englisches Schiff zu sichten löste eher Angst und Schrecken aus, als Anlass zu besonderem Jubel zu geben.

Woher hätten die Menschen annehmen sollen, dass da ihre Befreier kamen? Wir schrieben den Januar des Jahres 1809. Im Juli des Vorjahrs war die Brigg *Salamine* in Hafnarfjörður eingelaufen, mit fünfundzwanzig Mann Besatzung und zwanzig Kanonen an Bord, »eine Kriegsbrigg mit vielen Kanonen«, wie es in alten Quellen heißt.

Ihr Kapitän hieß Thomas Gilpin. Im Frühjahr hatte das Schiff die Färöer angelaufen. Dort raubten Gilpin und Kumpane die Bestände der königlichen Handelsniederlassung und nahmen sie mit nach England. Das taten sie kraft der Kaperbriefe, die ihnen die britische Regierung ausgestellt hatte, und weil zwischen Dänemark und Großbritannien Krieg herrschte, sie demnach allen Besitz der dänischen Krone als rechtmäßige Kriegsbeute betrachteten.

Sobald die *Salamine* im Hafen von Hafnarfjörður festmachte, begaben sich einige Männer an Bord, unter ihnen Jón Jónsson der Jüngere, Lehrer an der Schule von Bessastaðir. Man hieß ihn willkommen und lud ihn zum Essen ein. Als Jón satt war und sich eine gute Weile auf Französisch mit dem Schiffsarzt unterhalten hatte, hielt er es für an der Zeit, sich zu verabschieden. Da wurde ihm eröffnet, dass er das Schiff nicht verlassen werde.

»Sie sind unsere Geisel«, erklärte Thomas Gilpin. »Und wenn meinen Männern an Land etwas passiert, werden wir den ganzen Ort in Brand stecken.«

Damit ging Gilpin in Begleitung von neun Männern an Land. Sie waren mit Säbeln und Musketen bewaffnet und zogen nach Bessastaðir und nach Brekka, wo Assessor Ísleifur Einarsson wohnte, der Stellvertreter des Gouverneurs Graf Trampe, der sich seit zwei Jahren nicht mehr hatte blicken lassen. Ísleifur hatte sich angesichts der drohenden Gefahr zu einem Treffen mit anderen Amtsträgern nach Reykjavík begeben.

Nach seiner Abreise flohen die Frauen auf Brekka zum nächstgelegenen Hof. Zwei englische Matrosen stießen unterwegs auf zwei junge Frauen. Sie fielen über eine von ihnen her und wollten zuerst sie, dann die andere vergewaltigen, doch da kam eine siebzigjährige Frau gelaufen. Sie trug ein kleines Kind auf dem Arm und schwang in der anderen Hand ein Messer. Da nahmen die Matrosen Reißaus.

Währenddessen ritt Thomas Gelpin mit den übrigen Männern nach Reykjavík, wo sie das Landsvogthaus umzingelten, in dem sich Ísleifur mit den anderen Beamten über den unerwarteten Besuch beriet. Andrew Mitchell, ein schottischer Kaufmann in Reykjavík, bot sich als Dolmetscher an. Er fragte Gilpin, ob er gekommen sei, um das Land zu besetzen.

Das verneinte Gilpin, allerdings seien sie gekommen, um das Eigentum des dänischen Königs zu beschlagnahmen und Befestigungsanlagen zu schleifen. Es gab keine Befestigungen in Island. Was einmal als solche gedient hatte, war längst verfallen. Deswegen brauche sich Gilpin keine Sorgen zu machen. Da entriss er ihnen die Grundbuchkasse, die fünfunddreißigtausend Reichstaler enthielt.

In diese Kasse flossen sämtliche Einkünfte der Krone in Island. Aus ihr wurden Ausgaben bestritten und der Sold der königlichen Beamten ebenso bezahlt wie die Renten ihrer

Witwen und andere Gelder für karitative Zwecke. Außerdem durften Privatpersonen ihr Geld in dieser Kasse deponieren. Die Grundbuchkasse war somit auch eine Art Bank, doch trat sie nicht so eindrucksvoll auf wie später isländische Banken auf den internationalen Finanzmärkten.

Gilpin und seine Männer transportierten die Schatzkiste zum Schiff und brachten sie an Bord, dann kehrten sie noch einmal zurück und nahmen ein Bad in den heißen Quellen auf Laugarnes. Zum Abend setzten sie auf die Insel Viðey über. Dort empfing sie der alte Ólafur Stephensen, und es verlief zunächst alles friedlich. Ólafur schenkte den Engländern acht Lämmer und zwei Mutterschafe, im Gegenzug übersandte Gilpin ihm wenig später einen großen Sack Kaffeebohnen.

Später in der Nacht ruderten zwei Matrosen der *Salamine* noch einmal nach Viðey und überfielen den nur mit dem Nachthemd bekleideten Ólafur in seinem Bett. Sie raubten seine Taschenuhr, seine Brille und sein Geld. Ólafur sagte später, er habe auch um sein Leben gefürchtet. Gilpin bot an, die beiden Männer hängen zu lassen, doch Ólafur bat für sie um Gnade. Gilpin erklärte, wenn so etwas noch einmal vorkomme und seine Männer sich auf solche Weise aufführten, dürfe man sie erschießen.

4

Graf Trampe hielt sich nicht im Lande auf, und daher war Ísleifur Einarsson die höchste Autorität in Island. Wenn jemand wusste, dass ein britisches Schiff keinen Anlass für Freudensprünge bot, dann er.

Als die *Clarence* nach Island kam, schickte Jörgen Jörgensen ihm ein Schreiben. Darin erklärte er die Nationalität des Schiffs und dass er gekommen sei, um einer Bevölkerung in Not zu helfen, und dass er sicher sei, der König würde das gutheißen.

Am nächsten Tag ritt Ísleifur in Begleitung zweier weiterer Beamter nach Hafnarfjörður, Bezirksrichter Koefoed und Landvogt Frydensberg. Sie kontrollierten die Papiere der Seeleute und untersagten dann jeglichen Handel mit den Einheimischen. Danach ruderten sie an Land zurück.

Trotz der großen Not, die die Bevölkerung litt, durfte die Schiffsbesatzung ihre Ladung nicht löschen. So groß war die Feindseligkeit der dänischen Amtsträger gegen England. Es herrschte Krieg, die Blockade war in Kraft, und die Länder standen sich waffenstarrend gegenüber.

Als gewissenhafter Beamter führte Ísleifur Einarsson lediglich die Anweisungen aus, die ihm erteilt worden waren. Einige Monate vorher war er an Thomas Gilpin und seine Besatzung von der *Salamine* geraten, und nun hatte er Gilpin vor englischen Gerichten angeklagt.

Die Sachlage war eindeutig: Den Isländern war es verboten,

mit Vertretern ausländischer Nationen Handel zu treiben, Dänen waren keine Ausländer, denn sie waren die Herrscher Islands.

Es war klar, was zu tun blieb. Eine Besprechung wurde anberaumt. Drei Männer tauschten ihre Einschätzung der Lage aus: Jörgen Jörgensen, Steuermann und Dolmetscher, James Savignac, Handelsbeauftragter, und Kapitän George Jackson.

Jörgens Vorschlag war simpel: »Wir setzen die britische Flagge und zwingen sie, mit uns zu handeln!«

Im Hafen von Reykjavík lag ein dänisches Schiff. Man brauchte es bloß zu kapern. Die *Clarence* war wie die *Salamine* mit einem Kaperbrief versehen, doch Schiffe durften nur auf hoher See, außerhalb der Sichtweite von Land, aufgebracht werden.

»Wir dürfen im Hafen dieses Orts kein Schiff wegnehmen«, sagte Kapitän Jackson. »Das wäre ungesetzlich.«

Er erinnerte Jörgen an diese Verordnung, dieses Gesetz.

Jörgen Jörgensen und James Savignac blickten sich an. Sie waren doch nicht mit einem voll beladenen Schiff den ganzen Weg so hoch hinauf in den hohen Norden gefahren, nur um unverrichteter Dinge wieder umzukehren. Glaubte der Kapitän etwa, sie seien zu ihrem Vergnügen hier?

Unter Savignacs Schnauzbart bebte seine Lippe. Jörgen machte Stielaugen. George Jacksons Augen wichen aus. Dann schritten sie zur Tat und schnappten sich das dänische Schiff. Das reichte.

Die Machthaber gaben widerstrebend nach, die Handelserlaubnis wurde erteilt.

5

Der Handel verlief allerdings schleppend, was nicht weiter verwunderlich war. Die Engländer landeten mitten im Winter. Die Zeit, in der die Isländer zu den Handelsplätzen ritten, um ihre Einkäufe zu erledigen, brach erst im Sommer an. Zurzeit herrschte Dunkelheit, dann würde es hell sein.

Außerdem waren die Menschen eingeschüchtert. Sie trauten sich nicht, Geschäfte zu machen, nicht mit diesen Ausländern. Man würde sie vielleicht dafür bestrafen, entweder nach den Buchstaben des Gesetzes oder unter dessen Missachtung.

Unter diesen Umständen schafften die Briten ihre Ladung an Land. Der Handel kam einfach nicht in Gang. Darum wurde entschieden, Savignac mit seinem Schnauzbart, seiner angeborenen Unverfrorenheit, seiner Umtriebigkeit und seinem Stolz zurückzulassen. Er sollte die Ladung bewachen, gut darauf achtgeben und auf die Handelssaison warten, während die *Clarence* nach England zurückkehrte.

Im März segelte Jörgen mit einem leeren Schiff zurück. Er musste noch Ballaststeine zuladen, um das Schiff zu stabilisieren. Wenn es irgendwas auf Island im Überfluss gab, waren es Steine, doch die dänischen Kaufleute reklamierten für sich ein Eigentumsrecht an den Steinen und wollten dafür einhundertfünfzig Pfund haben. Den Talg verkauften sie hingegen nicht.

Wenn diese eine Ladung Ballaststeine hundertfünfzig Pfund kosten sollte, was kostete dann die ganze Insel? Jörgen Jörgensen war stocksauer auf seine Landsleute.

Als er im April London erreichte, suchte er als Erstes Joseph Banks auf. Er überbrachte ihm Proben von isländischem Talg und isländischen Daunen sowie eine Karte des Landes. Danach erstattete er Samuel Phelps Bericht, und obwohl die Reise keineswegs gewinnträchtig war, blieb er weiterhin Feuer und Flamme für das Unternehmen und wollte neunmalklug die Aktivitäten unbedingt fortsetzen.

Samuel Phelps, der später durch diese chaotische Affäre sein gesamtes Vermögen verlieren und sich danach der Philosophie zuwenden sollte, hatte an dem Unternehmen so viel Blut geleckt, dass er sich entschloss, selbst nach Island zu fahren.

Für den Sommer wurde eine neue Expedition geplant. Samuel Phelps trat ihr ebenso bei wie der Botaniker William Hooker sowie ein Paar, das immer nur die Vancouvers genannt wird, der Mann, Charles Vancouver, arbeitete für Phelps. Die Frau wird nach ihrem Mann immer nur als Mrs Charles Vancouver bezeichnet, dürfte aber anders geheißen haben.

Die beiden traten nicht sonderlich in Erscheinung, die Frau aber wurde durch eine Zeichnung berühmt, die Jörgen von ihr anfertigte und die sie beim Tanzen zeigte. Sie zeichnete sich durch eine üppige Haarpracht aus. Beim Tanz verhedderte sich jedoch eine ihrer Locken unglücklicherweise in einem Arm des Kronleuchters, und so kam heraus, dass sie eine Perücke trug.

»Das war ihr Pech und ihr Glück zugleich, denn so stand sie unverletzt, wenn auch kahl da«, schreibt der Jurist Helgi P. Briem in seinem Buch *Isländische Unabhängigkeit 1809*. Jörgen Jörgensen kam mit dem Paar nicht sehr gut aus, und seine Zeichnung lässt erkennen, wie sehr er sich über sie lustig machte.

Samuel Phelps kaufte zwei Schiffe und suchte überdies um Schutz durch die englische Flotte nach. Der wurde ihm gern gewährt. Sir Joseph besorgte alle Papiere und zog an den richtigen Fäden. Die *Margaret and Anne*, ein solides Schiff mit zehn Kanonen, wurde eilends ausgerüstet und stach mit dem Ziel Island in See. Jörgen war wieder als Dolmetscher dabei.

Als die Briten in Island eintrafen, unternahmen die Behörden alles in ihrer Macht Stehende, um jeglichen Handelsverkehr zwischen Isländern und Engländern zu unterbinden, sie drohten jedem Isländer, der sich dennoch nicht abhalten lassen sollte, die Todesstrafe an.

In einem weit verbreiteten öffentlichen Aushang stand zu lesen: »Die Bevölkerung wird ermahnt, sich keinesfalls auf irgendwelchen Umgang mit den Besatzungen der englischen Schiffe einzulassen, die möglicherweise unser Land anlaufen werden. Verstößt jemand gegen dieses Verbot, wird ihm unweigerlich der Prozess gemacht, und er wird zum Tode verurteilt werden.«

Am 22. Mai 1809 verließ das Kriegsschiff *Rover* den Hafen von Leith. Es sollte der Phelps-Expedition Geleitschutz geben und sicherstellen, dass die Engländer ungehindert Handel treiben konnten. Am 11. Juni lief die *Rover* in Hafnarfjörður ein. Ihr Kapitän, Francis Nott, galt als ausgezeichneter Seemann und durchsetzungsfähiger Offizier, der sich nicht auf der Nase herumtanzen ließ.

Vier Tage vor ihm war Graf Trampe nach Island zurückgekehrt. Er war der ranghöchste Beamte des Landes, hatte sich dort aber zwei Jahre lang nicht blicken lassen. Nun kam er an Bord der *Orion* aus Norwegen und brachte siebzehn gedruckte Verordnungen, Dekrete und königliche Schreiben mit.

Graf Trampe erneuerte den Handelsbann. Mit Ausländern durften keine Geschäfte gemacht werden. Die Handelslizenz, die Jörgen und seine Begleiter im Januar bekommen hatten, galt nicht mehr. Sie war unter unrechtmäßigen Bedingungen und mit Drohungen erwirkt worden. Der dänische König hatte sich der von Napoleon gegen Großbritannien verhängten Kontinentalsperre angeschlossen. All das bestätigten die Dokumente, die Graf Trampe mit sich führte. Er war genauestens instruiert.

Die *Orion* war im Übrigen mit Waren voll beladen. Und Graf Trampe besaß Anteile an beidem, am Schiff und an der Ladung. Er verkaufte seine Ware zu überhöhten Preisen, und es ging auch um seine persönlichen wirtschaftlichen Interessen. Seine Handelsartikel kosteten viermal mehr als die Waren der Briten.

Nicht verwunderlich also, dass Kapitän Nott erschrak, als er in Hafnarfjörður einlief und Trampes Ankündigung sah, in der jedem, der mit den Engländern Handel treiben wollte, die Todesstrafe angedroht wurde.

Francis Nott stellte sich auf den Standpunkt, dass die Handelserlaubnis vom Januar weiterhin in Geltung war, und beschloss, eisern durchzugreifen, nachdem er die Anordnung des Grafen gelesen hatte. Er ritt geradewegs nach Reykjavík und erklärte Graf Trampe klipp und klar, dürften die Engländer nicht nach Island kommen und dort Handel treiben, dann werde er den Grafen als Kriegsgefangenen festsetzen lassen und sein Schiff beschlagnahmen sowie im Namen der britischen Regierung die ganze Insel in Besitz nehmen.

Da kapitulierte Graf Trampe und erließ keine weiteren Verordnungen mehr.

Für Francis Notts Wut auf Trampe gab es noch eine weitere Erklärung. Der Graf hatte ihn nämlich an der Nase herumgeführt, und das tat er auch weiterhin, indem er keine Mitteilung zur Genehmigung des Handels mit den Engländern anschlagen ließ.

Notts Schiff, die *Rover*, hatte Trampes *Orion* schon auf offener See gestoppt, als beide auf dem Weg nach Island waren.

Es gab ein längeres Bohei, das hier nicht ausführlicher dargelegt werden soll, doch es ging unter anderem darum, dass Nott eine Karte von Island zu sehen wünschte, auf der die Lage von Bessastaðir eingezeichnet war. Darauf kramte Graf Trampe eine alte holländische Karte hervor und zeigte ihm darauf Bessastaðir, aber nicht das, das Kapitän Nott suchte. Nott wollte nach Bessastaðir in Álftanes. Dort wohnten die königlichen Beamten, und dort befand sich die höhere Schule. Graf Trampe zeigte aber mit dem Finger auf ein anderes Bessastaðir am anderen Ende der Insel, ganz im Osten, viele hundert Kilometer entfernt.

Dort wohnten keine Amtsträger, sondern ein Bauer mit seiner Familie und seinem Gesinde, und keiner auf dem Gehöft wusste, wie ihm geschah, und manche glaubten sogar, da käme Besuch vom Mond, als Nott und seine Leute erschienen und Handelserlaubnis und alle möglichen sonstigen Freiheiten für sich verlangten. Auf diesem Bauernhof war dergleichen nicht einzuholen, abgesehen davon, dass kein Mensch überhaupt verstehen konnte, was Francis Nott und seine Männer da von sich gaben.

Diese Sache trug dazu bei, dass Kapitän Nott den Grafen Trampe nicht mit Samthandschuhen anpackte, und er ließ sich von ihm alles Mögliche versprechen, ehe er wieder absegelte. Wenige Tage später kamen Jörgen Jörgensen und seine

Mannschaft. Sie gingen von einer bestehenden Handelsgenehmigung aus, sahen sie aber nirgends angeschlagen.

Samuel Phelps beschloss, ein paar Tage abzuwarten. Er wollte erst die näheren Umstände erkunden. Graf Trampe machte weiterhin Versprechungen, in die Tat umgesetzt wurde aber nichts. Als Phelps und seinen Begleitern klar wurde, dass beim Grafen und den anderen Amtsträgern des Landes mit Worten nichts zu erreichen war, ergriffen sie praktische Maßnahmen, und daraus entwickelte sich eine Revolution.

6

Revolutionen folgten auf den Vulkanausbruch an der Skaftá, doch hier in Island gab es vorerst niemanden, der etwas verändern, etwas revolutionieren wollte, erst viele Jahre später, als Jörundur auf der Bildfläche erschien. Es gab auch nichts umzustürzen.

Die Obrigkeit hatte ihren Sitz in einem anderen Land, und keiner glaubte, die Welt könne anders sein, als sie war. Die Menschen sangen Kirchenlieder, klagten und starben.

Séra Jóns Geschichte lodert wie die Vulkane, und in seiner Wehrlosigkeit und Ohnmacht erinnert er manchmal an ein Kind, das keiner versteht. Meist steht er allein und hat niemanden auf seiner Seite.

Séra Jón will das Rechte tun, und er will Gutes tun, doch in den Augen der Obrigkeit ist das Rechte meist das Falsche. Sie bietet Vorschriften und die Buchstaben des Gesetzes auf, um ihm Knüppel zwischen die Beine zu werfen, worauf Séra Jón die Gesetze bricht, weil etwas anderes nicht sinnvoll wäre.

Beispielsweise als er nach Bessastaðir geht, um das Geld zu holen, das nach dem Ausbruch im Ausland gesammelt wurde. Der Statthalter des Königs, Stiftamtmann Thodal, hat nicht die leiseste Ahnung, was im Land vorgeht. Auch der Gouverneur der Insel, Lauritz Thodal, weiß nicht, was los ist.

Woran es auch immer gelegen haben mag, jedenfalls ließ sich Gouverneur Thodal mehr als ein Jahr Zeit, um Kopenhagen, den König und seine Minister zu informieren, und lange tat er so, als wisse er nicht, was gerade passierte. Mehr noch, selbst als er es wusste, tat er so, als wisse er es nicht. Da verschloss er die Augen.

Wir kennen das aus der jüngsten Vergangenheit, wie man nicht die Wahrheit sagen darf, weil dann alles zusammenbricht, doch wenn du schweigst, passiert das Gleiche: Gott segne Island.

Seien wir präziser: Der Ausbruch begann am 8. Juni 1783, der erste Bericht Thodals an den König datiert vom 28. April 1784, fast ein Jahr später. Darin werden weder glühende Lava noch wüst gefallene Höfe oder sterbende Menschen erwähnt.

Lauritz Thodal hat sich anscheinend gedacht, solange er nicht wisse, was passierte, dann passierte es auch gar nicht. Vielleicht verschwände der Ausbruch, wenn er nur lange genug schwieg und so tat, als ob nichts wäre. Er hoffte ein Stück weit, er würde das alles nur träumen, und da war er nicht der Einzige.

Lauritz Thodal hatte großes Interesse an Landwirtschaft und Gartenbau. Er stellte Versuche an, Gerste anzubauen, auch Rhabarber und Kartoffeln. Doch als ich zum ersten Mal auf Lauritz Thodal stoße, ist er nichts als ein teilnahmsloser Beamter.

Dann betrachte ich ihn genauer. Zwar bleibt er ein passiv zuschauender Beamter, aber er ist kein Däne, sondern Norweger und der erste Gouverneur oder Stiftamtmann, der seinen Wohnsitz in Island nimmt. Kein Mensch ist so unbedeutend, dass er nicht doch etwas Bemerkenswertes an sich hat.

7

Ich habe schon Thodals großen Kummer erwähnt, die Tochter, der er nicht erlaubte, den Angestellten einer dänischen Handelsniederlassung im isländischen Hafnarfjörður zu heiraten, woran sie so litt, dass sie am Ende daran starb. Thodal bereute das sehr und erholte sich nie von diesem Schlag. Und ich habe auch schon erwähnt, dass im September 1807 sein Haus in Kopenhagen abbrannte.

Davon also genug. Lauritz Thodal hat eine Menge durchgemacht, doch der König und seine Beamten erfuhren auf anderen Wegen von den Ereignissen in Island, denn ein Jahr später trafen Spendengelder dort ein. Sie waren in allen Teilen des Königreichs gesammelt worden und wurden dann an Thodal auf Bessastaðir geschickt. Darum suchte Séra Jón ihn auf. Das war im Sommer 1784.

Jón erhielt sechzig Reichstaler, über die er nach Belieben verfügen durfte. Außerdem wurden ihm sechshundert Reichstaler in einem versiegelten Kästchen für Lýður Guðmundsson ausgehändigt, dem Sýslumaður für den Bezirk Vestur-Skaftafellssýsla. Lýður wohnte in Vík í Mýrdal, Séra Jón ein beträchtliches Stück weiter im Osten des Bezirks.

Unterwegs wurde das Siegel des Kästchens erbrochen, und zwar von Klostervogt Sigurður, weil er das Geld dringend nötig hatte, als er Séra Jón in der Rangárvallasýsla begegnete.

Da das Kästchen nun einmal geöffnet und nicht mehr versiegelt war, konnte Séra Jón an Menschen, die er unterwegs auf der Landstraße traf und die nichts mehr hatten und alles in der über sie hereingebrochenen Naturkatastrophe verloren hatten, Geld verteilen.

Am Fuß der Eyjafjöll stieß er auf Mitglieder seiner eigenen Gemeinde. Einige wollten Land kaufen, andere Vieh, doch sie bekamen nichts, außer wenn sie gleich bar auf die Hand zahlten. Das konnte Séra Jón nicht mit ansehen und öffnete immer wieder das Kästchen; als er bei Sýslumaður Lýður ankam, hatte er etwa die Hälfte des Geldes verteilt. Lýður regte sich furchtbar auf und schimpfte Séra Jón aus wie einen Hund, weil er ihm die Sendung nicht unversehrt überbracht hatte.

So begannen die Klagen und Rechtsstreitigkeiten.

Séra Jón und Sýslumaður Lýður gerieten vielfach aneinander. Es ging nicht nur um das Kästchen, sondern auch um Landbesitz, Steuern und sogar Heiratsanträge. Ständig schwärzte Sýslumaður Lýður Séra Jón bei seinen Vorgesetzten an, bis die der ewigen Querelen am Ende so müde wurden, dass sie ihm beschieden, er solle endlich die Klappe halten und Ruhe geben.

Heutzutage hätte man ihm schlichtweg gesagt: Fuck you. Ja, so würde man das wohl heute ausdrücken, wo jede Misshelligkeit von irgendeinem »Fuck« begleitet wird, manchmal heißt es sogar »Scheiß fucking fuck« wie etwa auf einem Transparent während der Topfdeckelrevolution zweihundertfünf Jahre später.

VIERTER
TEIL

XI

1

In Island ist von zwei Revolutionen die Rede. Sie fanden im Abstand von zweihundert Jahren statt, die erste ist verbunden mit dem dänischen Unruhestifter Jörgen Jörgensen oder Jörundur Hundadagakonungur, die zweite mit Töpfen und Pfannen und wird darum Topfdeckelrevolution genannt.

Im Jahr 2009 erhielten wir eine Jörundurstraße. Da waren zweihundert Jahre vergangen, seit Jörundur in Island die Macht an sich brachte, und es wurde des Mannes gedacht, der dem Land Freiheit brachte, »ohne dass ein einziger Blutstropfen vergossen wurde«, wie er selbst hervorhob.

Keiner landete im Gefängnis, außer dem Grafen Trampe, den man in Haft nahm, und die schon einsitzenden Gefangenen ließ man bis auf einen Mörder frei. Das Komische ist, dass in jenen Zeiten die Sträflinge gar kein sonderliches Interesse daran hatten, aus dem Gefängnis freizukommen. Manche begingen dann eigens Straftaten, um wieder hinter Schloss und Riegel zu wandern. Da bekamen sie wenigstens etwas zu essen.

Seien wir präziser: Die Häftlinge glaubten, der Mann, der ihnen die Freiheit schenkte, sei selbst ein Strafgefangener, der den Verstand verloren hatte, und sie weigerten sich rundweg zu tun, was er ihnen sagte. Der Mann hieß Jón Guðmundsson und wurde Studenten-Jón gerufen. Er hatte zuvor dem Grafen Trampe gedient und als Assistent von Ísleifur Einarsson gearbeitet. Sie entließen ihn, und da wandte er sich gegen sie.

In Reykjavík wurde eine neue Fahne gehisst. Sie zeigte drei weiße Dorsche auf blauem Grund, doch wie sie genau aussah, weiß niemand, denn sie wurde erst in Brand gesteckt und dann ins Meer geworfen.

Jörundurs Flagge war vermutlich der des Kapitäns Ástvaldur Knudsen in Tangavík nicht unähnlich. Er wollte, dass Tangavík sich für unabhängig erklärte, und ließ eine mit Dorschen besetzte Fahne entwerfen. Davon wird in einer anderen Schrift berichtet.

Die hier erwähnte Topfdeckelrevolution fand im Januar des Jahres 2009 statt, im besten denkbaren Wetter für eine Revolution, in Dunkelheit, die sich mit Fackeln und brennenden Holzstapeln erhellen ließ.

Da wollten einige Anarchos auf dem Parlament die Fahne des Hundstagekönigs Jörundur setzen, um die Forderung nach der Gründung einer neuen Republik zu verdeutlichen. Aber daraus wurde nichts.

Stattdessen wurde eine große gelbe Fahne mit einem rosa Schweinchen gehisst, dem Firmensignum der größten Discountladenkette des Landes, und die war tief in die ganzen Finanzskandale verwickelt, die die Revolution auslösten.

Die Eigentümer der Kette hatten halb Kopenhagen und ganze Straßenzüge in London aufgekauft und schickten sich anscheinend an, als Nächstes den Zeitungsmarkt in den USA aufzumischen. Doch dann brach bekanntlich alles in sich zusammen.

Die zweihundert Jahre zwischen diesen beiden Revolutionen umspannen einen ebenso langen Zeitraum wie den zwischen der Französischen Revolution und dem Fall der Berliner Mauer, nur so zum Vergleich.

Die beiden isländischen Revolutionen sind etwas sehr Außergewöhnliches wie das meiste, das sich auf Island ereignet, und im Kern waren beide keine Revolutionen im eigentlichen Sinn.

Die Isländer können anscheinend immer mit Frank Sinatra einstimmen: *I did it my way.* Übrigens stammen Melodie und Text von Paul Anka. Und doch sind wir keineswegs etwas so Besonderes, wie wir meinen und wie viele andere gern glauben möchten.

2

Graf Trampe wurde an einem Sonntag verhaftet, während die Bürger Kirchenlieder sangen und die Predigt von Geir Vídalín hörten. Der Graf lag noch im Bett und hatte keine Lust, in die Kirche zu gehen. Vielleicht war er erkältet, er war ja gerade erst wieder nach Island gekommen.

Er war ziemlich vom Kurs abgekommen und, wie schon erwähnt, in eine Auseinandersetzung mit einem englischen Schiff geraten, dann aber wenige Tage zuvor mit der *Orion* eingelaufen.

Graf Trampe saß als oberster Machthaber und zugleich als Unternehmer mit privaten wirtschaftlichen Interessen nicht nur auf beiden Seiten des Verhandlungstisches, wie man bei uns so sagt, er hielt überhaupt alle Fäden in der Hand. Niemand durfte auf der Insel Handelsgeschäfte betreiben außer ihm selbst und einigen dänischen Kaufleuten, die die übrigen Anteile an der Ladung der *Orion* besaßen.

Konkurrenz von englischer Seite war daher nicht sehr willkommen, und Graf Trampe verfügte über genügend Dokumente und königliche Verordnungen, um den Handel mit diesen Konkurrenten zu verbieten, der de facto längst erlaubt war.

Es beanspruchte nicht viel Zeit, des Grafen habhaft zu werden, vermutlich war er inzwischen aufgestanden, denn es war ein anderer dänischer Beamter zu Besuch gekommen, der Zeuge der Vorgänge wurde.

Ich meine mich zu erinnern, dass es sich um den Landvogt Koefoed handelte, dessen Position heute etwa der eines Finanzministers entspräche, wenn nicht obendrein auch der des Innenministers, doch ich kann mich irren, und es war ein anderer Amtsträger zugegen, als Jörgen und seine Kumpane mit vorgehaltenen Pistolen beim Graf eindrangen. Trampe konnte wenig gegen sie ausrichten, auch wenn er seinen Degen zog und sie aufforderte, gegen ihn zu fechten.

Geir Vídalín war unser Bischof, genannt Geir der Gute, ein gütiger Mann des Ausgleichs. Der Gottesdienst war vorüber, die Besucher hatten die Kirche verlassen. Sie sahen, wie der Graf zum Ufer hin abgeführt wurde. Aus der anderen Richtung kam William Hooker anspaziert, die Arme voller Gräser und Moose. Er sah seine Schiffskameraden mit dem Grafen in ihrer Mitte, und man ging an Bord der *Margaret and Anne*, die in der Bucht vor Anker lag.

Die Verhaftung Graf Trampes, den man in einer kleinen Kajüte einschloss, kam einem Staatsstreich gleich. Die Kajüte war ohne allen Schnickschnack. In ihr herrschte nichts als die kalte und dunkle Wirklichkeit. An Deck schrien die Möwen, und an Land herrschte Anarchie. Niemand übte mehr die Herrschaft aus.

Später sollten die Sex Pistols *Anarchy in UK* singen, doch nun herrschte *Anarchy in Iceland*, auch wenn kein anderer Gesang in der Luft lag als der von Vögeln und vielleicht noch ein Nachklang der Psalmen in den Gedanken der Menschen.

Es muss für den Grafen ein merkwürdiges Gefühl gewesen sein, im Dunkeln zu sitzen und dem Wellenplätschern zu lauschen, in das sich das Seemannsenglisch der Mannschaft mischte. Nachher sagte er aus, die Matrosen seien oft betrunken und laut gewesen und seien sich gegenseitig in die Haare geraten. Manchmal waren seine Rufe durch das Gekreisch der Vögel bis zum Land zu hören, und man nannte es das »Grafengreinen«.

Die da draußen brauchten jemanden, der das Ruder in die Hand nahm, jemanden, der die Handelsinteressen der Engländer nicht behinderte, jemanden mit einem Titel, der auch offizielle Schreiben beantworten konnte, sofern welche Island erreichen sollten.

Samuel Phelps war in Aufregung. Er stapfte auf und ab und überdachte die Lage. Er wollte lediglich Geschäfte machen. Geld verdienen. Das behauptete er zumindest, doch kurz darauf war er schon zugange, eine Befestigungsanlage errichten zu lassen, die den Namen *Fort Phelps* tragen sollte, außerdem ließ er ein paar uralte Kanonen ausbuddeln, von denen keiner mehr wusste, wozu man sie überhaupt gebraucht hatte und aus denen nie ein Schuss abgefeuert worden war.

Was war mit dem Dolmetscher? Der konnte doch Dänisch. Aber hatte man die Dänen nicht gerade gestürzt? Wozu sollte ein neuer Machthaber da Dänisch verstehen? Ja, die Welt war seltsam, aber der Dolmetscher war gern mit von der Partie und mehr als das. Er sah seinen Namen schon in großen Lettern in den Geschichtsbüchern der Zukunft prangen, er, Jörgen Jörgensen, Zeitgenosse Napoleons, Staatslenker des Nordens, König des Volkes.

Als sich das herauskristallisierte, schritt Jörundur mutig zur Tat. Es war *die* Gelegenheit. Jetzt konnte er von sich reden machen. Erklärungen und Anordnungen jagten einander. Es wurde zu Tanz und Fest aufgerufen. Bläser und Fiedler wurden vom Schiff gerufen, und ein Trommler meldete sich. Dann wurde getanzt.

Jörundur hatte sich in den Strudel der Ereignisse ziehen lassen. Manchmal fühlte er sich wie Napoleon und als regiere er ganz Frankreich, manchmal verglich er sich mit Oliver Cromwell und verlachte alle Könige auf der Welt. Gleich zu Anfang rief er die Unabhängigkeit Islands von Dänemark aus.

Dadurch verloren die Dänen auf der Insel ihre Ämter und ihren gesamten Besitz. Das störte Jörundur nicht im Geringsten, obwohl er selbst Däne war. Er zog in das Haus des Grafen um. Es wurden Leute verhaftet und verhört.

Er verkündete eine neue Regierungsform. Allein einheimische Beamte durften dem Lande dienen, und dem Geist des uralten Allthings gemäß sollte die Bevölkerung acht Vertreter in ein Thing entsenden. Dabei kümmerte sich unser Mann, Jörgen Jörgensen, unser König, nicht darum, dass das Allthing seit neun Jahren nicht mehr zusammengetreten war und aufgehört hatte zu existieren.

Ja, unser Goldenes Zeitalter lag lange zurück. Es lebte nur noch in den Köpfen romantischer Dichter wie Adam Oehlenschläger und Konsorten in Dänemark. Isländische Dichter, die es wieder zu Ehren bringen sollten, kamen erst im weiteren Verlauf dieses Jahrhunderts zu Wort. Es lebte nicht mehr dasselbe Volk auf der Insel, das von sich behauptete, vor etwa tausend Jahren den Parlamentarismus erfunden zu haben, worüber man natürlich geteilter Meinung sein kann.

Doch das ließ sich ändern.

In diesem Moment war Jörgen Jörgensen der einzige Mensch auf der Welt, der das wusste. Die Schulden bei den dänischen Kaufleuten und der Krone wurden gestrichen. Im kommenden Jahr sollten die Menschen nur noch halb so viel Steuern bezahlen. Der Getreidepreis sollte fallen. Er versprach, Schulen und Krankenhäuser zu bauen. Und das

Gerichtswesen zu verbessern. Das alles lag im Argen. Der Hundstagekönig wollte Geschworenengerichte einführen wie in England, und wie es sie zur Zeit des isländischen Freistaats gegeben hatte. Außerdem sollte sich jeder frei im Land bewegen können, vorher hatte es dazu eigens einer Erlaubnis bedurft.

3

Anfangs sah es so aus, als sollte sich Jörundur der Hundstage-könig dauerhaft etablieren können. Er stolzierte in der Uniform eines Kapitäns durch die Straßen von Reykjavík, trug dazu Degen und Pistole und ließ sich von acht isländischen Soldaten eskortieren, die alle speziell angefertigte prächtige Paradeuniformen trugen.

Sicher, Reykjavík besaß damals noch nicht viele Straßen. Der Ort war kaum mehr als ein Dorf aus einigen Holzhäusern, Hütten aus Grassoden und einer Domkirche. Dahinter erstreckten sich Streifen von Moor und kahle Schotterflächen, und etwas weiter entfernt lagen Hügel aus grobem Fels, auf denen sich nun Wohnblocks inmitten einer von Elektrizität und Lichtern erleuchteten Stadt erheben.

Heute liegt Musik in der Luft, doch damals sangen nur die Vögel und ein paar Besoffene. Singen in der Öffentlichkeit war verboten, wer sang, erhielt eine Strafe oder kam ins Kittchen, bis er sein Singen ausgeschlafen hatte. Jörgen aber rief ein Orchester zusammen.

Reykjavík hatte annähernd vierhundert Einwohner, und doch heißt es, sie hätten an nichts anderes als an Mode und Tanz gedacht. So berichtet es Jón Espólín, der berühmte Chronist und Historiker. Ebenso gab es Geschichten von schönen Frauen, Liebeshändeln und Verbrechen.

Das erste Haus am Platz war *Klúbburinn*, der Klub. Die Oberschicht amüsierte sich dort. Man spielte Karten, trank

Punsch, rauchte und tauschte Klatsch aus. Selbst den Bischof sah man auf unsicheren Beinen aus dem Klub kommen. Das Haus genoss einen zweifelhaften Ruf. Die Mädchen dort galten als sittenlos, und viel anderes blieb ihnen vielleicht auch nicht übrig.

Sir George MacKenzie, ein britischer Reisender, der im Klub einen Ball veranstaltete, schrieb: »Wir wurden auf etliche Frauen hingewiesen, die einer genaueren Prüfung ihrer Züchtigkeit wohl kaum standgehalten hätten«, und derselbe Besucher erwähnte ein angrenzendes Zimmer, »in dem die Frauenzimmer gewöhnlich darauf warteten, von ihren Begleitern abgeholt zu werden.«

Eins der Mädchen im Klub war Guðrún Johnsen, die schon einmal erwähnt wurde, weil sie ihren Namen von Einarsdóttir zu Johnsen änderte. Ihr Vater Einar war ein Kötter, der in dem alten Torfkotten Dúkskot wohnte, ihre Mutter hieß Málfríður.

Guðrún kam 1789, im Jahr der Französischen Revolution, zur Welt und war um die zwanzig und somit zehn Jahre jünger als Jörgen, als der in seiner Kapitänsuniform den Klub betrat, ein weit gereister Mann mit der exotischen Fremdheit der Welt im Blick.

Guðrún war hingerissen und wurde bei seinem Anblick gleich schwach. Sie war so fasziniert, dass sie, ehe sie sichs versah, seinen Namen in ihre Muttersprache übersetzt hatte und zu ihm sagte: »Jörgen Jörgensen, das muss Jörundur Jörundarson heißen«, und seitdem hatte er hierzulande diesen Namen weg.

Für die wenigen Tage der Revolution in Reykjavík wurde Guðrún Johnsen Jörundurs Verlobte. Sie hielten ihre Schäferstündchen in dem von Jörundur bewohnten Haus Graf

Trampes. Ihr selbst legte man den Namen Hundstagekönigin bei, und sie wäre unsere Königin geworden, wenn man den König nicht schon nach zwei Monaten von seinem Thron gestoßen hätte.

Jörgen schwebte im siebten Himmel. Er war wieder so verliebt wie früher auf Tahiti. Nie zuvor war ihm so viel Aufmerksamkeit zuteilgeworden. Die Mädchen schauten ihm nach. Frauen schauten ihm nach. Ihre Mienen hellten sich auf. Guðrún war kaum in die Sommernacht hinausgegangen, als schon andere junge Frauen an die Tür klopften, um ins Bett des Königs zu kommen.

Doch der König musste vorsichtig sein. Klatsch und Gerüchte machten schnell die Runde, außerdem war die Revolution in vollem Gang und forderte seine ganze Arbeitskraft und noch weit mehr. Aber es tat gut, von all diesen freundlichen Augen zu wissen, diesen lächelnden Gesichtern, diesen hübschen Mädchen. Sie machten ihn selbstzufrieden und eingebildet, pumpten sein Ego mächtig auf, wie man heute sagt.

In solchen Momenten fand Jörgen Jörgensen innere wie äußere Freude. In solchen Augenblicken erschienen keine Hinrichtungskommandos in seinen Gedanken, nur die, die er selbst befehligte, und wenn sie zum Einsatz kommen sollten, wären seine Feinde diejenigen, die zitterten und bebten.

Über die Regierungszeit König Jörundurs empfiehlt es sich, Sir William Hookers Buch *Reise durch Island 1809* zu lesen. Es enthält einen Anhang mit dem Titel »Einzelheiten über die isländische Revolution im Jahre 1809«, alles in Großbuchstaben auf dem Titelblatt gedruckt.

Es steht viel Unterhaltsames in diesem Buch. Zum Beispiel der Bericht von einem Festessen bei Ólafur Stephensen auf Viðey. Ólafur war vor dem Grafen Trampe der Regent und genoss inzwischen seinen Altersruhestand. Er war an die achtzig.

Sein Sohn Magnús sollte nach Jörundurs Revolution das Amt von Graf Trampe übernehmen. Der verließ die Insel und kehrte nie zurück. Weder Jörundur noch Trampe ließen ein gutes Haar an Magnús, darin waren sie sich einig. Magnús seinerseits wollte Trampe loswerden und verachtete Jörundur.

Island ein unabhängiges Land! Was für ein Blödsinn! So dachte Magnús Stephensen, ein hochgebildeter Weltbürger, der einen Artikel über die Französische Revolution in einer Zeitung geschrieben hatte, die er selbst verlegte und nach dem ehemaligen Kloster auf der Insel Viðey *Klausturpósturinn* nannte.

»Kein guter Isländer wünscht sich die Unabhängigkeit«, schrieb er dem englischen Kommandeur, der bald eintraf, um der Revolution ein Ende zu machen.

Es gelang dem Hundstagekönig Jörundur nicht, in unseren Herzen den erhofften Freiheitsdrang zu wecken. Diese Aufgabe fiel anderen zu. In seinen Vorstellungen hätten wir an der Gründung einer neuen Republik aktiv mitwirken sollen, doch als es so weit war, sah er sich genötigt, die Regierung des Landes in die eigenen Hände zu nehmen, weil niemand die Regierungsverantwortung mit ihm zusammen schultern wollte.

Jörgen Jörgensen oder Jörundur der Hundstagekönig ist mit anderen Worten der erste Unabhängigkeitskämpfer Islands. Als er kam, begriff das keiner. Wenige Jahrzehnte später war die Losung auf allen Lippen, und während der nächsten hundert Jahre gab es kaum ein anderes Thema.

5

Doch kommen wir auf das Essen zurück, von dem William Hooker so unterhaltsam berichtet: Außer Ólafur Stephensen nahm Jörgen Jörgensen daran teil, inzwischen König, obwohl er sich niemals selbst so nannte. Er trat auf als »Protector Islands« und »Oberbefehlshaber zu Wasser und zu Lande«.

Die beiden anderen Gäste waren Samuel Phelps, Seifenfabrikant aus London, und der Botaniker Sir William Hooker, später Professor in Glasgow und Leiter der Gärten in Kew.

Als er nach Island kam, war William Hooker noch nicht zum *Sir* geadelt, sondern noch fast ein Jugendlicher, und notierte alles wie ein Kind. Ihm haben wir es zu verdanken, einige der Geschichten hier zum Besten geben zu können.

Natürlich waren sie zusammengekommen, um die Revolution zu feiern, obwohl Hooker in seinem Reisebericht fast nirgends daran erinnert. Er spielte die ganze Zeit die Rolle des unbeteiligten Wissenschaftlers, der Gräser, Kräuter und andere Pflanzen sammelt und die Natur erforscht. Vielleicht hat er das sogar selbst geglaubt, doch Botaniker tauchen erstaunlich oft im Fahrwasser von Umstürzen und Revolutionen auf.

Als Erstes wurde eine Grütze oder Suppe aus Sago, Rotwein und Rosinen aufgetragen, die so lange gekocht worden war, bis sie eine nahezu schleimige Konsistenz hatte. Vielleicht war sie gar nicht sehr anders als Sagogrütze oder Rhabarbergrütze. Jörundur war es nicht so wichtig, was es zu essen gab, sondern wer zu ihm Kontakt haben und mit ihm reden wollte.

Manche spielten ein doppeltes Spiel, wollten sich weder für noch gegen ihn erklären. Sie taten, als stünden sie auf seiner Seite, doch hinterher erklärten sie, immer gegen ihn gewesen zu sein. Magnús Stephensen war einer von ihnen. Und mit dem Opportunismus war damals ebenso wenig zu spaßen wie heute.

Die meisten Beamten entschlossen sich, unter Jörundurs Herrschaft weiterzuarbeiten, doch sein Ruf nach Abgeordneten für ein Thing verhallte ungehört.

Nach zwei Wochen gab er bekannt, dass »wir, Jörgen Jörgensen, die Regierung des Landes übernommen haben«. So lange, »bis über eine reguläre Landesregierung entschieden wurde«.

Das stand in einer Bekanntmachung vom 11. Juli 1809. Mit ihr übernahm er förmlich die Macht, als »ganz Islands Protector«, versprach aber, sie wieder abzugeben, wenn im Sommer des nächsten Jahres eine isländische Abgeordnetenversammlung zusammenträte.

Noch aber sind wir bei jenem Essen und wollen es dabei belassen. Vor der eigentlichen Mahlzeit stärkte man sich draußen vor der Tür mit Rum und norwegischen Keksen, nachdem man das Vogelleben auf der Insel begutachtet hatte. Die Teller wurden zweimal mit Suppe gefüllt, und die Gäste aßen beide leer, weil sie nicht sicher waren, ob es noch mehr geben würde.

Die Suppe war allerdings kaum abgeräumt, als zwei riesengroße Lachse in den Raum getragen wurden, die aussahen, als stammten sie aus einem Märchen, aber sie waren gekocht und in Scheiben geschnitten. Dazu gab es zerlassene Butter und eine Vinaigrette aus Essig, Pfeffer und Öl.

Auch dieses Gericht war sehr lecker. Nachdem sie die Teller leer gegessen hatten, waren alle pappsatt und hofften, damit sei die Mahlzeit beendet. Doch dem war keineswegs so, denn als Nächstes wurde ein Korb voller Seeschwalbeneier hereingebracht. Jedem wurde ein Dutzend dieser Eier vorgelegt, dazu kam eine große Schüssel Sahneskýr auf den Tisch, um die Eier darin zu wenden.

Die Revolutionäre waren übervoll. Sie hatten ihrer Meinung nach schon mehr als genug zu sich genommen, doch Ólafur Stephensen ließ das nicht gelten. »Heute seid ihr meine Gäste«, sagte er, »und tut, was ich sage. Wenn ihr das nächste Mal kommt, dürft ihr tun und lassen, was ihr wollt.«

Nachdem sie die Eier hinter sich gebracht hatten, wurde ein halbes Schaf hereingetragen, gut durchgebraten, dazu gab es als Gemüse in Molke gesäuerten, gekochten Sauerampfer mit Zucker. Man füllte ihre Teller mit Schaffleisch und Soße, und auch diesem Gang sollten sie so viel Ehre antun, wie sie vermochten.

Damit war das Festessen noch immer nicht überstanden. Auf das Schaf folgte eine große Platte mit Waffeln, die William Hooker als eine Art Pfannkuchen beschreibt. Sie waren flach, etwa einen halben Zoll dick, in einer Form gebacken, und ihre Oberfläche war in viele Vierecke gegliedert und so groß wie ein Buch im Oktavformat.

Alles wurde mit Rotwein hinuntergespült, und zwar so reichlich, dass jeder seine Flasche zu leeren hatte, eher aus Wasser- als aus Weingläsern. In regelmäßigen Abständen hatte jeder sein Glas zu einem Toast auf Sir Joseph Banks zu heben, den Ólafur Stephensen als Baron titulierte.

Gemästet verließen sie die Insel bei Sonnenschein und Vogelgezwitscher und lagen dann völlig ermattet in der Wohnung des Grafen Trampe, der sich seinerseits mit einer engen Kajüte auf dem Schiff, das ein Stück vom Land entfernt ankerte, begnügen musste.

Dieser üppigen Bewirtung zum Trotz erklärt William Hooker zu Beginn seiner Schrift über die isländische Revolution: »Island ist ein so armes und kleines Land, dass alles, was die dortige Politik betrifft, im Kontrast zu den Ereignissen, die die Großmächte Europas in Atem halten, klein und unbedeutend genannt werden muss.«

Darin hat Sir William recht und liegt doch zugleich auch falsch, genauso wie Jörundur stets unrecht hatte, selbst wenn er recht hatte, oder wie Séra Jón, der gerade da Gesetze brach, als er Gerechtigkeit übte.

Es trifft sicher zu, dass Island lediglich ein x-beliebiger Grashöcker im Nordmeer ist, doch gerade dieser Grashöcker kann Feuer, Funkenflug und Asche über die Welt verbreiten und eine Reihe von Ereignissen auslösen, bei denen dann andere Kräfte das Kommando übernehmen, Menschen, Klassen, kurz gesagt, Kräfte, die die Welt verändern.

Dazu jetzt nicht mehr, denn an anderer Stelle schreibt Hooker in seinem Buch über uns Isländer: »Es ist so weit gekommen, dass sie zu ihrem Zeitvertreib kaum etwas anderes tun, als zu lesen und sich gegenseitig ihre uralten Geschichten zu erzählen. Sie sind bei Alt und Jung beliebt. Die zuverlässigeren unter den Handschriften mit Geschichten aus alten Zeiten haben es ihnen ermöglicht, ihre Sprache in nahezu ursprünglicher Form zu bewahren und zu sprechen. Mündliche Überlieferungen aber, voller absurder Geschichten, haben den Gefallen am Wunderbaren lebendig erhalten und die Vorstellungswelt nahezu der gesamten Unterschicht mit Aberglauben erfüllt.«

Seltsam, dieser Begriff »Unterschicht«, denn er umfasste nahezu das gesamte Volk mit Ausnahme einiger Großbauern, Beamter, Geistlicher und einer verschwindenden Anzahl von Dänen, die das Land im Auftrag des Königs regierten.

Die wenigsten hierzulande wurden zu Festessen nach Viðey eingeladen, und wir bekamen keine Menüs mit Seeschwalbeneiern und Sahneskýr, Lachs und »halben Schafen, gut durchgebraten« zu sehen. Unsere Nahrung bestand aus Wassersuppe, einer dünnen, wässrigen Hafergrütze, und vergammeltem Fisch, beides meist knapp bemessen.

Vierzig Jahre vorher kam Gott zu Séra Jón, und er begann wieder zu essen. Großer Kummer hatte ihm den Appetit geraubt, doch kehrte er zurück, nachdem Gott ihn beruhigt und seine Ängste besänftigt und ihm das Licht und die Helligkeit gezeigt hatte.

Er teilt in seiner Autobiografie nicht mit, was er aß, doch im Anschluss fühlte er sich dazu in der Lage, Björn Árnason zu treffen, der wenig später in Þingvellir vor den Richtern stand.

Das geschah 1770, zwei Jahre bevor Sir Joseph Banks nach Island kam, und Jörgen Jörgensen war nicht einmal geboren. Es vergingen noch dreizehn Jahre bis zum Vulkanausbruch an der Skaftá, und es war noch kein Kästchen geöffnet, kein Siegel erbrochen worden, keine neuen Anklagen waren in Sicht, doch wir erlauben uns, in der Geschichte vor- und zurückzuspringen, denn unsere Erzählung ist in gewisser Weise psychologisch angelegt, und wenn die Zeit vergeht, bleibt nichts mehr in der chronologisch richtigen Reihenfolge.

Björn Árnason versuchte, an seiner Version festzuhalten, weil er dafür bezahlt worden war, doch Beweise konnte er keine vorbringen, weder Zeugen noch irgendeine andere Bestätigung dafür, dass er von Séra Jón, dem damaligen Diakon, und seiner späteren Ehefrau Þórunn gedungen worden war, den Klostervogt Jón zu ermorden.

Und rasch rupfte man ihm eine Feder nach der anderen. Seine Lügen aufrechtzuerhalten fiel Björn zunehmend schwerer als gedacht. Frühere Vergehen, Verurteilungen und Straftaten tauchten wieder auf. Briefe, die im Nordland zwischen Leuten gewechselt worden waren, wurden gefunden, von Leuten, die Björns hatten habhaft werden wollen, doch er war verschwunden. Man hatte ihn der Justiz entzogen, und er war erst jetzt wieder aufgetaucht, als er andere vor Gericht bringen sollte.

Séra Jóns zweiter Stiefsohn, Vigfús Scheving, begleitete Björn zum Gericht. Er glaubte nicht an den Unsinn seines Bruders. Als man Björn eingehender verhörte, schlug er ganz andere Töne an. Dann brach er zusammen, wich von seiner Aussage ab und erklärte, der Vogt Jón sei bei einer Prügelei mit ihm und anderen ums Leben gekommen.

Es hatte sich bei einem Besäufnis zugetragen. Es fiel schwer, sich noch zu erinnern, wer was getan hatte; vielleicht ähnlich wie damals, als Jón Hreggviðsson den Henker Sigurður Snorrason umbrachte. Jón war verurteilt worden, weil er sich an nichts erinnern und nichts abstreiten konnte.

Möglich wäre auch, dass der Klostervogt es mit seiner Geliebten übertrieben hatte. Das blieb alles unklar, doch Björn hatte nichts dabei gefunden, anderes zu behaupten. Er hatte über Séra Jón und Þórunn schlichtweg Lügen verbreitet.

Das war ihm leichtgefallen, weil so viele dem Klostervogt den Tod gewünscht hatten. So viel Verärgerung und Gewalt hatte er um sich herum gestiftet. Geheime Wünsche waren am Ende Wirklichkeit geworden.

Björn Árnason gab schließlich auf. Er bekannte, dass Séra Jón und Þórunn am Tod des Klostervogts völlig unbeteiligt waren, und gab zu, dass alles, was er behauptet hatte, nichts als haltloses Geschwätz gewesen war.

Jón Scheving hatte ihn aufgesucht und ihm Geld gegeben. Er hatte sich eine gerissene Geschichte für ihn ausgedacht und ihm Formulierungen seiner Aussage in den Mund gelegt. Björn wurde zu lebenslänglicher Kerkerhaft in Ketten verurteilt.

Jón Scheving war selbst bei der Verhandlung in Þingvellir zugegen und hoffte auf einen Erfolg. In dem Fall hätte er dem Bezirksvorsteher Brynjólfur Sigurðsson das Land, das er vorher rechtmäßig nicht hatte veräußern dürfen, verkaufen und sein Leben in Saus und Braus fortsetzen können.

Als er jedoch erkannte, in welche Richtung sich der Prozess entwickelte, stahl er sich davon, fuhr so schnell wie möglich nach Kopenhagen, von dort weiter nach Jütland, wo er in die Armee eintrat. Dort ließ er sich etwas zuschulden kommen, mit der Folge, dass man ihn vor die Wahl stellte, aus dem Land zu verschwinden oder sein Leben im Gefängnis zu beenden. Da wäre er womöglich Björn Árnason wiederbegegnet.

In den Prozess hatte sich Skúli Magnússon ebenso eingeschaltet wie der bereits erwähnte Thomas Windkilde. Der Kaufmann von Hofsós stand inzwischen als Ratgeber im Dienst der Minister und erklärte es für abwegig, dass Þórunn und Séra Jón am Totschlag des Klostervogts beteiligt gewesen sein könnten, der vielmehr seinerseits einmal versucht hatte, den Kaufmann zu erstechen, und da war Séra Jón rettend dazwischengegangen.

XII

1

»Uns ist zu Ohren gekommen, dass böswillige Menschen im Lande das Gerücht verbreiten, es sei gefährlich, von einem Ort zum anderen zu reisen, und die Engländer hätten in den Straßen Reykjavíks viel Blut vergossen.

Unsere Mitbürger haben nichts zu befürchten und können sich fest darauf verlassen, dass es ihnen gegenüber zu keiner Gewaltanwendung kommen wird und es ihnen jederzeit freisteht, sich ganz nach eigenem Gutdünken ungehindert im Lande zu bewegen. Hiermit wird öffentlich erklärt, dass anderslautende Gerüchte nichts als Erfindungen sind.

Von heute an soll jeder, der solche erfundenen Gerüchte in die Welt setzt und verbreitet, als Staatsfeind betrachtet werden, und wer sich nicht wie ein friedlicher Bürger aufführt, hat strengste Bestrafung zu gewärtigen.«

Es waren keine unbedeutenden Erklärungen, die Jörgen Jörgensen als oberster Regent des Landes veröffentlichte. Man hat den Eindruck, er sei in eine Art Rausch verfallen, einen revolutionären Rausch, der eng mit dem Rausch des Siegers verwandt, aber eben doch nicht ganz dasselbe ist.

Er erklärte öffentlich noch mehr: »Das Amt, das wir zurzeit

bekleiden, erfordert von uns, keine Respektlosigkeit zu dulden und keinen noch so kleinen Verstoß gegen unsere Anordnungen, die allein die Wohlfahrt aller Bürger zum Ziel haben.

Darum verkünden wir hiermit feierlich, jeder, der versucht, der Wohlfahrt des Landes zu schaden oder den Frieden im Lande zu brechen, wird dafür umstandslos und augenblicklich mit seinem Leben büßen. Alle Gerichtsentscheidungen und Urteile werden wir vor ihrer Ausführung unterzeichnen.«

So lauteten Jörgens erste Maßnahmen. Da hatte er sich zum König aufgeschwungen, zu einem rechten Hundstagekönig. Dem muss man nichts hinzufügen. Wir befanden uns mitten in einer Revolution.

Jegliche dänische Herrschaft über das Land war beseitigt, vergleichbar der Situation damals, als der Knecht Séra Jón mitteilte, sein Vater sei gestorben, er könne nun tun und lassen, was er wolle.

Alle dänischen Beamten und die, die zum Netz der dänischen Handelsposten gehörten, wurden unter Hausarrest gestellt, und es war ihnen verboten, untereinander Kontakt aufzunehmen. Sämtliche Waffen, Schusswaffen, Degen und Messer sowie alle Schlüssel zu den Warenlagern waren unverzüglich abzugeben.

Es wurden Hausdurchsuchungen vorgenommen, und man verhaftete Ísleifur Einarsson. Er war eine der höchstgestellten Persönlichkeiten des Landes, Stellvertreter des Grafen Trampe, wenn der im Ausland weilte, was er die größte Zeit seiner Amtsperiode tat.

Gegen Ísleifur wurde der Verdacht erhoben, er habe die Absicht, Widerstand zu leisten, Anhänger zu sammeln und die Herrschaft der Revolutionäre zu stürzen. Er weigerte sich, ins Gefängnis zu gehen, und wurde darum in einem Zimmer in Trampes Haus eingesperrt, während in den übrigen Räumen die Revolution vorangetrieben wurde.

»Man führte ein Pferd herbei und setzte ihn darauf«, schreibt William Hooker über Ísleifur Einarssons Verhaftung.

Wir aber brauchten keine Angst zu haben und hatten nichts zu befürchten. Das erklärte uns Jörgen Jörgensen, unser König. Zumindest nicht wegen der Revolution.

Man würde so gut wie möglich mit uns umgehen, denn Sinn und Zweck der Revolution bestünden darin, die Zustände im Land zu verbessern, und »alle unsere Maßnahmen gehen allein darauf aus, den Einwohnern Frieden und Glück zu bringen, die ihnen bisher kaum zuteilgeworden sind«.

»Wenn diesen Anordnungen unverzüglich Folge geleistet wird«, schrieb Jörgen in einem seiner Erlasse, »werden unnötige Unruhe und unnötiges Blutvergießen vermieden. Wer gegen diese Anordnungen hingegen verstößt, wird auf der Stelle verhaftet, vor ein Militärgericht gestellt und binnen zweier Stunden nach seinem Vergehen hingerichtet ...«

In seiner radikalsten Verordnung kündigte Jörgen an: »Wir werden unser Mandat niederlegen, sobald eine Versammlung von Abgeordneten zusammentritt. Das soll zum 1. Juli 1810 geschehen, und wir werden zu diesem Datum zurücktreten, zumal dann eine gute und gerechte Verfassung in Kraft treten wird, die den Armen und Hilflosen das gleiche Recht zu politischer Mitbestimmung einräumt wie den Reichen und Mächtigen.«

Von diesem letzten Absatz, dem zwölften, heißt es, Jörgen Jörgensen sei darin noch weitergegangen als die revolutionären Franzosen, die einen gewissen materiellen Besitzstand zur Bedingung für das aktive und passive Wahlrecht machten.

Jörgen Jörgensen traute der besitzenden Klasse nicht. Er wollte das gemeine Volk an der Regierung des Landes beteiligen. Im Rausch der Revolution sah er überall Feinde, überschätzte seine eigene Stärke und unterschätzte seine Schwäche. Er fühlte sich über alles erhaben. Wie Napoleon, der »Weltgeist zu Pferde«.

Später, als man Jörgen Jörgensen wegen revolutionärer Umtriebe anklagte, bezog man sich auf diesen Absatz, und als man ihm vorwarf, sich königliche Autorität angemaßt zu haben, verwies man auf die Eröffnungsformel seiner Erlasse: »Wir, Jörgen Jörgensen!« Er sprach von sich in der Mehrzahl, wie es Könige zu tun pflegten.

Jörgen versprach auch einen Schuldenerlass, doch diese Ankündigung wurde missverstanden, wie es bei derartigen Versprechen oft vorkommt. Manche glaubten, nun alle Sorgen los zu sein, und stürzten sich in neue Schulden.

2

»Isländische Landstreicher traten in den Dienst Jörgensens; man bezeichnete sie erst als Soldaten, dann als Gardisten, sie trugen Waffen, obgleich keiner mit ihnen umgehen konnte«, schrieb Pétur Guðmundsson in seinen Annalen.

Einige der neuen Leibwächter Jörundurs waren Sträflinge, die man aus dem Gefängnis befreit hatte. Es ist auffällig, wie sehr alle alten Geschichtsschreiber und Annalisten diesen Umstand hervorhoben, dass es sich um Landstreicher handelte. Hatten sie etwa erwartet, die Großbauern und die Oberschicht würden sich der Revolution anschließen?

Berichtet wird von einem der Häftlinge, die Hundstagekönig Jörundur aus dem Gefängnis holte. Sein Name war Jens Ólafsson. Ich weiß nicht, ob er wirklich Jörundurs Leibwächter war oder lediglich sein Laufbursche. Jedenfalls war er sein Türsteher. Jede Revolution braucht ihre Türsteher. Jens hatte aus einem Trockenschuppen trocknenden Kabeljau gestohlen und war dafür ins Kittchen gewandert. Sobald er freikam, zog er in Graf Trampes Haus ein.

Im Gefängnis hatte er eine Málfríður kennengelernt und zog nun mit ihr in dieses vornehme Haus, während der frühere Hausherr vorübergehend abwesend war und in einer dunklen Kajüte an Bord der *Margaret and Anne* draußen in der Bucht einsaß. Das darf man wirklich als verkehrte Welt bezeichnen: Der Sträfling wohnte im Haus des Grafen, der Graf saß im Knast.

Jörgen Jörgensen schenkte dem Pärchen nicht bloß die Freiheit, er ließ sie auch vom Bischof trauen. Geir Vídalín war nicht sehr dafür, denn Jens war bereits verheiratet, doch nun hatte er im Gefängnis die Liebe seines Lebens gefunden, und es gab kein Zurück mehr. Er beschloss, sich von seiner Frau scheiden zu lassen. Und Geir Vídalín wagte es nicht, sich den Wünschen des Königs zu widersetzen, und gab die beiden zusammen. Das war der Beginn einer großen Geschichte.

Jörundur behauptete, noch viel mehr Leute hätten in die Garde eintreten wollen, doch gab es nicht mehr Waffen im Land als für jene acht Auserwählten, und umso bedauerlicher war es, dass sie damit nicht umzugehen verstanden.

Als Jörundur einen Ball ausrichtete, bewachten die Leibwächter die Türen, und Jens dürfte sich unter ihnen befunden haben, obwohl ich ihn in der Liste der Gardisten nicht finden kann, doch vermutlich wurde in meiner Quelle sein Name anders angegeben. Die Musik klang in ihren Ohren und hielt sie wach oder mischte sich in ihre Träume. Zumindest war es so bei Jens, der die Musik in seinem verliebten Glückstaumel hörte.

3

Dann war Jörundur verschwunden. Er hatte beschlossen, sich auf einen Inspektionsritt über die Insel zu begeben. Er dauerte zehn Tage. Samuel Phelps und die Schiffsbesatzung blieben in Reykjavík, um die Einhaltung der neuen Ordnung zu gewährleisten, so wie sie sie auslegten, und die Leute waren der Meinung, dass Samuel Phelps dabei äußerst eifrig zu Werke ging und ihnen die sonderbarsten Dinge abknöpfte, selbst persönliche Wertgegenstände, die mit der Handelsfreiheit der Engländer nicht das Geringste zu tun hatten.

Jörundurs Umritt hatte den Zweck, das Eigentum der dänischen Kaufleute zu beschlagnahmen. Es heißt, mit diesem Ritt habe Jörundur seine Aussichten, Machthaber in Island zu werden, zunichtegemacht. Allerdings nicht, weil er den Besitz der Dänen mit Beschlag belegte.

Er wurde weithin freundlich und mit großer Gastfreundlichkeit empfangen, wobei nicht viele verstanden, worum es in seiner Revolution eigentlich ging. Sicher aber ist, dass viele etwas gegen die Kaufleute hatten, von denen die meisten so hohe Wucherpreise nahmen, wie sie nur konnten, und sie waren die Einzigen, die Handel und Geschäfte trieben.

Jörundur aber hatte die Anweisung erteilt, den Pferden, über die er und seine Leibgarde verfügten, die Mähnen nach britischem Vorbild kurz zu schneiden.

Als der herausgeputzte Haufen von Leibwächtern, acht grün uniformierte Soldaten, auf Pferden dahergeritten kamen, denen man die Mähnen abgeschnitten oder kurzgeschoren hatte, wussten die Leute nicht, ob sie lachen oder weinen sollten. War das ein Lust- oder ein Trauerspiel?

Viele glaubten, nicht recht zu sehen oder sie hätten bloß einen schlechten Traum. Dabei ging es nicht allein um eine Demütigung des Islandpferdes. Es war eine Beleidigung aller Isländer, die ihre Pferde mehr liebten als sonst etwas. Niemand durfte auf solche Weise Pferde misshandeln und dennoch hoffen, sich im Land an der Macht zu halten.

So schreibt zum Beispiel Séra Jón Steingrímsson in seiner Lebensgeschichte, als er die Frechheit und Boshaftigkeit der Leute aus Mýrdal ihm gegenüber illustrieren will: »So gemein waren diese Menschen, dass sie in den letzten Stunden meines Aufenthalts meinem Reitpferd die gesamte Mähne abschnitten und ebenso sämtliche Knöpfe von meinem Talar bis auf den obersten und den untersten.«

Da sieht man schwarz auf weiß, was es bedeutete, Pferden die Mähne zu scheren, und davon machte diese Maßnahme Jörundurs und seiner Mannen keine Ausnahme. Man legte ihm die Spottnamen Jörgen Stutenmähnenkapper und Jörgen Mähnenknabberer bei. Viele äußerten sich sehr negativ darüber, unter ihnen Jón Espólín, der nicht nur als Geschichts- und Annalenschreiber bekannt wurde, sondern auch Bezirksvorsteher im Skagafjörður war, wo man Pferde als heilige Wesen verehrt und sich keiner jemals ein solches Sakrileg trauen würde.

Jón Espólín hatte viel Spott und Verachtung für den Hundstagekönig Jörundur übrig, den königlichen Amtsträgern ging es in der Regel nicht anders, abgesehen von denen, die sich in solcher Nähe zu ihm aufhalten mussten, dass sie sich wegen der Befürchtung, er könne in Island dauerhaft die Oberhand behalten, nicht trauten, von ihm abzurücken. Doch umso spöttischer fielen sie über ihn her, als sein Spiel verloren war.

4

Genau genommen waren es aber nicht die isländischen Reiter und Pferdezüchter und auch nicht die Dänen, die Jörgen Jörgensen stürzten. Nein, Jörgens Revolution war in vollem Gang, und die Hundstage strebten gerade ihrem Höhepunkt zu, als ein englisches Kriegsschiff, die *Talbot* unter dem Kommando von Captain Alexander Jones, in die Bucht von Reykjavík einlief und Jörgens Umtrieben ein schnelles Ende bereitete.

Zu dem Zeitpunkt war Graf Trampe seit neun Wochen an Bord der *Margaret and Anne* in Haft, ebenso lange, wie die Revolution nun andauerte. Der Gouverneur des Landes war der Gefangene eines dänischen Straßenjungen und Seemanns, der seinerseits wiederum eigentlich ein Gefangener der Briten war, und eines englischen Seifenfabrikanten, der zwar eine Handelslizenz besaß, darüber hinaus aber kein einziges anderes Papier, das ihn ermächtigt hätte, Regierungsmitglieder ins Gefängnis zu werfen.

Das alles ließ Alexander Jones sich mächtig hinter dem Ohr kratzen. Er befreite Graf Trampe aus seiner Zelle, der winzigen Kajüte, und der Graf ließ es über seine Behandlung nicht an starken Worten fehlen. Eigentlich wollte er seine Zelle gar nicht verlassen, weil seine Anwesenheit dort seinen Aufenthalt darin und die Art bewies, wie man mit ihm umging.

Es ist behauptet worden, es sei Mrs Vancouver gewesen, die kahlköpfige Dame mit der Perücke, die einen Brief, in dem der Graf seine Behandlung schilderte, aus Trampes Gefangenschaft geschmuggelt und Kapitän Jones überbracht habe. Ihr Mann, Charles Vancouver, hatte sich mit seinem Arbeitgeber Phelps ebenfalls überworfen. Ihr Zerwürfnis erreichte seinen Gipfel, als sie eine Wette auf die Schwimmfertigkeiten ihrer Hunde abschlossen. Vancouvers Hund gewann, doch Phelps weigerte sich, ihm seinen Gewinn auszuzahlen, weil er vorgab, sein Hund sei erkältet, und ein erkälteter Hund ist gegenüber einem nicht verkühlten im Nachteil.

Dabei waren es herrenlose Hunde, die ihnen zugelaufen waren, und das passte irgendwie ins Bild, da wir uns gerade in den Hundstagen befanden. So war die Lage der Dinge. Alexander Jones wollte den Grafen Trampe umgehend wieder in sein Amt einsetzen, doch der lehnte das rundweg ab, bevor nicht den Verbrechern in Großbritannien der Prozess gemacht würde. So konnte er also weder vor noch zurück und lief stattdessen immer im Kreis herum, als hätte er den Verstand verloren, und man erzählt sich, Alexander Jones hätte im Alter bei Diners oft zum Besten gegeben, der Graf Trampe sei ihm noch verrückter vorgekommen als die Irren Jörgensen und Phelps, denn für solche hielt er sie.

Auch andere bliesen in dieses Horn, und die Beschwerden häuften sich. Alexander Jones war ein aus Irland stammender Adeliger von aristokratischem Aussehen, der auf seinem Schiff einen ganzen Hofstaat um sich versammelt hatte. Es heißt, es seien fünfhundert Mann Besatzung an Bord gewesen, mehr, als Reykjavík Einwohner hatte. Darunter Ärzte, Offiziere und Alexanders gut aussehende Ehefrau, ebenfalls eine Adelige, sowie einige Offiziersfrauen, zwei Kühe, mehrere Ziegen, ein Affe und ein Papagei.

Das berichtete der Lotse Pétur, den man gerufen hatte, um die *Talbot* in den Hafen von Hafnarfjörður zu lotsen, und der glaubte, er sei auf die Arche Noah gekommen. Manches von dem, was Pétur von sich gab, war Seemannsgarn, aber ein solches Schiff hatte er sein Lebtag nicht gesehen.

Alexander Jones hörte sich verständnisvoll an, was ihm die dänischen Kaufleute und die dänischen und isländischen Beamten zu sagen hatten. Sie baten ihn inständig, das barbarische Treiben des Usurpators, wie sie ihn nannten, zu beenden.

Daraufhin wurde den Leibgardisten des Hundstagekönigs befohlen, ihre heimatlichen Wohnorte aufzusuchen, und fortan war nichts mehr von ihnen zu sehen. Sie verstreuten sich und tauchten unter wie ein Fuchs in seinen Bau, sie verdufteten geradezu wörtlich.

Als hätte die Erde sie verschluckt, erklärten die Marinesoldaten der *Talbot*, die man von der Arche an Land setzte, um nach ihnen zu suchen.

Später tauchten sie einer nach dem anderen wieder auf, jeder auf seine Weise, und jeder hatte seine eigene Geschichte für die Zeit danach und ebenso für die davor.

5

Es heißt, junge Frauen hätten geweint, und manche hätten sich nie wieder eingekriegt, als der König entmachtet und auf ein Schiff abgeführt wurde, das ihn nach England bringen sollte. Nur der Handelsassistent blieb zurück, dieser James Savignac, der die folgenden Jahre in Island verbrachte und eine ganze Spur von Händeln hinterließ, nicht zuletzt Liebeshändel.

Jens Ólafsson, der bei Jörgens Ball den Türsteher gespielt, den König tanzen gesehen und die Musik gehört hatte, traf sich zuvor eines Augustabends mit anderen jungen Leuten draußen im Vatnsmýri, dem sumpfigen Wiesengelände, auf dem heute das Nordische Haus steht, kleine Tümpel glitzern und die Bauten der Universität sich überall wie Würfel aneinanderreihen.

Am selben Abend spaziert Jörgen Jörgensen, unser Hundstagekönig, hinaus in dieses Moor und stößt dort auf die jungen Leute, unter ihnen das Brautpaar Jens und Málfríður. Die Liebe schwebt über dem Ort wie eine Liebesgöttin im bläulich schimmernden Mondenschein, der das Treiben der Jugend befeuert. Hier geht ein großes Fest vor sich, ein großes Vergnügen. Unzählige Sterne stehen am blauen Himmel, ein kühler Windhauch streicht über die geröteten Wangen, und die Vorboten eines Nordlichts ziehen über den Himmel. Das Ganze lässt an Paläste denken, flammende Paläste, die irgendwo in den Tiefen der Gedanken brennen.

Unser König, der Hundstagekönig Jörundur, der jetzt einfach Jörgen Jörgensen ist, kaum mehr als ein Jón Jónsson, ist er nicht sehr niedergeschlagen? Düstere Gedanken bedrücken ihn, denn er kommt von einem Treffen mit Alexander Jones, dem Kapitän der *Talbot*, bei dem es hoch herging, bis der Kapitän ihm befahl zu verschwinden.

Er hat den König hinausgeworfen.

Kapitän Jones hat Jörgens Art, sich zu kleiden, und sein Auftreten beanstandet, seine Stellung und seinen Rang geringgeschätzt und sich geweigert, sich weiterhin mit ihm zu befassen. Er verbat sich weitere Unterredungen mit dem König, unserem Protector und Oberbefehlshaber zu Wasser und zu Lande. Er werde sich in Zukunft allein an Samuel Phelps wenden. Der war immerhin Engländer, ein Geschäftsmann und ehrenwerter Bürger, kein ungezogener Matrose, Straßenlümmel, Sträfling und Däne.

Was für ein unbeschreibliches Possenspiel, einen Dänen auszuschicken, um britische Interessen wahrzunehmen! Alexander Jones fehlten die Worte. Er regte sich auf und brüllte. Jörgen Jörgensen kam nicht einmal zu Wort. Er erhielt keine Gelegenheit, seinen Standpunkt darzulegen, ebenso wenig wie am Vortag, und in Zukunft sollte es nur noch aussichtsloser werden. Unser Protagonist war der Meinung, dass Kapitän Jones alles gründlich missverstand. Er konnte an nichts anderes denken als an steife Manieren und das Auftreten eines Snobs. Er bestand aus nichts anderem als aufgeblasener Arroganz. Es regnete ihm in die Nase.

Später gab Jörgen Jörgensen zu Protokoll, was der Schiffskommandant Alexander Jones über ihn gesagt habe, falle auf diesen selbst zurück. So ist es immer. Jörgen war zutiefst gedemütigt. Lange hatte er nicht an sie gedacht, doch nun sah er die Uhrenwerkstatt seines Vaters vor sich. Es kam ihm vor, als würde er auf einmal die Welt verstehen, all die herabwürdigenden Schimpfwörter, mit denen ihn der Kapitän überzogen hatte. Sie trafen weder ihn noch seine Familie, seine Herkunft, seinen Stand und seine Stellung.

Zweihundert Jahre später trug sich genau der gleiche Vorgang noch einmal zu, nur war es da nicht Captain Alexander Jones, sondern unser eigener Ministerpräsident, der das Volk, das auf den Straßen eine Topfdeckelrevolution veranstaltete, als Pack und Pöbel verleumdete, nachdem er Gott gebeten hatte, unser Land zu schützen.

In solch deprimierender Stimmung, in solch schwere Gedanken versunken, wandelt Jörgen durchs Vatnsmýri. Er denkt nach. Er mustert den Mond wie eine Lampe am Himmel, Gottes Leselicht. Er sieht die Sterne und jenes grünlich leckende Licht, das an Flammen in den Palästen stürzender Könige denken lässt. Er denkt an ein vor Jahren brennendes Königsschloss. Damals glaubte Christian VII., es sei eine Revolution ausgebrochen.

Da erblickt Jörgen auf einmal das frisch verheiratete Paar, Jens und Málfríður, und die jungen Leute, die sich in den Tänzen drehen, die er ihnen gezeigt hat, und sie singen die Lieder, die mit ihm ins Land gekommen sind, da ist auch der Fiedler vom Schiff und eine Anzahl weiterer junger Menschen.

Für einen Moment wirft der Hundstagekönig Jörundur alle drückenden Sorgen ab und mischt sich unter diese tanzenden jungen Leute, und es heißt, in dieser mondhellen Nacht habe der König zum letzten Mal mit seinem Volk getanzt.

Als das Hochzeitspaar den König das nächste Mal sah, war er jeglicher Macht beraubt, doch er schenkte Jens die Fiedel, auf der an jenem Abend im Vatnsmýri zum Tanz aufgespielt worden war.

Dieses Instrument sollte noch ein bemerkenswertes Schicksal haben, denn als viele Jahre später Jens' und Málfríðurs Sohn nach Amerika auswanderte, hatte er diese Fiedel im Gepäck, und sie sollte noch in zahlreichen Generationen oft zum Tanz aufspielen, wie man in Böðvar Guðmundssons Büchern »Haus der Winde« und »Baum des Lebens« nachlesen kann.

Sie erzählen von der Auswanderung der Isländer nach Westen, als das sogenannte Zeitalter der Revolutionen zu Ende ging, in dem Jörgen Jörgensen versucht hatte, diese unvergessenen Hundstage ins Land zu rufen.

XIII

1

Es gibt noch viele leere Seiten, viele schwarze Löcher in all dem. Vieles ging in jenen Jahren im Geheimen vor sich, und die Menschen damals konnten Geheimnisse in einem Maße für sich behalten, so dass wir heute, zwei Jahrhunderte später, dem Kern der Sache immer noch nicht näher kommen als die Leute damals.

Je genauer wir die Geschichte untersuchen, desto weniger wissen wir. Nein, vielleicht nicht unbedingt weniger. Sagen wir lieber: Je besser wir die Wahrheit kennenlernen, desto lügenhafter wird sie. Bei jedem Schritt, den man zurücklegt, schmilzt der Abstand zwischen Wahrheit und Lüge, Realität und Dichtung. Je tiefer wir in die Wirklichkeit einsinken, desto höher fliegen wir.

Die Leute waren groß darin, das eine zu verlautbaren und doch etwas anderes zu meinen, und sie glaubten sogar der Camouflage, ihrem eigenen Gerede. Auf diesem Verfahren gründete der Kolonialismus. Wollte man sich ein Land aneignen, schickte man Missionare. Dadurch geriet der ursprüngliche Antrieb in den Hintergrund, ein anderes Motiv trat an seine Stelle, oft auch mehr als eins.

Genauso konnte man einen jungen Dänen zusammen mit

einem Seifenfabrikanten übers Meer nach Norden schicken. Jedermann konnte sehen, dass hier echte Menschen auf der Bühne der Geschichte agierten. Doch wer das Stück geschrieben und inszeniert hat, ist eine andere Frage. Die Sache kann im Übrigen auch aus dem Ruder gelaufen sein und einen ganz anderen Verlauf genommen haben als ursprünglich gewollt.

Dennoch lässt sich mit Fug und Recht behaupten, Jörgen Jörgensen sei ein Erfüllungsgehilfe der Briten gewesen. Hätte er sich an der Macht gehalten, dann wäre sie irgendwann an die Briten übergegangen, oder sie hätten sie in ihre Hände genommen. Wie die Dinge in der Welt lagen, ist alles andere undenkbar.

Mehr als hundert Jahre danach, 1936, um genau zu sein, schrieb der Jurist Helgi P. Briem eine Doktorarbeit über den Fall, die unter dem Titel *Die isländische Unabhängigkeit 1809* auch als wichtiges Buch erschien, in dem sämtliche Dokumente untersucht werden. Helgi P. Briem zögert nicht, den Putsch oder die Revolution Sir Joseph Banks zuzuschreiben und damit der britischen Regierung und dem König.

Er geht davon aus, dass Sir Joseph Jörgen als den richtigen Mann für den Job angesehen habe, gerade weil er Däne war. Dieser Umstand verringerte das Risiko für die Briten, falls die Sache schiefgehen sollte, denn dann hätten sie ihre Hände in Unschuld waschen können, wie so oft. Wir können noch einmal die starken Worte wiederholen, mit denen Sir Joseph Jörgens Unternehmen bedachte: Tollkühnheit, Verrücktheit, Verbrechen, »a silly business«.

Jörgen Jörgensen begeisterte sich nicht allein für englische Entdeckungsreisende und englische Literatur, all die großartigen Romane, deren Lektüre sein eigenes Schreiben und Denken beeinflusste. Nein, Jörgen war der Ansicht, dass die

Engländer andere in nahezu allen Bereichen überragten, in Kunst, Kultur und Handel.

Seine Begeisterung war aufrichtig.

England war die große Liebe seines Lebens. Es war nicht bloß ein Land. Es war eine geistige Verfassung. Es war ein Gefühl, stärker, als es irgendeine Frau je auslösen konnte. Selbst wenn man alle Frauen in Jörgens Leben zusammennähme, kämen sie nicht gegen England an.

England gewinnt immer.

Es war also nur selbstverständlich, auf Island eine Revolution zu veranstalten, auch wenn sie auf Anstiften der Briten angezettelt wurde und zum Ziel hatte, ihnen die Insel in die Hände zu spielen. Jörgen Jörgensen war nichts gleichgültiger als der Umstand, aus welchem Land er stammte. Er betrachtete sich selbst als Engländer, und außerdem hatten sie ihn in der Hand. Die einzige Chance, die eigene Haut zu retten, lag darin, für sie zu arbeiten. Das Ziel und die Wege dorthin wiesen hier in eine Richtung.

Nachdem Jörgen Jörgensen zu Hundstagekönig Jörundur geworden war, der es liebte, Proklamationen zu verfassen, wie es sich für Revolutionäre geziemt, entwickelte sich seine Revolution dann in eine ganz andere Richtung, als den Briten genehm war.

Aus ihrer Warte war es nicht ihre Revolution. Da zeigte es sich, dass sie ihn keineswegs mit denselben Augen betrachteten wie er sie. Er liebte sie sehr viel mehr als sie ihn. Sie liebten ihn überhaupt nicht. Es ging lediglich um ein paar flüchtige Dates, und auch nur dann, wenn er ihnen ganz zu Willen war. Doch vielleicht hatte es mit Liebe überhaupt nichts zu tun. In dem laufenden Krieg ging es nicht um Liebe. Darum geht es in Kriegen nie.

Jörgen war lediglich eine Marionette der Engländer, und er hatte nichts in der Hand, keinerlei Auftrag, konnte keine erforderliche Legitimation vorweisen, und all das, was die Leute hinter verschlossenen Türen oder in Wirtschaften getuschelt oder sogar laut geäußert hatten, nachdem die Karten auf den Tisch gelegt und die Pläne erörtert worden waren, all das wollten sie dann nie gesagt haben.

2

Kapitän Alexander Jones verlangte von dem Unternehmer Samuel Phelps einen schriftlichen Bericht, ebenso von Graf Trampe und vielen anderen, darunter Kaufleute und Beamte. Graf Trampes Nachfolger Magnús Stephensen war ebenfalls ein fleißiger Berichteschreiber. Viele fühlten sich in diesen Tagen bemüßigt, Papier zu beschreiben. Alexander Jones besaß bald ein ganzes Archiv an Bord seines Schiffes, derart groß war die Mitteilungsfreude.

Nun zeichnete Magnús Stephensen ein völlig anderes Bild von Jörundur als zu der Zeit, da er noch persönliche Unterredungen mit ihm hatte. Nun brauchte er ihm keinen Honig mehr um den Bart zu schmieren, brauchte ihm nicht mehr heimlich Informationen zukommen zu lassen, brauchte ihm nicht mehr einzuflüstern, es sei eine Verschwörung im Gange, um ihn anzustacheln, seine eigenen Rivalen zu verhaften.

Ja, Berichte schwirrten durch die Luft wie Vögel, manche hoben ab wie Schwäne von einem Teich, einer schöner als der andere. So stilvoll waren sie verfasst, manche wie Gravamina an den König, manche wie Sagas aus alten Zeiten, andere wie Thriller. Großartig! Alexander Jones war begeistert. Nichts tat er lieber, als Berichte zu lesen.

Wenn sich jemand bei ihm über etwas beschweren wollte, sagte er: »Schreiben Sie einen Bericht!« Er hätte Stoff zu mehreren Romanen sammeln und ein Bestsellerautor werden können, genau in jener Zeit entwickelten sich die ersten Bestsellerautoren. Die Blütezeit des Romans hob an. Bücher erreichten Auflagen von hunderttausend Exemplaren. Die Berichte zeichneten ein Bild von den Zuständen im Land.

Nur von einem wollte Alexander Jones keinen Bericht. Von König Jörgen Jörgensen. Den König beachtete er überhaupt nicht. Der war jetzt wieder das hässliche Entlein. Niemand schien ihn kennen zu wollen. Seine Bundesgenossen wandten ihm den Rücken zu. Kapitän Alexander Jones betrachtete den berühmtesten König von Island als dänischen Gassenjungen und einfachen Matrosen eines Kohlenfrachters und maßregelte seine Art, sich zu kleiden, und sein Auftreten.

Selbstverständlich war unser König, Jörundur Hundstagekönig, zutiefst beleidigt, aber das ist der Lauf der Arroganz. Wie schon gesagt: In Jörgens Augen beschrieb Captain Jones mit seinen Äußerungen über ihn vielmehr sich selbst. Tatsächlich sind sie bezeichnend für eine ganze Gesellschaft und ihre Werte, für die Klasseneinteilungen, auf denen sie basierte, und für die Überheblichkeit, mit der sie ihren Fortbestand sicherte.

3

Jones wollte, dass Samuel Phelps alle Fragen oder besser Vorwürfe gegen die Revolutionäre beantwortete. Die Antworten kamen vor den Fragen. Jörgen konnte das egal sein, denn er verfasste Phelps' Berichte oder diktierte sie ihm.

Nein, Jörundur Hundstagekönig starb nicht, ohne sich zu helfen zu wissen. Das darf man als eines seiner Charaktermerkmale bezeichnen. Unter Bedrängnis kamen ihm Ideen. Wenn man ihn selbst nicht zu Wort kommen lassen wollte, erfand er sich eben eine Bauchrednerpuppe, doch in den meisten Dingen waren er und Phelps zu diesem Zeitpunkt ohnehin einer Meinung.

Aber das Unkraut wucherte, und als Phelps später erkannte, dass es für ihn von Vorteil war, sich gegen Jörgen zu stellen, tat er das; noch aber versuchten sie gemeinsam, Captain Jones davon zu überzeugen, dass sie durchaus britische Interessen wahrten sowie Unfreiheit und das Handelsmonopol bekämpften.

Der Bedarf an Talg für Samuel Phelps und sein Unternehmen hatte sie nach Island gelockt. Es gab genügend Talg auf der Insel. Er stapelte sich in den Lagerschuppen. Aus diesem Talg wollten sie Seife kochen, damit sich Menschen wie Alexander Jones die Hände waschen und strahlend sauber zu Einladungen erscheinen konnten.

War das für Captain Jones' Auffassungsgabe zu kompliziert? Der Grund für Samuel Phelps' Anwesenheit war der

Ankauf von Talg. Im Gegenzug wollte er seine eigenen Produkte verkaufen, kurz gesagt, das Handelsimperium Großbritanniens stärken und ausweiten. Er war der Repräsentant seiner blühenden Firma. Das Ganze wurde unterstützt durch die Hilfsbereitschaft und Humanität eines Sir Joseph Banks.

Alexander Jones hingegen vermochte den Zusammenhang nicht einzusehen, da sie kein Dokument der Regierung vorweisen konnten, welches Talgaufkäufern gestattete, die Macht zu übernehmen. Sie führten nichts weiter mit sich als Kaperbriefe, die es ihnen erlaubten, Schiffe aufzubringen und Eigentum der dänischen Krone zu beschlagnahmen.

Als Captain Jones wenig später zu einem Ergebnis gekommen war, schickte er Phelps einen Brief, ohne sich auch an Jörgen Jörgensen zu wenden, den er lediglich in Nebensätzen und fast ausschließlich in herabwürdigender Weise erwähnte.

In seinem Schreiben an Phelps sagt Jones unter anderem: »Ich betrachte es als meine Pflicht, Sie davon in Kenntnis zu setzen, dass Sie meiner Einschätzung zufolge die Befugnisse, die Ihnen Ihr Kaperbrief einräumt, bei Weitem überzogen haben, indem Sie die Regierungsgewalt auf einer Insel in Ihre Hände nahmen, die sich nicht in einem wirklichen Kriegszustand mit Großbritannien befindet.

Ich halte Sie für schuldig, nicht nur Gesetze Großbritanniens, sondern auch solche aller übrigen Nationen gebrochen zu haben, indem Sie sich die Macht anmaßten, die in den Händen keines Staates liegt, nämlich die Insel für frei, unabhängig und neutral und im Frieden mit allen Völkern zu erklären und hier einen Regenten einzusetzen, der nicht britischer, sondern dänischer Staatsbürger ist, der als Lehrling auf einem englischen Kohlenschiff anheuerte, dann als Offizier in der Marine

Seiner Majestät diente und später dennoch gegen Großbritannien kämpfte und von einem englischen Kriegsschiff gefangen genommen wurde.

Ich habe Erlasse vorliegen, die er mit königlichen Formeln unterschrieben hat: Wir, Jörgen Jörgensen. Außerdem hat er in Gegenwart eines unter meinem Kommando stehenden Schiffs Seiner Majestät eine Flagge gehisst, die bis dato völlig unbekannt war, und steht nun im Begriff, ohne meine Erlaubnis einzuholen oder sich auch nur mit mir diesbezüglich abzusprechen, in Schussweite ein Bollwerk zu errichten, was nicht nur gleichbedeutend mit einer Kriegserklärung an sein eigenes Land (Dänemark) ist, sondern auch Respektlosigkeit und Insubordination gegenüber meiner Stellung bedeutet.

Ich sehe mich daher gezwungen, der Admiralität Jürgensens Betragen zu melden, das auch seine vollkommene Ergebenheit und Treue zu Großbritannien nicht zu entschuldigen vermögen ...«

So wortreich fiel dieses Schreiben aus – und es war in der Tat noch ausführlicher –, doch immerhin urteilte Alexander Jones milder über Jörgen Jörgensen, wenn er die Ereignisse später erwähnte, und nannte ihn einen »wohlmeinenden Irren«, der sich selbst am meisten geschadet habe.

Doch genug davon, denn Jörgen Jörgensen betrachtete die Angelegenheit mit völlig anderen Augen. Unser König stand aufrecht und sagte: »Es kostete mich keine große Anstrengung, die ganze Insel zu regieren«, und so verhielt es sich wohl tatsächlich.

Es war auch nicht besonders schwierig, die Macht im ganzen Land zu übernehmen und zu behalten. Die Vorwürfe des Schiffskommandanten sollte Jörgen Jörgensen einen nach dem anderen in seinem Buch *Historical Account of a Revolution on the Island of Iceland in the Year 1809* entkräften, das die Grundlage seiner Verteidigung bildete, sein eigentliches Plädoyer. Dieses Buch schrieb er wieder und wieder um, und es existieren mindestens drei verschiedene Ausgaben. Vollständig abgedruckt ist es in Dan Sprods *The Usurper*.

Vielleicht haben wir unseren König, unseren Protector und Oberbefehlshaber zu Wasser und zu Lande, auch im Stich gelassen. Zumindest taten wir nichts von dem, was er von uns erwartete und uns auftrug. Wir wählten keine Abgeordneten zu einem Parlament, denn so etwas wie ein Thing existierte nicht mehr. Allerdings bin ich nicht sicher, ob wir dazu bereit gewesen wären, selbst wenn es eins gegeben hätte.

Ging uns das ganze Theater überhaupt etwas an? Wann wurden wir denn gefragt: »Bist du für die Revolution?« Nein, wir wurden so viele Jahrhunderte hindurch nicht nach unserer Meinung gefragt, dass wir nicht einmal die Frage verstanden.

Zwei Monate sind historisch betrachtet kein langer Zeitraum, und in so kurzer Zeit kann man eigentlich wenig erreichen. Bei unserem König der Hundstage, Jörundur, verhielt es sich ganz anders. Er begann im Grunde erst Regierungsgewalt auszuüben, lange nachdem er die Regierung niedergelegt hatte und aus dem Land geschafft worden war.

Es trifft gewiss zu, dass diejenigen, die im Land etwas zu sagen hatten, sich viel Zeit ließen, ihre Unterstützung der neuen Machthaber eindeutig zu erklären. Manche trauten sich bloß nichts anderes, und das nicht einmal, weil sie im Grunde direkt gegen sie gewesen wären.

Sie zweifelten lediglich an ihrer Macht, daran, dass sie sie auf Dauer behalten würden, und sie fürchteten die Folgen für sich, wenn das *Ancien Régime* wieder an die Macht käme.

Genauso fürchteten sie die neuen Machthaber für den Fall, dass sie den alten die Treue hielten.

Als Jahre später die Napoleonischen Kriege endeten, konnten die Dänen ihre Herrschaft über Island wieder antreten, weil die Briten ihnen gegenüber sehr entgegenkommend waren, nachdem sie ihnen zuerst so übel mitgespielt, ihre Flotte geraubt und ihre Hauptstadt in Brand geschossen, eine große Zahl von Zivilisten getötet und eine gewaltige Kriegsbeute fortgeschleppt hatten, darunter sogar Haustüren, Vorhänge und Teppiche; im weiteren Verlauf des neunzehnten Jahrhunderts wurde die Forderung nach freiem Handel immer lauter und am Ende auch erfüllt.

Da aber war bereits ein anderer Kampf im Gange, der Kampf für die Unabhängigkeit Islands, ein Kampf, den Jörgen Jörgensen als Erster und als Einzelner begonnen hatte, doch niemand hatte das seinerzeit gesehen. Da war Island seit fünfhundert Jahren kein unabhängiges Land gewesen, abgesehen von den zwei Monaten unter der Herrschaft von Hundstagekönig Jörundur, was Helgi P. Briem ausführlich auf über sechshundert Seiten in seinem schon zitierten Werk *Die isländische Unabhängigkeit 1809* darlegt.

4

»Die Zeit ist aus den Fugen«, sagt Hamlet und fährt fort: »Schmach und Gram, / Daß ich zur Welt, sie einzurichten, kam!«

War das Hamlet? Jörgen Jörgensen hätte es bejaht. Er versuchte, die Welt wieder ins Lot zu bringen, geriet dabei jedoch selbst aus den Fugen und zerbrach vielfach bei all seinen Versuchen, sie einzurenken.

Es war vorbei. *The dream is over*, sang ein anderer Engländer viel später in anderem Zusammenhang und über eine andere Revolution. Die isländische war vorbei. Die Party war zu Ende. Die Perücke hatte wieder ihren Platz auf dem Schädel von Lady Vancouver eingenommen, Graf Trampe bekam die Schlüssel zum Regierungshaus wieder, so er denn wollte. Immer leuchtet ein Licht auf, immer verlischt ein Licht, dichtete ein anderer Dichter.

Jörgen Jörgensen war nicht mehr König von Island, und das Land war nicht mehr unabhängig und alle Probleme los. Und doch war es, als sei etwas erwacht; es schlief wieder ein, wachte aber später erneut auf. Immer leuchtet ein Licht auf. Immer verlischt ein Licht. Die Geschichte braucht Zeit, um das Geschehene zu verdauen. Obwohl die Revolution zu Ende war, war sie noch nicht am Ende.

Auch wenn es nicht gut um unseren König stand, können wir uns nicht von ihm verabschieden. Island kann Jörgen

Jörgensen nicht Lebewohl sagen, ohne seine Rettungstat zu erwähnen. Nein, wir entlassen ihn noch nicht aus der Geschichte. Er hat lediglich Island verlassen.

Jörgen hat sie alle gerettet, William Hooker und Samuel Phelps und Graf Trampe, sogar ihn, und darüber hinaus alle anderen an Bord der *Margaret and Anne*, Dänen wie Engländer.

Jörgen kommandierte die *Orion*, Graf Trampes Schiff. Sie war bis auf Weiteres eine Kriegsbeute der Engländer. Alle befanden sich auf dem Weg nach England. Graf Trampe erwartete die Auslieferung Jörgens, damit er in Dänemark gehängt werden konnte. Er dachte an nichts anderes.

Doch draußen vor Reykjanes erkannte Jörgen, dass in der *Margaret and Anne* Feuer ausgebrochen war, und er nahm sofort Kurs auf das Schiff. Es stand bereits in hellen Flammen. Alle Passagiere waren dem Untergang geweiht. Jörgen segelte zu ihnen hin und rettete sie. Im letzten Augenblick. William Hooker hat das Jörgen nie vergessen und sich immer wieder als sein Wohltäter erwiesen.

Man kehrte nach Reykjavík zurück. Dort stieg Graf Trampe zu Alexander Jones auf die *Talbot* um, Jörgen Jörgensen, Samuel Phelps und William Hooker fuhren mit der *Orion*, James Savignac blieb in Island. Jörgen und Phelps entzweiten sich auf der Reise. Phelps war verzweifelt, weil er seine gesamte Ladung verloren hatte.

Ihren Wert berechnete man auf fünfzigtausend englische Pfund. Phelps hatte sich einen veritablen Gewinn erhofft; jetzt war alles verloren. Phelps betrank sich und heulte. Dann ging er auf Jörgen los, den großen Retter und König. Sie prügelten sich, und Jörgen hat später behauptet, Phelps habe versucht, ihn zu erwürgen.

Samuel Phelps verwendete viele Jahre auf Prozesse mit Versicherungsgesellschaften, und in der Hoffnung auf Schadenersatz wandte er sich vollständig von Jörgen ab. Alle wandten sich von ihm ab, bis auf einen: Sir William Hooker. Alle Berichte über ihn beschreiben einen rechtschaffenen, intelligenten und im Umgang angenehmen Mann.

Obwohl sich Hooker sarkastisch über uns äußert und ziemlich lächerliche Seiten an uns Isländern aufzeigt, so beschreibt er oft lediglich die wirklichen Zustände, baufällige Behausungen, schlechtes Essen, schlechte Kleidung, Schäbigkeit, Verwahrlosung, Schmutz, alles, was sich auf Armut und Elend in einer Gesellschaft zurückführen lässt.

Nichts von all dem hat Jörgen Jörgensens Blick verstellt. Er beurteilte uns nicht aufgrund unserer Lebensumstände. Sein Blick war der des weit gereisten Mannes und nicht der der »allürenhaften Bürschchen, die darauf bedacht waren, ihre Middle-class-Politur nicht zu vergessen, obwohl sie selbst im Dreck des achtzehnten Jahrhunderts aufgewachsen waren«, wie es der Schriftsteller Rhys Davies in seinem Roman *Sea Urchin. Adventures of Jorgen Jorgenson* ausdrückte.

Auf Isländisch heißt sein Buch *Jörundur hundadagakonungur*, wie überhaupt alle Bücher, die über Jörgen Jörgensen auf Isländisch erscheinen, diesen Titel tragen, obwohl keins von ihnen im Original so heißt. Sarah Blackwells Buch über Jörgen etwa erschien mit dem Originaltitel *The English Dane*. Auf Isländisch: *Jörundur hundadagakonungur*.

William Hooker verlor alles, was er in Island gesammelt hatte, doch war er so dankbar, überlebt zu haben, dass sich in seinem Bericht über den erlittenen Verlust keine Spur von Bitterkeit findet. Auch seine Tagebücher waren weg, und er musste sein Buch allein auf sein Gedächtnis und Mitteilungen

Jörgensens gestützt schreiben. Er hatte auch einige andere Schätze mitgenommen, darunter Frauentrachten. Nur eine Einzige von ihnen wurde gerettet; sie ist heute im British Museum zu bewundern. Die blaue Dorschflagge verbrannte ebenfalls, aber die Aufzeichnungen von Kapitän Alexander Jones überlebten.

»Wir wendeten eilends und sahen das Schiff in Brand stehen. Das Feuer breitete sich in Windeseile aus. An Bord herrschte großes Durcheinander, und es wurden keine koordinierten Maßnahmen ergriffen, weder um das Feuer zu löschen noch um die Besatzung aus dem brennenden Schiff zu retten«, schreibt Jörgen in seiner Autobiografie.

Jörgen walzte den Vorfall in der Geschichte der Revolution und auch im anschließenden Strafprozess gehörig aus. Selbstverständlich wollte er sich damit in einem besseren Licht erscheinen lassen, aber er hatte auch alles Recht dazu, Jörgen Jörgensen hat mit seiner Aktion eine Heldentat vollbracht. Wäre er nur ein wenig später gekommen, hätte er das brennende Schiff nicht entdeckt, oder hätte er so getan, als würde er es nicht sehen, dann wäre der Ausgang nicht fraglich gewesen.

Denn dann wären keine schriftlichen Unterlagen und Berichte gegen ihn mehr vorhanden gewesen, und auch keine Zeugen, alle wären auf dem Meeresboden geendet, und Graf Trampe wäre mit der Vision eines am Galgen baumelnden Jörgen Jörgensen ertrunken. Doch stattdessen hat Jörgen ihn gerettet, nur damit der Herr Graf den Kampf fortsetzen konnte, an dessen Ende sein Retter hängen sollte.

In *Fragmente aus der Biografie*, die Jörgen viel später, nach seiner Ankunft auf Tasmanien, schrieb, denkt er viel mehr an das ästhetische Schauspiel des Feuers als an die Rettungstat, ganz ähnlich wie damals, als er als kleiner Junge in Kopenhagen das königliche Schloss brennen sah.

Er erzählt, wie er das in Brand geratene Schiff entdeckte und sah, wie sich das Feuer rasend schnell ausbreitete. Er erwähnt abgefeuerte Kanonenschüsse und die Flammen, die an Takelage und Segeln emporleckten. »Als Rumpf und Ladung, die vor allem aus Wolle, Daunen, Teer, Öl und Talg bestand, Feuer fingen, war der Anblick unbeschreiblich großartig und ergreifend.«

Eins möchte ich diesem Bericht von einer Seereise noch hinzufügen: Jörgen brachte die *Orion* nach England. Unterwegs legte das Schiff auf den Färöern an. Studenten-Jón, der zu Beginn der Revolution die Gefängnisinsassen freigelassen hatte, befand sich an Bord. Er wollte nach Großbritannien auswandern.

Ihm war klar, dass man ihn wegen seiner Unterstützung der Revolution in Island nicht in Ruhe lassen würde, doch während das Schiff auf den Färöern im Hafen lag, lernte er ein Mädchen kennen, und als das Schiff auslief, waren sie noch immer sehr ineinander verliebt.

Natürlich suchte man überall nach ihm und war der Überzeugung, er sei desertiert. Studenten-Jón blieb auf den Färöern und hat dort zahlreiche Nachkommenschaft.

Er hatte gesagt, er komme von dem kleinen Inselchen Örfyrisey bei Reykjavík, und den Nachnamen Effersoe angenommen. Mag das als Zeugnis dafür gelten, dass die Wege unerforschlich sind, nicht nur die Wege Gottes, sondern auch die der Liebe und der Revolution, ja, unser ganzes Leben und unsere Geschichte.

5

Nachdem Jörgen Jörgensen abgesetzt war, schlossen die Briten Verträge mit den höchstgestellten Männern Islands, den Brüdern Magnús und Stefán Stephensen. Sie standen an der Spitze der Gesellschaft. Die Briten erhielten Garantien für ihren ungehinderten Handel und ihre Sicherheitsinteressen und erklärten die Insel im Gegenzug für neutral und unter ihrem Schutz stehend.

Die britische Regierung bekam, was sie gewollt hatte, ohne Island besetzen zu müssen, anders gesagt, sie verleibte es sich ein und gestand den Dänen weiterhin nominell die Oberhoheit zu, um ihre Demütigung und Beschämung nicht auf die Spitze zu treiben.

Nach einer langen Blütephase setzte nun in Dänemark ein allseitiger Niedergang ein, und 1813 war das Land bankrott. Im selben Jahr übrigens, in dem Jörgen Jörgensen in London im Schuldturm saß. Insofern blieb er seinem Vaterland treu – er war genauso stark verschuldet wie es.

In der Zwischenzeit fegte Napoleon mit Sack und Pack durch die Welt und hinterließ am Ende eine größere Konkursmasse als die Dänen und Jörgen zusammen. Ihr Staatshaushalt und seine Spielschulden waren Kinkerlitzchen im Vergleich zu Napoleons Bilanz.

Der Handelsverkehr der Briten mit Island konnte nach der entsprechenden Verordnung im Jahr 1810 beginnen. Mit demselben Dekret trat Island unter den Schutz Großbritanniens. Bis zum Ende des Krieges und ein Jahr darüber hinaus durften die Briten auf der Insel ungehindert Handel treiben.

Im Anschluss, das heißt also seit 1815, mussten sie in Kopenhagen Lizenzen erwerben, wenn sie Geschäfte in Island tätigen wollten. Dadurch ging der Handel kräftig zurück, denn der Preis für eine solche Lizenz erschien vielen als zu hoch.

Die oben genannten Magnús und Stefán Stephensen waren die Söhne jenes Ólafur Stephensen, der das denkwürdige Festessen auf Viðey gegeben hatte. Er war einer der reichsten und damit auch mächtigsten Männer des Landes.

Nach Jörundurs Revolution übernahm Magnús Stephensen gemeinsam mit seinem Bruder von Graf Trampe das Amt des Statthalters. Er trat auch die Nachfolge seines Vaters an, war hochgebildet und äußerst intelligent, ein Fackelträger der Aufklärung und Kämpfer gegen Aberglauben und Hexerei.

Magnús Stephensen besaß die einzige Druckerei des Landes und bestimmte damit, was gedruckt wurde und was nicht. Er zensierte sogar Kirchenlieder und gab sie in veränderter Form heraus. Es hieß, er amputiere ihnen alles Göttliche und alles Poetische, so dass nur noch holprige Knittelverse übrig blieben. Das von ihm herausgegebene Gesangbuch wurde dementsprechend auch *Holterdiepolter* genannt, und wir haben uns entschlossen, darin noch das Beste von all dem zu sehen, was Magnús Stephensen schrieb und verlegte.

Er dichtete die Psalmen um, weil er in die Religion den Glauben an die Vernunft einschreiben wollte, ebenso wie ins Kochen und alle anderen Bereiche des Lebens, doch im selben Moment hörten die Kirchenlieder auf, solche zu sein, und das Ergebnis wurde auch dadurch nicht unbedingt besser, dass Magnús ein grottenschlechter Dichter war. Diejenigen, die etwas gegen ihn hatten, machten sich am ehesten über seine Dichtkunst lustig. Derart mächtig war er. Nichts konnte ihm etwas anhaben, außer wenn man ihm nachsagte, ein schlechter Dichter zu sein.

Es gibt aus jener Zeit kaum eine Geschichte oder einen Reisebericht, in dem er nicht vorkommt, und noch viel später zierte sein Konterfei einen Geldschein, den Fünfundzwanzigkronenschein, solange es ihn gab. Er kommt bei Hooker vor, er taucht bei einem Missionar namens Ebenezer Henderson auf, ja, zeig mir einen Reisenden, der Magnús Stephensen nicht getroffen hat. Es wäre eine eigene Nachricht wert gewesen, ihm nicht zu begegnen.

Magnús Stephensens Geschichte setzt allerdings schon viel früher ein. Er spielt nicht nur in den Ereignissen um Jörundur den Hundstagekönig eine Rolle, sondern ist auch schon in der Geschichte Séra Jón Steingrímssons präsent.

Er gehört ebenso zu den Vulkanausbrüchen an der Skaftá, obwohl er daran selbst keinen aktiven Anteil hatte. Er kam 1784 in Begleitung des Kammerherrn Hans Levetzow nach Island, der im folgenden Jahr den bereits erwähnten Lauritz Thodal als Gouverneur ablöste.

Magnús und Levetzow kamen im Auftrag der dänischen Regierung und zu fest vereinbarten Tagegeldern nach Island, um die Ausbruchsstellen und die Leiden, die sie unter der Bevölkerung anrichteten, in Augenschein zu nehmen.

Die Krone hatte ein mit Holz und Lebensmitteln beladenes Schiff nach Island geschickt, doch die hoch gehende See und Ascheniederschlag zwangen es zum Abdrehen. Es segelte nach Norwegen und erreichte Hafnarfjörður erst im nächsten Frühling. An Bord dieses Schiffs kamen Magnús und Levetzow.

Sie sollten auch eine neue Insel untersuchen, die sich vor der Südwestküste Islands aus dem Meer erhoben hatte, doch bei ihrem Eintreffen war sie schon wieder verschwunden. Bei günstigem Wetter dauerte die Überfahrt von Dänemark nach Island eine Woche. Diese Reise aber dauerte ein Jahr, und sie prägte Magnús nachhaltig.

Zum damaligen Zeitpunkt war Magnús Stephensen ein gut zwanzigjähriger Student und hieß noch gar nicht Magnús Stephensen, sondern Magnús Ólafsson. Der Nachname Stephensen kam erst auf, als die Familie darauf verfiel, sich als die mächtigste Familie nächst dem König zu betrachten. So heißt es jedenfalls. Aber das muss ja nicht stimmen. Stephensen ist ein netter Name, genauso wie Knudsen.

Obwohl die beiden Männer ein Jahr verspätet kamen, waren die Spuren des Ausbruchs keineswegs verschwunden. Magnús und seine Begleiter kamen zu einem Berg und sahen dort Ausbruchsstellen. Die Auswirkungen der Eruptionen waren nicht zu übersehen.

Ganze Landstriche waren vollkommen verändert. Menschen und Tiere waren tot, und Pflanzen verdorrten. Magnús' Beschreibungen klingen miserabel: »Das Wehklagen der Armen aus Hungerqualen und der schreckliche Anblick, überall ausgezehrte, verrottende Knochengerüste von Menschen und Tieren, werden mir immer unvergesslich sein.«

Magnús Stephensen und Hans Christoph Levetzow fuhren im Herbst nach Kopenhagen zurück, und im folgenden Winter schrieb Magnús ein Buch über den Ausbruch, die sogenannten Skaftáreldar. Er war der Erste, der die Vulkane selbst beschrieb.

6

Es kam Hans Christian Levetzow zu, nachdem er seinen Posten als Gouverneur angetreten hatte, Séra Jón Steingrímsson vorzuladen wegen der erwähnten Angelegenheit mit den Geldern der Krone, die er an Bedürftige verteilt hatte, anstatt sie in versiegelter Schatulle Sýslumaður Lýður Guðmundsson auszuhändigen, damit der sie in Empfang nehmen und sich ein Bild davon machen konnte, wie er das Geld darin verwenden wolle, oder was Amtsträger sonst mit Geldern aus Schatullen taten.

Hans Christoph Levetzow verlor vollkommen die Beherrschung und tobte und schrie, was für ein Verbrechen Séra Jón begangen habe, indem er das Siegel von Gouverneur Thodal erbrach, der inzwischen seinen Posten geräumt und nach Kopenhagen gezogen war, um darauf zu warten, dass die Engländer vierundzwanzig Jahre später sein Haus niederbrennen würden.

Séra Jón ließ den Wutausbruch Levetzows über sich ergehen und versuchte anschließend, sich zu verteidigen und zu entschuldigen, dennoch wurde bei der Regierung in Kopenhagen eine Klage gegen ihn eingereicht. Zwei Jahre später kam von dort das Urteil. Der Gouverneur und der Bischof in Island sollten eine angemessene Strafe über Séra Jón verhängen.

Sie kamen überein, ihn zu einer Geldstrafe zu verurteilen, und erlegten ihm eine Geldbuße von fünf Reichstalern auf; außerdem hatte er öffentlich eine Entschuldigung abzugeben.

Der Mann, der mit Gottes Hilfe die Lavawalze und den Ausbruch zum Stillstand gebracht hatte, sollte fünf Reichstaler Strafe zahlen und die Versammlung auf dem Thing öffentlich um Verzeihung bitten? Eine wie hohe Buße hätten sie wohl Gott auferlegt? Musste Gott nicht ebenfalls um Entschuldigung bitten?

Séra Jón erhielt ein Schreiben von Bischof Hannes Finnsson vom Bischofssitz Skálholt. Darin hieß es: »Seine Exzellenz, Herr Hans Christoph Levetzow, der das Amt des Statthalters bekleidet, hat mir ein Dokument des Inhalts zugeleitet, dass Ihr für das Erbrechen des Kästchens und die Verteilung des darin befindlichen Geldes, welches Euch Stiftamtmann Thodal aushändigte, um es Sýslumaður Lýður Guðmundsson zu überbringen, zu bestrafen seid. Ich fordere Euch hiermit gütigst auf, etwas zu Eurer Verteidigung oder zur Entkräftung einer so gravierenden Anklage vorzubringen und mir umgehend diesbezügliche Beweise vorzulegen.«

Unterschrift: Skálholt, den 21. September 1785, Hannes Finnsson.

Séra Jón schrieb sofort zurück: »Nachweise über die Gelder, die ich an in Not geratene Bewohner der Skaftafellssýsla verteilt habe, wurden bereits dem Herrn Stiftamtmann Thodal vorgelegt.«

Alle konnten die Summen, die sie erhalten hatten, bezeugen, bis auf zwei, die inzwischen verstorben waren. Ihre Quittungen waren an Thodal geschickt worden.

Weiter schrieb Séra Jón: »Die Verfehlung, den Klostervogt Sigurður Ólafsson nicht am Öffnen des Päckchens gehindert und anschließend aus dem erbrochenen Kästchen einiges von dem darin enthaltenen Geld verteilt zu haben, gestehe ich demütigst ein.

Ich bitte darum, mir gegenüber Milde walten zu lassen, da meine einzige Absicht darin bestand, einigen Anwohnern des Bezirks zu helfen, die den Mut aufbringen wollten, nach Osten zurückzukehren, es aber durch Entkräftung, durch die allgemeine Hungersnot und weil sie keine Pferde mehr besaßen, nicht auf sich nehmen konnten, den Sýslumaður der Skaftafellssýsla aufzusuchen und etwa dort Gelder in Empfang zu nehmen.

Überdies hätten sie darauf noch einmal in die Rangárvallasýsla gehen müssen, um von dem Geld Vieh zu kaufen. Es ist auch offenbar, dass etliche von ihnen samt Frauen und Kindern Hungers gestorben wären, wenn ich ihnen nicht helfend unter die Arme gegriffen hätte. In Anbetracht dieser Umstände und meiner eigenen Mittellosigkeit überlasse ich meine Angelegenheit der gnädigen Obrigkeit zu gerechter Behandlung.«

Zur Bekräftigung seiner Darlegung legt Jón eine schriftliche Aussage mehrerer Gemeindemitglieder bei, die alle die Selbstlosigkeit und Hilfsbereitschaft ihres Gemeindepfarrers in diesen schweren Zeiten bekräftigen.

Die Antwort von Bischof und Stiftamtmann, dem Gouverneur der Insel, trifft im Oktober ein. In Anbetracht der Umstände bei der Verteilung des Geldes und Séra Jóns Mittellosigkeit sei beschlossen worden, seine Strafe abzumildern. Nach wie vor sei er jedoch zur Zahlung von fünf Reichstalern, entsprechend einem Kuhwert, verurteilt, die zur Unterstützung armer Geistlicher verwendet werden sollten, sowie dazu, vor der Obrigkeit auf dem Allthing öffentlich Abbitte zu leisten.

Im Sommer 1786, als die größte Aktivität des Ausbruchs im Abklingen begriffen ist, macht sich Séra Jón Steingrímsson also zu Pferd auf den Weg zum Allthing, um Reue zu zeigen. Er ist der Einzige, der sich für Verfehlungen bei der Hilfeleistung während der Katastrophe, die über die Bevölkerung hereingebrochen ist, verantworten muss.

Séra Jón glaubte, wenn er sich noch weiter sträubte, würde das Ergebnis am Ende noch schlimmer und die Geldstrafe noch höher ausfallen. Da war es besser, für seine Unschuld zu leiden. Leicht fällt es trotzdem nicht, für seine Wohltaten um Vergebung zu bitten.

»Hier erweist sich, dass manch einer für seine Gutwilligkeit büßen muss«, wird derselbe Bischof Hannes Finnsson zitiert, der die Strafe verhängte.

Wenigstens trat Séra Jón vor das Gericht und bat um Vergebung dafür, »mehr das Wohlergehen der Leidenden im Sinn gehabt zu haben als die förmliche, buchstabengetreue Ausführung des ihm Aufgetragenen«.

Er hält einen Augenblick inne, lässt den Blick über die Männer im Gericht, über die Lava und das Moos schweifen und fährt dann fort: »Und dafür, dass ich bei meinen Handlungen den Sinn der Barmherzigkeit und Liebe über den der Amtspflicht stellte.«

So verlief Séra Jóns Leben: Warf man ihm mal keine Verfehlungen vor, dann eben die guten Taten. Von Verfehlungen, für die er keine Verantwortung trug, wurde er freigesprochen, aber für die guten Taten verurteilt, die er sich hatte zuschulden kommen lassen.

Nun habe ich das meiste von dem mitgeteilt, was mir an seiner Geschichte wichtig erscheint; dennoch wird er hin und wieder auftauchen, wenn nicht hier, dann da.

Amen.

FÜNFTER
TEIL

XIV

1

Nein, unser König befand sich in keiner guten Lage. Es ging ihm ebenso schlecht wie uns. Wir nannten ihn König der Hundstage, er aber nannte uns »seine armen, unglücklichen Isländer«. Er weinte über unsere Schicksale, steckte aber selbst tief in der Bredouille. Keinem ging es gut.

Nach seiner Ankunft in London sah es so aus, als könne er sich als freier Mensch bewegen. Darauf deutete anfangs alles hin. Jörgen Jörgensen glaubte, die Situation zu beherrschen.

»Ich werde meine Sache richtigstellen«, dachte er. Nein, er würde sich nicht von Captain Jones' Gefasel ins Bockshorn jagen lassen. Keinesfalls. Ganz im Gegenteil. Diesem aufgeblasenen Pfau gehörten einmal die Flügel gestutzt.

Jörgen Jörgensen war schon mit größeren Brocken fertiggeworden. Und Graf Trampe, dieser Jammerlappen! Dachte von sich, er sei mehr Däne als er. Dabei endete sein Name nicht einmal auf -sen. Nicht Jensen, auch nicht Jörgensen. Wie seiner. Er lachte über diesen ganzen Quatsch, über die ganze Welt.

Jörgen Jörgensen reichte beim Marineministerium ein Memorandum ein, und allem Anschein nach gab sich die britische Regierung damit zufrieden. Er wurde in keiner Weise behelligt. Jörgen Jörgensen war ein freier Mann. Ein freier Mann in der Hauptstadt der Welt, vom Wind der Freiheit und großen Plänen umweht.

»Was möchte ich werden?«, fragte er sich. Schriftsteller oder Politiker? Am liebsten beides. Aber es war nicht die richtige Frage. Zuerst musste er sich fragen: »Was bin ich?« – Ein großer Mann! Die Antwort lag auf der Hand.

Als kleiner Knirps in Dänemark hatte er davon geträumt, einmal ein Graf zu werden, und jetzt stand er hier in London und war ein großer Mann: ein König! Ein gestürzter König, gewiss, aber was machte das schon für einen Unterschied?

Solche Gedanken kamen Jörgen Jörgensen nur, wenn es ihm gut ging und er sehr guter Laune war, und damit meine ich nicht bloß gut aufgelegt, sondern in wirklich richtig guter Laune.

Er selbst dazu in einem Brief an William Hooker: »Nachdem ich meine eigene Seele ein ums andere Mal gründlich erforscht habe, bin ich zu der Feststellung gelangt, dass ein Genie oft aus Unverständnis für verrückt gehalten wird.«

Natürlich war Jörgen nicht der erste Mensch auf der Welt, der zu dieser Einschätzung gelangte, und auch nicht der letzte. Doch das Konto der Erfahrung war gefüllt, die Geschichte sollte Zinsen tragen. Er hatte die Weltmeere befahren, Länder eingenommen, fremde Sprachen gelernt und Literatur gelesen, er hatte Beachtung durch Hoch und Niedrig erfahren. Frauen hatten ihm Blicke zugeworfen. Auf Island wartete eine Königin auf ihn, wenn nicht zwei oder gar drei.

Jörgen wohnte im Spread Eagle Inn, dem Gasthaus in der Gracechurch Street, in dem er auch früher logiert hatte. Er begann zu schreiben, ging aus und besuchte Vergnügungen.

Nichts konnte ihm etwas anhaben. Im Gegenteil, Schwierigkeiten verliehen ihm nur mehr Stärke. Tatsächlich freute er sich sogar darauf, diesen beiden Waschlappen entgegenzutreten, Alexander Jones und Graf Trampe.

Nicht er hatte die Weltmacht betrogen. Sondern Alexander Jones. Oder der Graf. Denn was war jemand, der einen Handelsbann und ein Handelsmonopol aufrechterhielt, unter diesem Deckmantel aber selbst Geschäfte machte und sich am Elend eines ganzen Volkes bereicherte? So jemand war ein durch und durch korrupter Schweinehund.

Alles ging auf, Jörgens ganze Argumentation. Er lud die Kanonen des Verstands, die keine kleinen Geschütze waren. In Gedanken hielt er Reden, die seine Widersacher zu Fall bringen würden. Es waren flammende Plädoyers für die Freiheit, für freien Handel und für Menschenrechte. Er würde keine Träne vergießen, wenn sich die Gefängnistore hinter ihnen schlossen.

Er erwartete, dass die Gerechtigkeit siegen würde. Am Ende siegt sie immer. Man würde ihn sogar als Regenten oder König wieder nach Island entsenden. Dort wartete Guðrún Johnsen auf ihn, seine Königin, von britischen Aristokraten umschwärmt, ebenso flammend schön wie die Berge, die zu ihrem Ruhm Feuer spien.

In der Zwischenzeit scharwenzelte James Savignac um Guðrún herum; davon konnte Jörgen nichts wissen, aber es überraschte ihn nicht, als er später davon erfuhr. Den König konnte nichts überraschen. Was ist schon eine Frau, die einen verlässt? Nichts anderes als ein Vogel, der davonfliegt.

Jörgen verlor sich in Tagträumereien. Man würde ihm hohe Entschädigungen zahlen, das Vermögen der Schurken einziehen, ihre Schiffe und anderes bewegliches Gut. Und er würde eine Berühmtheit werden, ein Freiheitsheld, zu dem das Volk aufblickte.

In solchen Momenten stiegen in ihm Napoleon und sein ganzer Glanz auf, das Romantische der Revolutionen, dagegen haben manche Jörgens Verwandtschaft mit dem radikaleren Flügel der französischen Revolution erwogen, mit den Jakobinern. Napoleon war zehn Jahre älter als er. Sie schienen aufeinander zu folgen, der eine Kaiser, der andere König.

Jörgen suchte Sir Joseph Banks auf und aß mit ihm zu Abend. Im Anschluss nahmen sie wieder in der Bibliothek Platz, wie damals vor vier Jahren, als er nach der strapazenreichen Reise mit der *Alexander* nach London gekommen war.

Damals hatte er die Tahitianer und den Maori Teinah aus Neuseeland in seiner Begleitung mitgebracht. Er lebte noch und arbeitete als Handwerker.

Jörgen erzählte Sir Joseph die ganze Geschichte. Der Baron hörte aufmerksam zu. Jörgen schilderte das Gastmahl auf Viðey, richtete Banks die Grüße von Ólafur Stephensen aus und erwähnte die freundschaftlichen Gefühle, die viele Isländer noch immer für ihn hegten.

Nein, die Banks-Expedition nach Island war dort keineswegs vergessen. Es war, als wäre er erst gestern gelandet. Sir Joseph bekam Jörgens Version der Ereignisse zu hören, die er selbst initiiert und geplant hatte und hinter denen er als treibende Kraft gestanden hatte.

Doch Adam befand sich nicht mehr im Paradies. Manchmal ist die Freiheit bloß ein flüchtiger Rausch, und die Nachwehen sind ebenso dunkel wie traurig.

2

Sobald Alexander Jones und Graf Trampe auf der Bildfläche erschienen und sich Gehör verschafften, begann der Wind aus einer anderen Richtung zu wehen. Auch sie suchten Sir Joseph Banks auf und konfrontierten ihn mit der Frage, welche Vorstellungen er denn eigentlich hege. Sollte sich das britische Empire tatsächlich von einem dänischen Gassenjungen, einfachen Matrosen und Kriegsgefangenen an der Nase herumführen lassen?

Durften solche Individuen in Ländern die Macht an sich reißen, die Königen unterstanden? Jörgen Jörgensen war ein aufrührerischer Revolutionär, außerdem ein primitiver und rabiater Flegel. Das bewiesen die mitgebrachten Dokumente. Geruhe der Baron, einen Blick auf die Beschwerden der Kaufmannschaft zu werfen? Oder auf die der staatlichen Beamten?

War es etwa in Ordnung, eine vollkommen unbekannte Flagge zu hissen, Strafgefangene aus dem Gefängnis zu entlassen und das Vermögen gut situierter Bürger zu beschlagnahmen? Das hatte mit Handel und Geschäft nichts zu tun, das war eine Revolution. Ein Putsch. Es ging nicht darum, ein notleidendes, hungerndes Volk zu retten. Sondern um pure Machtgier.

Und diese Revolution war weder im Sinne Englands noch Dänemarks. Sie war eine Neuauflage der Französischen Revolution mit diesen abscheulichen Vorstellungen von Freiheit, Gleichheit, Brüderlichkeit. Selbst die Armen sollten Wahlrecht bekommen! Volk gänzlich ohne Besitz. Wo sollte so etwas hinführen?

Dieser Jörgen Jörgensen, der sich auch Jorgen Jorgenson schrieb, hatte den Leuten sogar Bewegungsfreiheit geschenkt. Machte sich der Herr Baron das klar? Wusste Sir Joseph, was das in einem Land bedeutete, dessen Bevölkerung ohnehin kein größeres Vergnügen kannte, als sich herumzutreiben und Maulaffen feilzuhalten? Die Leute machten sich gegenseitig schlecht und verfolgten diejenigen, die besser gestellt waren, mit ihrem Neid.

Die *Talbot* war voller Unterlagen, die Jörgens und Samuel Phelps' Verbrechen bewiesen. Phelps war keinen Deut besser, er hatte dänische Kaufleute beraubt und sie bis aufs Hemd ausgeplündert. Manchmal war Phelps der Kopf hinter der Revolution, manchmal war es Jörgen Jörgensen.

Samuel Phelps sollte für alle Anklagepunkte, derer man ihn beschuldigen konnte, der Prozess gemacht werden, und man sollte ihn zu einer Geldstrafe verurteilen, einer empfindlich hohen Geldbuße, doch Jörgen Jörgensen wollte Graf Trampe nach Kopenhagen ausgeliefert sehen, wo man ihn als Hochverräter öffentlich hängen konnte.

Während solche Stimmen in den vornehmsten Häusern Londons zu hören waren, zog Jörgen durch die Pubs, ging ins Theater, las Bücher und flirtete mit Frauen. Es bereitete ihm Vergnügen, auf der Bühne des Weltgeschehens zu stehen und laut in den Saal zu rufen. Es tat gut, ein kleiner Bestandteil einer großen Geschichte zu sein oder ein großer Akteur in einer kleinen Geschichte.

In der Zwischenzeit arbeitete er an seinem Theaterstück über Napoleon und notierte sich Stichpunkte, die die Grundlage zu seinem Werk *Historical Account of a Revolution on the Island of Iceland in the Year 1809* bildeten, seiner ausführlichen Darstellung der isländischen Revolution.

Manchmal ist Jörgen der Gedanke gekommen, er sei ein neuer Shakespeare oder wenigstens ein Holberg, und er hatte später kein Problem damit zu erklären, man brauche nicht länger einen Homer, um sich selbst zu besingen.

Wenn Guðrún Penelope, die von Freiern umlagerte Herrscherin des Nordens, war, dann war er Odysseus, der die Meere befahren hatte und sich nun auf der Heimreise befand. Wir kennen die Reisen unseres Königs Jörgen Jörgensen; die Reisen der Guðrún Johnsen muten uns sogar noch mysteriöser an.

Sie ging ins Ausland, um eine Dame zu werden, endete aber als Bettlerin in Kopenhagen. Ihre Pläne waren für eine Frau in der damaligen Zeit mindestens ungewöhnlich. Frauen kamen höchstens dann ins Ausland, wenn sie als verurteilte Straftäterinnen ins Gefängnis deportiert wurden. Diese Urteile waren hart, aber immer noch besser als das ebenfalls übliche Ertränken.

3

Dann kam ein Abend, ein paar Tage nach dem Eintreffen der *Talbot*. Man hatte inzwischen mit dem Transport Board und Sir Joseph gesprochen. Es war gegen zehn Uhr abends. Jörgen hatte sich im Spread Eagle Inn einen Imbiss bestellt und hielt sich nun in seinem Zimmer auf. Er hatte soeben einen Akt seines Theaterstücks beendet und war damit sehr zufrieden, so zufrieden, dass er sich ein Steak und einen Krug Bier bestellt hatte.

Jörgen führte den Krug gerade zum Mund, als sein Blick zur Tür fiel, und dort standen einige Polizeibüttel mit einem Vertreter des dänischen Konsulats. Sein Name war Hans Fredrik Hornemann. Da man sich im Krieg befand, erkannte man ihm nicht mehr den Titel Konsul zu, er war jetzt der Sprecher der Kriegsgefangenen.

Als solcher hatte Hornemann viel zu tun. Es gab viele in London internierte Dänen, doch einem König war er noch nie begegnet, geschweige denn Zeuge seiner Verhaftung geworden. Hornemann sollte auch dolmetschen, doch das war vollkommen unnötig, Jörgen sprach ebenso gut Englisch wie er.

Die Polizisten zeigten auf Jörgen und erklärten ihn für verhaftet, weil er sein Ehrenwort gebrochen und das Land verlassen hatte. Sie wollten ihn mit Gewalt festnehmen, Hand an ihn legen, doch Jörgen erklärte, er werden keinen Widerstand leisten, sondern ihnen gern folgen.

Er wusste, dass es sich nur um ein Missverständnis handeln konnte. Personal und Gäste der Pension schauten schockiert zu, wie Jörgen abgeführt wurde, dieser nette Kerl, König von Island, der ihnen zahllose abenteuerliche Geschichten sogar aus der Südsee zum Besten gegeben hatte. Wenn nur die Hälfte all dessen oder auch weniger wahr war, dann handelte es sich um eine Achtung gebietende Persönlichkeit.

Sie marschierten aus dem Gebäude. Als der Schein der Straßenlaternen auf sie fiel, gab es einen gefallenen König zu sehen, Jörgen trug auf einmal ein vergrämtes Gesicht zur Schau wie ein Märtyrer, obwohl er vollständig von seiner Unschuld überzeugt war.

Er wurde in ein düsteres Verlies gesteckt, in dem Verbrecher untergebracht waren, ehe man sie einem Richter vorführte. Dort saß er unter Dieben, Zuhältern und Mördern mit feierlicher Miene wie ein Heiliger, den es irrtümlich in die Hölle verschlagen hat und der auf seine Auferstehung wartet. So wurde er später auch von seinen Mitgefangenen auf Tasmanien beschrieben, als ein Mann, der den Blick in eine andere Welt gerichtet hatte und sich anderswo aufhielt.

Aus der Untersuchungshaft wurde Jörgen in das Gefängnis von Totthill Fields verlegt. Dort befiel ihn die Spielleidenschaft in einem Ausmaß, dass er sich in den nächsten Jahren immer wieder nicht eher vom Spieltisch erhob, egal wie viel Geld er auch zur Verfügung haben mochte, als bis er auch den letzten Penny verspielt hatte.

»Ich kann mir nicht vorstellen, dass ich hier länger bleiben werde«, schrieb er William Hooker, und darin sollte er recht behalten, denn kurz darauf überstellte man ihn an einen noch schlimmeren Ort, auf das Gefängnisschiff *Bahama*, das zur Aufnahme von Kriegsgefangenen diente. Damit war auch

Jörgen Jörgensen wie Graf Trampe vor ihm auf einem Schiff gelandet.

Dort ereilte ihn von William Hooker die schlechteste aller denkbaren Nachrichten. Bis dahin war Hooker stets eine Quelle guter Nachrichten gewesen, doch im Grunde war jede Nachricht, verglichen mit dieser einen, eine gute Nachricht.

Kurz gesagt lief sie auf Folgendes hinaus: William Hooker teilte Jörgen mit, dass Sir Joseph Banks ihm den Rücken gekehrt und dazu folgende Erklärung abgegeben habe: »Jörgensen ist ein junger Mann, für den ich einigen Respekt aufbrachte, ehe er sich hierzulande und andernorts so aufführte, dass ich nichts für ihn tun kann.«

Schlimmer konnte es nicht kommen, und einen schlimmeren Aufenthaltsort für Jörgen Jörgensen konnte es ebenfalls nicht geben. Das war kein Ort für einen König, nicht einmal für einen gestürzten König.

4

Jörgen Jörgensen blieb zehn Monate lang auf dem Gefängnis-schiff *Bahama* eingesperrt. Die ganze Zeit über fürchtete er um sein Leben, denn viele der dänischen Kriegsgefangenen wollten ihm ans Leder.

Sie hatten von dem Seegefecht der *Admiral Juul* gehört, und sie kannten die Geschichten aus Island in ihrer übertriebensten Fassung. Sowohl der Kampf zur See als auch die Revolution auf Island waren Stoff für die Zeitungen gewesen, nach Jörgens Meinung allerdings verdreht und verzerrt dargestellt worden. Die Zeitungen hatten ihn als Fantasten und Irren hingestellt, ein einfacher Seemann, der sich die Königswürde anmaßte.

Doch wie die Geschichte auch serviert worden war und welche Verdauungsstörungen sie auch auslösen mochte, die Tatsache, dass Jörgen Jörgensen vom dänischen König verurteilt und zum Landesverräter erklärt worden war, hatte jedenfalls bei vielen auf dem Gefängnisschiff die Runde gemacht. Die Gefängnisschiffe waren berüchtigt, und sie waren für die Feinde Großbritanniens gedacht. Was hatte dann aber ein Feind Dänemarks dort zu suchen?

Jörgen dachte daran, dass sie Trampe in einer Kajüte auf der *Margaret and Anne* eingesperrt hatten, doch das war im Vergleich mit seiner Lage das reinste Zuckerschlecken gewesen. Das alles bekam William Hooker in Briefen zu lesen, die nun voller Angst und Befürchtungen steckten.

Das war der Erfolg des Grafen Trampe: Als die Briten kein Gesetz und keinen Paragrafen fanden, nach dem sie Jörgen einkerkern konnten, lenkte Graf Trampe ihr Augenmerk auf die Sache mit dem gegebenen Ehrenwort. Jörgen hatte das Gesetz übertreten, auch wenn er das ganz anders sehen wollte. Er war nie darauf eingegangen, seine Reisefreiheit beschneiden zu lassen.

Hätte er gewusst, dass so viel auf dem Spiel stand, dann hätte er sich doch vor seiner Abreise nach Island um die Angelegenheit gekümmert. Sir Joseph Banks hätte das im Handumdrehen aus der Welt schaffen können, doch seiner Einschätzung nach war dies nicht nötig. Seine Untätigkeit musste ein Teil der Absprache sein. Besaß etwa ein Graf Trampe, Statthalter des dänischen Königs in Island, den die Briten gern loswerden wollten, auf einmal Regierungsbefugnisse in Großbritannien?

Trotz der schwierigen Bedingungen und obwohl Jörgen an Bord des Gefängnisschiffs ständig um sein Leben bangte, schaffte er es, zwei Bücher zu schreiben, den schon genannten *Historical Account of a Revolution on the Island of Iceland in the Year 1809* sowie den Roman *The Adventures of Thomas Walter*. Wahrlich eine große Leistung. Beide Manuskripte lagen im Mai 1810 fertig vor.

In beiden wird im Grunde dieselbe Geschichte erzählt, jedoch auf höchst unterschiedliche Weise. Hooker wie Banks lasen die Manuskripte. Keiner von beiden wollte Jörgen helfen. Banks fürchtete, Leute könnten Verleumdungsklagen gegen ihn anstrengen, und Hooker fand, Jörgens Buch überschneide sich mit seinem eigenen. Jörgen trug sich keineswegs mit der Absicht, Hookers Buch in den Schatten zu stellen, doch ihre Bücher mussten sich natürlich überlappen, da sie beide vom selben handelten.

Zwei andere Schriften Jörgens kursierten um diese Zeit. Die eine war das Trauerspiel über Napoleon oder richtiger über den Verbannten, der Napoleon umbringen wollte, den Napoleon jedoch entlarvte und hinrichten ließ. In Wirklichkeit waren alle von der Unschuld des Verbannten überzeugt, doch Jörgen macht ihn zu einem echten Verschwörer, um seine Ansichten über Napoleon ausgiebig kundzutun.

Shakespeare war das Maß aller Dinge auf der Bühne, Napoleon war es in der Politik. Beide dienten Jörgen als Richtschnur, jeder auf seine Weise. Gleichwohl stand er unter dem Einfluss ganz anderer.

Das zweite Manuskript war eine Komödie mit dem Titel *Robertus Montanus or The Oxford Scholar*, die von einem Jungen vom Lande handelt, der nach seinem Studium in Oxford in sein Heimatdorf zurückkommt und dort alles in helle Aufregung versetzt, als er anfängt, die altüberkommenen Ansichten der Leute in Frage zu stellen. Man steckt ihn in die Armee, und da sieht er allmählich alles ganz anders.

Es war einer von Jörgens Träumen, ein erfolgreicher Autor zu werden, doch sein Gefängnisaufenthalt wirkte sich nicht gut aus. Verleger in Großbritannien rissen sich nicht unbedingt darum, Bücher von Sträflingen herauszugeben. Es war hoffnungslos, und der Gefängnisaufenthalt hinterließ Spuren in Jörgens Äußerem und in seiner Gesundheit.

Es gab sogar Gerüchte, man hätte ihm an Bord der *Bahama* Gift verabreicht. Das Gerücht wurde nie entkräftet. Jörgen selbst war davon überzeugt, dass es zutraf. Er führte darauf einen Krankenhausaufenthalt auf Gibraltar zurück, eine Magenerkrankung und Bewusstseinsstörungen in Paris und andere Gelegenheiten, bei denen er sich krank fühlte.

Selbst Alexander Jones, der seinen Teil zum Gang der Dinge beitrug, zeigte sich erschrocken, als man Jörgen zur Guildhall schaffte, wo er in einem Prozess um Samuel Phelps' Versicherungen aussagen sollte.

Der junge, selbstsichere Jörgen, der Frauenheld von Island, war in so jämmerlicher Verfassung und ein so veränderter Mensch, dass sich Kapitän Jones nicht traute, auf ihn zuzugehen und ihn zu begrüßen.

Was hätte er auch sagen sollen? Danke für letztes Mal? Auch um Jóns geistige Verfassung war es nicht gut bestellt. Seine Enttäuschung war gewaltig. England hatte ihn verraten.

Jegliche romantischen Vorstellungen, die er sich von diesem Land gemacht hatte, waren mit einem Schlag erledigt. Er hatte doch Shakespeare verehrt! Und jetzt sah es für ihn so aus, als trete er selbst in einer Shakespeare-Tragödie auf.

5

Unter solchen Umständen hätte Séra Jón Steingrímsson sagen
können: »Mein Geist steht in heller Aufregung, und meine
Lage ist so schrecklich, dass ich Tag und Nacht keine Ruhe
finde.« Doch es war nicht Séra Jón, der das sagte oder nieder-
schrieb, sondern Jörgen Jörgensen.

So klingt sein Stil, sein Zuchthausstil. Er schrieb diese
Worte in einem Brief an Alexander MacLeay, den Sekretär des
Transport Boards der Navy, fast ein Vierteljahrhundert nach-
dem Séra Jón so seine Lage im Jahr 1786 vor dem Gericht auf
Þingvellir hätte schildern können.

Wie Sie merken, kann ich mich noch nicht endgültig von
Séra Jón verabschieden. Geschichten sind nie endgültig abgeschlossen, auch wenn sie enden; auf die Vulkanausbrüche
an der Skaftá folgten Missernten und Hungersnöte, und um
Séra Jón herum ist alles aus den Fugen, als er als erkrank-
ter Geistlicher nach einer langen und strapaziösen Reise aus
der Skaftafellssýsla im Osten zum Allthing an der Öxará
kommt.

Unterwegs hatte er das ungeheuer riesige frische Lavafeld
umgehen müssen, hatte die mächtigsten Ströme der Insel
durchquert und war an den Trümmern der Bauernhöfe vor-
beigekommen, die bei den gewaltigen Ausbrüchen zwei Jahre
zuvor zerstört worden waren, und das alles, um eine Geldstrafe von fünf Reichstalern und eine Entschuldigung dafür
abzugeben, dass er in Not Geratenen geholfen hatte.

Natürlich hatte er ein Siegel erbrochen und ein Kästchen geöffnet, das noch einen langen Weg zurücklegen sollte, um erst vom zuständigen Sýslumaður geöffnet zu werden. Doch vermutlich wäre das Geld dann denselben Weg wieder zurückgewandert, weil die, denen es zugedacht war, inzwischen sicher nicht mehr lebten.

Mitten im Gottesdienst hatte Séra Jón den Magmastrom zum Halten gebracht, ein Mann, der in direktem Kontakt mit Gott Wunder vollbrachte, der von Hof zu Hof zog und Kranke heilte und pflegte, der den Armen und Bedürftigen Hilfe brachte, und er als Einziger muss sich in den Staub werfen und Strafe zahlen und um Entschuldigung bitten.

Séra Jón hatte sehr viele Briefe geschrieben, und das war nun der Erfolg. Ganz anders verhielt es sich mit der Korrespondenz Jörgen Jörgensens vom Gefängnisschiff *Bahama*. Sie führte zu dem Ergebnis, dass er im Dezember 1810 freigelassen wurde. Es hatte sich irgendwer für ihn verwendet. Ganz sicher William Hooker, wahrscheinlich auch Alexander MacLeay vom Transport Board.

Das stillschweigende Einverständnis Sir Joseph Banks' hat sicher ebenfalls dazu beigetragen. Es hieß, Sir Joseph habe doch noch Mitleid mit Jörgen bekommen, diesem bedauernswerten Dänen, der zwar eindeutig zu weit gegangen, im Grunde aber ein netter Kerl war. Aus verschiedenen Richtungen wurden Sir Joseph Nachrichten über Jörgens schlechten Zustand zugetragen, und wer trug größere Verantwortung dafür, wie man mit Jörgen umsprang, als er?

XV

1

In Island hatte die Revolution die Folge gezeitigt, dass die Briten nun dorthin segeln und dort Handel treiben konnten, wie es ihnen beliebte, und daher strichen den Gewinn, der daraus resultierte, auch zum größten Teil britische Kaufleute ein.

Sie waren sehr tüchtig darin, hiesige Produkte auszuführen, doch nicht ganz so erpicht darauf, uns mit Waren zu versorgen. Etwas von der üppig gedeckten Tafel fiel auch für uns ab, allerdings nicht viel, denn es waren ganz außergewöhnlich schlechte Zeiten für Handelsgeschäfte. Dafür sorgte der Krieg. Das Angebot war geringer als die Nachfrage. Die Kaufleute, isländische wie dänische, konnten daran verdienen.

Die Leute sagten auch, die englischen Kaufleute, die uns vom Joch und vom Monopolhandel der Dänen erlösen sollten, seien im Zweifelsfall kaum besser als diese oder sogar noch schlimmer. Wenn uns die dänische Herrschaft streng vorgekommen war, so war sie schwach im Vergleich zur britischen, geradezu milde.

Zumindest bedachten die Annalenschreiber die englischen Krämerseelen, die nun hier ihren Geschäften nachgingen, mit keinem einzigen lobenden Wort, weder Séra Pétur Guðmundsson von Grímsey noch Jón Espólín, der Sýslumaður im Skagafjörður. Man muss jedoch berücksichtigen, dass sie im Auftrag des hiesigen Regimes schrieben und von den Umtrieben der Briten keineswegs begeistert waren.

Samuel Phelps machte weiterhin Geschäfte in Island und hatte nun zwei Assistenten, James Savignac, der sich bereits im Lande aufhielt, und John Parke, der Leiter des britischen Handels, der aber auch ein spezieller Mitarbeiter von Samuel Phelps war.

Dass Phelps seine Geschäfte noch weiter fortführen konnte, nachdem er fünfzigtausend Pfund im Meer versenkt hatte, nahm man als Beweis für seinen immensen Reichtum, denn von den Versicherungen bekam er für das verbrannte Schiff nicht einen Penny. Danach schickte er weitere Schiffe und ließ sie mit Talg und Tran beladen.

John Parke ist ein Kapitel für sich. Er war englischer Konsul und betitelte sich selbst als »Gesandter Seiner Majestät des Königs von Großbritannien und Irland auf der Insel Island«. Er war der Sohn eines Kaufmanns in Liverpool und vom König eingesetzt, doch traf er erst im Jahr 1811 in Island ein.

John Parke galt als über die Maßen arrogant und affektiert, und oft konnte man nicht wissen, was er im Schilde führte. Wir teilten nicht das Bild, das er von sich selbst hatte. Uns fehlte das Lebensnotwendigste, und er dachte vor allem an Prunk und Seide. Natürlich gab es Kaufleute, die anders dachten, doch er war ihr Vorsteher.

Viele hielten ihn für geistesgestört, und man erzählte sich, er habe keine Vorstellung davon, wo er sich befinde. Er lebte nicht in derselben Realität wie wir. Er nahm seine Hündin, steckte sie in ein Fass und erschoss sie. Eines Tages verfiel er auf den Gedanken, keinen Zucker verkaufen zu wollen, obwohl er genug davon hatte, weil er ihn auf seine Stiefel auftragen wollte, damit sie glänzten.

Es gibt noch viele derartige Anekdoten über den Konsul und Kaufmann John Parke, sie gehen alle in eine ähnliche Richtung, jedenfalls wenn sie etwas mit Geschäften und dem Umgang mit Menschen zu tun haben.

2

Der Bezirksrichter und Annalist Jón Espólín hatte keine hohe Meinung von Reykjavík und seinen Bewohnern. Ich weiß nicht, was er von uns, die wir heute in der Stadt leben, halten würde.

Er beschrieb Reykjavík als Ort, »wo an nichts anderes gedacht wurde als daran, Geld zu scheffeln und sich auszustaffieren. Sämtliche Einwohner waren Krämer, und ihre Mägde und Knechte hatten nichts anderes im Sinn, als sich herauszuputzen. Die Frauen trugen viele Goldringe, und man überbot sich in allem, was nach Affektiertheit aussah, es gab ständig Gesellschaften, es wurde getanzt und getrunken. Das gewöhnte sich auch das einfache Volk an, das in der Nähe lebte, und dadurch machte sich allgemeiner Müßiggang breit, doch alles, was Abhärtung, rechte Mannesstärke und Mut erforderte, war dort denkbar weit entfernt.«

Einen Nachhall dieser Worte hört man noch heute in Gesprächen über das Verhältnis von Landbevölkerung zu Stadtmenschen, in denen »laue Latte schlürfende Lamawollschalträger« die Innenstadt von Reykjavík bevölkern, während die kernigen, zupackenden Menschen auf dem Land leben, und die Frage: »Was tun die eigentlich da in der Stadt?«, echote lange wie ein ewig wiederkehrender Refrain durch eine Geschichte, von der keiner weiß, ob sie im Spaß oder im Ernst zum Besten gegeben wurde.

Manchmal ist sie ein Trauerspiel, manchmal eine Komödie, doch sie wiederholt sich zu unterschiedlichen Zeiten an unterschiedlichen Orten, und ihre Wurzeln reichen zurück bis in heidnische Zeiten, bis nach Mittgard und Útgard, doch darauf wollen wir hier nicht näher eingehen.

Jón Espólíns Beschreibung von Reykjavík passt natürlich ausgezeichnet auf John Parke und vielleicht auch auf die kleine Oberschicht, die *Klúbburinn*, den Klub, besuchte, doch John Parke setzte vielleicht nur das durch, was Joseph Banks als »dringende Notwendigkeit einer Art britischer Suprematie« in Reykjavík bezeichnete, während Briten und Dänen miteinander im Krieg lagen.

Es kann gut sein, dass diese Bestrebung in einigen anderen Ländern anschlug, über die die Briten herrschten, doch wir hier fanden keinen Zugang zu derartigen Weisheiten.

Selbst Geir Víðalín, unser guter und harmlos gutmütiger Bischof, der niemandem etwas Böses nachsagte, äußerte über »Consul Jón Parker«, er sei ein »unsympathischer, ins Geld verliebter« Mensch.

Nachdem Jörgen aus dem Land geschafft worden war, sah man James Savignac immer öfter in Begleitung von Guðrún Johnsen, und sie scheinen einander nähergekommen zu sein, oder aber er hat Jörundur, dem König, seine Königin schlichtweg ausgespannt. Vielleicht wollte er gern selbst König sein. Sie wurde als seine Haushälterin bezeichnet. Manche Chronisten setzen diese Angabe in Anführungszeichen.

James Savignac war oft in der Stadt unterwegs, und manche verdrückten sich, sobald sie seiner ansichtig wurden. Er schlug Menschen, die ihm die Jagd auf Vögel verboten, und er ließ stets die Fäuste sprechen, wenn er nicht bekam, was er wollte, aber er sprach auch kein Isländisch, ebenso wenig Dänisch, und nur wenige Isländer konnten sich auf Englisch mit ihm verständigen. Gelehrte und belesene Menschen hätten

Latein mit ihm reden können, doch Savignac sprach auch kein Latein. Er drückte sich meist mit Händen und Füßen aus und oft genug mit den Fäusten.

Doch James Savignac verstand sich auf mancherlei. Unter anderem betätigte er sich als Gärtner und ließ einen von ihm angelegten Gemüsegarten zurück, in dem üppig kleine Rübchen und Radieschen wuchsen – Samuel Phelps hatte verschiedene Sämereien mitgebracht, um zu testen, was sich in Island anbauen ließ. Savignac interessierte sich auch sehr für Vögel, und als er später in London mit Jörgen Jörgensen im Schuldgefängnis zusammentraf, wollten die beiden zusammen ein Buch über die isländische Vogelfauna schreiben.

William Hooker notierte jedes Detail über die Anbauversuche mit größter Gewissenhaftigkeit. Er war jung und wissbegierig, und alles sollte der Royal Society zur Kenntnis gebracht werden, nicht zuletzt Sir Joseph Banks, der anscheinend über jeden handtellergroßen Fleck auf diesem Planeten Bescheid wissen wollte.

James Savignac requirierte für sich Flüsse und Seen, die ihm nicht gehörten, und forderte gleich zu Anfang für sich ein Haus, das ein dänischer Beamter räumen musste, damit Savignac dort logieren und sich den Schnurrbart zwirbeln und junge Frauen zu sich locken konnte, wenn er einmal keine großen Reden oder seine Pistolen schwang.

Er verdächtigte den Kaufmann Gísli Simonarson, Guðrún Johnsen nachzusteigen, und forderte ihn zum Duell, doch Gíslis Frau stand auf gutem Fuß mit einigen dänischen Amtsträgern, und später erwartete sie von einem von ihnen ein Kind. Gemeinsam verließen sie Island.

Als Savignac Gísli im Haus von Bischof Geir erblickte, verschaffte er sich unangemeldet Zugang mit zwei Pistolen. Gísli nahm eine, und sie wollten aufeinander feuern, doch da ging der Bischof dazwischen, legte ihnen die Hand auf, brachte sie dazu, sich zu setzen, und vermittelte zwischen ihnen.

Obwohl Bischof Geir Víðalín ein sanfter und gutmütiger Mann war, den man nie die Fassung verlieren sah, war er mit Sicherheit stärker als sie beide. Außerdem könnte Gott ihm zur Seite gesprungen sein und auf irgendeine Weise seine Hand im Spiel gehabt haben.

Sie hätten sich im Übrigen gegenseitig umbringen können, und ganz gleich, wer gewonnen hätte, keiner von ihnen hätte den Platz als Sieger verlassen, denn Guðrún Johnsen hatte sich bereits einen weiteren Verehrer geangelt. Keinen anderen als Konsul und Kaufmann John Parke persönlich, von dem Jón Espólín sagt, er habe sie mit Geschenken überhäuft. Sie soll in Gold und Seidenkleidern herumgerauscht sein, und die beiden müssen ein schickes Paar gewesen sein, wie es heute manchmal in den Klatschblättern heißt. Sie ließen es da, wo es hoch herging, nicht an ihrem Erscheinen fehlen.

Kein Zweifel. James Savignac war dreist und skrupellos, und diejenigen, die später Jörgen Jörgensen und Samuel Phelps von der Verantwortung für die Revolution freisprechen wollten, haben sie James Savignac angehängt. Er hielt sich viel länger in Island auf als sie und wusste, dass er die Macht an sich reißen und hart durchgreifen musste, wenn er etwas erreichen wollte.

Die Chronisten sind sich einig, dass es eine große Erleichterung für das Land bedeutete, als John Parke Island verließ und Guðrún Johnsen mit sich nahm, doch keine andere Frau soll Savignac derart selige Augenblicke bereitet haben wie sie. Darüber vergaß er alles, auch dass er zu Hause in London eine Frau und zwei Kinder hatte.

Die Quellen stimmen nicht darin überein, welchem Mann sie eigentlich nach England folgte. Manchen gilt sie als die Haushälterin Savignacs, anderen als Mätresse Parkes. Sie hat sich jedenfalls mit beiden eingelassen, ob nun nacheinander oder mit beiden auf einmal, können wir nicht mit Sicherheit sagen, aber das macht in unserer Geschichte und unserem Leben auch keinen nennenswerten Unterschied.

Alle drei reisten im Jahr 1812 ab. James Savignac saß wenig später im Schuldturm, und Guðrún Johnsen und John Parke wollten nichts mehr voneinander wissen. Genauer, Guðrún bat ihn darum, ihr zu einer Rückreise nach Island zu verhelfen, doch John Parke ließ sie im Regen stehen, eine einsame Frau in London ohne Dach über dem Kopf.

3

Jörgen Jörgensen verließ das Gefängnisschiff *Bahama* als
freier Mann. Nun ja, nicht ganz. Er hatte sich nach Reading
zu begeben, eine kleine Ortschaft im dünn besiedelten Um-
land. Dort durften Sträflinge leben wie normale Bürger, doch
durften sie den Ort nicht verlassen und mussten auf Ehrenwort versichern, keine Straftaten zu begehen. In Reading lebten überwiegend Offiziere feindlicher Armeen.

Zeitgleich mit der Mitteilung seiner Entlassung von der
Bahama erhielt Jörgen von der Gefängnisleitung einen Vor-
schuss von fünfzig Pfund. Er verteilte sie an Mitgefangene, die
er an Bord kennengelernt hatte. Er ging davon aus, draußen
in Freiheit noch bedeutende Außenstände zu haben, aber damit lag er falsch. Derjenige, dem er sein Geld übergeben hatte,
um damit Gewinne zu erwirtschaften, war längst über alle
Berge.

Jörgen glaubte sich im Besitz von zweitausend Pfund, doch
die waren nicht mehr als ein Klopfen an eine verschlossene
Tür. Der freie Jörgen Jörgensen war sogleich wieder verschuldet, aber immerhin saß er nicht mehr in dem Gefängnisschiff.

Obwohl Jörgen auferlegt war, sich in Reading aufzuhalten,
war es ihm nicht verboten, das Land zu verlassen. Er überlegte, zur See zu gehen, doch keine angebotene Stellung erschien ihm gut genug. William Hooker ermunterte ihn, auf
einem Schiff als Steuermann anzuheuern, aber Jörgen wollte

es nicht unter einer Position als Kapitän tun. Mit weniger gab sich unser König nicht zufrieden.

Jörgen war staatenlos. Nach Dänemark konnte er nicht zurückkehren, und England hatte ihn enttäuscht. In Gefangenschaft schrieb er an den genannten Werken, *Historical Account* und *Thomas Walter*, fand aber keinen Verleger.

Dennoch veröffentlichte er zwei Bücher. Beide erschienen in kleiner Auflage in Reading, finanziell gefördert durch begüterte Bürger der Stadt. Für sie brachte seine abenteuerliche Person ein wenig frischen Wind ins Leben. Nein, einem König aus dem Norden und Entdecker aus der Südsee begegnete man nicht jeden Tag.

Das eine Buch handelte von dem Überfall auf Kopenhagen 1807, das zweite von Tahiti. Beide wurden vom Publikum abgelehnt, das erstere von den dänischen Kriegsgefangenen in Reading, das andere von den Engländern, weil es Attacken gegen die Religion und die englischen Missionare auf Tahiti enthielt.

Im nächsten Sommer konnte Jörgen alle Misshelligkeiten in Reading hinter sich lassen und das öde Nest verlassen, in dem er einigermaßen über die Runden gekommen war. Aber er wollte fort, wie so oft. Weg, das ist eins der Schlüsselwörter in Jörgens Leben.

Jörgen war ein freier Mann. Er konnte tun und lassen, was er wollte, aber genau das war das Schlimmste, was ihm passieren konnte. Die so heiß von ihm ersehnte Freiheit war sein schlimmster Feind. Sobald er frei war, beging er Dummheiten.

Der Kasse des Gefängnisses schuldete er bereits fünfzig Pfund, und bald sammelten sich auch andernorts Schulden an. Überall gab es Augen, Augen, die ihn an offene Rechnungen und Schulden erinnerten. Er wollte sich weiterhin Geld von Hooker leihen, doch der lehnte nun ab. William Hooker war selbst kein begüterter Mann, sondern von reichen Gönnern abhängig, Männern wie Sir Joseph Banks.

Hookers Nein war wie ein Schock für Jörgen. Er verlor den Halt im Leben und stürzte ab. Hätte Jörgen nicht auch zu saufen begonnen, wenn Hooker ihm Geld geliehen hätte?

Vielleicht gerade dann; nun aber konnte er Hooker sein Versagen vorwerfen und behaupten: »Die schlechten Schwingungen, die ich in deinem kühlen Betragen spürte, führten am Ende zu meinem Untergang, denn es war mir gleich geworden, was ich tat.«

»Ich glaube, ich bin drei Monate nacheinander nicht einmal nüchtern gewesen, und ich war in so miserabler Stimmung, dass kaum ein Tag verging, an dem ich nicht mit jemandem Streit anfing«, schrieb Jörgen außerdem.

Natürlich war Jörgen Jörgensen Alkoholiker, lange bevor man diesen Zustand diagnostizierte, ebenso wie Klostervogt Jón Vigfússon, doch keiner von beiden hatte eine Vorstellung davon, woran sie erkrankt waren.

Mit der Spielsucht, von der Jörgen behauptete, dass sie schlimmer mit ihm umgesprungen sei als der Alkohol, war es dasselbe; allerdings machte er sich nicht klar, dass es sich bei ihm um ein und dasselbe Suchtverhalten handelte. Spielsucht war Alkoholkrankheit, und Alkoholismus war Spielsucht. Einen Zusammenhang erkannte er nicht. Das tat niemand zu jener Zeit.

Nun griff Anarchie um sich, und zwar ernsthaft. Jörgen traf sich ständig mit alten Kumpanen aus dem Totthill-Fields-Gefängnis, mit denen er gezockt hatte, und in seinen Augen waren natürlich sie schuld; sie hatten ihn auf den Geschmack gebracht.

Zwei Jahre zuvor hatte Jörgen im Totthill-Fields-Gefängnis gesessen und dort den Spieltisch für sich entdeckt und Mitspieler gefunden. Jetzt suchten und fanden sie sich gegenseitig. Jedenfalls entwickelten sie ein besonderes Gespür dafür, einander über den Weg zu laufen und sich dann in Schulden zu stürzen, alles auf eine Karte zu setzen und alles zu verlieren.

Überall wurde gespielt, auf sämtlichen Schauplätzen. Wo Jörgen auch um sich blickte, sah er Glücksspiele. Da gab es die richtigen Spielhöllen und dann das Vabanquespiel in Gesellschaft und Politik, Handel und Geschäften, Kaufhäusern und Krieg.

Keiner spielte so waghalsig wie Napoleon, und jetzt bereitete er seine größte Partie vor, den Zug nach Russland; doch der größte Gewinn wurde sein größter Verlust. Napoleon begann seinen Feldzug mit einer Armee von siebenhunderttausend Mann, mit zwanzigtausend kam er zurück, viele von ihnen verwundet und verstümmelt. Napoleon ließ erfrorene Soldaten in Russland hinter sich zurück, Jörgen häufte in England Schulden an.

Er versuchte sämtliche Tricks. Er versuchte sich zu verstecken, unterzutauchen, die Protektion einflussreicher Männer zu erwerben, er borgte sich Geld, setzte immer höhere Beträge und verlor immer größere Summen. Es sah so aus, als ob am Spieltisch die gleichen Gesetze galten wie in der Gesellschaft.

Nachdem William Hooker seine Tür für ihn verschlossen hatte, machte sich Jörgen Jörgensen auf die Suche nach neuen Sponsoren; in Samuel Whitbread, einem vermögenden Politiker, Brauereierben und bekannten Förderer guter Werke, wurde er fündig.

Samuel Whitbread hatte einen Sitz im Parlament und gehörte zu den Politikern, die den Angriff auf Kopenhagen 1807 verurteilten. Er nannte seine Landsleute »shabby thieves«, schmutzige Diebe.

Jörgen war so ungeschickt, ihm sein eigenes Buch über den Angriff zu schicken, in dem er Verständnis für die Maßnahme äußerte und ihr zustimmte, doch Whitbread durchschaute die Schmeichelei und ließ Jörgen wissen, solchen Mist wolle er nicht wieder hören.

Er ließ Jörgen eine kleinere Summe zukommen und – was noch wichtiger war – vermittelte ihm Kontakte zu noch höher gestellten Männern, der Topriege: Lord Castlereagh, Außenminister, und Staatssekretär Lord Hamilton. Das sollte sich noch als wichtig erweisen, doch nicht zu diesem Zeitpunkt.

Vorerst ging es nur ums Spielen und ums Trinken, was dazu führte, dass Jörgen gegen Ende 1811 ins Schuldgefängnis geworfen wurde, wo er seine Strafe über den Jahreswechsel abbrummen durfte, dann ließ man ihn frei, und er sah zu, dass er wegkam. Er versteckte sich vor seinen Gläubigern zunächst im Vorort Bloomsbury, wurde dann aber wieder mutiger und machte sich im Sommer 1812 auf den Weg zur Iberischen Halbinsel, zur selben Zeit, als John Parke, James Savignac und Guðrún Johnsen Island verließen.

Napoleon war ebenfalls südlich der Pyrenäen erschienen. Sie hatten sich doch nicht etwa abgesprochen? Es war einer der wichtigsten Kriegsschauplätze in der Ära Napoleons, der nie zur Ruhe zu kommen schien, und man hätte den Feldzug dort vielleicht die *Never ending Tour* genannt, wenn Napoleon etwa zweihundert Jahre später gelebt hätte und ein Rockstar gewesen wäre.

Als Jörgen eintraf, befanden sich die Franzosen auf dem Rückzug vor den britischen, spanischen und portugiesischen Armeen. Napoleon schien manchmal an mehreren Orten zugleich zu sein, und es war egal, ob er eine Schlacht verlor oder eine andere gewann, es gab immer eine neue Schlacht.

Jörgen Jörgensen betätigte sich als eine Art Kriegsberichterstatter. Er versuchte Artikel in Zeitungen unterzubringen. Mit mäßigem Erfolg, doch das war nicht so wichtig, in erster Linie ging es darum, dass die Artikel auf der Grundlage von Dossiers angefertigt wurden, die sehr viel detaillierter waren als die Artikel selbst und Dinge enthielten, die in einem Zeitungsbericht nichts verloren hatten: militärische Informationen, Geheimes, am liebsten etwas Drastisches, denn Jörgen wollte sich beim Außenministerium beliebt machen, bei Castlereagh und Hamilton.

Sein gesamtes Material, Artikel und Berichte, schickte er an Samuel Whitbread, der als sein Verbindungsmann in die Regierungskreise fungierte. Und als Jörgen erst einmal einen Fuß in der Tür des Außenministeriums hatte, dauerte es nicht lange, bis er sich ganz an dessen Mitarbeiter heranmachte. Er raunte ihnen Geheimnisse zu, er spann Geschichten aus Gefängnissen, Lazaretten und Spelunken zusammen.

Da kam es auf Realitätssinn und Erfindungskraft an, und von beidem besaß unser Held genug, manchmal verwechselte er gar die Kategorien. Irgendwie ähnelte das Ganze der Zeit von einigen Jahren zuvor, als er sich unter den in London festsitzenden isländischen Kaufleuten umhörte. Spionieren konnte Jörgen Jörgensen, und so ist er einer der Vorgänger von James Bond.

Jörgen hatte Kontakt zu Personen, die sich durchaus auf die Weitergabe von Informationen verstanden, und wenn die Vermutungen zu den Spekulationen im Ministerium passten, dann schenkte man dem Mann Beachtung, spielte den spekulativen Teil in den Informationen herunter und leitete sie an die vorgesetzten Stellen weiter. Und so blätterten Lord Castlereagh und andere in Jörgens Papieren. Er war wie ein Schriftsteller und hatte Leser gefunden.

Jörgen brachte etwa Pläne der Franzosen in Erfahrung, in Kooperation mit den Amerikanern Australien zu erobern. Es wurde nichts daraus, weil Napoleon zurückgehen musste und in Europa in die Defensive geriet. Doch darauf kommt es gar nicht an; was bestehen blieb, waren Jörgen Jörgensens Dossiers.

Sie erregten Aufmerksamkeit wegen ihrer Sorgfalt und seiner guten Kenntnis der Gegebenheiten. War das nicht genau der richtige Mann für diesen Job?, fragten sie sich an der Spitze der Hierarchie, und als zustimmend genickt wurde, hatte sich Jörgens Schicksal für die nächsten Jahre entschieden.

6

Jörgen Jörgensen wurde im Mai 1815 aus dem Fleet-Schuldgefängnis ausgelöst. Er war im Juli 1813 dazu verurteilt worden, nach strapazenreichen Zügen durch die Iberische Halbinsel und einem Aufenthalt in einem Militärlazarett auf Gibraltar, Besuchen bei Hooker und mehreren anderen. All das ließe sich im Detail schildern, aber ich verzichte dieses Mal darauf, bis auf den Umstand, dass er im Fleet Savignac wiedersah, der sich noch nicht lange in London aufhielt, als man ihn verhaftete und wegen Schulden und nicht gezahlter Steuern ebenfalls dort einsperrte. Wie Jörgen saßen auch ihm jede Menge Gläubiger im Nacken.

Zu Anfang gab es ein freudiges Wiedersehen, und die beiden betranken sich dermaßen, dass Jörgen Veranlassung sah, Hooker einen Brief zu schreiben und ihre feuchtfröhliche Feier zu schildern, er verglich sie mit dem großen Festessen auf Viðey, bei dem Ólafur Stephensen sie mit seinem üppigen Menü fast geschafft hätte. Jörgen nennt es eine »Icelandic Party« und zählt alles auf, was sie getrunken haben. Alles schwamm in Bier, gleich nach dem Essen wurden zwei Gin gekippt und noch sehr viel mehr im weiteren Verlauf des Abends.

Die Zeit im Fleet war vermutlich Jörgens harmlosester Gefängnisaufenthalt, manchmal durfte er es sogar verlassen, wenn er versprach wiederzukommen. Bei einer solchen Gelegenheit traf er in einer Spielhölle auf einen der Gefängniswärter, denen der Aufenthalt dort verboten war, folglich unterließ es der Mann, Jörgen zu melden. Fleet war eine Art White-collar-Haftanstalt. Familienangehörige durften dort wohnen, es wurden Feste gefeiert, und die Insassen kamen selbst für ihren Unterhalt auf, was einer der Gründe war, weshalb sich Jörgen und Savignac eine Zelle teilten: So sparten sie Kosten; die Häftlinge mussten nämlich zahlen für die Zellen, die den Beschreibungen nach durchaus annehmbare Zimmer waren.

Jörgen hatte zumindest schon schlimmere Verliese von innen gesehen und würde noch weitere erleben, manche von ihnen stellten seine besten Behausungen dar, vielleicht die einzigen, die er besaß. Der freudigen Begrüßung am Anfang zum Trotz kamen Jörgen und Savignac im Gefängnis nicht gut miteinander aus. Vieles an Savignacs Verhalten störte Jörgen. Zum Beispiel stand er nie vor Mittag auf, schüttelte dann heftig seine isländische Daunendecke aus, und so gab es noch vieles mehr. Er schnarchte auch wie ein Ochse.

Nichts dürfte Jörgen allerdings mehr aus der Fassung gebracht haben als der Tag, an dem Guðrún Johnsen im Gefängnis erschien. Im Besucherbuch des Gefängnisses, in das sich alle Besucher eintragen mussten, steht sie als »Miss Savignac« verzeichnet. Jörgen war erschüttert. Sie war also nicht mehr *seine* Königin. Ihre Schönheit war dahin. Es war, als wäre Island aus ihren Augen entschwunden, all seine schneeweißen Berge, der würdevolle Stolz, wo waren die schönen Brüste, die ihn an Hügel in einer sanft gewellten Landschaft erinnert hatten?

Der Grund war, dass die Seereise Guðrún sehr mitgenommen hatte. Sie hatte sich noch nicht davon erholt. Sie sah blass und kränklich aus und wusste nicht, wohin mit sich. Sie, die Island mit fliegenden Fahnen verlassen hatte, dieses erbarmungswürdige Land, in dem sich nicht einmal eine Revolution durchführen ließ, sie starb auf einmal fast vor Heimweh. Sie wollte ihre Eltern und ihre Schwester wiedersehen und in den Klub gehen.

Sie kam ins Gefängnis, um für Savignac zu kochen, manchmal auch für Jörgen. Sie lehnte sich an ihn und weinte, weil sie ihn verlassen hatte, und sie konnte seine Einsamkeit nachempfinden. London war nicht Reykjavík, wo sie jeden kannte, auch wenn nicht jeder sie kennen wollte. Eine Frau, die sich mit britischen Reisenden und Kaufleuten einließ, war bei den herrschenden Dänen nicht gut angeschrieben. Bei den isländischen Männern ebenso wenig, die fanden, sie halte sich für etwas Besseres, während sie die Isländer als ungewaschene Trampel ansah.

Nirgends wird erwähnt, dass Jörgen damals irgendwelche Ansprüche auf Guðrún Johnsen erhoben hätte, obwohl doch die Königin dem König ihre Aufwartung machte. Nein, den König und seine Königin gab es nicht mehr. Dort im Gefängnis trafen sich zwei einsame Individuen, er ein Gefangener, sie eine Besucherin, die nirgends hinkonnte. Sie waren zwei Ausgestoßene, zwei Staatenlose, für die sich keiner zuständig fühlte.

Auch wenn Jörgen sich selbst bemitleiden und über sein Elend laut klagen konnte, sah er doch, dass Guðrún Hilfe brauchte. Es musste etwas unternommen werden. Es trifft wohl doch nicht zu, dass ihn Guðrúns Affären kaltließen, denn als er Sir Joseph Banks wieder schrieb, verlangte er, dass ihr die Besuche bei Savignac untersagt würden. Das tat er unter dem Deckmantel der Moral, denn Savignac sei schließlich ein verheirateter Mann.

Es war Liebe, aber es ging nicht um Liebe. Sie hatte das

Interesse an ihm verloren und er an ihr. Es mochte daran liegen, dass ihre Gefühle abgeklungen und verflogen waren,
oder daran, dass er in ihr eine zukünftige Last sah, ähnlich
wie die Jungen aus Tahiti und Neuseeland. Er konnte ihr
nichts bieten. Er saß im Gefängnis und kam erst ein ganzes
Jahr später, im Frühjahr 1815, frei.

7

Deshalb reagierte Jörgen Jörgensen genau so, wie er im Fall seiner drei Begleiter gehandelt hatte, die weder den Kapitalismus noch die Frauen verstanden. Jörgen hatte indessen die Lage analysiert, und in dieser Lage blieb nur eine Möglichkeit: Sir Joseph zu schreiben.

So viel war unserem Mann klar. Auch Könige mussten zur Feder greifen und um Hilfe bitten. Das Problem war, dass Jörgens Beziehungen zu Sir Joseph ebenfalls gekappt waren. Der hohe Herr hatte sein Urteil über ihn gefällt und wollte nichts mehr von ihm wissen oder mit ihm zu schaffen haben. Da schrieb Jörgen ihm einen Brief. Er überwand seinen Hochmut, denn schließlich schrieb er diesmal nicht in eigener Sache. Er wollte weder etwas für sich noch für seine Werke erreichen.

Er setzte einen zu Herzen gehenden Brief über eine verirrte junge Frau auf, die den ganzen Weg von Island gekommen sei und Sir Joseph bitten wollte, ihr behilflich zu sein, wie er sich vor Jahren für die Kaufleute verwendet hatte, denn diese hübsche junge Frau befand sich nun in den Klauen des »hässlichsten Mannes der Welt«.

Sein Name war James Savignac, und Sir Joseph sollte sich noch an ihn erinnern können, da er ein Angestellter von Samuel Phelps gewesen sei. Savignac, so fuhr Jörgen fort, hatte das schöne und arglose Mädchen verführt, ihm zu folgen, doch seine Verworfenheit war so groß, dass er ein gegebenes

Versprechen nicht halten konnte und auch niemals halten wollte. Er war sogar bereits anderweitig verheiratet. Jürgen konnte sich über diese Verbindung nur wundern. Wörtlich sagt er in dem Brief an Banks: »Ich glaube daher nicht, dass es in der Welt einen abstoßenderen Mann gibt als Savignac.«

Doch was sagte das eigentlich über ihn? Wenn eine schöne Frau lieber den hässlichsten Mann der Welt wählte und nicht ihn, Jörgen Jörgensen persönlich: Was war er dann eigentlich? Jörgen stellte solche Überlegungen nicht an und hütete sich, die eigene Person mit in diese Geschichte hineinzuziehen. König und Königin ließ er unerwähnt. James Savignac war letztlich gar nicht das Problem. Vielleicht war er, wenn man es ganz genau betrachtete, sogar der Rettungsanker in Guðrún Johnsens Leben. Ihre große Enttäuschung rührte daher, dass sich John Parke als der schäbige Mistkerl herausstellte, der er in Wirklichkeit war.

John Parke wollte sich Guðrún lediglich als seine Mätresse in London halten, und wie sich zeigte, war er genauso fest verheiratet wie Savignac und hatte in Liverpool sogar Kinder. Sie sollte sein Spielzeug und ihm stets und in allem gehorsam sein, so ähnlich wie die Hündin, die er in eine Tonne setzte und dann erschoss. Das aber kam für Guðrún nicht in Betracht, und sie wies sein »unsittliches Angebot«, wie es ausgedrückt wird, zurück.

Im selben Augenblick waren Gold und Schmuck und seidene Kleider passé, und John Parke wollte Guðrún nicht einmal mehr helfen, nach Island zurückzukehren. Ihr Schicksal lag in seiner Hand, und die entzog er ihr vollständig. Guðrún musste ihre Kleider versetzen und stand allein und verlassen in dieser großen Stadt, und wäre nicht ihr früherer Liebhaber wieder aufgetaucht wie damals im Klub, Jörundur der König der Hundstage, dann ließe sich nicht leicht sagen, was aus ihr geworden wäre.

Während sich all das ereignete, ging auch die Geschichte weiter und brauste vorwärts. Im Oktober 1813 erlitt Napoleon in der Völkerschlacht von Leipzig eine Niederlage. Im März 1814 halten die siegreichen Armeen der Alliierten ihren Einzug in Paris. Der Kaiser muss abdanken, darf aber seinen Titel behalten. Der Mann, der ganz Europa dominiert hat, erhält nun die Insel Elba.

Als Jörgen Jörgensen im Fleet-Gefängnis von diesen Ereignissen hörte, begann er wieder zu schreiben, wie immer im Gefängnis. Er schrieb eine Geschichte der afghanischen Revolution, ein Buch über Russland und entwarf in Zusammenarbeit mit Savignac die Grundzüge für ein Buch über isländische Vögel. Und er überarbeitete die Geschichte der Revolution, dachte dabei unentwegt, wie gering sich seine Spielschulden im Vergleich mit der ungeheuren Konkursmasse Napoleon Bonapartes ausnahmen. Es dauerte nicht mehr lange, bis es an seine Tür pochte und ein Abgesandter des Außenministeriums eintrat, der gekommen war, um ihn auszulösen.

XVI

1

Dann vergingen Tage, und es vergingen Nächte. Der Erdball drehte sich weiter. Das Sonnensystem gab keinen Millimeter nach. Island schöpfte Atem, wenn auch mit Mühe. Im Lauf der Zeit vergaß man die isländische Revolution und den König, der damals an die Macht gekommen war.

Über unsere Revolution wurde viel gelästert, und meist tat man sie als Scherz ab, vielleicht weil niemand getötet worden oder sie ihrer Zeit so weit voraus war; jedenfalls der Zeit hier in Island.

In dänischen Zeitungen machte man die Revolution und uns lächerlich, weil wir so etwas über uns ergehen ließen; ansonsten wurde wenig darüber gesprochen.

Den Dänen wurde vorgeworfen, dass sie ein paar arme Vögelchen draußen im Nordmeer nicht schützen konnten und englische Piraten und alle anderen Sorten von Strauchdieben mit Handelslizenzen in schmutzigen Schuhen auf uns herumtrampeln ließen.

Die Behörden in Island wurden heftig beschimpft, aber sie wehrten sich mit der ihnen eigenen Geschmeidigkeit, was sicher zu einem erheblichen Teil gerechtfertigt war. Magnús Stephensen fuhr nach Kopenhagen und wurde sehr ungnädig empfangen, man verdächtigte ihn, ein doppeltes Spiel zu spielen und mit den Briten zu sympathisieren. Was nicht den Tatsachen entsprach, er wollte ihnen lediglich erlauben, Handel zu treiben, und das eher aus Notwendigkeit als aus Unterwürfigkeit.

Den Beamten ihrerseits wäre es durchaus gestattet, die Frage zu stellen, wie sie denn das Land hätten verteidigen sollen, ohne Waffen und völlig unbeleckt, auf militärischem Gebiet meine ich damit. Denn viele von ihnen besaßen durchaus große Kenntnisse, ihre Stärken lagen aber oft auf Gebieten wie Literatur, Altertumskunde, Poetologie, Metrik und heidnischer Mythologie. Einer von ihnen war Finnur Magnússon, auf den ich bald näher eingehen werde.

Unser König, Jörgen Jörgensen, hatte auch ganz recht: Von ausgeprägtem Widerstand von unserer Seite konnte keine Rede sein. Wir sind nicht sehr für aktiven Widerstand, eher für Sturheit und Bockigkeit, schließlich hatten uns Jörgen Jörgensen und Samuel Phelps weisgemacht, hinter ihnen stünde die englische Regierung, und mit der wollten wir uns lieber nicht anlegen.

Doch genug davon, denn es existierten auch Briefe wie der des Bezirksrichters in der Vestur-Skaftafellssýsla, der an Jörundur Hundstagekönig schrieb und ihm in Aussicht stellte, ihn zu erschießen, falls er es wagen sollte, einen Fuß in seinen Bezirk zu setzen. In seinem Brief stempelt er Jörundur zu einem Verbrecher und Verräter an seinem Volk und seinem König.

Darin heißt es unter anderem: »Du – wer oder was du auch sein magst – hast mich herabgesetzt und mir geschadet, indem du mich für dumm genug hältst, mich verführen zu lassen, für grün genug, um mir Angst einjagen zu lassen, und für schändlich genug, um Ehre und Pflicht zu vergessen.«

Dieser Sýslumaður hieß Jón Guðmundsson. Er hatte im dänischen Roskilde gelebt und war ein Anhänger des Königs. Er machte große Worte, so große, dass einige den Verdacht hegten, er habe seinen Brief erst nach Jörundurs Abreise aufgesetzt. Er sei *post fabricata*, im Nachhinein geschrieben, der Richter habe seinen Mut und seine Loyalität erst beweisen wollen, nachdem alle Gefahr vorüber war. Es ist aber durchaus möglich, dass Sýslumaður Jón Rückgrat zeigte und sich traute, Nein zu sagen, ohne dass er es Jörundur persönlich ins Gesicht sagen musste, denn der war weit weg, und die Ringstraße um die Insel existierte noch nicht.

Mit letzter Sicherheit lässt sich das nicht entscheiden: Die Briefsammlung des Richters war derart brüchig und mürbe geworden, dass die Seiten, als Helgi P. Briem sie gut hundert Jahre danach für seine Arbeit auswerten wollte, unter seinen Händen zerbröselten und zu Staub zerfielen.

2

Hingegen ist es eine bekannte Tatsache, dass sich Finnur Magnússon sehr wohl traute, Jörundur Hundstagekönig ein Nein entgegenzusetzen. Er war Dichter und Jurist in der Kanzlei des Landvogts, und auch wenn er seine Loyalität zur Krone nicht ständig bekundete, wurde sie dennoch bemerkt.

Finnur Magnússon wurde am Bischofssitz in Skálholt erzogen, er war mit mindestens zwei Bischöfen dort eng verwandt und zwei Jahre alt, als die Insel erzitterte und der große Ausbruch der Skaftáreldar seinen Anfang nahm. Es heißt, er habe selbst einen Stein an den Kopf bekommen und sei dadurch nicht wenig geprägt worden. Finnur hatte in Kopenhagen Jura studiert, doch wegen seines zunehmenden Interesses an Literatur und den Annehmlichkeiten des Lebens kein Examen abgelegt.

Während des Studiums veröffentlichte er mit achtzehn seine erste Gedichtsammlung; er hatte deutlich früher als seine Alterskameraden mit dem Studieren begonnen. Die Gedichtsammlung trug den Titel *Ubetydeligheter I* (Unbedeutendes I), und man sagte, sie trage den Titel mit voller Berechtigung.

Als Junge hatte Finnur einmal Séra Jón Steingrímsson gesehen. Das heißt, er sah lediglich einen abgerissenen, niedergebeugten Priester und machte sich keine Vorstellung davon, welche Geschichte er auf seinen Schultern trug, oder dass ihm dort ein heiliger Mann entgegenkam. Heilig wird man erst nach seinem Tod.

Finnur konnte auch nicht wissen, welch geringe Unterstützung Séra Jón von seinen Onkeln, den Bischöfen, erfuhr, lediglich ein paar Reichstaler, die keine wirkliche Hilfe darstellten.

Sie scheinen die Vulkanausbrüche und ihre Beschreibung durch Séra Jón für reine Hirngespinste gehalten zu haben, oder zumindest für maßlose Übertreibungen, und winkten bloß ab: Das wird schon wieder, das kommt alles wieder in Ordnung, als würden sie einem Kind zureden.

Finnur studierte Jura, hatte aber an dem Fach kein Interesse, nur Dichtung und Altertumswissenschaften interessierten ihn, und er gab später klassische Werke heraus, die Edda und anderes mehr, schrieb Kommentare zu alten Texten, verglich indische und nordische Religion und wurde halbwegs zu einem Modephänomen in der Kultur- und Gelehrtenwelt Dänemarks. Er war in Sprachen und Literaturen derart bewandert, dass er Parallelen zwischen verschiedenen Bereichen sah, wo andere nichts sahen und aufgrund mangelnder Kenntnisse auch nichts entdecken konnten. Ganze Welten erschlossen sich ihm.

Auf gewisse Weise war Finnur Magnússons ganzer Erfolg Jörundur zu verdanken. Finnur war aus gesundheitlichen Gründen nach Hause zurückgekehrt, ohne Examen. Manche munkelten, das lustige Leben habe wohl seinen Tribut gefordert, durch mangelnde Sauberkeit und Infektionen erkrankten isländische Studenten in Kopenhagen oft.

Finnur arbeitete als Schreiber in der Kanzlei des Landvogts, als Jörundur kam und die Macht übernahm. Jörundur rief ihn zu sich und bot ihm die Stellung des Landvogts an.

Der Grund dafür war, dass die Vorgesetzten im Amt, Rasmus Frydenberg und Hans Wølner Koefoed, sich als entlassen betrachteten. Sie verließen ihre Amtsräume und warteten ab, wie sich die Dinge entwickelten. Ihre Geschäftsbücher blieben Jörundurs gesamte Regierungszeit über leer. Gleichwohl blieben sie auf freiem Fuß.

Jörgen hatte Finnur im Auge. Er sollte die Stellung der beiden übernehmen. Wenn Finnur zugesagt hätte, wäre er einer der mächtigsten Männer des Landes geworden, und hätte er akzeptiert, wäre Jörgens Vertrauenswürdigkeit gestiegen, und er hätte mehr Zulauf bekommen.

Doch Finnur Magnússon lehnte kategorisch ab. Er war ein Mann des Königs. Er hatte gegen das alte System nichts einzuwenden. Das erzürnte Jörgen, und er drohte, ihn an einen Pfahl zu fesseln und zu erschießen. Er zog seine Pistolen und fuchtelte damit vor Finnur herum. Finnur Magnússon guckte Jörgen dumm an, klappte vor Staunen den Mund auf und zuckte dann bloß die Schultern.

Finnur war ein Jahr jünger als Jörgen. Da standen sich zwei junge Männer gegenüber, und der eine bot dem anderen eine Topposition an und drohte im nächsten Augenblick, ihn zu erschießen. Finnur schlug Jörgens Drohungen in den Wind. Sie machten nicht den leisesten Eindruck auf ihn. Er war lediglich platt vor Staunen.

So erzählte er auch später davon, genau so wie ihm selbst sei es den Leuten gegangen. Er war starr vor Staunen, und wenn man ihm nun vollends das Licht ausblasen wollte, nun, dann sollte es eben geschehen. Dann würde er in eine andere Welt eingehen und seine Literatur eben dort weiterlesen. Vielleicht in Walhalla. Finnur hatte nicht vor, seinen König zu verraten, und wenn Jörgen ihn auf englische Weise erschießen wollte, dann würde er sich nicht wehren.

Finnur Magnússon war insofern anders als Jón Guðmundsson, der wortgewaltige Bezirksrichter der Vestur-Skaftafellssýsla, als er dem neuen Machthaber in die Augen blickte und ihm geradeheraus seine Meinung ins Gesicht sagte, ohne sie mit großen Worten zu verbrämen.

Jörgen Jörgensen sah ihn an und brach die Erschießungsaktion ab, er hatte sie nur zum Schein inszeniert, wie so vieles andere. Stattdessen entband er Finnur von allen Amtspflichten und jagte ihn hinaus.

Wenig später wurde Finnur erneut abgeholt und gefangen gesetzt, aber bald erneut freigelassen. Finnur meinte, Jörgen müsse im Auftrag der Engländer gehandelt haben, anderenfalls müsse er geisteskrank gewesen sein. Aber danach habe er nicht ausgesehen.

Finnur ging zu seinen Verwandten nach Skálholt und begann zu schreiben. Er schrieb viele Gedichte, darunter einige Spottverse auf Jörgen Jörgensen. Mag sein, dass er der Erste war, der das böse Wort vom Stutenmähnenkapper prägte. Zumindest kommt es in einem seiner Gedichte vor.

Und später, als Alexander Jones Jörgen Jörgensen entthront hatte und aus diesem Anlass einen großen Ball gab, da erschien Finnur und trug ein von ihm verfasstes Preisgedicht auf Jones vor, in sechsundvierzig Strophen, verfasst auf Latein.

3

Am 3. Dezember 1815 brach Jörgen Jörgensen nach einem mehrwöchigen Aufenthalt von Paris auf. Er ging im Dezember zu Fuß, weil er vollkommen mittellos war. Seine Reise hatte er schon im Juni desselben Jahres begonnen, kurz nachdem man ihn aus dem Fleet-Gefängnis entlassen hatte.

Auf seine erste Spionagereise schickte ihn das britische Außenministerium mit den Taschen voller Geld. Doch noch bevor er die Reise antrat, schaffte er es, in London alles beim Glücksspiel zu verlieren.

Jörgen blieb nur noch abgetragene Kleidung, und er musste als einfacher Seemann anheuern, um über den Ärmelkanal zu kommen. Ein Kapitän erbarmte sich seiner, und er konnte nach Ostende im heutigen Belgien mitfahren.

Mehr als hundertfünfzig Jahre später fuhren einige isländische Seeleute dorthin und bunkerten eine Unmenge von Genever und Zigaretten. Der Schmuggel flog auf, sie wurden zu Geld- und Gefängnisstrafen verurteilt, und von diesem Törn wären noch viele Geschichten zu erzählen.

Jörgen Jörgensen versorgte sich dagegen beim englischen Konsul mit neuem Geld, und er schmuggelte auch nichts außer sich selbst, wenn man denn Spione als Konterbande bezeichnen darf, aber auf gewisse Weise sind sie das ja. Jörgen hatte Papiere bei sich, die ihn befugten, sich von Konsuln mit Geld versorgen zu lassen. Sein Ziel war das Schlachtfeld von Waterloo.

Jörgen hat behauptet, Zeuge der Schlacht geworden zu sein, er habe aus der Ferne das Schlachtfeld überblickt und gesehen, wie Napoleons Gardebataillone niedergemetzelt wurden, danach sei er herumgegangen und habe sich das Grauen aus der Nähe angesehen.

In seiner Autobiografie schreibt er: »Das Stöhnen und Wehklagen verwundeter Soldaten schnitt einem ins Herz. Einige flehten um Wasser, um ihren Durst zu löschen, andere wollten nur noch sterben.«

Jörgen behauptet, er habe am Rand des Waldes von Soignes auf einem hohen Baum gesessen und die Kämpfe durch ein Fernrohr betrachtet wie einen Wettstreit. Er konnte sie direkt vom Schlachtfeld kommentieren wie in einer Livesendung. Sein Bericht ist wahrscheinlich verloren.

In anderen Texten, etwa in der Autobiografie und in dem Reisebericht, den er nach dieser Reise veröffentlichte, lässt er es dabei bewenden, auf die Beschreibungen anderer zu verweisen. Natürlich haben Forscher den Wahrheitswert von allem, was Jörgen gesagt hat, bezweifeln wollen, und viele gehen davon aus, dass er überhaupt nicht am Schauplatz der Schlacht war, sondern erst einige Tage danach dort eintraf und »Augenzeuge des Nachspiels der Schlacht« wurde.

Wir aber zweifeln nicht am König. Er streifte einige Wochen lang durch die Niederlande und begab sich dann nach Paris. Von dort schrieb er seinen britischen Auftraggebern, was sie gern über die Franzosen hören wollten. Er zog alles herab, die Politik, die Frauen und das Essen. Selbst die Mode.

Eins aber schätzte Jörgen in Paris sehr (obwohl es ihm in Wahrheit nicht gut bekam), und das waren die Spielkasinos. Sie waren legal und viel feiner als in London. Jörgen spielte wie ein Besessener und verlor fast den Verstand und die Ge-

sundheit dabei. Die giftigen Nachwirkungen von der *Bahama*
stiegen wieder in ihm auf. Er floh in den Bois-de-Boulogne
und trieb sich dort nackt herum, bis man ihn aufgriff und in
eine Irrenanstalt einwies.

Jörgen war überzeugt, dass seinem Kopf und seinem Verstand nichts fehlte und es sich stattdessen um eine Magenerkrankung handelte. So etwas kam vor, seit man ihm Gift ver-
abreichte, vielleicht sogar durch dänische Gefangene. Davon
war er überzeugt.

Jörgen brauchte einige Wochen mit Diäten und heißen Bä-
dern in dem französischen Spital, bis er sich erholt hatte und
endlich, wie zu Anfang des Kapitels gesagt, am 3. Dezember
seine Reise fortsetzen konnte. Sie sollte ihn durch Deutschland nach Polen und Russland führen; die erste Station war
Frankfurt.

Dieser Abschnitt verlief in etwa nach demselben Muster
wie die erste Etappe von London. Jörgen wurde von seinen
Auftraggebern in Paris wieder reichlich mit Geld versehen.
Staatssekretär Hamilton und sogar Außenminister Castlereagh erschienen persönlich. Hamilton verwaltete die Finanzen und zahlte Jörgen seine Reisekasse aus. Er bekam Geld für
seine Unkosten und sein Honorar. Wo das Empire im Spiel
war, schien es an Geld nicht zu fehlen.

Wir brauchen aus dem Verbleib der Gelder kein Geheimnis zu machen. Unser Held verspielte sie nahezu vollständig
in einem Pariser Kasino, das er laut seiner Aussage zunächst
auskundschaften wollte, bevor er weiterreiste. Vollkommen
blank machte er sich auf den Weg, er hatte alles verspielt bis
auf sein letztes Hemd, knöpfte es bis zum Hals zu und versuchte auf seinem Weg aus der Stadt der Kälte zu trotzen.

4

Zu Jahresanfang 1816 kam Jörgen in Frankfurt an. Es goss wie
aus Kübeln. Er war nass wie ein Pudel und völlig abgebrannt,
dennoch nahm er ein Zimmer in einer teuren Pension und
ging in ein vornehmes Lokal. Er bestellte das erlesenste Menü
ohne eine Ahnung, wie er es bezahlen sollte.

Am nächsten Morgen regnete es noch heftiger. Jörgen ging
in die Stadt. In düsteren Gedanken streifte er umher. Da fiel
sein Blick in der Auslage eines Geschäfts auf eine Uhr seines
Vaters. Als Jörgen eintrat, sah er auch noch eine Schiffsuhr,
die sein Vater gemacht hatte.

Jörgen konnte es kaum glauben, doch sobald er das Geschäft betrat und sich vorstellte, setzte das eine Kette von Ereignissen in Gang. Er lernte so den in Frankfurt ansässigen
Schotten Alexander Fraser kennen, der durch sein Uhren-
geschäft in Verbindung zu Jürgen Jürgensen in Kopenhagen
stand.

Einen Sohn dieses Mannes kennenzulernen! Da war es
doch eine Selbstverständlichkeit, ihm aus einer kleinen Verlegenheit zu helfen. Alexander Frasers Arme waren weit geöffnet. Jörgen legte ihm seine Schwierigkeiten dar und dachte
sich bestimmt einige gute Geschichten zur Erklärung seiner
Geldnöte aus, denn sie wurden im Handumdrehen aus der
Welt geschafft.

Fraser erbot sich nicht nur, Jörgens Rechnungen in der
Gastwirtschaft und seiner Pension zu bezahlen, er lud ihn

auch ein, in seinem eigenen Haus zu wohnen. Ebenso machte er ihn mit dem diplomatischen Vertreter Großbritanniens in der Stadt bekannt, dem Großherzog von Hessen. Bei ihm konnte Jörgen noch mehr Geld lockermachen. Seine Sorgen war er los.

Alexander Fraser tat alles für Jörgen. Er war ihm sympathisch, er wusste viel und war unterhaltsam. Einem so weit gereisten Mann wie ihm war er noch nie begegnet. Man musste schon ein Alexander von Humboldt sein, um von so vielen Erlebnissen berichten zu können. Von Humboldt hatte ein großes Vermögen im Rücken. Gesellschaftlich stand er einem Joseph Banks nahe, aber er war ein ebensolcher Abenteurer wie Jörgen Jörgensen. Nach ihm sind noch heute deutsche Stiftungen benannt.

Als Jörgen Frankfurt verließ, erwies sich Fraser als noch so freundlich, ihm ein Empfehlungsschreiben an den Privatsekretär des Großherzogs von Hessen-Darmstadt mitzugeben. Jörgen wurde dem Großherzog vorgestellt, der ihm nach seinen Abenteuern in der Südsee, nach den Kolonien in Australien und allem, was dort vorging, Löcher in den Bauch fragte. Jörgen erzählte ihm auch von Tahiti und der Revolution in Island, und dem Herzog gefielen diese saftigen Geschichten. Männer wie dieser Jörgensen wuchsen nicht auf jedem Baum.

Jörgen bezeichnet den Herzog als gebildeten Mann, der die Wissenschaft liebte. Außerdem besaß er eine der besten Gemäldesammlungen Europas und hatte sich aus Kork Modelle der berühmtesten Bauwerke Roms und Berlins anfertigen lassen. Zum Abschied wurde Jörgen mit Geschenken entlassen, darunter ein Hund, der ihm bald ein treuer Weggefährte wurde.

Jörgen war nicht nur Herzog Ludwig I. vorgestellt worden und hatte dessen Gastfreiheit genossen. An seinem Hof lebte auch die jüngste der acht Töchter Alexander Frasers. Sie hieß Maria Philipina Fraser, und der Herzog war ihr Taufpate. Sie war im Schloss aufgewachsen und um die zwanzig Jahre alt. Sie führte Jörgen durch die großherzogliche Kunstsammlung und sein Naturalienkabinett, das bemerkenswerte naturkundliche Exponate und Versteinerungen enthielt. Sie gingen von Saal zu Saal. Er sah ihr verzaubert in die Augen. Die Atmosphäre war von Kultur und Geschichte gesättigt, und von Lachen.

Maria hörte zu, und Jörgen verschlang sie mit Blicken. Er erzählte ihr seine Geschichte, und wie sie dafür entflammte, stachelte ihn nur noch mehr an. Wohin das am Ende führte, soll ungesagt bleiben, doch als Jörgen aufbrach, schenkte sie ihm eine Strähne ihres Haares, eingeschlossen in einem Medaillon.

Jörgen machte sich auf den Weg nach Berlin. Unterwegs betrachtete er immer wieder die Haarlocke, und in seinem Herzen bebte die ganze Empfindsamkeit, der er fähig war. Er wanderte nicht zu Fuß, wie er es gewohnt war, sondern fuhr mit der Postkutsche, weil der Hund, den ihm der Herzog geschenkt hatte, sich ein Bein gebrochen hatte. Der Hund starb unterwegs.

Jörgen betrauerte ihn und wurde zu Tränen gerührt. Der arme Hund und ich armer Kerl! Da tauchte Maria Fraser in seinen Gedanken auf und heiterte ihn auf. Als ob sie den Hund abgelöst hätte. Er gelobte, sie niemals zu vergessen, ebenso wenig wie den Hund. Er fühlte jetzt, wie viel sie ihm bedeutete. Wie gut sie ihm gefallen hatte. Er schlief ein, erwachte, und dachte noch immer an Maria Fraser.

So ging es weiter, auf dem Weg nach Berlin und auch noch nach seinem Eintreffen dort. Er hatte dort seine Aufträge auszuführen. Er sollte die Lage in Berlin sondieren und dann weiterreisen nach Warschau. Den Engländern fehlte ein Lagebericht über die Zustände in Polen.

Finanziell stand er gut da. Er konnte es sich leisten, eine eigene Kutsche anzumieten, und rollte wie eine Person von Stand in Berlin ein. Er nahm sich ein Zimmer in einem Hotel, schrieb weiter an seinem Reisebericht und verfasste zur selben Zeit Rapporte für Lord Hamilton und Staatssekretär Castlereagh im Außenministerium.

Doch Jörgen konnte nicht aufhören, an Maria zu denken, und je länger er über sie nachdachte, desto mehr überzeugte er sich davon, dass es nicht bloß um eine gewöhnliche Freundschaft ging. Er war verliebt, und als er eines Abends in Berlin von Alkohol und Verliebtheit umnebelt war, setzte er einen Brief auf und machte ihr einen Heiratsantrag, genauer, er schrieb an Alexander Fraser und bat um ihre Hand.

Das war nicht bloß eine spontane Eingebung, sondern ein sehr unbedachter Vorstoß, denn Jörgen konnte eigentlich nicht damit rechnen, dass sein Antrag angenommen wurde. Er war sechzehn Jahre älter als sie und durfte kaum darauf hoffen, dass sie sich auch in ihn verlieben würde. Als er wieder nüchtern war und den Boden der Realität unter die Füße bekam, da bereute er es bitter, den Brief abgeschickt zu haben. Auch wenn er Maria in seinen sentimentalen Augenblicken liebte, war seine Situation doch für eine Ehe denkbar ungeeignet.

Aber siehe da, Maria nahm seinen Antrag an, und ihrem Vater Alexander war der Schwiegersohn genehm. Maria wurde zu einer Tante nach Schottland geschickt, um dort die

Ankunft ihres Bräutigams nach Abschluss seiner Reisen zu erwarten.

Nun hatte Jörgen ein Versprechen abgegeben, das er nicht halten konnte, und dieses Versprechen verfolgte ihn wie ein Gespenst und entwickelte sich zu einem schlechten Gewissen, ja, zu heftigen Gewissensbissen, die ihn Tag und Nacht plagten.

5

Wie besänftigt man ein schlechtes Gewissen? Jörgen suchte natürlich den britischen Botschafter auf und fand dort auch dänische Landsleute vor, Männer in hohen Positionen. An sich war Jörgen alle Probleme in Dänemark los, doch zuweilen träumte er von Graf Trampe. In solchen Alpträumen legte ihm der Graf eine Schlinge um den Hals.

Dann fuhr Jörgen auf und dachte die nächste halbe Stunde auf Dänisch. Dabei hatte man Jörgen Jörgensen begnadigt. Er galt in Dänemark nicht länger als Verräter. Doch seine Begnadigung änderte nichts daran, dass ihm Graf Trampe in seinen Träumen noch immer sehr hässlich mitspielen konnte.

Nein, dahinter steckte der letzte Wunsch seines Vaters, des Uhrmachers Jörgen Jörgensen in der Østergade. Vor seinem Tod hatte er noch eine Audienz beim König bekommen und ihm als seinen letzten Wunsch vorgetragen, dass sein Sohn begnadigt werde.

Solches Ansehen genoss der Uhrmacher aus der Østergade, der dafür gesorgt hatte, dass die Uhren im Schloss so tickten, wie sie ticken sollten, dass man ihm seine Bitte erfüllte. Nie waren sie auch nur eine Minute nachgegangen. Jörgen war ein freier Mann, obwohl sich natürlich nicht vorhersehen ließ, was passieren würde, wenn er nach Dänemark zurückkehren sollte.

Im Grunde waren das keine guten Nachrichten. Sein Vater war gestorben, und er hielt sich in Berlin auf und war nicht auf dem Weg nach Dänemark. Was Jörgen trotzdem am meisten traf, war der Umstand, dass ihm sein Erbe nicht ausgezahlt werden durfte. Es lag an einigen komplizierten Verwicklungen, an seinem Status in Dänemark und Dänemarks Verhältnis zu anderen Staaten.

Jörgen hoffte stets auf dieses Geld, doch es kam nie. Erst nachdem man ihn nach Tasmanien deportiert hatte, erhielt er die Mitteilung, sein Erbe könne ihm nun ausgezahlt werden, doch da hatte er solche Steuerschulden aufgehäuft, dass er es nur auf Schleichwegen an sich bringen konnte, auf denen es versickerte.

So also war die Lage, und Jörgen schob seinen Aufbruch nach Warschau immer weiter hinaus und blieb monatelang in Berlin. Um alles zu beruhigen, nicht zuletzt sein schlechtes Gewissen gegenüber Maria, stürzte er sich in Glücksspiel und Alkohol.

Nur so konnte er seine Pflichten vergessen, um sich nur desto deutlicher an sie zu erinnern, wenn er von Realitätssinn und Kopfschmerzen geplagt wurde. Dann setzte sich der König wieder an den Spieltisch, hob das Glas an die Lippen und erinnerte sich bald nicht mehr an seine Versprechen.

Oder richtiger, es war nicht mehr wichtig, was er versprochen hatte, denn über solche Kleinigkeiten war er erhaben. Wussten die Leute etwa nicht, wen sie vor sich hatten? Ihn! Den großen Mann! Den König!

Derartiges redete sich Jörgen lange ein. Ohne Ende pendelte er zwischen Spielkasinos und Kneipen hin und her. Er gewann in der Lotterie und verfügte über hohe Summen, hätte aber längst nach Polen abgereist sein sollen. Seine Aufträge warteten, doch er rührte keinen Fuß.

Das Spielen lenkte ihn ab, er hatte Geld, und die Sonne schien. Richtiger war: Er verspielte Geld und lieh sich immer mehr. Um Zeit zu gewinnen, klitterte er einen auf Aussagen von in Berlin lebenden Polen beruhenden polnischen Reisebericht zusammen und blieb acht Monate länger in Berlin als vorgesehen.

Kurz, Jörgen Jörgensen verließ Berlin erst, als er vor seinen Gläubigern fliehen musste. So weit kam es im November 1816, doch dann ging er nach Dresden und anschließend nach Hamburg. Dort schrieb er seinen Reisebericht fertig, ehe er sich nach London einschiffte.

Mittlerweile schrieb man das Jahr 1817, acht Jahre waren seit der isländischen Revolution vergangen, und der König war von den Thronen dieser Welt ziemlich weit entfernt. Als Jörgen nach London kam, traute er sich kaum, sich bei seinen Vorgesetzten zu melden, begab sich aber irgendwann doch ins Ministerium.

Er hatte Angst, dass man seine Aktivitäten durchschaute, dass seine Berichte nicht gut genug oder gar nutzlos wären, doch im Ministerium fand man nichts daran auszusetzen, beanstandete seine Ausgaben und Rechnungen nicht und glich die Schlussabrechnung Jörgen Jörgensens oder Jorgen Jorgensons, wie man ihn dort nannte, mit einem großzügigen Betrag aus.

Nun verfügte Jörgen über reichlich Geld und gute Beziehungen. Ein Buch von ihm befand sich im Druck, sein Bericht über seine Reisen auf dem Kontinent. Der vollständige Titel lautete: *Reisebericht über Reisen auf dem Kontinent 1815, 1816, 1817.*

Eigentlich drückten ihn keine Sorgen mehr bis auf den Umstand, dass in Schottland eine junge Frau auf ihn wartete, die eigens aus Deutschland angereist war, um ihn zu heiraten. Noch hätte Jörgen pünktlich zur Hochzeit erscheinen können, aber der Termin kam näher wie im Flug, und bald gehörte Jörgen Jörgensen zu den Menschen, die nicht zu ihrer eigenen Hochzeit kommen.

Der König Islands, Jörundur Hundstagekönig, ließ seine Braut in Schottland warten, während er in London im Pub saß und Karten spielte. Wir sollten die Leiden, die Jörgen aus Gewissensnöten und Seelenqualen deswegen ausstand, nicht gering schätzen.

Er überlegte, nun ernsthaft unterzutauchen. Er dachte an eine Überfahrt etwa nach Südamerika, um sich dort niederzulassen, doch daraus wurde nichts. Ebenso wenig wie aus anderen Dingen, die er sich in jener Zeit vornahm, und nur wenig später, als alle Wege versperrt und er wieder einmal im Gefängnis gelandet war, holte ihn sein schlechtes Gewissen wieder ein, und er bat William Hooker, der mittlerweile Professor an der Universität Glasgow war, eine Frau mit Namen Maria Fraser ausfindig zu machen, doch das misslang. Jörgen erwähnt diese Sache nicht mit einem Wort in seiner Autobiografie. Darin existiert keine Maria Fraser.

6

Die Aussichten waren nicht gut. Es war ein dunkler Abschnitt in Jörgens Leben. Er war unfähig zu schreiben oder sonst etwas zu tun. Tatsache ist, dass er das meiste, und das war nicht wenig, im Gefängnis verfasste, doch immer wenn sich ihm Möglichkeiten eröffneten, versiebte er sie.

Er verschwand für fast drei Jahre von der Bildfläche, und sie verflogen in Rausch und Ausschweifungen. Er hielt sich in Spelunken auf, und wenn er etwas gewann, war es beim Kartenspiel. Am Ende war er dermaßen verschuldet, dass er keinen anderen Ausweg mehr wusste, als aus der Stadt zu fliehen. Am 5. März 1820 ist er wieder in London und mietet bei einer Sara Stourbridge in der Warren Street am Fitzroy Square ein Zimmer.

Jörgen überzeugt sie davon, ein ehrenwerter Herr zu sein, das, was die Engländer einen Gentleman nennen, und über glänzende Kontakte überallhin zu verfügen, nicht zuletzt ins Außenministerium und zu besseren Kreisen. Jörgen Jörgensen wusste sich in Szene zu setzen.

Eine Woche verging, dann eine zweite, und er bezahlte nicht einen Shilling. Sara begann sich Jörgens wegen Sorgen zu machen, doch er ließ sie nicht in sein Zimmer, und das, obwohl er ihr weisgemacht hatte, ein beim Außenministerium beschäftigter Gentleman zu sein.

Noch einmal verstrichen ein paar Wochen. Eines Morgens im Mai 1820 brach die Polizei in sein Zimmer ein, doch da war kein Jörgen, kein Jörundur, kein König. Ja, schon, er war da, saß am Tisch und aß sein Frühstück und schrieb, und er tat so, als sei er über den Zwischenfall höchst verwundert. Als sein Zimmer durchsucht wurde, stellte sich heraus, dass darin mehr als eine Decke fehlte, und Kissen und Bettzeug ebenfalls.

Es war alles weg, Jörgen hatte es bei einem Pfandleiher in der Tottenham Court Road, nicht weit von Saras Haus, versetzt. Das bestätigte der Pfandleiher später beim Prozess. Jörgen bekam dafür zwei Pfund, die er für Alkohol und Schulden ausgab. Alles wurde haarklein protokolliert.

Jörgen behauptete, er habe Sara Stourbridge einen Fünfzig-Pfund-Schein gezeigt. Sie bestritt das, er habe ihr zwei Briefmarken unter die Nase gehalten und behauptet, sie seien fünfzig Pfund wert, doch dem sei nicht so gewesen.

»Der Gefangene hielt ein endlos ausuferndes und zusammenhangloses Plädoyer zu seiner Verteidigung, in dem er bestritt, die Gegenstände gestohlen zu haben«, heißt es in den Akten von Old Bailey, dem Londoner Gerichtshof. Von dort brachte man unseren König ins Gefängnis von Newgate.

Es ist kein weiter Weg, die Gebäude stehen nebeneinander. Für den Diebstahl aus dem Zimmer bei Sara Stourbridge in der Warren Street wurde Jörgen zu sieben Jahren Deportation verurteilt. Es war das übliche Strafmaß, das für geringfügige Diebstähle verhängt wurde.

Jörgen gab sich, als sei er damit zufrieden, und schrieb an Lord Castlereagh, den britischen Außenminister, persönlich, und machte ihm Vorschläge, wohin man ihn am besten bringen solle. Das Schreiben macht nicht den Eindruck, von einem gebrochenen Sträfling zu stammen, sondern eher von einem Reisenden, der überlegt, ob er liebe nach Mallorca oder nach Mexiko möchte.

Tatsächlich fragte Jörgen: Kann ich nicht einfach das Geld, das der Transport kostet, ausgezahlt bekommen und selbst für die Kosten aufkommen? Castlereagh antwortete nicht, er litt an Depressionen und Verfolgungswahn und schnitt sich wenig später mit einem Federmesser, wie es heißt, die Kehle durch. Mithin dürfte er die Chuzpe Jörgens eher nicht mit Humor genommen haben, die dieser gar nicht für Dreistigkeit, sondern lediglich für eine gute Idee hielt.

Dann traf ein Brief ein. Er kam aus dem Außenministerium. Da saß Jörgen seit anderthalb Jahren im Gefängnis, doch nun sollte er freigelassen werden und verschwinden und sich nicht wieder in England blicken lassen, bis die Zeit seines Strafmaßes abgelaufen sei. Er bekam eine Frist von einem Monat bis zu seiner Ausreise.

Vor langer Zeit, im Jahr 1808, hatte man ihn auf sein Ehrenwort, das Land nicht zu verlassen, freigelassen, und da war er nach Island gefahren und hatte eine Revolution veranstaltet. Nun verhielt es sich genau umgekehrt. Er sollte England so schnell wie möglich verlassen. Man wünschte ihm eine gute Reise, bat ihn aber nicht unbedingt darum, vor Ablauf von sieben Jahren wiederzukommen.

Jörgen aber fuhr nirgends hin. Stattdessen verlor er sich wieder ins Spielen und vergaß all seine Vorhaben. Am 28. September 1822 wurde er festgenommen und zum Tode verurteilt.

»Ich befinde mich erneut in einer schrecklichen Lage. Man hat mich zum Tode verurteilt.«

William Hooker schreckte plötzlich auf. Er war Jörgens längst hundemüde, was weder etwas über ihn noch über Jörgen sagte. Ja, doch, es sagt sicher eine Menge über Jörgen und über sie beide, aber Freunde können einander müde werden und trotzdem gute Freunde bleiben.

»Ich bin zum Tode verurteilt.« Das konnte William Hooker nicht zulassen. Jörgen Jörgensen hatte ihm einmal das Leben gerettet, und wenn man einmal alles andere wegließ, war er einer der unterhaltsamsten, nettesten Menschen, denen er je begegnet war.

Nein, das durfte er nicht zulassen. Er schrieb ein Gnadengesuch und nutzte seine Beziehungen in der Gesellschaft. So bewahrte er Jörgen vor dem Galgen, und man kann sagen, dass sie jetzt quitt waren: Jörgen war seine lebensrettende Tat vor der Küste Islands vergolten worden.

Das Urteil wurde in Deportation abgeändert, doch bis es so weit war, vergingen noch einmal drei Jahre. Es hatten daran neben Hooker noch andere mitgewirkt, nicht zuletzt Alexander MacLeay, der Sekretär des Transport Boards der Navy, und der Gefängnisarzt Doktor Box, dem Jörgen im Gefängnis als Assistent diente. Jörgen behauptet, er habe vierzigtausend Mal Medikamente ausgegeben und mehr als neunhundert Patienten versorgt.

»Ich schreibe dir diesen Brief um Mitternacht. Alles ist still und ruhig. Ich habe ein Zimmer für mich und kann die ganze Nacht Kerzen brennen lassen«, schrieb Jörgen William Hooker aus Newgate. Von all seinen Betätigungen dort hatte er gute Einnahmen, ein großes Zimmer und Licht, um zu schreiben.

Das Todesurteil hatte ihn selbstverständlich in Verzweiflung gestürzt, und es versetzte ihm den letzten Stoß in Richtung einer religiösen Erweckung. Er bat um eine Eingebung, und er bekam sie. Geheilt von Spielsucht und Alkohol, wurde er von neuem Feuereifer beseelt und begann seinen Mitgefangenen zu predigen, mit nicht geringerer Überzeugungskraft als Séra Jón Steingrímsson, der mitten im Gottesdienst einen Lavastrom zum Stehen brachte.

Die Gefängnisleitung sah das gern, denn der Gefängnispfarrer war faul und tat nur das Allernotwendigste, doch nicht alle Sträflinge nahmen Jörgens Wandlung gut auf, am wenigsten die Radikalen unter ihnen. Es gab eine Gruppe radikaler Häftlinge in Newgate, denen Jörgens religiöse Überzeugungen überhaupt nicht passten und die sich gegen seine Predigten sperrten.

Jörgen verhielt sich ihnen gegenüber, wie Alexander Jones sich zu ihm verhalten hatte. Er war ein vornehmer Herr aus guter Familie in Dänemark. Seine Mitgefangenen fanden ihn arrogant. Er, der in den Augen der Obrigkeit als Aufrührer galt, war nun in den Augen der Radikalen unter den Sträflingen, von denen es in Newgate damals eine Menge gab, zu einem reaktionären Schwein geworden.

SECHSTER
TEIL

XVII

1

Sir Joseph Banks starb 1820. Er war mit einer Frau namens Dorothea Hugessen verheiratet. Sie wohnten in London am Soho Square und hatten keine Kinder. Sir Joseph hinterließ ein großes Lebenswerk, und es sind Straßen, Viertel und Häfen nach ihm benannt, ebenso wie Pflanzen und Buchten in England und Australien. Viele Bücher sind über ihn geschrieben worden.

Als Sir Joseph Banks starb, waren etwa sieben Jahre vergangen, seit sich Jörgen Jörgensen noch einmal wegen seiner alten Königin schriftlich an ihn gewandt hatte, jener Guðrún Johnsen, eigentlich Einarsdóttir, aus dem Dúkskot in Reykjavík.

Guðrún steckte in den Fängen englischer Verehrer, die sie, wie wir berichtet haben, getäuscht hatten. Es war Jörgen gelungen, Sir Joseph von Guðrúns Ehrenhaftigkeit zu überzeugen.

Er schrieb, sie habe sich in London vorbildlich aufgeführt, bedürfe aber nun der Hilfe, um nach Island heimkehren zu können. Sonst schwebe sie, hilflos und verarmt, wie sie inzwischen sei, in Gefahr, auf Abwege zu geraten.

Gewiss hatte Guðrún den einen oder anderen Fehltritt begangen, doch wer wollte den ersten Stein werfen? Jörgen hatte sich in Eifer geschrieben und sah sich nun im Bund mit Jesus Christus und der Bibel. Er wollte auch schon Tahiti ins Feld führen, Sir Josephs Paradies, doch das unterließ er dann lieber, damit Sir Joseph nicht der Verdacht kam, er wolle womöglich etwas ausplaudern. Schließlich hatten sie bekanntlich beide die Insel besucht.

Jawohl, Guðrún war eine sündige Frau, aber sie bereute, was sie getan hatte. Sie war nicht mehr dieselbe junge Frau, die er auf Island gekannt hatte. Bestimmt ging ein seliges Lächeln über seine Züge, als er an damals zurückdachte, doch nun schrieb er einem moralisch strengen Herrn in sittenstrengen Zeiten in einem sittenstrengen Land, und da waren zweideutige Anspielungen nicht angebracht.

Sir Joseph reagierte wohlwollend. Wieder einmal erschien Hans Fredrik Hornemann auf der Bühne, der frühere dänische Konsul in London und jetzige Fürsorger der dänischen Sträflinge und Obdachlosen, derselbe, der mit einigen Konstablern angerückt war, um Jörgen im Spread Eagle Inn beim Essen verhaften zu lassen, nachdem er gerade einen Akt seines Trauerspiels über Napoleon abgeschlossen hatte.

Hornemann erhielt den Auftrag, sich um Guðrún Johnsen zu kümmern, weil Island ein Teil Dänemarks war und noch vier weitere Isländer verwahrlost durch London irrten. Keiner von ihnen wird namentlich genannt.

London war voller Ausländer, die durch die Napoleonischen Kriege in Schwierigkeiten geraten waren. Guðrún stand nicht allein. Wohltätigkeitsvereine schossen aus dem Boden wie Pilze, und sie wurden mit Hilfsgesuchen überhäuft. Der Däne Hornemann und seine Frau leiteten einen dieser Vereine, und sie betätigten sich in etlichen weiteren.

Guðrún machte auf Hornemann einen guten Eindruck, und er kam zu der Einschätzung, Sir Joseph würde ein gutes Werk tun, indem er sie zu ihren Eltern nach Island zurückschickte. Guðrún weinte vor Freude, als sie von der Hilfsbereitschaft Sir Josephs erfuhr. Der ließ sogar Jörgen ausrichten, dass er ihr helfen wolle. Sir Joseph traf Guðrún auch persönlich und war ganz von ihr eingenommen. Wer immer Guðrún Johnsen kennenlernte, wurde von ihr bezaubert; es wäre interessant gewesen, ihr selbst einmal zu begegnen.

Als dieses Problem gelöst war, glaubte Jörgen Jörgensen, man solle noch einen Schritt weitergehen. Er fand, Guðrún könne wegen ihres vermeintlich freizügigen Umgangs besonders mit Engländern ein Leumundszeugnis von Sir Joseph gut gebrauchen.

Darum empfahl Jörgen, Sir Joseph solle Bischof Geir Vídalín einen Brief schreiben, und erbot sich selbst, diesen Brief für ihn aufzusetzen. Darin wolle er ihren Sinneswandel und ihr tugendhaftes Verhalten schildern, damit sie in Island eine neue Chance bekäme, am besten, um etwas Bildung zu erwerben.

Am 31. August 1813 suchte Guðrún Hornemann auf. Er gab ihr ein Pfund, bezahlte ihre Mietrückstände und löste ihre Kleider beim Pfandleiher aus. Dann besorgte man ihr eine Schiffspassage, doch das Schiff, mit dem Guðrún im September fahren wollte, kam vom Kurs ab und verspätete sich, und damit war klar, dass sie noch einen weiteren Winter in England verbringen musste.

Jörgen fürchtete, sie könne sich wieder mit Savignac treffen. Sie versprach, es nicht zu tun, hielt aber ihr Versprechen nicht. Jörgen erboste sich sehr und versuchte, ihre Treffen zu vereiteln. Er schrieb Banks, sie besuche wieder Savignac im Gefängnis und seiner Meinung nach vergeude sie ihre Zeit.

Sir Joseph ließ sich von solchen Klagen nicht beeindrucken. Er las die Eifersucht zwischen den Zeilen und war für sein Teil fertig mit dem Dänen Jörgen Jörgensen, den er ins Gefängnis gebracht und daraus wieder freibekommen hatte. Gleichwohl saß Jörgen wieder in einem Gefängnis, also brauchte es offensichtlich keinen Joseph Banks, um ihn hinter Schloss und Riegel zu bringen.

Guðrún mietete derweil ein Zimmer bei einer armen Witwe und lernte das Handwerk einer Schirmmacherin, das ihr für eine Weile Arbeit verschaffte, schlecht bezahlt wie alle Arbeit in England. Nur die Nichtarbeitenden wurden für ihre Faulheit gut bezahlt. Hornemann, der ehemalige Konsul, wusste, dass kein Isländer je einen Regenschirm gesehen hatte, und darum würde Guðrún ihr Handwerk wenig nutzen, wenn sie nach Island käme, denn dort regnete es aus allen Richtungen, nicht nur von oben nach unten, der Regen kam gleichzeitig auch waagerecht aus allen Richtungen. Ein Isländer mit einem Regenschirm war ungefähr so etwas wie ein Affe mit Zylinderhut.

So schätzte Hornemann ihre Aussichten ein und wies darauf hin, dass Guðrún das Zeug zu einem erstklassigen Kindermädchen hätte. Sir Joseph sprang auf den Vorschlag sogleich an und schickte sie zu seinem guten Freund Sir John Thomas Stanley, der im Jahr 1789 zu den Färöern und nach Island gereist war. Über die nach ihm benannte Stanley-Expedition existieren viele Geschichten, und etliche von ihnen haben Eingang in Bücher gefunden.

Es heißt, Stanley habe beim Ausbruch der Französischen Revolution auf dem Gipfel der Hekla gestanden, genau am

Tag des Sturms auf die Bastille, doch um eine lange Geschichte kurz zu machen, Guðrún wurde Kindermädchen beim Ehepaar Stanley, lernte gut Englisch und wurde als ausgezeichnetes Kindermädchen geschätzt. Sie blieb den Winter über bei ihnen und hinterließ einige sehr außergewöhnliche Briefe an Lady Stanley.

2

Es kam die Stunde, in der Jörgen Jörgensen die englische Küste in Nebel zurückbleiben sah, und er sollte sie nie wiedersehen. Er blickte zurück auf diese Küste, die ihm so oft Freude und Zufriedenheit eingegeben hatte, wenn er von langen Reisen über Meere und durch fremde Länder zurückkehrte.

Früher hatte er auf Schiffen das Kommando geführt. Früher war er einmal König. Jetzt war er ein Verbannter. Er war ein Sträfling und traf Monate später mit dem Gefangenentransporter *Woodman* in Tasmanien ein und sah Hobart wieder. Kein Wunder, dass Erinnerungen in ihm aufwallten, denn Jörgen Jörgensen hatte zu den Männern gehört, die entdeckt hatten, dass Tasmanien eine Insel war und keine mit Australien verbundene Halbinsel, wie früher angenommen und hier schon erwähnt wurde.

Das war vierundzwanzig Jahre her. Jetzt erinnerte er sich, wie diese günstig gelegene Siedlung bei seiner ersten Landung ausgesehen hatte. Damals lebten dort vierhundert Kolonisten aus England und Irland, und es gab nicht mehr zu sehen als einzelne Feuer und Zelte am Waldrand, Männer, die die Erde umgruben und mit eiserner Disziplin Bäume fällten.

Damals stand dort dichter Wald mit den höchsten blauen Gummibäumen der Erde. Nun befanden sich an der Hauptstraße eine Bank, ein Pub und eine Kirche. Das Sträflingsschiff *Woodman* lief nach fünfmonatiger Seereise am 29. April 1826 in die Mündung des Derwent ein. »Auf den Spuren seiner Jugend zu wandeln ist meist ein Leidensweg«, schreibt Sverrir Kristjánsson in seiner Darstellung Jörgen Jörgensens, des Seefahrers, der zwei Monate lang unser König war.

Was wollte die Allmacht ihm sagen? Er war jetzt sechsundvierzig Jahre alt und gemessen an seinem Alter und seinem bisherigen Leben in erstaunlich guter Verfassung. Unter Berücksichtigung von Gefängnisaufenthalten, Glücksspiel und Alkohol, endlosen Streifzügen über die Landstraßen der Erde, staubigen wie morastigen, düsteren Gedanken auf diesen langen Wanderungen, Schweißausbrüchen und Anfällen von Verzweiflung.

Nun lag da eine aufblühende, üppige Ortschaft, die Insel hatte etwa dreizehntausend Einwohner, darunter sechstausend Sträflinge. Fünftausend Menschen lebten in Hobart. Alles war so hübsch anzusehen, stattliche Häuser, ein Gouverneurssitz, Kirche und Banken. Doch das war nur die Oberfläche, darunter brodelten unterschwellig Aufruhr, Konflikte und Verbrechen. Das sieht man am besten daran, dass dem amtierenden Gouverneur, Sir George Arthur, der Posten anvertraut worden war, weil er zuvor einen Sklavenaufstand in Honduras niedergeschlagen hatte. Es brauchte einen Mann mit derartigen Meriten im Lebenslauf.

Sir George Arthur stand an der Spitze des Empfangskomitees, und Jörgen Jörgensen kam nicht umhin zu denken, dass er, wäre er die ganze Zeit über auf Tasmanien geblieben, dort inzwischen zur Oberschicht gehören würde. Stattdessen war er von Land zu Land gewandert und hatte überall von vorne anfangen müssen.

Sir George hielt vor den Deportierten eine donnernde Ansprache, in der er hervorhob, was sie erwartete, falls sie sich nicht ordentlich aufführten, und welche Vergünstigungen sie erwarten durften, wenn sie es taten. Sie ihren neuen Herrn zuzuteilen nahm einige Tage in Anspruch, während derer sie streng bewacht wurden.

Sie hatten entweder für die Siedler zu arbeiten, fuhren aneinandergekettet in die Kohlengruben ein oder landeten in Straflagern, wo sie in Fußketten schwere Arbeit verrichteten. Die Glücklicheren bekamen Arbeit in Unternehmen und Behörden, auf der Post oder beim Zoll, in Gasthäusern oder Pubs.

Die Zeitungen erwähnten die Ankunft Jörgens namentlich. Da war die Rede von einem »Dänen namens Jorgen Jorgenson, vorher Assistent der medizinischen Abteilung von Newgate und den meisten Strafgefangenen der Kolonie wohlbekannt. Ein intelligenter Mann, der mehrere Sprachen spricht. Er hielt sich bereits zur Gründungszeit der Kolonie hier auf und war Erster Steuermann auf der *Lady Nelson* unter dem Kommando von Kapitän Simmons.«

Es war überall das Gleiche: Wo Jörgen in Erscheinung trat, war er von Legenden umwoben, auch wenn wir in Island keine Ahnung hatten, was aus unserem König geworden war. Zwei weitere Deportierte wurden noch namentlich erwähnt, der eine war ein Geistlicher mit einem Magistergrad aus Cambridge, der andere ein Offizier und Sohn eines Lords, Brösel vom Tisch der englischen Oberklasse, wie Sverrir Kristjánsson sie nennt.

»Es gibt Menschen, die behaupten, ich sei verhaftet worden, weil ich Herabsetzendes über die britische Regierung geschrieben und in England spioniert hätte. Andere drehten die Sache um und meinten, ich hätte für die britische Regierung in anderen Ländern spioniert. Gott allein weiß, wie die Leute darauf verfielen, solche Lügen über mich zu verbreiten«, schreibt Jörgen, vor jeder Anschuldigung seiner selbst sicher und stets bereit, Verständnis für sich selbst zu haben. Niemand verstand Jörgen Jörgensen besser als er selbst.

»Solche abwegigen und erlogenen Geschichten führten dazu, dass mir meine Vorgesetzten mit Ablehnung gegenüberstanden.« Das war richtig. Gouverneur Arthur wollte nichts für Jörgen Jörgensen, den früheren Regenten von Island, tun und soll zu Adolarius Humphrey, der sich für Jörgen einsetzte, gesagt haben: »Ich kann für Jörgen nichts tun, weil er politisch gefährlich ist und überall, wo er hinkommt, Schaden anrichtet.«

Sir George waren irgendwelche verdrehten Geschichten über die Revolution in Island zu Ohren gekommen, und er wollte einem solchen Aufrührer keinerlei Privilegien zubilligen. Er war womöglich imstande, auch auf Tasmanien einen Umsturz anzuzetteln und das Unterste zuoberst zu kehren, die Unabhängigkeit von New South Wales oder gar von England auszurufen. Vielleicht war Sir George bekannt, dass Jörgen in den Sitz eines anderen Gouverneurs eingedrungen, ihn verhaftet und in einer winzigen Kajüte an Bord eines Schiffs vor der Küste festgesetzt hatte.

Ich habe die Oberschicht erwähnt, doch überwiegend wurden Angehörige der unteren Schichten für geringfügige Vergehen zur Deportation verurteilt, weil den Kolonien Arbeitskräfte fehlten. Das traf nicht zuletzt auch auf Norah Corbett zu, die irische Milchmagd, die Jörgen später heiratete. Er verhaftete sie im Jahr 1828, nachdem er in die Polizei der Insel aufgenommen worden war. Da war sie Mitglied einer hartgesottenen Bande von Kriminellen. Sie heirateten 1831. Norah war etwa zwanzig, als sie in die Kolonie kam, konnte nicht lesen und nicht schreiben.

Blutjung war sie in Irland schwanger geworden. Man nahm ihr das Kind weg und schickte sie nach England. Dort klaute sie ihrer Herrschaft ein paar Schillinge, keinen hohen, sondern einen lächerlich kleinen Betrag, siebzehn Schillinge. Doch dafür wurde sie zu lebenslänglich verurteilt.

In seiner Autobiografie erwähnt Jörgen Norah mit keinem Wort, ebenso wenig wie darin Maria Fraser, die in Schottland auf ihn wartende Braut, oder Guðrún Johnsen, die Hundstagekönigin von Reykjavík, vorkommen. Der Unterschied zwischen ihnen und Norah besteht darin, dass er sie heiratete, obwohl er sie einige Male in den Armen von anderen erwischte und sie im Jahr vor ihrer Hochzeit noch einen anderen heiraten wollte.

Es gab einiges, das Norah und Jörgen miteinander verband. Beide waren sie wegen geringfügiger Vergehen zu lebenslänglicher Deportation in die Kolonie verurteilt worden, beide waren sie Opfer der strengen britischen Gerichtsbarkeit, zwei ganz unten gelandete, ausgestoßene, einsame Menschen, die in den Armen des anderen etwas Wärme suchten. Weil sie Alkoholikerin war, beging Norah ständig weitere Vergehen und landete immer wieder in Schwierigkeiten.

Frauen erhielten oft härtere Strafen als Männer, weil die Kolonien Frauen für die Fortpflanzung und Vermehrung ihrer Einwohnerschaft brauchten. Die Strafen wurden mit dem dringend benötigten Nachschub an Arbeitskräften gerechtfertigt. Es ist eine altbekannte Praxis, und sie wurde auch in Island angewendet, wenn Menschen, weil sie ein Stück Schnur oder einen Fischschwanz geklaut oder einen Beamten und königlichen Büttel verspottet hatten, in den Arbeitshäusern des Königs oder Zuchthäusern verschwanden. Manchmal auch nur, weil sie Gedichte geschrieben hatten, wie später in der DDR.

Es war Sklavenhaltung. In Tasmanien konnten die Sklaven ihre Lage verbessern, wenn sie sich bewährten und tadellos benahmen. Dann erhielten sie Bewegungsfreiheit, ein sogenanntes *Ticket of leave*, oder sie wurden begnadigt und galten fortan als freie Menschen. Jörgen Jörgensen begann sofort den Kampf für seine Freiheit.

3

Jörgen ging dasselbe durch den Kopf wie den Zeitungen auf Tasmanien. Er verglich seine neue Lage mit seiner früheren und sah, wie betrüblich sich alles verändert hatte. Er spürte sein Schicksal drückend und schaute ins Graue. Er ließ seinen Kopf auf die Brust sinken und beweinte seine Hilflosigkeit.

Nein, jetzt übertreibe ich ein wenig. Jörgen Jörgensen sagt, er habe nicht geweint, aber einen Kloß im Hals gehabt. Doch was macht das für einen Unterschied? Es war derselbe Schmerz, dieselbe Trauer, dieselbe Situation, dieselbe Geschichte wieder und wieder.

Da kehrte unser König zurück, ein auf Lebenszeit Verurteilter. Es hätte genau das Gegenteil sein sollen: Unser König kam auf eine Höflichkeitsvisite, um noch einmal alte Schauplätze zu besuchen, wie Napoleon, wenn er gesiegt hätte. Dann hätte Jörgen eine höfliche Konversation mit Sir George geführt und ihm versichert, dass der Regierungssitz in Hobart sehr viel stattlicher war als der seine in Reykjavík.

So redete Jörgen mit sich selbst, fast laut, als wäre er auch ein anderer. Sein Kopf steckte voller Stimmen, die um die Wette durcheinanderredeten. Es gab nicht nur Stimmen um ihn herum, fluchende Stimmen von Kriminellen, Rufe von Kommandierenden und Siedlern, die gekommen waren, um sich Arbeitskräfte zu besorgen. Nein, die lautesten Stimmen steckten in seinem Kopf, Stimmen, die bewirkten, dass er manchmal nicht mitbekam, was um ihn herum vorging, und er fern und unbeteiligt erschien.

Jörgen staunte. Er dachte: Die Engländer können Dinge voranbringen. Anders als seine Landsleute. Die taten nur das Nötigste. Wie in Island. Was hinterließen sie dort? Nichts. Warum war Reykjavík kein so blühender Ort?

Weil meine Landsleute von Island nur Dinge ausführten, aber nichts dort ließen, dachte Jörgen. Wir haben keine Monumente errichtet, keine Häuser gebaut, sammelten aber Schafe und Trockenfisch ein, Daunen und Lebertran. Alles wurde exportiert. Nichts blieb im Land zurück. Die Kaufleute errichteten sich Paläste zu Hause in Dänemark. Hier dagegen, in Tasmanien! Es kam ihm vor wie eine Fata Morgana. Hier war ein neuer Ort entstanden, so britisch, wie man sich nur denken konnte. Waren die Menschen wirklich überrascht, dass er eine Revolution herbeiführen wollte? Die Geschichte wird mich freisprechen.

Doch rasch verflogen alle solche Gedanken und alle Tagträume von rosaroter Vergangenheit und der drückenden Last der Zeit. Die Realität machte sich geltend. Es gab eine kurze Wartezeit, in der die Sträflinge sortiert und aufgeteilt wurden. Die kalte Wirklichkeit löste die Muse des Dichters ab. So sah sie aus, die Realität, doch vermittelt wird sie nur durch Denken, und da sammelt sich so einiges an.

Jörgen hatte diverse Empfehlungsschreiben von seinem Gefängnisarzt und anderen Persönlichkeiten bei sich, doch Sir George Arthur gab nichts auf Empfehlungen, nicht, wenn sie Revoluzzer empfahlen. Zu jener Zeit fürchtete man nichts mehr als Revolutionen und vom Thron gestürzt zu werden.

Napoleon hatte es geschafft, den Oberklassen dieser Welt eine solche Heidenangst einzujagen, dass sie alles taten, um sich zu schützen. Auf der anderen Seite waren die Unterschichten mit gefährlichen Ideen infiziert, revolutionären ebenso wie verbrecherischen, und die lassen sich manchmal nur schwer auseinanderhalten. Die Hungrigen saßen nicht bequem und erörterten Theorien. Sie erhoben sich einfach, und dadurch wurden Theorien zu faktischer Macht, egal, ob sie den Menschen geläufig waren oder nicht. Manchmal wurden die Theorien auch auf den Kopf gestellt.

Zu diesem Zeitpunkt aber trug sich Jörgen Jörgensen nicht mehr mit ausgeprägt revolutionären Ansichten, ganz im Gegenteil. De facto war er eigentlich nie ein Revolutionär, außer in jenen zwei Monaten in Island, und das ja auch eher ganz unerwartet. Er hatte Handel gegen Politik aufgeboten und die englische Revolution gegen die französische.

Im Gefängnis von Newgate hatte er die radikalen Häftlinge mit seinen religiösen Anwandlungen gegen sich aufgebracht, und er legte dort großen Wert darauf, ein feiner Herr zu sein, aus einer vornehmen Familie zu kommen, wohlhabenden Uhrmachern, die in Dänemark eine ganze Reihe von Geschäften besaßen.

Jörgen übertrieb in all seinen Erzählungen. Sein Vater hatte Schlüssel zum königlichen Schloss, wo er einmal mit dem König auf Französisch geplaudert hatte. Ein Verwandter gehörte zum Hofstaat, bei einem Diner an der Tafel des Königs hatte er sich nicht getraut, zum Austreten aufzustehen, und sieben Stunden lang eingehalten, bis ihm die Blase platzte.

Jörgen war nicht mehr zu bremsen, wenn er einmal in Schwung kam, und seine Geschichten nahmen solche Ausmaße an, dass die Leute den Mund aufrissen, bis man ihre Mandeln sehen konnte. Manchmal wusste er nicht, ob er erzählte oder schrieb. Wenn er Geschichten zum Besten gab, stützte er sich dazu auf seine Aufzeichnungen.

Die Revolutionäre im Gefängnis betrachteten ihn als einen Konservativen, und die Konservativen, wie Sir George Arthur, hielten ihn für einen Revoluzzer. Ganz gleich, was Jörgen tat, er hatte recht, wenn er falschlag, und er lag falsch, wenn er recht hatte.

Die Welt drehte sich immer weiter in diesem sonderbaren Kreis und in ganz andere Richtungen, als er sich je vorgestellt hatte. Und obwohl niemand Jörgen Jörgensen besser verstand als er selbst, schaffte er es immer wieder, dass er sich selbst beständig missverstand und seine Lage verkannte.

4

Jetzt kommen wir noch einmal auf Finnur Magnússon zurück. Während Jörgen Jörgensen in englischen Gefängnissen einsaß oder hemmungslos trank und spielte, erklomm Finnur Magnússon zielbewusst und mit einer Geschwindigkeit, die nicht ihresgleichen hatte, eine Stufe der Karriereleiter in Dänemark nach der anderen.

Es heißt, seine klare Absage an Jörgen Jörgensen habe Finnur Magnússon den Weg zu den hohen Ämtern, die er bekleiden sollte, geebnet. Wie er sich mit den Putschisten angelegt hatte, das hatte man ihm nicht vergessen.

Finnur verließ Island im Herbst 1812 und fuhr mit Zwischenstationen in Schottland, Norwegen und Schweden nach Dänemark. In Kopenhagen ließ er sich in der Vognmagergade 88 nieder und bezeichnete sich auf dem Namensschild an seiner Tür als »Literatus«. Hätte es schon ein Telefonbuch gegeben, dann hätte er sich bestimmt auch dort mit diesem Titel eintragen lassen.

Finnur hatte etwas geerbt und konnte für eine Weile leben, wie es ihm behagte, doch einem Finnur Magnússon fehlte es im Prinzip stets an Geld wegen all der Bücher, die er kaufte, und weil er zu besonderen Anlässen oder am liebsten ständig edel und vornehm auftrat. Seine Einnahmen und Ausgaben standen nie in einem gesunden Verhältnis zueinander, ganz gleich, was für gut dotierte Positionen er auch bekleidete, und nach seiner Hochzeit wurde es nicht besser. Auch unterstützte er oft seine Landsleute finanziell und schoss etwas zu den Druckkosten für ihre Bücher zu, zahlte ihre Überfahrt oder gab in Not Geratenen Geld.

Mit anderen Worten, Finnur Magnússon war ein lebensfroher Genießer und lebte über seine Verhältnisse, vor allem aber war er ein Arbeitstier und dilettierte als Forscher. Tagelang vertiefte er sich in Bücher, tauchte in längst vergangene Epochen ein und befand sich dann in gänzlich anderen Welten als der wirklichen. All das verlieh seiner Erscheinung ein geheimnisvolles Gepräge, auch etwas Introvertiertes, das an Melancholie und Dichtung gemahnte. Es war der Habitus der Zeit, der junger Männer, die tief nachdachten.

Finnur Magnússon übersetzte alte Texte und erstellte Glossare, zum Beispiel zum zweiten Teil der *Sæmundar-Edda*. Finnur verglich darin nicht nur altisländische Wörter mit neuisländischen, sondern auch mit solchen aus anderen europäischen Sprachen, aus dem Persischen und sogar aus kaukasischen Sprachen. Er verfasste auch eine Schrift über die Herkunft der Asen aus dem Kaukasus. Die Asen kamen aus Aserbaidschan. Das sprang einem doch sofort ins Auge, wenn man nur die Wörter betrachtete.

Das entsprach alles dem Geist der Zeit im damaligen Kulturleben. Die Welt öffnete sich, und man sah, dass die Sprachen nicht nur im Hebräischen wurzelten, sondern auch im Sanskrit und anderen Sprachen. Es war die Zeit der Romantik, die Zeit Adam Oehlenschlägers. Er ist zusammen mit Finnur aus Anlass der Krönung Christians VIII. im Jahr 1840 auf einem Gemälde zu sehen, als Finnur zum königlichen Geheimarchivar ernannt worden war. Nur wenige Isländer waren in der Hierarchie des Königreichs je so hoch aufgestiegen wie er.

Das Interesse an der Altertumskunde verdankte sich der Suche nach dem »Volksgeist«. Vielleicht aus diesem Grund erwachten zeitgleich auch die alten isländischen Handschriften zu neuem Leben. Man wollte sie unbedingt ins Dänische und in andere Sprachen übersetzt sehen.

Da fehlte ein Mann, der die mittelalterlichen Manuskripte lesen und übersetzen konnte, ein Mann wie Finnur Magnússon. In ihnen lebte der alte Geist. Finnur konnte die Juristerei an den Nagel hängen. Er hatte kein Interesse daran, Landvogt zu werden oder als Jurist für den Landvogt zu arbeiten. Ihn langweilten sämtliche Ausschusssitzungen im Bereich isländischer Innenpolitik. Radikale Studenten sprachen ihn nicht an, Konservative ebenso wenig.

Die Neuigkeit von dem Preisgedicht auf Alexander Jones verbreitete sich wie ein Lauffeuer. Finnur wurde ein überall gern gesehener Gast, nicht allein wegen seiner Gelehrsamkeit, sondern auch wegen der Angelegenheit mit Jörgen Jörgensen. Sechsundvierzig Strophen waren keine Kleinigkeit! Noch dazu auf Latein! Der König wollte diesen bemerkenswerten Mann kennenlernen.

Der König war Frederik VI. Als er und seine Königin Marie Sophie Frederikke 1815 gekrönt wurden und damit zugleich ihre Silberhochzeit feierten, erschien Finnur noch einmal und überreichte ein neues Preisgedicht, diesmal zwar nur fünf Strophen lang, doch das war ausreichend.

Die fünf Strophen waren in vier Versionen niedergeschrieben: auf Isländisch mit Runen, Isländisch in lateinischer Schrift, auf Dänisch, und obendrein gab es eine lateinische Prosaübersetzung. Das Gedicht war im skaldischen Versmaß Hrynhent verfasst, bis auf die lateinische Version natürlich. Sie war im antiken epischen Versmaß Hexameter geschrieben.

Die Krönung war wegen der Napoleonischen Kriege verschoben worden, in denen der König verschiedene Male unglücklich agiert hatte. Seine Lenkung der Geschicke des Landes war umstritten, und er galt als eigensinnig und unbelehrbar. Anfangs habe er gute Berater gehabt, hieß es, und seine Regierungszeit war eine Zeit der Reformen, doch sie wurden schlechter, egal, ob er nun mehr oder weniger von ihnen beschäftigte; zugleich nahmen die Auswirkungen der Kriege zu und machten sich in allen Ländern negativ bemerkbar. Frederik ließ seine Armee zur falschen Zeit am falschen Ort aufmarschieren, in Holstein, als es eigentlich darauf angekommen wäre, Kopenhagen zu verteidigen, und es gab noch mehr, das man ihm ankreidete.

Finnur Magnússon beteiligte sich nicht an solchen Diskussionen. In seinen Augen war ein König über jede Kritik erhaben, wie er es auch Jörundur dem König der Hundstage klargemacht hatte. Ein König war ein König – das galt allerdings nicht für einen Hundstagekönig –, darüber gab es nichts zu diskutieren, es sei denn unter Verweis auf die alten Texte und darauf, dass der König seine Macht von Gottes Gnaden hatte.

Nun trug Finnur dem König sein Preisgedicht vor, wie es die isländischen Skalden in alten Zeiten getan hatten, und Frederik VI. und seine Königin lauschten mit dem gesamten Hofstaat. Danach berief der König einige der berühmtesten Gelehrten des Landes, darunter zwei Isländer, und erteilte ihnen den Auftrag, eine Art literarischer Analyse des Gedichts auszuarbeiten, um auszuschließen, dass der Dichter den König verspottete, denn der König selbst las keine poetischen Texte, weder in gebundener noch ungebundener Form.

Das einstimmige Urteil der Gelehrten über das Gedicht lautete, es sei sehr gut gedichtet, und Finnur Magnússon gebühre

Lob und Ehre. Es solle für den König keine Überraschung sein, dass derselbe Mann vor Jörundur Hundstagekönig gestanden und ihm ins Gesicht gesagt habe, er würde sich lieber von ihm mit seinen englischen Pistolen erschießen lassen, als aus seiner Hand eine Auszeichnung entgegenzunehmen und seinen König zu verraten.

Finnur Magnússon sei nicht nur ein großer Dichter, sondern ein echter Wikinger und Vertreter früheren Glanzes, wie er in den Eddaliedern zum Vorschein komme, an deren Übersetzung Finnur selbst Anteil hatte, damit auch andere dänische Untertanen als die Isländer diese großartigen Dichtungen verstehen könnten.

Im Hinblick auf das Gedicht sahen die Spezialisten Veranlassung hervorzuheben, wie groß die Fertigkeiten Finnurs in Verwendung der Runen und seine Kenntnisse über die dänischen Könige aus der Dynastie der Skjöldungen seien. Alles entspreche den Quellen, und das Gedicht mache dem König alle Ehre. Es werde seinen Namen für die Ewigkeit bewahren.

Keine Frage, Finnur Magnússon hatte die Prüfung mit Auszeichnung bestanden, und der König stimmte zu, ihm ehrenhalber einen Professorentitel zu verleihen. Danach jagte eine Auszeichnung die nächste. Kaum hatte Finnur einen Titel erhalten, kam ein weiterer hinzu. Er erhielt eine Medaille für seine Schrift über die Zusammenhänge zwischen den Religionen und hielt fortan Vorlesungen sowohl an der Kopenhagener Universität als auch an der Kunsthochschule. Finnur Magnússon hatte allen Grund, sich zu freuen, doch meist hockte er über irgendwelchen Büchern und schrieb und übersetzte.

Er wurde Professor an der Universität Kopenhagen und Archivar des königlichen Reichsarchivs, bekleidete somit die gleiche Stellung, wie Goethe sie bei Herzog Karl August von Sachsen-Weimar innehatte. Jörgen Jörgensen war Goethe angeblich bei seinem Aufenthalt in Frankfurt begegnet und beschreibt ihn in seiner Autobiografie wie einen alten Bekannten, sie seien gut miteinander ausgekommen.

Finnur Magnússon wurde ein persönlicher Freund des Königs, und sein Aufstieg war märchenhaft steil. Er hatte Zutritt zum Hof, war ein häufiger Gast auf gesellschaftlichen Zusammenkünften und empfing vornehme Gäste wie Alexander von Humboldt, mit dem er im Wagen durch Kopenhagen rollte, um ihm die Stadt zu zeigen, und dem er später viele Briefe schrieb.

Im Jahr 1829, während Jörgen Jörgensen, der einmal eine Pistole auf Finnur gerichtet hatte, in Tasmanien Verbrecher jagte und selbst als Krimineller verurteilt war, wurde Finnur zum Geheimarchivar des Königs ernannt und galt als einer der angesehensten Beamten des Landes.

Doch dann zogen Wolken vor die Sonne.

5

Es ist nicht alles, wie es scheint. Die Ereignisse werden auf verschiedene Weise miteinander verknüpft, und der Zusammenhang ist nicht überall der gleiche. Während Finnur Magnússon und König Frederik VI. an Jörgen Jörgensen nur als Usurpator und gestürzten König von Island zurückdachten, hatte der bereits kurz erwähnte Adolarius Humphrey gänzlich andere Erinnerungen an ihn.

Adolarius Humphrey war ein Geologe, der Jörgen Jörgensen sehr viel länger kannte, aus der Zeit, als die weiße Besiedlung Tasmaniens begann. Sie hatten gemeinsam an einer Expedition zur Erkundung der Insel teilgenommen, auf der Jörgen auch den Botaniker Robert Brown kennenlernte, der ihm wiederum den Kontakt zu Joseph Banks vermittelte. Adolarius Humphrey war dafür bekannt, überall, wo er hinkam, sein Monogramm in Stein zu meißeln. Manche von ihnen sind noch heute zu sehen.

Humphrey war einer der bedeutendsten Bürger der neuen Siedlung geworden und besaß zwei große Farmen. Er war auch Polizeichef der Kolonie und hatte einen Sitz in ihrem Rat. Er sollte sich bei Sir George Arthur verwenden, als Jörgen in die Polizei aufgenommen worden war, und ein gutes Zeugnis und ein Gnadengesuch für ihn bei Arthur einreichen, doch der lehnte es ab.

Adolarius Humphrey brachte die Idee auf, Verbrecher in die Polizei aufzunehmen, weil zwischen Polizisten und Verbrechern ein näherer Kontakt bestehe als zu vielen anderen. Wer durchschaute Kriminelle besser als ein Krimineller? Waren sie nicht geradezu prädestiniert für die Polizei? Noch dazu Jörgen mit seiner Vergangenheit als Spion. Humphrey setzte sich am Ende durch.

Jörgen bekam zunächst einmal Schreibtischarbeit bei der Behörde im Zollamt zugeteilt, doch bald kam er hinaus in unbesiedelte Gegenden und in die Berge, in die Wälder, zu den Flüssen. Er wurde im Auftrag der Van-Diemens-Land-Gesellschaft tätig, einer Aktiengesellschaft mit Sitz in London. Diese Gesellschaft oder dieses Unternehmen wollte Rinder- und Schafzucht in großem Stil betreiben und war auf der Suche nach Weideland, und in diesem unerschlossenen Teil der Erde war genug davon vorhanden. An manchen Orten standen den Neuankömmlingen die Ureinwohner im Weg, denen es sehr missfiel, wie die mit dem Land und den Geistern, die die Ahnen hinterlassen hatten, umgingen. Das führte immer häufiger zu Zusammenstößen.

Die Geschichte vollendete einen weiteren ihrer Kreise, denn nun gehörte Jörgen zum zweiten Mal zu den Erforschern dieser Insel, eine Arbeit, die ihm viel besser gefiel als die Schreibtischarbeit im Zollamt. Stillsitzen war nicht seine Stärke, Buchhaltung nicht sein Fach, und der Lohn war niedrig.

Obwohl er auf seine Weise etwas von Volkswirtschaft verstand und einige Jahre später ein ganzes Buch darüber verfassen sollte, wie Großbritannien aus seiner Verschuldung herauskommen könne, und obwohl er eigene Ansichten dazu hegte, wie man über Länder und Ozeane herrschen solle, war er sein Leben lang ein schlechter Rechner und konnte keine Buchhaltung führen. Am allerbesten sieht man das an seinen

eigenen Finanzen, die der Grund dafür waren, weshalb er –
vollkommen verarmt – ins Unbekannte aufbrach.

Die Freiheit der Wildnis war besser als das Zollamt. Jörgen
wollte lieber für die Van-Diemens-Land-Gesellschaft arbeiten
als für den Zoll, und das, obwohl er große Strapazen und Ent-
behrungen durchmachen musste und fast verhungert wäre.
Dem zum Trotz erlebte er großartige Momente. Die Natur,
Vögel und Freiheit, das Rauschen von Bächen in der Ferne,
Stunden für sich allein im Wald.

Es gab keine Straßen auf der Insel, und die Entfernungen
zwischen den Siedlungen waren beträchtlich. Das Überque-
ren der Insel erforderte große Anstrengungen, es gab hohe
Felsgürtel, breite und tiefe Schluchten und andere natürliche
Hindernisse. Manchmal mussten breite Flüsse überwunden
werden, und Jörgen konnte nicht schwimmen. Einmal wurde
er von einem dunkelhäutigen Sträfling vor dem Ertrinken gerettet, der am Unabhängigkeitskampf der Amerikaner teilgenommen hatte und Trommler in einer Musikkapelle gewesen
war. Jörgen bahnte sich Schneisen durch den Urwald. Am
Ende musste er aber einsehen, dass er für solche Expeditionen
zu alt geworden war.

Irgendwie erinnert das daran, wie Séra Jón Steingrímsson
im Jahr 1756 mit seinem Bruder das isländische Hochland
überquerte, als die Katla ausgebrochen war. Sie verbrachten
den ganzen Winter in einer Höhle. Es gab jede erdenkliche
Art von Unwetter, und manchmal kreisten schon die Raben
über ihnen.

Einer ihrer Begleiter floh, weil er glaubte, die Raben wären
Vorzeichen des Todes, doch Séra Jón erklärte, sie würden lediglich ihre Vorräte wittern, das Fleisch, das sie in einem Fass
aufhoben. In jenem Winter brachte sich Séra Jón Deutsch bei,

und verschiedene angesehene Männer kamen zu Besuch und lehrten ihn, Menschen zu heilen. Von Séra Jóns Aufenthalt in der Höhle kann man Näheres in Ófeigur Sigurðssons *Roman über Jón* lesen, der 2010 erschienen ist.

6

»Ich hatte das Alter erreicht, in dem ich zu Derartigem nicht mehr gut in der Lage war, und doch ging ich munter weiter, weil es mir viel besser gefiel, durch die Welt zu wandern, als in einem Kontor eingesperrt zu sein«, schrieb Jörgen selbst.

Nicht nur lernte Jörgen das Land kennen, sondern ebenso sollte das Land ihn kennenlernen, und zwar buchstäblich, denn sein Weg führte ihn zur Polizei. Da saß er sozusagen auf beiden Seiten des Tisches und machte sich nicht nur seine Landeskenntnisse zunutze, sondern auch seine Kenntnis der Menschen und ihrer Wesenart, wie Homer über Odysseus sagte, der auch ein weit gereister Mann war wie Jörgen Jörgensen.

Jörgen war ein Menschenkenner und erlebte immer wieder jähe Veränderungen. Er stieg aus der Polizeiuniform direkt in eine Zelle und dann aus dem Gefängnis gleich wieder in die Uniform.

So drehte sich das Leben oftmals im selben Kreis, ob es nun an den Spieltischen der Kasinos war oder am Spieltisch von Recht und Gesetz. Bevor Jörgen in die Polizei aufgenommen wurde und im Auftrag der Van-Diemens-Land-Gesellschaft durch die Wildnis streifte, verrichtete er im Zollamt von Hobart Schreibtischarbeit, hatte aber dabei schon mit Schwindlern und Schmugglern zu tun.

Der alte Spion belauschte Gespräche in den Pubs und konnte so Betrüger auffliegen lassen, die dann festgenommen und verurteilt wurden. Einer landete sogar am Galgen. Nachdem er eine Hinterziehung von Geldern im Zollamt aufgedeckt hatte, hoffte Jörgen auf seine Begnadigung, doch vergeblich. Unruhestifter und Revolutionäre wurden nicht begnadigt, solange Sir George Arthur etwas zu sagen hatte.

Dennoch kam er nach seiner Arbeit für die Van-Diemens-Land-Gesellschaft zur Polizei. Adolarius Humphrey hatte sich mit dem bereits genannten Argument für ihn eingesetzt, dass niemand Verbrechern besser auf die Spur kommen könne als ein Verbrecher.

Ergo: Machen wir Polizisten aus ihnen! Es gab keine bessere Polizeischule als die, in der man die Kanäle der Unterwelt kennenlernte, sich in die Psyche von Kriminellen hineinversetzen und ihren eigenen Verhaltenskodex erlernen musste.

Früher hatten die Verbrecher ihre Geheimnisse mit ins Grab genommen. Der Entschluss dazu fiel ihnen leicht, denn sie wussten, dass ihr Leben auch dann nicht verschont wurde, wenn sie »sangen«, doch als die Verbrecher mitbekamen, dass ihnen die Möglichkeit geboten wurde, den eigenen Hals aus der Schlinge zu ziehen, da hauten sie sich sogleich gegenseitig in die Pfanne.

Ihre Solidarität war nichts mehr wert. Keiner wusste mehr, wem er noch trauen konnte. Darauf lief die Kriminologie Jörgen Jörgensens hinaus.

Im Mai 1828 wurde Jörgen in die Distriktspolizei Tasmaniens aufgenommen. Stationiert wurde er in der Siedlung Oatlands, fünfzig Meilen von Hobart entfernt. Chef der Polizei war Thomas Anstey, ein reicher Bauer. Ihm gehörten mehr als 1200 Hektar Land, doch in jenen Jahren herrschten in den ländlichen Siedlungsgebieten schlechte und unruhige Zeiten.

»Da die Höfe und Siedlungen weit verstreut lagen, kam es ständig zu Überfällen durch Banditen und feindselige Stämme der Eingeborenen, die raubend und mordend umherstreiften, so dass meine Arbeit weder leicht noch ungefährlich war«, schreibt Jörgen in der Autobiografie.

Als Thomas Anstey Jörgen Jörgensen sah, hielt er ihn zuerst für einen Landstreicher und überlegte, ob er ihn erschießen solle. Auf einem anderen Hof, bei dem Bauern und Zeitungsverleger James Ross, hatte Jörgen ein langes Haumesser bekommen. Das trug er in einer Scheide auf dem Rücken. Dazu war er in eine abgetragene Jacke und eine löcherige Hose gekleidet, trug einen Strohhut auf dem Kopf und einen fadenscheinigen Schal um den Hals. Das blieb für die nächsten Jahre seine Uniform, praktisch bis zu seinem Tod.

Tatsächlich nahm Jörgen nach und nach das Aussehen eines Landstreichers an, ähnlich Séra Jóns Taufpaten Páll, der seiner Mutter den Widder-Traum gedeutet hatte.

Jörgen wusste ebenso viel wie er, so viel, dass er in der Geschichte der Kolonie die Rolle desjenigen spielte, der sich an alles erinnerte, und er wurde der erste Schriftsteller der Insel.

Jörgen versuchte, von seiner Schriftstellerei zu leben, doch in der Gesellschaft der Insel war so etwas wie ein Autorenhonorar unbekannt, und in Druck gingen nur Dinge von Auftraggebern, die ihre Anliegen mit ganz absonderlichen religiösen Vorstellungen würzten. Sie waren derart absurd, dass es eines noch genialeren Mannes als Finnur Magnússon bedurft hätte, um in ihnen einen Zusammenhang zu erkennen.

Thomas Anstey war ein ganz normaler Farmer, untersetzt, kräftig, mit Bauernpranken, ein Mann, der seine Farm mit eigenen Händen errichtet hatte.

Verständlich, dass Jörgen nach seinem »Schwert« griff, wie es seinerzeit der Graf Trampe hatte tun wollen, als Thomas Anstey, dieser grobschlächtige Klotz, auf der Hut war und sein Gewehr hervorholte, als er Jörgen sah.

Er begrüßte ihn barsch: »Was, zum Teufel, hast du hier verloren?«

Jörgen kannte das von seinen Erkundungen für die Van-Diemens-Land-Gesellschaft. Den König konnte nichts mehr überraschen. Wenn er mit seinen Kollegen nach einem langen Aufenthalt im Busch eine Farm erreichte, kam es vor, dass die Bauern sie für Banditen hielten und ihre Frauen und Töchter ins Haus sperrten, bis sie ihnen klarmachen konnten, wer sie eigentlich waren.

Es war der Beginn einer guten Freundschaft. Thomas Anstey erkannte bald, was in Jörgen steckte, aber er sah auch seine Schwächen. Er war einfühlsam und verständnisvoll. Das war der einzige Weg, um Jörgens Fähigkeiten zu nutzen. Aber es war oft nicht einfach. Selbst die Verständnisvollsten und Einfühlsamsten geben irgendwann auf.

Nicht so Thomas Anstey. Auch er war ein Menschenkenner. Die Erfahrung hatte ihn gelehrt, wem er trauen konnte und wem nicht. Jörgen Jörgensen war einer von den Menschen, denen er vertraute.

XVIII

1

Guðrún Johnsen blieb bis zum Frühjahr 1814 bei der Familie Stanley, und es ging ihr dort gut. Sie kümmerte sich um die neun Kinder des Ehepaars, zwei weitere waren gestorben. Stanley machte Geschäfte mit englischen Islandkaufleuten. Aus Guðrúns Briefen an Lady Stanley geht hervor, dass sie gut behandelt wurde, und bessere Herrschaft als die Eheleute Stanley konnte man sich kaum vorstellen.

Dennoch wollte sie zurück nach Island. Im Frühjahr begann die Suche nach einem Schiff aufs Neue. Guðrún hatte einen weiteren Wohltäter gefunden: Samuel Whitbread. Möglich, dass Jörgen sie miteinander bekannt machte. Whitbread hatte ihm Geld gegeben und ihm Beziehungen vermittelt.

Guðrún suchte Samuel Whitbread und seine Frau, Lady Elizabeth, auf. Sie war die Tochter eines Politikers namens Grey, Earl Grey. Ich weiß nicht, ob es derselbe ist, nach dem die Teesorte benannt wurde, genauso wie der Name der Whitbreads in einer berühmten Biermarke weiterlebt.

Samuel Whitbread finanzierte weitgehend Guðrúns Reise. Er übernahm die Kosten für ihre Miete und den Proviant auf der Überfahrt. Guðrún versprach, ihm dafür Waren aus Island zu schicken.

Dann erschienen auch Savignac und John Parke wieder auf der Bildfläche. Savignac legte sich ins Zeug, um Informationen über auslaufende Schiffe zu sammeln und behilflich zu sein, doch John Parke, der gerade aus Island zurückgekommen war, wo er sich den Winter über aufgehalten hatte, erwartete für seine Hilfe Gegenleistungen.

In ihrer Not schrieb Guðrún an Whitbread: »Gestern hat mich Mr Parke aufgesucht. Als ich ihn inständig bat, mit seiner Kutsche fahren zu dürfen, machte er sich gehässig über meine Sorgen lustig und sagte, ich sei nun in seiner Hand und er werde mit mir tun, was ihm gefalle.«

Samuel Whitbread schaltete sich umgehend ein, nachdem er erfuhr, dass Savignac und Parke wieder aufgetaucht waren und der Letztgenannte Guðrún sogar bedrohte. Er ließ sie von seinem Assistenten abholen und nach Liverpool bringen, doch als sie dort eintrafen, war das fragliche Schiff bereits ausgelaufen.

Zum Glück für Guðrún kamen ihre Schwierigkeiten Sir John Stanley zu Ohren, und er bot ihr erneut an, in seinem Haus unterzukommen, was sie dankbar annahm. Er bot ihr an, noch einen Winter zu bleiben, wenn sie das wolle, sie solle das Haus der Familie einfach als ihr Heim betrachten.

»Ich bin sprachlos angesichts der elterlichen Fürsorge, die mir erwiesen wurde«, schrieb sie Samuel Whitbread einen Tag bevor sie an Bord eines Schiffs nach Island ging. Das war Ende August 1814.

Anfang September traf Guðrún mit der *Victoria* in Island ein. Sie beeilte sich, ihren Gönnern und Wohltätern umgehend Geschenke zu schicken. Der Abgeordnete erhielt eine Schnupftabakdose und seine Frau eine isländische Tracht. Den Stanleys schickte sie Steine, Wollhandschuhe, einen versilberten Becher und Schneehühner. Guðrún scheint die Unterstützung ihrer Eltern genossen zu haben. Niemand war so eilfertig, ihren Wohltätern Geschenke zu schicken, wie ihr Vater Einar Jónsson, der Kötter im Dúkskot.

Es lässt sich nicht leicht sagen, wann die Geschenke Samuel Whitbread und seine Frau erreichten, denn Samuel beging im Juli 1815 Selbstmord. Guðrún vergoss auf die Nachricht »viele Tränen in seinem Angedenken«. Damit hatte nach dem Außenminister Lord Castlereagh nun schon der zweite Gönner Jörgen Jörgensens seinem Leben selbst ein Ende gesetzt.

Quellen besagen, Guðrún sei wegen ihrer Verbindungen zu Engländern von den in Reykjavík ansässigen Dänen geschnitten worden. Und trotz des Heimwehs nach Island, das sie geplagt hatte, gefiel es ihr in Reykjavík nicht.

»Oh, soll es wirklich mein Schicksal sein, den Rest meiner Tage hier zu verleben? Die Vorstellung ist schrecklich, alles hier erscheint mir so erbärmlich«, schrieb sie in einem Brief an Lady Stanley.

Nach ihrer Heimkehr begann sie, Holländisch zu lernen, spielte Schach und Langspil und arbeitete im *Klub*. Was sie dazu brachte, ausgerechnet Holländisch zu lernen, weiß man nicht. Aber es ist ja im Prinzip nichts dagegen einzuwenden.

Doch Guðrúns ganze Art hatte sich verändert, und sie sah die Welt mit ganz anderen Augen. War sie vielleicht eine Weltbürgerin geworden? Es war alles so unbedeutend hier auf dieser Winzinsel im Nordmeer.

In einem Brief an Lady Stanley vom August 1815 schreibt Guðrún, sie könne in Island niemals glücklich werden, hege aber die Hoffnung, die Insel mit einer dänischen Familie im nächsten Sommer zu verlassen.

2

»Thomas Anstey war so freundlich zu erklären, dass ich ein intelligenter Mensch sei und er mir in allem vertraue und mir Erlaubnis gebe, ganz nach meinen eigenen Absichten und Vorstellungen meinen Pflichten nachzukommen«, schreibt Jörgen.

Nehmen wir den Faden da wieder auf, wo diese beiden Männer, Thomas und Jörgen, einander trafen und missverstanden, doch als sie miteinander ins Gespräch kamen, erklärte Jörgen: »Gerade diese Kleidung, die dich dazu bringt, mich für einen Streuner zu halten, eignet sich hervorragend für meine Arbeit.«

»So?«, wunderte sich Thomas.

»Es ist meine derzeitige Polizeiuniform«, sagte Jörgen. »Abgesehen davon, dass ich keine andere habe.«

Thomas Anstey schaute ihn mit großen Augen fragend an: »Was willst du damit sagen?«

»Na ja«, meinte Jörgen, »so gekleidet kann ich mich umtun und mich unter die Leute in den Bars mischen und Informationen einholen.«

Der alte Agent war noch sehr lebendig, und Anstey musste anerkennen, dass die Überlegung ganz vorzüglich war. Gewöhnlich wurden ausgesandte Spione erkannt und womöglich lebendig gegrillt.

Nein, Erbarmen kannte man hier nicht. Es war die härteste Gegend der Welt. Zu tun gab es genug: Viehdiebe, Straßenräuber und Überfälle, die oft mit Mord endeten, verzögerten den Aufbau auf der Insel, bedrohten das Leben und das Eigentum der Kolonisten.

Entlaufene Sträflinge zogen heimlich umher und bildeten Banden. Sie stahlen den Bauern Vieh und verhökerten selbst gebrannten Schnaps. Sie machten mit Schlachtern und Kneipenbesitzern gemeinsame Sache.

Es gab keine Chance, sie zu erwischen, denn sie steckten mit Sträflingen, die bei den Bauern arbeiteten, unter einer Decke und schlossen untereinander Bündnisse auf gegenseitige Hilfeleistung.

Es war Ehrensache, seine Kumpane nicht zu verraten, wer es tat, wurde als Verräter geächtet. Es kam aufs selbe heraus, beide wurden gehängt, die, die gestanden, und die, die leugneten.

Genau das wollte Jörgen Jörgensen ändern. Die Verbrecher sollten begreifen, dass es einen spürbaren Unterschied machte, wenn sie sich besserten.

Seine Aufgabe war es, die Banden aufzuspüren, sie festzunehmen und aufzulösen. Jörgen suchte Weideflächen im Hochland auf, wo auch Wälder standen, in denen man sich leicht vor den Organen des Staats verstecken konnte.

Es gab dort Gruppen von Ureinwohnern, die Raubzüge in besiedeltes Gebiet unternahmen, und weiße Viehdiebe und Geächtete, die sehr ungemütlich werden konnten, wenn man sie dort oben störte. Sie stahlen auch Rinder und brachten jeden um, der sie daran zu hindern suchte oder sie dabei beobachtete.

Zu jener Zeit gab es eine Bande von sechzig Ausbrechern oder Geächteten, die zusammenarbeiteten und ein gemeinsames Versteck hatten. Wenn zufällig jemand dort vorbeikam, wo sie am Werk waren, gestohlenes Vieh schlachteten oder es zum Schlachten trieben, da wurde der Betreffende auf der Stelle umgebracht.

»Ich erinnere mich zum Beispiel an einen armen Menschen, den sie fassten, in eine Ochsenhaut einschlugen und lebendig über einem großen Feuer brieten«, sagt Jörgen in seiner Autobiografie zur Erklärung der Lage.

Jörgen streifte durch unbesiedelte Gegenden, lungerte aber auch in den Spelunken herum und belauschte genau, was dort geschah, wenn sich die entlaufenen Sträflinge trafen und ihre Vorhaben besprachen. Jörgen wanderte zu Fuß in der Gegend umher. Er wurde mit den Halunken bekannt und lernte ihre Schliche. Er wohnte in Campelltown, wo sich die Wege der Verkäufer von illegalem Schnaps und von Schafdieben kreuzten.

Jörgen Jörgensen begann sogleich, Rinderdiebe und entlaufene Sträflinge festzunehmen. Sein großer Coup gelang ihm, als er eine vielköpfige Bande von Schafdieben verhaftete. Am 1. Dezember 1828 fasste er zwei aus der Bande, William Axford und Norah Corbett.

Norah war bereit, auszusagen und die Bande zu verraten. Damit nahm Jörgen sie unter seine schützenden Fittiche, unter denen offenbar so einiges steckte. Norah wurde als Serviererin in der Gastwirtschaft eingestellt, in der auch Jörgen logierte, dem Campell Inn. Auch sie war nun Agentin und sollte die Ohren offen halten und belauschen, was sich die Gäste erzählten. An diesem Ort kamen sich Jörgen und Norah näher.

Jörgen wollte sie beschützen, doch sie war ein Hitzkopf. Ihr Geist befand sich in ständigem Aufruhr, doch das Schicksal hatte sie auch in eine brutale Wirklichkeit geworfen. Als Reaktion darauf trank sie. Der Alkohol betäubte den Schmerz.

Sie zu zähmen erwies sich als ebenso schwierig, wie Jörgen Jörgensen zu erziehen. Sie sah zu diesem lebensklugen und gebildeten Mann auf, der einmal König gewesen war.

3

Jörgen verhaftete Norah bekanntlich am 1. Dezember 1828. Drei Monate später hatte er sechzig Gesuchte festgenommen. Jörgen Jörgensen hatte vollbracht, was vorher niemandem gelungen war.

Er rechnete mit seiner Begnadigung nach den Gerichtsverfahren gegen die Delinquenten in Hobart. Jörgen und Norah wurden dort in einem anderen Gasthaus untergebracht, in einer anderen Kneipe.

Wahrscheinlich hätte man Jörgen begnadigt, hätte er Norah nicht dabei erwischt, wie sie mit den Verbrechern oder ihren Komplizen in der Kneipe des Gasthofs trank. Jörgen hatte sie dort für die Dauer der Prozesse davon abhalten wollen, damit sie als Zeugin auftreten konnte, doch sie war wieder abgestürzt.

Jörgen hatte ihr das Trinken verboten, strikt verboten. Er hatte den Wirt angewiesen, sie im Auge zu behalten. Es durfte nicht so weit kommen. Ihre Zeugenaussagen standen auf dem Spiel. Aber ihre Saufkumpane brachten Norah um Sinn und Verstand. Jörgen verlor vollständig die Kontrolle über sich und nahm den ganzen Laden auseinander.

Brüllend tobte er durch den Schankraum und prügelte sich mit Norah, die unbedingt weitersaufen wollte. Hatte sie erst einmal angefangen, konnte sie nicht mehr aufhören. Eine grässliche Vorstellung. Jörgen zog sie an den Haaren, und sie kratzte und biss ihn.

Zwei Polizisten erschienen und verhafteten ihren Kollegen

wegen ungebührlichen Verhaltens in der Öffentlichkeit. Das bedeutete eine neuerliche Bestrafung, Entlassung aus dem Polizeidienst und gewiss keine Begnadigung.

Zumal sich noch etwas anderes herausstellte: Als die Polizisten, die Jörgen festnahmen, ihm Handschellen anlegten, schraken sie zurück, denn der Polizist, den sie verhafteten, war ebenso betrunken wie die Frau, die er vom Trinken abhalten wollte.

Sie waren beide sternhagelvoll. Wut und Alkohol hatten Jörgen Jörgensen die Beherrschung verlieren lassen.

Natürlich sollte Jörgen das abstreiten. Er sagte, die Sträflinge hätten ihn mit Schnaps übergossen, und Norah habe einen Krug Bier erst über ihm ausgeleert und ihm anschließend über den Kopf gezogen. Am nächsten Tag wurde er wegen Gewalttätigkeit unter Alkoholeinfluss verurteilt und zeitweilig vom Polizeidienst suspendiert.

Am Ende wurden auch deutlich weniger Diebe zu Gefängnisstrafen verurteilt, als Jörgen erwartete. Die Männer, die mit Norah tranken, hatten ihre Zeugenaussagen entkräftet.

Jörgen zog nicht nur den Kürzeren, er hatte sich auch den Hass der Verbrecher, der Unterwelt zugezogen.

Er wurde weithin als Verräter abgestempelt und schrieb: »Ich muss mich glücklich schätzen, wenn ich nicht ihrem Rachedurst zum Opfer falle.«

Dem der Verbrecher.

Er fuhr fort: »Leider habe ich Grund zu der Befürchtung, dass einige unschuldige Menschen ihr Leben verloren, weil man vermutete, dass sie mit mir kooperiert haben. Viele Morde wurden verübt in Gegenden, in denen ich oft unterwegs war, und in Hütten, in denen ich allein übernachtete, ohne etwas anderes zu meiner Verteidigung als mein braves Schwert.«

4

Während Jörgen Jörgensen in diesen heftigen Auseinandersetzungen mit Verbrechern und entlaufenen Sträflingen und
manchmal auch mit dem Gesetz steckte, hockte Finnur Magnússon in Archiven über alten Büchern.

Er wohnte in unmittelbarer Nachbarschaft zu den Wohn-
häusern von Jörgens Kindheit, erst in der Vognmagergade,
dann in der Klosterstræde 21 in der Etage über der Werkstatt
des Glasermeisters, deren Fenster noch immer aus farbigem
Glas bestehen. Alles lag nur einen Katzensprung von der
Østergade entfernt, in der Jörgen als kleiner Junge herum-
sprang.

Finnur fand in dänischen Bildungs- und Kulturkreisen und
darüber hinaus immer mehr Beachtung. Er wurde ins Schloss
gerufen, wenn es Gespräche über die Großartigkeit der alten
Zeiten gab. Im Anschluss kehrte Finnur zu seinen alten Manuskripten zurück und begann seinen Flug in die Nacht.

Um die Zeit, als Polizisten den betrunkenen Jörgen Jörgensen in Polizeiuniform in einem Pub im tasmanischen Hobart
verhafteten, stand die Sonne von Finnur Magnússons Berühmtheit im Königreich Dänemark in ihrem Zenit.

Es ging immer nur aufwärts, auch im dritten und vierten
Jahrzehnt. 1819 verlobte sich Finnur mit einem Mädchen namens Nicoline Barbara Dorothea Frydensberg, und Mädchen
ist der richtige Ausdruck, denn sie war erst fünfzehn, Finnur
dagegen achtunddreißig Jahre alt.

Das war zehn Jahre vor Jörgens Festnahme in Hobart, und er hielt sich noch in London auf, wo er sein Lost Weekend durchlebte, das drei Jahre dauerte und im Gefängnis von Newgate endete. Weitere zehn Jahre vorher hatte er seine Pistole auf Finnur gerichtet.

Ja, sie beschritten ganz unterschiedliche Wege, der König und der Beamte, dem der König die Tür wies. Nicoline Barbara war die Tochter von Landvogt Rasmus Frydensberg, der von seinem Amt in Island zurückgetreten war, als Jörgen Jörgensen aufkreuzte und Finnur angeboten hatte, sein Nachfolger zu werden.

Obwohl Finnur aus einer wohlhabenden Familie kam und einen gut dotierten Posten innehatte, fehlte es ihm ständig an Geld, besonders als es darum ging, einen eigenen Hausstand zu gründen. Zwischen all seinen wissenschaftlichen Überlegungen äußerte er in seinen Briefen an Freunde auch Sorgen wegen des Kaufs von Vorhängen.

Auf die Liebe, die Ehe und das nie reichende Geld kommen wir noch zu sprechen, doch nun soll es erst um etwas anderes gehen, um ein Problem, das Finnur Magnússon ewig begleitete und sich als zunehmend schwierig erwies.

Die Situation war folgende: Finnur hatte ein hohes Amt inne, er war ein anerkannter Wissenschaftler und galt als Koryphäe, die mehr als andere über das nordische Altertum wusste, insbesondere über heidnische Religion, Edda und Runen.

Finnur lebte in seinen alten Schriften, in seiner alten Welt, seine Liebesgespielinnen waren Walküren aus uralten Burgpalästen, doch sie existierten lediglich in seinen Träumen. Das konnte ihm zum Problem im wahren Liebesleben außerhalb der Träume, in der Wirklichkeit, werden, weil keine Frau dort ihm dieselben Wonnen bereiten konnte wie die Königinnen jener untergegangenen Welt.

Finns Vorstellungen von der Wirklichkeit waren nicht bloß Vorstellungen, sie leiteten auch seine Wahrnehmung. Das führte dazu, dass Finnur Magnússon, so hochintelligent und klug und belesen er auch sein mochte, eins mit Jörgen Jörgensen gemein hatte, dass nämlich auch er Ideen entwickelte, geniale Ideen, die aber nicht immer in die Wirklichkeit gehörten, wie andere sie wahrnahmen.

Manchmal waren diese Ideen viel besser als die Wirklichkeit, und sie bekamen solche Gewalt über Finnur, dass sie zu Fantastereien ausarteten. Man kann diese Art zu denken mit Parapsychologie in Verbindung bringen oder auch mit moderner Dichtkunst, doch Finnur war seiner Zeit weit voraus und dachte in uralten Vorstellungen, die erst später modern wurden.

Seine Sichtweise erinnert an die Schriften Jörgen Jörgensens, in denen er seiner Einbildungskraft freien Lauf lässt, nur dass Jörgen sich immer auf Geschichte und Gesellschaft bezog, auf wirkliche Ereignisse, über die er dann abschweifende Betrachtungen anstellte, ein Verfahren, das man später der Kunst des Romans zuschrieb.

Doch auch dies war eine Abschweifung, und nun wollen wir von der Wirklichkeit berichten, als Finnur Magnússons Berühmtheit Mitte der 1830er Jahre ihren Höhepunkt erreichte und 1834 die sogenannte Runenaffäre ihren Anfang nahm.

Hören Sie gut zu!

5

Die Runenaffäre lässt sich auf die Vorzeitsagas der nordischen Länder und den dänischen Geschichtsschreiber Saxo Grammaticus zurückführen, auf Finnur Magnússons Spezialgebiet also. In den Vorzeitsagas wird eine Bråvallaschlacht erwähnt, die bei Bråvalla im heute schwedischen Blekinge stattgefunden haben soll. In ihr kämpften die Mannen des schwedischen Königs Hring gegen das Heer des dänischen Königs Harald Kampfzahn. Viele berühmte Recken nahmen an dieser Schlacht teil, die als die größte je im Norden stattgefundene Schlacht bezeichnet wird.

Harald Kampfzahn fiel in der Schlacht, die mit seinem Tod ihr Ende fand. Saxo Grammaticus berichtet davon in seinen *Gesta Danorum*. Er sagt auch, in Blekinge gebe es flache, waagerechte Felsplatten. Der Weg vom Meeresufer landeinwärts führe an ihnen vorüber. Dort glaubten Menschen Runen zu erkennen, in Stein gehauene Zeichen.

Saxos Bericht hat den Forschern lange Kopfzerbrechen bereitet. Ein ums andere Mal versuchten sie, diese Runen zu finden, und Blekinge war auch unter dem Namen Runamo oder Runenmoor bekannt.

Die in den Fels geritzten Runen sollten von der Geschichte Waldemars I., König Harald Kampfzahns Vater, künden. Sie wurden schon Mitte des zwölften Jahrhunderts untersucht. Doch infolge ihres Verwitterungsgrads waren sie nicht zu entziffern.

»Daraus ist zu ersehen, dass auch Runen im harten Steine verschwinden«, schreibt Saxo in der Vorrede zu seiner Geschichte der Dänen.

Nun wollte der dänische Bischof Peter Erasmus Müller unbedingt eine Neuausgabe von Saxos dänischer Geschichte herausgeben. Dazu wurde an höherer Stelle entschieden, den Fels von Runamo und die darauf befindlichen Zeichen noch einmal zu untersuchen und endgültig zu entscheiden, ob es sich um Runen handele, und sie, wenn es so sein sollte, zu entschlüsseln. Dass es dabei auch lediglich um natürliche Erscheinungen gehen könnte, wurde nicht von vornherein ausgeschlossen. Man ließ sämtliche Möglichkeiten offen.

In eine neu gegründete vierköpfige Kommission wurden ein Geologe, ein Historiker, ein Maler und Finnur Magnússon als Runenspezialist berufen. Finnur begab sich sogleich auf dünnes Eis und behauptete steif und fest, es handele sich um Runen, und die übrigen Kommissionsmitglieder schlossen sich seinem Urteil an. Sie reichten bei der Königlich Dänischen Akademie der Wissenschaften ihren Abschlussbericht über Entstehung und Alter der Runen ein, hielten es aber für ungewiss, ob sie jemals entschlüsselt werden könnten.

Einen Versuch sei es immerhin wert, und nun schlug die Stunde von Finnur Magnússon. Er erhielt einen Kupferstich mit den Runen, den die Akademie beim Maler der Kommission, C. F. Christensen, in Auftrag gegeben hatte, und betrachtete sie monatelang. Der Geologe war übrigens Professor J. G. Forchhammer und der Historiker Christian Molbech.

Bewegung kam in die Sache, als Finnur auf den Gedanken kam, die Runen rückwärtszulesen, von rechts nach links. Bald tauchten darauf zwei Verszeilen vor seinen Augen auf, die beide von Harald Kampfzahns Zug nach Bråvalla kündeten. Es musste sich um den Prolog zur Saga von Haralds Vater Waldemar handeln.

In Reykjavík gibt es eine Bråvallagata, und in Kopenhagen eine Blekingegade. Mit ihr ist auch die Geschichte der Blekingegadebande verbunden, einer dänischen revolutionären Vereinigung, die in den Siebziger- und Achtzigerjahren des zwanzigsten Jahrhunderts mit bewaffneten Aktionen und Banküberfällen die Welt verändern wollte.

Es hieß, die Blekingegadebande sei die dänische Antwort auf die Rote Armee Fraktion in Deutschland und die Brigate Rosse in Italien, obwohl sie vielleicht doch nicht viel gemeinsam hatten; wenn es heißt, etwas sei die Antwort auf etwas, dann darf man sich wohl fragen, wie denn die gestellte Frage eigentlich lautete.

Die Mitglieder der Blekingegadebande erwiesen sich jedenfalls als außerordentlich clevere Bankräuber, und sie überwiesen ihre Beute an Befreiungsbewegungen in ärmeren Ländern, insbesondere in die arabische Welt. Nein, ich ziehe jetzt nicht Finnur Magnússon da hinein, aber die Mitglieder der Blekingegadebande waren davon überzeugt, dass die Revolution von Ländern der Dritten Welt und nicht von der westlichen Welt ausgehen musste, deren Bevölkerungen mit Autos, Couchlandschaften und anderen Konsumgütern korrumpiert waren.

Der Vordenker dieser Theorie war ein Mann namens Gotfred Appel, der sich genau wie Finnur Magnússon auf dem Gebiet der Literatur auskannte. Appel beteiligte sich nicht an den Aktionen der Bande, wurde aber verhört, als man die Bande verhaftete.

Doch das ist eine ganz andere Geschichte, die in eine viel spätere Zeit gehört und mit Finnur nichts gemeinsam hat als den Namen Blekinge. Worauf es hier sonst ankommt, ist der Umstand, dass auch Finnur nicht lange fackelte und die Mitglieder der Akademie zusammenrief, um ihnen sein Ergebnis vorzulegen. Ein großes Rätsel war gelöst. Ein Abgrund überbrückt.

Die Untertanen des dänischen Königs Frederik VI. waren in Rufweite »urheidnischer Verschwörer im Heer Harald Kampfzahns« gerückt, wie es Professor Jón Helgason in seinem Beitrag über Finnur Magnússon etwa hundertdreißig Jahre nach dem Ende der Runenaffäre formulierte.

Es war der 30. Mai 1834, wahrscheinlich der größte Tag in Finnur Magnússons Forscherleben, denn man ehrte ihn als einen der bedeutendsten Wissenschaftler im ganzen dänischen Reich.

Und Finnur kostete seinen Triumph aus. Er schmiedete das Eisen, solange es heiß war.

Er verfasste eine siebenhundertfünfzig Seiten starke Monografie mit dem Titel *Runamo und die Runen*, die gute Kritiken erhielt, die man fast gelesen haben *musste* und die man als große Wahrheit rezipierte.

Bis jemand verkündete, die Runen seien natürlichen Ursprungs, Kratzspuren von den Gletschern der Eiszeit, und sie enthielten keinerlei Botschaft, ganz egal, ob man sie vorwärts oder rückwärts läse.

Der Archäologe Jens Jacob Worsaae hatte die vermeintlichen Runen selbst an Ort und Stelle in Augenschein genommen und festgestellt, dass die Zeichnungen, auf die sich Finnur Magnússon stützte, weit von der Wirklichkeit abwichen und die Entzifferung der Runen ein reines Fantasieprodukt darstellte. Das war ein vernichtender Schlag für Finnur. Man bezichtigte ihn, Spekulation und Wunschdenken den Vorzug gegeben zu haben.

Finnur und andere Mitglieder der Kommission versuchten sich zu verteidigen, doch sein Ruf litt beträchtlichen Schaden. Sicher sahen alle, dass sein Buch vor Geistesblitzen funkelte wie alles, was Finnur schrieb, doch die Grundannahme selbst war so falsch, dass alles in sich zusammenfiel wie ein Kartenhaus.

Finnur Magnússon war demontiert, wenn auch nicht förmlich. Er verlor seine Stellung nicht oder Ähnliches, doch die Sache schaukelte sich hoch und blieb an ihm hängen. Obwohl Finnur Magnússon so vieles andere vollbrachte und manche seiner Forschungsergebnisse sehr bedeutend sind, ist er diese Affäre nie losgeworden, und man bringt ihn noch heute vor allem mit ihr in Verbindung.

6

Es lässt sich kaum feststellen, was wohl Jörgen Jörgensen zu der Runenaffäre gesagt hätte, wenn er davon in Hobart auf Tasmanien erfahren hätte, doch nachdem man ihn mitten in seiner Abrechnung mit einigen der größten Gesetzesbrecher auf der Insel und ihren Komplizen verhaftet hatte, wurde er immerhin wieder als Polizist reaktiviert. Seine Begnadigung erhielt er jedoch nicht.

Dazu war der Skandal zu groß: ein Polizist betrunken im Dienst, Unruhestiftung in der Öffentlichkeit, körperliche Gewalt. Norah deutlich anzusehen.

Thomas Anstey aber nahm Jörgen freundlich wieder auf, denn er schätzte Jörgen als Polizisten sehr. Er hatte immerhin ein großes Problem beseitigt, auch wenn er es mit seinem Betragen am Ende vermasselt hatte. Wenn sich Norah von diesem Besäufnis ferngehalten hätte, dann hätten sie die ganze Bande hinter Schloss und Riegel gebracht.

Jörgens nächste Aufgabe war noch großformatiger und bedenklicher, denn nun wollte Thomas Anstey ihn in einen Krieg schicken, einen echten Krieg, den Krieg gegen die Eingeborenen, die Ureinwohner, den Black War, wie er genannt wird.

Es wurde eine Art allgemeine Mobilmachung auf der Insel ausgerufen, nachdem die Zusammenstöße zwischen Aborigines und weißen Siedlern das Ausmaß kriegerischer Zusammenstöße angenommen hatten. Es handelte sich nicht mehr um lokale Scharmützel, sondern um einen landesweit geführten Krieg, auf dessen Beendigung keine Aussicht bestand.

Gouverneur Sir George Arthur hielt es für notwendig, hart gegen Verbrechen vorzugehen, er wusste aber auch, dass er etwas gegen die Ureinwohner unternehmen musste, die Wilden oder die Schwarzen, wie sie damals genannt wurden. Dabei war ihm ebenso klar, dass die Siedler der Ursprung des ganzen Unfriedens waren. Nach George Arthurs Einschätzung war Krieg unvermeidlich. Egal, von wem er seinen Ausgang nahm.

Er sagte: »Ich kann mich des Eindrucks nicht erwehren, dass alle Übergriffe ihren Ursprung bei den weißen Einwohnern haben«, und der wird oft in Risdon Cove im Jahr 1804 gesucht. Dort waren Aborigines auf grausamste Weise massakriert worden, und es gab Weiße, die sich dessen auch noch brüsteten.

Von dort hatte Joseph Banks seine präparierten Köpfe erhalten, die Jörgen und seine Jungs zu sehen bekamen, als sie ihn 1806 in London besuchten. Es ist nicht auszuschließen, dass sie aus einem anderen Zusammenstoß stammten, aber der Umstand, dass ein Joseph Banks die Köpfe annahm und sie ausstellte, sagt alles über die Stellung der Ureinwohner und die Einstellung ihnen gegenüber.

Jörgen war derselben Meinung wie Arthur. Er schrieb: »Ich bin überzeugt, dass einige der unseren schändliche Gräuel an den Schwarzen verübt haben, doch da klare Beweise fehlen, kann ich keine Tatsachen zu Protokoll nehmen, sondern nur meine Einschätzung äußern, wenn ich als zuverlässiger Geschichtsschreiber gelten will.«

Die Aborigines merkten, wie sie zurückgedrängt wurden, und die Kolonisten bekamen das Gefühl, belagert zu sein. Sie mussten praktisch jederzeit mit Attacken und Überfällen rechnen. Etwa um die Zeit, als Jörgen mit der *Woodman* zum zweiten Mal nach Tasmanien kam, nahmen die Zwischenfälle mit Raubüberfällen und Brandschatzungen massiv zu.

Ihr Ziel war es, Schaden anzurichten. Vieh wurde abgestochen, Frauen und Kinder wurden in den Häusern überfallen, während die Männer auf den Feldern arbeiteten. Die Aborigines wendeten eine Guerillataktik an. Sie tauchten auf und verschwanden gleich wieder. Die Bauern wurden manchmal verfolgt und mit Speeren niedergestreckt. Im Jahr 1828 gab es siebzig solcher Überfälle.

Manche verurteilten die Barbarei der Wilden, andere sagten, die Siedler seien selbst schuld, schließlich hätten sie angefangen. Die Ursache seien ihre eigenen Gräueltaten.

Jörgen war davon überzeugt. »Was müssen unsere Nachfahren denken, wenn sie überlegen, dass sie sich nur durch die Ausrottung eines Volks halten konnten, das sich nichts anderes zuschulden kommen ließ, als zufällig in Berührung mit wildfremden Zuwanderern aus einem fernen Land zu kommen, die ihnen ohne Gesetz und irgendeine Rechtfertigung die Rechte an ihrem eigenen Stammland raubten. Möge der Himmel die britische Volksseele vor solcher Schande bewahren.«

Und er schrieb weiter: »Wird nichts unternommen, um die Lage der Eingeborenen zu verbessern, dann werden wir ihre Rasse untergehen sehen, eine Rasse, für die Gott diesen Ort ausersehen hat.«

Es musste etwas unternommen werden, und es ging nicht mehr um die Frage, wer angefangen hatte. »Wir müssen uns der Umstände annehmen, wie sie sind«, sagte Jörgen. Das sah der Gouverneur genauso. Er erklärte es für nutzlos, weiter den Ursachen des Problems nachzuforschen. Es sei seine Aufgabe, die Folgen zu beseitigen.

Jörgen nahm an zwei Aktionen teil. Sie bestanden darin, dass die Siedler Hand in Hand Ketten bildeten und die Aborigines vor sich herjagten. Der Erfolg war gering. Es wurden nur zwei gefangen, ein alter Mann und ein kleiner Junge.

Jörgens stellte sich eher vor, dass die Siedler mit gutem Beispiel vorangehen sollten. Ein Mann namens George Arthur Robinson hatte dies mit anfänglich gutem Erfolg versucht, war aber schließlich umgebracht worden. Es schien nur noch die Wahl zwischen Teilnahmslosigkeit und Völkermord zu bleiben. Es war so weit gekommen, dass sich die beiden Bevölkerungsgruppen nur noch in bewaffneten Zusammenstößen begegneten.

Am 1. November 1828 wurde auf der Insel das Kriegsrecht ausgerufen. Die Aborigines wurden vor irgendwelche Gerichte gezerrt, von deren Funktion sie keine Ahnung hatten, verurteilt und gehängt. In der nun errichteten Schreckensherrschaft wurden die Ureinwohner nicht als Kriminelle angesehen, sondern als Feinde in einem Krieg.

Mit anderen Worten: Die Siedler erhielten eine Jagdlizenz auf die Wilden, die binnen weniger Jahrzehnte vollständig ausgerottet wurden.

7

Mitten in diesem Krieg erhielt Jörgen Jörgensen seine Begnadigung. Er kam damit zu Thomas Anstey und kündigte. Er traute sich die Strapazen nicht länger zu. Er war zu alt und kaputt. Er wollte es langsamer angehen lassen. Er fühlte das Alter näher kommen. Jetzt wollte er Norah heiraten und sein Leben in Ordnung bringen. Es war an der Zeit dazu.

Thomas Anstey war von den Heiratsabsichten nicht sehr überzeugt, aber Jörgen wollte es so, und es war sein Leben, ihr Leben. Jörgen wollte Norah retten. Nicht umgekehrt. Nicht Norah wollte Jörgen retten. Es war ein Projekt, das seine gesamte Aufmerksamkeit erforderte und vom Krieg ablenkte. Doch er war nun ein freier Mann mit seiner Begnadigung in der Tasche.

Das Einzige, was ihm nicht erlaubt wurde, war eine Rückreise nach England, doch dort wollte er gar nicht wieder hin. Eher nach Dänemark, denn er nahm die Korrespondenz mit seinem Bruder Fritz wieder auf. Da saßen zwei einsame Seelen, jede auf ihrem Punkt auf dem Erdball, und blickten zurück auf alles, was ganz anders hätte kommen können.

Jörgen Jörgensen und Norah Corbett begannen ihr Zusammenleben. Der erste Punkt auf ihrer Agenda: Norahs Kind nach Tasmanien zu holen. Es war ihr Kind, und sie war nun mit einem hochgebildeten Mann verheiratet, der an verschiedenen Orten der Welt hohe Ämter bekleidet hatte.

Wo immer man das Kind auch untergebracht haben mochte, ob in England oder in Irland, es war ihr Kind, ihr gemeinsames Kind. Sie hätte keinen geeigneteren Mann als Jörgen finden können, um die Angelegenheit durchzufechten und einen Schriftwechsel mit den verschrobenen Bürokraten auf diversen Stellen im System zu führen.

Jörgen glaubte, wenn sie das Kind bekämen, würde das Norah vom Trinken abhalten, aber weder das eine noch das andere geschah. Sie bekamen das Kind trotz intensiven Briefwechsels nicht zurück, und sie hielt sich nicht von der Flasche fern, sondern an der Flasche fest und wäre am liebsten noch in sie hineingekrochen.

Jörgen hoffte, dass auch die Ehe sie kurieren könne. Aber auch da trat das Gegenteil ein: Ihre Ehe brachte sie nicht von der Flasche ab, sondern ließ ihn erneut danach greifen.

Der Jörgen Jörgensen, der sich nach seinem Aufenthalt in Newgate, wo ihm die Erleuchtung gekommen war, wo seine religiöse Erweckung stattgefunden hatte, über die er ein ganzes Buch schrieb, von seinem Alkoholismus und seiner Spielsucht befreit hatte, genau der fiel nun in seine alte Sucht zurück. Sie überkam ihn mit doppelter Wucht. So als würde er in der Zeit zu einem alten Punkt zurückreisen, von dem aus er das in der Zwischenzeit Versäumte nachholen müsste.

Sicher, es hatte einzelne Anlässe gegeben, bei denen er sich zwischendrin richtig volllaufen ließ, aber das war nichts im Vergleich zu dem, was er früher konsumiert hatte. Nach seiner Begnadigung brauchte er auch nicht mehr so vorsichtig zu sein. Der Alkohol brachte in der Kolonie viele zu Fall, die durch ihre Sauferei niemals freikamen. Betrunken in der Öffentlichkeit, und schon konnte die Frage einer Begnadigung vom Tisch sein.

Von nun an kam es ständig zu Vorfällen, ohne Anfang und Ende, dazu Schwierigkeiten, große Probleme. Nichts mehr

mit »Niedergefahren zur Hölle, am dritten Tage auferstan-
den«. Manche Chronisten gehen sogar so weit, von einer Geschichte endloser Leiden zu sprechen.

Dennoch liebten sie sich. Jörgen war alles, was Norah nicht
war, und sie hatte vieles, das ihm fehlte. Jörgen hatte in sich
das Bedürfnis entdeckt, diese junge Frau zu beschützen, die so
vieles durchmachen musste.

Jörgens Liebe war Gerechtigkeitsgefühl. Das sieht man
auch an seinen anderen Liebesbeziehungen, etwa wenn er in
einem Brief an William Hooker bekennt, dass Maria Fraser
ihm leidtue und er sie deswegen gebeten habe, ihn zu heiraten.

Es war, als wolle er Frauen lieber helfen, als sie zu lieben.
Natürlich kann beides zusammenfallen, aber selten in der
Reihenfolge, die Jörgen einschlug. Es scheint ihn auch nicht
interessiert zu haben, auf welcher gesellschaftlichen Stufe sie
standen. Die drei Frauen, die wir angeführt haben, weisen
kaum Gemeinsamkeiten auf. Er suchte nicht nach einem reichen Schwiegervater, obwohl er gegen einen solchen sicher
nichts einzuwenden gehabt hätte.

Als Jörgen begnadigt wurde, erhielten er und Norah ein
Stück Land, aber es warf kaum etwas ab, und sie verkauften es
für wenig Geld. Sie zogen der Landwirtschaft die Gastwirtschaft vor, und gewisse landwirtschaftliche Produkte deren
Erzeugung.

Damit hatten sie ihre Grundlage abgestoßen, auf der sie
sich vermutlich eine Existenz hätten aufbauen können, jedenfalls war das der Gedanke der Krone, wenn sie an Siedler
Land vergab.

Die beiden aber waren ständig abgebrannt und verkauften
deshalb das Land. Als sie nach Hobart zogen, betätigte Jörgen

sich als Schriftsteller, veröffentlichte in Zeitungen und Magazinen. Norah arbeitete als Wäscherin und Büglerin.

Jörgen sah die Widersprüche in der Gesellschaft. Wenige in der Kolonie rafften Geld und wurden steinreich, während die Sträflinge, die eine zweite Chance erhalten sollten, keine Perspektiven hatten.

Jörgen beschloss, darüber zu schreiben. Wie die Armen in Wirklichkeit die Gefangenen der Reichen blieben. Warum sollte man nicht die Wahrheit über die Armut sagen? Um diese Zeit schrieb Jörgen auch seine Autobiografie und die Schrift, die England aus seiner Verschuldung retten sollte.

Norah sah in seinem Schreiben keinen Sinn; sie konnte ja auch weder lesen noch schreiben. Zu schreiben brachte ihr weder etwas zu essen auf den Tisch noch etwas zu trinken.

Um es ihr verständlicher zu machen, erklärte Jörgen ihr, sein Buch solle England um achthundert Millionen Pfund Schulden leichter machen.

»Und was ist mit unseren Schulden?«, fragte Norah.

So hatte Jörgen das noch nicht bedacht, dass er wusste, wie die Schulden der Engländer zu reduzieren waren, aber nicht die eigenen.

Norah unterbrach seine Gedanken und fragte: »Was wollen die Engländer dir denn dafür zahlen, wenn sie all ihre Schulden loswerden?«

Auch darauf hatte Jörgen keine Antwort. Die Briten würden ihm nichts für die Verringerung ihrer Schulden zahlen, sie hatten ihn schließlich nicht gebeten, sich der Sache anzunehmen.

Selbst wenn sie seine Vorschläge aufgreifen sollten, würden sie niemals zugeben, dass sie von ihm stammten, sondern es so aussehen lassen, als seien die Ideen auf ihrem eigenen Mist gewachsen.

Norah war nicht dumm. Sie erwischte Jörgen oft auf dem falschen Fuß. Sie war wie ein ungebändigter Wasserfall, und die Annehmlichkeiten, die das Leben bot, waren ihr vorenthalten worden. Bis auf Schnaps und körperliche Zärtlichkeiten, alles, was Vergessen in ihren Leib strömen ließ, in dem das steckte, an das sie sich erinnerte und das sie vergessen wollte.

Natürlich hatte Norah recht. Nur kam nie jemand auf den Gedanken, dass sie recht haben könnte, und dachte über das nach, was sie sagte. Sie war wie wir Isländer, die wir nie nach unserer Meinung gefragt wurden, weshalb wir irgendwann Fragen nicht mehr verstanden und einfach irgendwas zur Antwort gaben, manchmal Ja und Nein gleichzeitig, wie wir es noch immer tun.

Hatte Jörgen wirklich die Absicht, die Engländer zu belehren, wie sie mit Geld umgehen sollten? Er hatte doch in ihren Schuldgefängnissen gesessen, Geld unterschlagen, sein Ehrenwort gebrochen und nicht auf den Gesetzgeber gehört, so dass er nicht nach England zurückkehren konnte. Was hatte ein solcher Mann die Klappe aufzureißen? England, die größte Liebe seines Lebens, und er hatte Einreiseverbot.

Jörgen und Norah waren immer pleite. Sie schlief mit anderen Männern, um Geld für Schnaps zu bekommen. Sie stahl sich aus dem Haus, und Jörgen erwachte allein in der Dunkelheit. Er zog los, um sie zu suchen, fand sie in einer Kneipe in den Armen eines anderen, desjenigen, den sie einmal heiraten wollte.

Er trug sie aus der Kneipe, und höhnische Sprüche über den König und seine Königin begleiteten sie, und Gelächter wehte mit dem Wind zu ihnen herüber.

XIX

1

Das Glück in der Ehe Finnur Magnússons und Nicoline Barbara Dorothea Frydenbergs soll dem Vernehmen nach nur von kurzer Dauer gewesen sein. Die Flitterwochen waren kaum vorüber, als sich die innere Unausgeglichenheit der jungen Frau bemerkbar machte, und trotz seiner Erfolge und seiner Berühmtheit blieben Finnurs finanzielle Verhältnisse eher bescheiden.

In manchen Quellen wird angedeutet oder sogar deutlich ausgesprochen, dass Nicoline Barbara ein kostspieliges Vergnügen war. Nicht nur wegen ihrer Krankheit, denn zwischen ihren Anfällen wollte sie in Saus und Braus leben. Da trafen Krankheit und Ausschweifungen zusammen mit Bücherkäufen, und wahrscheinlich haben sich Finnur und Frau auch oft genug richtig fein und vornehm ausstaffieren wollen.

Am verheerendsten für die Ökonomie ihres Haushalts waren aber sicher die zahlreichen Umzüge. Man kennt das ja. Bald nachdem sie in Kopenhagen zusammengezogen waren, wollte Madame ständig das Domizil wechseln. Sie wohnten an vielen Orten. Kaum waren sie irgendwo eingezogen, wollte sie schon wieder weg. Sie fühlte sich nirgendwo in Kopenhagen wohl. Erst als sie Finnur verließ, zog er in die Kloster-stræde 21 und blieb bis an sein Lebensende dort wohnen.

Finnur besaß eine umfangreiche Sammlung von Manu-skripten und verkaufte immer wieder welche an Engländer. Am Ende hatte er mehrere Hundert Handschriften nach Eng-land verkauft, und dort befinden sie sich noch immer. Er ver-kaufte sie für zwei-, dreihundert Pfund und mehr, machte aber immer seine wirtschaftlichen Engpässe dafür verant-wortlich.

Wenn wir es damit vergleichen, dass Norah für den Dieb-stahl von siebzehn Shilling auf Lebenszeit deportiert wurde, ist das eine Menge Geld. Außerdem kam Finnur aus einer wohlhabenden Familie in Island. Während seiner Zeit in Ko-penhagen erbte er zwei oder drei Mal, und nicht zuletzt be-kleidete Finnur all diese Posten, übernahm vielerlei Arbeiten, saß in Kommissionen, war Titularprofessor, schrieb Bücher, unterrichtete und hielt Vorlesungen. Außerdem soll er etliche Stipendien für seine Forschungen erhalten haben.

All dem zum Trotz ist er ständig klamm und mächtig ver-schuldet, heißt es. Ich muss zugeben, dass ich mir das nicht ganz erklären kann, aber so war eben das Leben des berühm-testen Isländers in der ersten Hälfte des neunzehnten Jahr-hunderts.

2

Wie schon gesagt, war Nicoline Barbara fünfzehn Jahre alt, als sie mit Finnur verlobt wurde. Also war sie fünf, als Jörundur drohte, ihren zukünftigen Bräutigam zu erschießen. Sie heirateten ein paar Jahre später, 1821, und ihr Zusammenleben nahm ein jähes Ende. Da lebte ihre Familie nicht mehr in Island, sondern in Dänemark, in Kalundborg.

Ärzte empfahlen ihr, außerhalb der Stadt zu wohnen, und Finnur beschreibt ihre Krankheit als »melancholische Geisteskrankheit« mit »gewissen fixen Ideen«.

»Ihr Leben ist mir teurer als mein eigenes«, sagte er. Er tat alles, um ihr das Leben zu erleichtern, doch ihre Krankheit verschlimmerte sich, und sie trennten sich 1836.

Finnur litt selbst an Schlaflosigkeit. Die Trennung nahm alle Beteiligten mit, doch blieb er weiterhin in guter Verbindung mit Nicoline Barbara und ihrer Familie.

In einem Brief an einen isländischen Freund beschreibt er es so: »Sie besaß so viele Tugenden und einen so scharfen Verstand, dass mich ihre Abwesenheit sehr schmerzte. Obwohl mein Gemüt nun ruhig ist, ist mir doch eine Aversion gegen die Welt und das Treiben in der Welt zurückgeblieben, so dass ich mich nach Möglichkeit in meine Hütte zurückziehe wie eine Schnecke in ihr Haus.«

Norah gab sich weiterhin alle Mühe, sich zu Tode zu saufen, und am Ende war sie erfolgreich. Das Gleiche lässt sich von Jörgen sagen. Nicht bei der Geburt, aber beim Sterben lag nur ein Jahr zwischen ihnen. Norah wurde fünfunddreißig Jahre alt, Jörgen zweiundsechzig. Ihr Altersunterschied war etwa der gleiche wie der zwischen Finnur Magnússon und Nicoline Barbara Dorothea Frydensberg.

Jörgen und Norah waren eigentlich schon tot, bevor sie starben; genauso wie Elvis Presley und so viele andere. John Lennon hat gesagt, Elvis sei schon gestorben, als er in die Armee eintrat, obwohl er noch fünfzehn Jahre lebte und zwei Jahre älter wurde als Lennon selbst.

Der Punkt ist der: Das Leben verlangte seinen Zoll von ihnen, und das hatte nichts mit Jörgens Tätigkeit im Zollamt zu tun, doch wie so viele, die sterben, lebten Jörgen und Norah wieder auf, und Elvis ist einer von denen, die unsterblich sind, weil sie immer wieder von Menschen irgendwo auf der Erde wiederentdeckt werden.

Norah und Jörgen gaben die Landwirtschaft auf, oder richtiger, sie verkauften das Land, denn bestellt hatten sie es kaum. Jörgen las die landwirtschaftlichen Ratgeber der Regierung und schüttelte den Kopf über die Schwachköpfe, die solche Broschüren schrieben, rang darüber die Hände und tat nichts.

Daher lässt sich nicht behaupten, sie hätten eine Farm betrieben, damit fingen sie gar nicht erst an. Nachdem sie das

Land verkauft hatten, zogen sie wieder zurück nach Hobart, in die Stadt. Die aber war das reinste Gift für sie. Da fuhren sie alles an die Wand, ihre Ehe und ihr Zusammenleben. Aber vielleicht kam es so ganz unabhängig davon, wo sie sich aufhielten.

Nach ihrer Rückkehr in die Stadt landete Norah andauernd in Streitereien und wurde wegen Volltrunkenheit und ungebührlichem Benehmen eingesperrt. Damit begann der Abschnitt in Jörgens Leben, in dem er ständig damit beschäftigt war, Norah aus dem Gefängnis oder anderen Einrichtungen herauszuholen oder sie in denselben Einrichtungen und Gefängnissen unterzubringen.

Wenn sich Norah bei Jörgen aufhielt, war sie sein großes Problem, doch sobald sie fort war, verhielt es sich umgekehrt, dann war es sein Problem, dass er Norah brauchte und nicht ohne sie sein konnte.

Er selbst saß auch wiederholt wieder im Knast und wurde einmal wegen Störung der öffentlichen Ordnung zu drei Monaten Hausarrest verdonnert.

4

Nach vielen Exzessen und im Zustand fortschreitender Verwahrlosung meldete sich Jörgen wieder bei Thomas Anstey, der immer bereit war, ihm zu helfen, aber der Polizeichef besaß offenbar keinen guten Draht zu Gouverneur Arthur. Sir George entsprach nie den Vorschlägen Ansteys, und Jörgen erhielt keinen der Posten, für die Anstey ihn empfahl.

Diesmal dachte Thomas an einfachen Streifendienst und eine Tätigkeit als Fährmann. Er dachte an Jörgens Alter, das ihm schon zusetzte, doch seine Gesuche für beide Tätigkeiten wurden auf Weisung von Sir George abgelehnt.

Diesmal tat er es nicht aus Befürchtungen hinsichtlich Jörgens politischer Gesinnung oder revolutionärer Umtriebe. Die Kolonie hatte selbst genügend Blut an den Händen. Sir George ging es wie Macbeth. Er wachte mit blutigen Händen auf, doch wenn er es abwaschen wollte, war da kein Blut.

Außerdem hatte Sir George inzwischen mehr Zutrauen zu Jörgen, oder vielmehr andersherum: Er glaubte nicht mehr daran, dass Jörgen überhaupt irgendetwas Nennenswertes zustande bringen könnte.

»Dieses versoffene Loch macht keine Revolution«, sagten die Leute und zeigten auf Jörgen und Norah, die gerade wieder aus einer Kneipe gewankt kamen wie zwei Penner, er mit seinem »Schwert« am Gürtel und in immer denselben Klamotten, der abgerissenen Jacke, dem Strohhut auf dem Kopf und dem schäbigen Schal um den Hals.

So sah sie aus, Jörgen Jörgensens Uniform, sein Putz und sein Galaaufzug, denn Wäsche zum Wechseln besaß er nicht. Von daher war nur wenig Gala am Putz übrig.

Eine standesgemäße Uniform, auf die jeder Landstreicher oder verkrachte Künstler irgendwo auf der Welt hätte stolz sein können. Und hinter ihm tippelte Norah wie ein Kind, ein kesses Mädchen, einmal schön und lebenslustig, inzwischen nur noch schön, und auch diese Schönheit welkte wie eine Blume im Garten geplatzter Träume und verlor Haare und Zähne.

Es lag also nicht am Misstrauen vonseiten Sir George Arthurs, sondern eher am Gegenteil, als Jörgen vonseiten der Inselregierung die Stelle angeboten wurde, die Aufsicht über die Sträflinge zu führen, die im Ort Ross eine Brücke bauten.

Das Projekt zog sich sehr in die Länge; bereits seit sieben Jahren wollte man mit dem Bau beginnen, aber es war so gut wie nichts geschehen. Die Brücke war wie Jörgen: permanent im Anfangsstadium. Es wurde Baumaterial angeliefert, doch es verschwand. Wenig später wurde im Ort ein Haus aus denselben Steinen errichtet, die zum Brückenbau dienen sollten.

Die Polizei und die Behörden im Ort unternahmen nichts. Alle waren in die Sache verwickelt. Ein bekanntes Muster überall auf der Welt. Keiner sagte was, alle hielten zusammen. Das Schweigen kam einer Verschwörung gleich, und die Verschwörung bestand in Schweigen. Keiner machte als Erster den Mund auf. Es war doch gar nichts vorgefallen. Es kam so weit, dass Jörgen die Polizei anzeigte, wofür er wieder einmal gefeuert wurde.

Jörgen und Norah brachten sich auch selbst immer wieder in Schwierigkeiten. Sie wohnten in einem Wirtshaus außerhalb des Orts, und ein ums andere Mal wurde von dort die Polizei gerufen, um sich um den Polizisten und seine Frau zu kümmern, die sich in alles einmischten. Manchmal glaubten die Gäste, Norah wolle ihren Mann umbringen, manchmal umgekehrt.

Eines Abends rief Jörgen vier Polizisten zur Verstärkung und drang in eine Kneipe ein, in der seiner Vermutung nach Verbrechen geplant und andere vorbereitet wurden, wie in den Bars in Campell und Hobart. Der Besitzer hieß John Headlem und hatte zwei riesengroße, sehr bissige Hunde. Jörgen kannte die Kneipen, aber diesmal ging er ganz allein auf Grund von eigenen Mutmaßungen vor und hatte nichts in Händen.

Er war lediglich davon überzeugt, da drinnen würden Straftaten geplant. Die anderen Polizisten erschienen, doch als die Hunde ihnen den Zutritt versperrten, zog Jörgen eine Pistole wie damals, als er Finnur Magnússon gedroht hatte, ihn an einen Pfahl zu binden und zu erschießen – mit dem Unterschied, dass er diesmal Ernst machte.

Jörgen erschoss die Tiere. Alle beide. Er wurde gefeuert, es kam zu einem Prozess, an dessen Ende er und Norah mit Schimpf und Schande aus dem Ort gejagt wurden, was Jörgen wieder einmal in eine Verschwörung gegen sich ummünzte, die dadurch entstanden sei, dass er kurz davor war, Verbrecher auffliegen zu lassen, und da im Ort nur Verbrecher lebten, seien dort alle gegen ihn.

Das Merkwürdige daran ist, dass es irgendwo in diesem Rauch Feuer gab, und Jörgen sah dieses Feuer; es ist jedenfalls sicher, dass sein Gespür stimmte und er mit seinem Verdacht richtiglag.

John Headlem war für seinen Hang zu kriminellen Machenschaften bekannt, und für seine gemeingefährlichen Hunde. Vielleicht bedeutete ihr Ende auch das Ende der Hundstage, die Jörgen in seinem Leben durchgemacht hatte, oder aber ihren Höhepunkt. Bis zu dem Tag hatte nie jemand John Headlem eine Träne vergießen gesehen.

Nachdem Jörgen weg war, wurde die Brücke vollendet. Auf ähnliche Weise, wie die Steinmetze den Bau von Notre-Dame in Paris vollendeten: Sie brachten rund um den Bau böse Fratzen an. Eine von ihnen war dem Baumeister wie aus dem Gesicht geschnitten. Alle betrachten diese Grimassen und sehen das Gesicht des Baumeisters vor sich.

So endete diese Brücke. Die Brücke von Ross. Auf einer Seite zeigt sie eine Galerie von Bildnissen. Künstlerisch begabte Sträflinge haben das Werk vollendet. Man kann den Konstrukteur, Daniel Herbert, und seine Frau erkennen, Gouverneur Arthur, einen unbekannten Ureinwohner, den Kneipenwirt John Headlem und seine wütenden Hunde, und dann gibt es auch Norah und Jörgen Jörgensen holzschnittartig wie Dame und König in einem Kartenspiel.

Die Welt zu erobern ist wie ein Kartenspiel
mit Pokermiene, eine Prise zum Beleben

(dann alles mit frohem Ergetzen
auf eine Karte setzen)

Und wenn du verlierst, das macht nicht viel,
es war nämlich nur falsch gegeben.

Anfangs verstanden die Leute die Bilder auf der Brücke als Spott, doch heute zeigen die Ortseinwohner sie mit Stolz, nicht zuletzt die Dame und den König, die zu Vertretern der Sträflinge geworden sind, vor allem der König, der auf einer Versammlung aufstand und für sie sprach, für die Rechtlosen, für die Gefangenen, die nichts zu verlieren hatten als ihre Ketten und ein klares Recht darauf hatten, dass ihre Stimme gehört würde.

6

Es ist Abend in der Klosterstræde. Alles ist still, so, als ob alles zu Ende ginge. Finnur Magnússon hat nicht mehr lange zu leben; er sitzt im Halbdunkel, und auch in seinen Gedanken herrscht Dämmerzustand, da wird an die Tür geklopft.

Die Haushälterin ist nicht im Haus. Sie bleibt nicht mehr den Abend über, und Finnur ist das nur recht. Sie heißt Mathilde und erledigt all die täglich anfallenden Dinge, das, was in den Büchern nicht vorkommt und nicht in jene uralte Gedankenwelt gehört.

Finnur geht durch die halbdunkle Wohnung. Die Decken sind hoch, aber die Räume nicht entsprechend groß, weil alles voller Bücher steht, in ihnen aber stecken geräumige Wohnungen, eine große Welt, Himmel und Meer.

Es gleicht einem Labyrinth. Finnur kann sich in und zwischen den Büchern verirren. Er verschwindet in Vorzeitwelten und findet manchmal nicht wieder heraus. Er ist steif geworden und bewegt sich langsam, doch eigentlich ist er sein ganzes Leben langsam und schwerfällig gewesen, wie in einer anderen Welt.

Alles ist still. Der Glasermeister hat aufgehört zu husten, die Lehrlinge auch. Das Glasmachen ist sicher mit irgendwelchen giftigen Dämpfen verbunden. Finnur hat manchmal einen Blick in die Werkstatt geworfen und sich gefragt, was für ein Hades sich dort unten im Erdgeschoss eingenistet hat.

Alles ist still. Da klopft es. Jemand wartet vor der Tür. Vielleicht der König, vielleicht das Gewissen, vielleicht Gott. Gott hat die Runen geschrieben, dachte Finnur manchmal und lachte dann. Gott verwendet das Runenalphabet.

Obwohl Finnur seltene Manuskripte und alte Bücher nach England verkauft, ist kein Unterschied festzustellen, dabei sind es große und dicke Bücher, manche wie von Riesenhänden gebunden.

Natürlich hätte er sich über sie lustig machen können, über diese Positivisten, diese Wissenschaftler, aber man weiß sich zu benehmen im Haus des Gastgebers.

7

»In meiner Not bringe ich den Mut auf, mich mit der Bitte um etwas Brot an Sie zu wenden. Ich war so ungeschickt, mir in die Hand zu stechen, und habe einen ganzen Monat lang nichts tun können«, hieß es in einem Brief, den Finnur vor wenigen Tagen erhalten hat.

Finnur Magnússon bekommt viel Post. Er erinnert sich nicht, was in all diesen Briefen steht. Viele wenden sich an ihn: Isländer, die sich in der Stadt aufhalten, Isländer, die Hilfe brauchen, meist Studenten.

Obendrein erhält er Briefe aus Island und aus dem ganzen Königreich. Alle wenden sich an Finnur Magnússon, obwohl er selbst genug hat, um das er sich kümmern muss.

»Meine kleine Málfríður geht jeden Morgen aus dem Haus, um zu lernen, wie man Westen näht. Es geht mir so zu Herzen, dass ich ihr kein Essen vorsetzen kann, wenn sie nach Hause kommt. Gott weiß, dass ich keinen Schilling und kein Brot im Haus habe …«

Es pocht ein wenig lauter, obwohl es immer noch ein leises und schwaches Klopfen ist, es liegt etwas Verzweifeltes darin, kein Lebensüberdruss, sondern eher das Gegenteil. Ein Hilferuf nach Leben.

Finnur hat jetzt deutlich zugeordnet, dass es sich um ein Anklopfen im Hier und Jetzt handelt und nicht um eines in einer anderen Welt, die mit längst verlorenen Schlüsseln zu öffnen ist.

Finnur geht nicht hungrig zu Bett, aber er isst auch nicht mehr viel, weil sein Appetit gering ist und er nicht schlafen kann. Er wacht und träumt mit offenen Augen. Das tun Dichter. Sie wachen und träumen mit offenen Augen.

Finnur steht am Fenster und blickt nach unten. Draußen auf dem Trottoir steht eine Frau. Es ist nicht Mathilde, die Haushälterin. Es ist auch nicht Nicoline Barbara, die er so vermisst. Nein, es ist eine fremde Frau.

8

Viele Jahre ist es her, seit er sie gesehen hat, viele Jahre, seit sie nicht das Geld für eine Überfahrt nach Kopenhagen aufbringen konnte, seit sie Holländisch und Langspil lernte und Briefe nach England schickte.

Gleichwohl muss sie es irgendwann nach Kopenhagen geschafft haben, denn nun, viele Jahre später, schreibt sie Finnur wie andere Bittstellerinnen und bettelt um Brot, weil sie hungert und ihre Tochter nichts zu essen hat.

Sie führt in ihrem Brief auch an, dass die schönste Jugendzeit des Mädchens von Sorge verdunkelt werde, von der drückendsten aller Sorgen, der Sorge um das tägliche Brot. Guðrún hat ihren Brief weder auf Isländisch noch auf Holländisch geschrieben, sondern in einem stark mit Dänisch durchsetzten Isländisch. Offenbar hält sie sich seit längerer Zeit in Dänemark auf.

Es wird ja so oft geklopft. Finnur schaut aus dem Fenster und sieht sie. Weiß sie denn nicht, was passiert ist? Finnur sieht nur eine Frau. Es ist ihm nicht wichtig, wer sie ist. Immerhin kommt ihm der Verdacht, es könne sich um die Briefschreiberin mit der hungernden Tochter handeln.

Málfríður heißt sie, die Tochter. Guðrún hat sie auf den Namen ihrer Mutter getauft. Wer der Vater ist oder das Alter des Mädchens bleiben unbekannt. Es ist Guðrún Johnsen, die vor der Tür steht und anklopft. Die Königin persönlich. Die Hundstagekönigin.

Jetzt kann sich Finnur erinnern. Er tritt ans Fenster und schaut hinaus in den Abend, auf das schwache Licht der Straßenlaternen. Auf dem Weg die Treppe hinab überlegt er, Málfríður muss in jugendlichem Alter sein, sie lernt doch Nähen. Sie lernt, Westen zu nähen.

Finnur nickt. Braucht er eine Weste? Guðrún hat auch einen Brief an die Königin im Schloss gerichtet, an Caroline Amalie af Augustenborg, die Gemahlin König Christians VIII., ebenso hat sie an Ingeborg Christiane Rosenörn geschrieben, die Oberhofmeisterin, die als große Philanthropin bekannt ist. Finnur kennt sie.

Finnur kennt alle, und alle kennen ihn. Er ist ein berühmter Mann, und an wen sollte sich eine arme Frau in Kopenhagen, eine arme Isländerin, die nicht einmal Geld hat, um Essen zu kaufen, sonst wenden? Aus dem Schloss hat sie noch keine Antwort erhalten, aber die fröhlichste Zeit einer Kindheit darf nicht verdüstert werden.

9

Deshalb sucht sie Finnur Magnússon auf. Sie schreibt ihm, sie spricht mit ihm, obwohl sie einmal mit einem Mann zusammen war, der ihn mit einer Pistole bedroht hat, sie, die Geliebte Jörundurs, Dienstmädchen Herrn Savignacs, Bekannte britischer Reisender, die bestaussehende Frau und *femme fatale* von Reykjavík, Mitarbeiterin im *Klub*.

Finnur ist jetzt im Erdgeschoss angekommen. Sobald er die Haustür öffnet, weiß er, dass es nicht um eine Weste geht, nicht um die Zeit, nicht ums Alter, nicht um Gelehrsamkeit, nicht ums Nähen, sondern einzig darum, dass Guðrún für Málfríður kein Essen hat, wenn sie von der Arbeit kommt. Oder geht sie noch zur Schule?

Natürlich hat Finnur kein Brot, aber er kann ihr Getreide geben. Guðrún trägt nicht mehr Gold und Seidenkleider, aber das Licht fällt auf ihre Locken. Sie waren einmal heller, und die Sonne glänzte und leuchtete auf ihnen. Finnur sieht nicht gut, und es ist dunkel, obwohl die Laternen die Straße etwas erhellen, aber sie ist noch da, die Schönheit. Sie ist überall, auch wenn sie matter wird, wenn der Herbst näher kommt und der Sommer sein Lächeln einstellt.

»Was kann ich für Sie tun?«, erkundigt sich Finnur und späht in das spärlich beleuchtete Dunkel.

»Brot«, sagt Guðrún. »Könnten Sie die Güte haben, mir etwas Brot zu geben? Ich habe Ihnen geschrieben …«

»Brot? Ach ja, Brot, ganz recht«, sagt Finnur. »Ich bin zwar kein Bäcker, aber ich habe etwas Getreide im Haus. Treten Sie doch ein!«

Sie geht über die knarrenden Dielen und sieht all die Bücher. Das erinnert sie an die Stanleys und die anderen englischen Haushalte, in denen sie in Stellung kam und Kinder hütete, die alles bekamen, was sie wollten. Doch das ist lange her, und Finnur braucht eine ganze Weile, bis ihm klar wird, dass sie es ist, Guðrún Einarsdóttir, die den Nachnamen Johnsen angenommen hat, die Königin und der Forscher, die Bettlerin und der königliche Beamte, er, der die falschen Schlüsse zog, und sie, die in die Welt hinauszog, aber jetzt ohne alles wieder hier steht, sich nicht einmal Brot leisten kann und nach ihrer Irrfahrt durch die Welt ihn um Hilfe bittet.

»Was ist geschehen?«, fragt Finnur und zeigt auf seine Bücher, es gibt nichts anderes, auf das er zeigen könnte; dabei schaut er ihr in die Augen und sieht Tränen darin, an ihren Lidern zittern, und er denkt an einen klaren Bach im Sonnenschein.

»So viele, so vieles«, murmelt sie und fällt ihm in die Arme, so entkräftet von Angst und Dankbarkeit, dass sie zittert wie das Land, das sich einmal unter Finnurs Füßen aufbäumte, da begann ein Vulkanausbruch, und er bekam einen Stein an den Kopf.

Nun sieht er den Pfarrer wieder Gestalt annehmen, Séra Jón Steingrímsson, der kurz darauf zu Fuß bei ihm erschien, ein Wunder auf seinen Schultern, ein Wunderwerk, das niemand sah, denn das ist auch unsere Geschichte, ein Wunder, das keiner sieht.